追梦

左禹华◎著

光明日报出版社

图书在版编目（CIP）数据

追梦 ／ 左禹华著. -- 北京：光明日报出版社，
2019. 2

ISBN 978 - 7 - 5194 - 4923 - 0

Ⅰ. ①追… Ⅱ. ①左… Ⅲ. ①新闻—作品集—中国—
当代 Ⅳ. ①I253

中国版本图书馆 CIP 数据核字（2019）第 034065 号

追 梦

ZHUI MENG

著　　者：左禹华	
责任编辑：杨　娜	责任校对：赵鸣鸣
封面设计：中联学林	责任印制：曹　净

出版发行：光明日报出版社

地　　址：北京市西城区永安路 106 号，100050

电　　话：010 - 63131930（邮购）

传　　真：010 - 67078227，67078255

网　　址：http：//book. gmw. cn

E - mail：yangna@ gmw. cn

法律顾问：北京德恒律师事务所龚柳方律师

印　　刷：三河市华东印刷有限公司

装　　订：三河市华东印刷有限公司

本书如有破损、缺页、装订错误，请与本社联系调换，电话：010 - 67019571

开　　本：170mm×240mm			
字　　数：359 千字		印　　张：20	
版　　次：2019 年 7 月第 1 版		印　　次：2019 年 7 月第 1 次印刷	
书　　号：ISBN 978 - 7 - 5194 - 4923 - 0			

定　　价：78. 00 元

从"三味"看禹华的新闻纯粹

为序前先说说禹华印象。因为这个"印象"直接关系到这本新闻作品集的诞生缘由，也是我惶恐而又欣然提笔的原因。7年前，我说："禹华同志你中了新闻的毒！"；7年后，他把集子送我手里，说："请老师为我作个序！"。我之惶恐在于我的"一语成箴"，我之欣然在于他的"中毒不浅"。于是我明白，禹华的这份执拗，是刻在骨子里的骄傲，这份痴迷，让他的热血一直灼灼燃烧。一位对职业热爱到近乎于癫狂的新闻人，这一印象太过鲜明。

禹华很谦逊，称我老师，自觉很堂皇。其实在新闻的路上禹华比我们许多同行都要走得远，而且赤诚得毫不动摇。7年，一步一步坚实行进，一字一句精心打磨，前后发表了30余万字的作品，禹华收获了自己的春华秋实。

禹华的这本集子包括三部分：第一部分是"消息综合"，集成40篇新闻稿件，5万余字，包括各类消息、现场特写等；第二部分是"深度聚焦"，集成50篇新闻稿件，12万字，包括深度报道、系列报道、专题报道等；第三部分为"人物故事"，集成30篇新闻稿件，3万余字，包括各类人物专访、现场故事等。集子共辑稿120篇，20万余字。

细读禹华作品，尤觉"三味"绵长。

其作品带有"草"味，这"草"是田间地头的草，是从泥土里冒出来的草，是带着露珠的草。正是因为这种草味，使其作品有了灵魂的"根源"。行文自然，落笔清新，生活气息浓郁，如"农家小炒"，余味无穷。故事的主角永远是那些活跃在春夏秋冬的平凡人物，他把这一群像刻画得惟妙惟肖，把故事情节铺设得多姿多彩。有湄坨山上的采茶姑娘，有菌地菇棚里的土家汉子，有木黄的水，有梵净山的杜鹃花……很多被我们忽视的生活场景，被他描绘得热辣而又细雨和风。"题品云山归画卷，收罗风云入诗篇"，在方寸之间，他一直用心的描绘自己的"白山黑水",以匍匐大地的姿态,把基层情怀讲述得很生动。不得不说,这种视角的偏爱,是一种长期的新闻养成。禹华把诸如浮躁、犹疑、华而不实、文过饰非等新闻诟病彻底的扬弃了,惟余本真。恰恰,这种朴实的新闻态度成就了其作品的生命力。吃的是接地气的"草",挤出来的是芳香四溢的"奶"。

其作品很有"人"味。心是热乎的,文字是滚烫的——这是我对"人物故事"的评价。从高石坎的护林员罗运仙到"水火英雄"卢方武,从留守学生的妈妈王德芬到孤寡老人的"小棉袄"胡传方,从美德少年田密到深山育人39年的老教师田应强……一个个鲜活的人物跃然纸上。"城里走,乡里走,山里走;握纤手,握绵手,握茧手;风也受,雨也受,气也受……"禹华融进了生活,他走进每一个人物,亲近着他们,敬佩着他们,在这些平凡人物身上,挖掘出最撼人心魄的东西,那就是人性的光辉,闪耀着真善美的人性的光辉。正因此,其作品始终释放一种暖人的温度,倡导正面的、积极的、主旋律的价值取向,弘扬昂扬向上的精神品格,跟所有优秀作品一样——成风化人,润物无声。其作品不求"惊天动地",力戒无病呻吟,摒弃空洞呐喊,而是细语轻声道出油盐酱醋的针鼻小事,展现酸甜苦辣的人生百态。爱心、奉献、敬业、自强、坚韧……张扬各色人物身上的特质,成了他的惯性表达。禹华的这种从容舒缓,是热爱生活、感恩生活、珍惜生活的表现,实现了"真我"的观照。其作品表现出的是有"人味"的良知,是有"人味"的新闻自觉,是有"人味"的使命担当。

其作品很有"品"味。禹华的作品多次荣获各类新闻奖,其作品富有活力、张力、感染力,引人回味。这一点从"深度报道"部分可以看出。记者作文,最怕的是"深度",需要发现问题的综合能力,需要分析问题的严密思维,需要解决问题的办法措施,综观其深度报道,每一篇文章都植入问题导向,通过精准的分析,理性的解构,给出一个合乎逻辑的答案,让人信服。作品中涉及"模式""路径""破题""观察"之类的文章很多,所花心力也最多。《种什么? 谁来种? 怎么种? ——三问印江山地农业产业》《扶持谁? 谁来扶? 怎么扶? ——印江答好"扶贫三问"决胜脱贫攻坚》《圈子在缩小 模式在升级 技术在提高——印江扶贫开发实现"三级跳"》,诸如此类稿件,基于宏观上的政策把握和微观上的新闻切口,真正实现了解决方案的纵深探索,尤显功底。当然,冰冻三尺非一日之寒,对这类文章驾轻就熟,关键在于他采访很深入,而且是带着问题的深入,不是浮在面上的形而上,通过不断的思考,细心求证,需要鞭辟入里直达本质的辨析,给读者提供了合乎情理而又突破思维惯性的"参考答案"。很多文章读后给人启迪,让人掩卷沉思。

可以说,"草"味养成了他的新闻态度,"人"味淬炼了他的职业品性,"品"味成就了他的作品价值。禹华是一个有思想的记者,也是一位追求完美的新闻理想主义者。

集子里的很多文章以前都读过,私下也给予过很多赞誉。如今辑集出版,认真拜读,感怀更深。在出书也难免"功利"的当下,很欣慰的发现了这本集子的"纯粹",见证了一个执着而孤傲的新闻人倾注全部心血,用社会责任和新闻良知打造自己的精神家园,且把这种信念坚定成铁。这,无疑是我们新时代新闻人最需要坚守的东西。

是为序。

王能方

2018 年 6 月 25 日于锦江河畔

目　录
CONTENTS

第一辑　消息综合

第二辑　深度聚焦

第三辑　人物故事

第一辑

01

消息综合

突破说多做少思想 切实改进工作作风

印江党代会会场搬到田间地头

"过去开党代会,都是坐在会场里记着笔记,真正记住的并不多。深入田间地头就不同,内容直观生动,是代表一个学习的机会,也有于会议精神落实。"1月11日,曾多次参加印江土家族苗族自治县党代会的徐泽林代表深有感触地说。

开大会、听报告、热讨论,这是以前印江党代会的惯例。然而,1月11日印江召开的党代会上呈现出另一番新气象:没有集中开会,没有听取报告,更没有悬挂标语、摆放鲜花、铺设地毯,党代会被一个分片区、分团组开展的考察活动所取代。大会变成四个小会,县委书记没有做报告,而是把报告放在资料袋里。省下来的时间让代表们直观感受全县经济社会发展。

把党代会搬到田间地头开,这一做法,受到印江广大干部群众的好评。印江县委书记陈代军说,要后发赶超,就要突破说多做少的思想,树立干字当头的意识,切实改进作风会风,出实招、求实效,力戒作风飘浮,夸夸其谈。

在短暂一天的考察活动中,来自县直机关和各乡镇的200多名党代表,轻车简从到各乡镇田间地头和企业车间,实地查看了解该县"四城同创"、工业园区建设、小城镇建设、"减贫摘帽"工作、产业结构调整和食用菌产业发展等情况,直观感受该县经济社会发展,并在乡镇参与会议讨论。会议时间短了,但代表们提出的建议更有针对性和建设性。

(2013 年 1 月 21 日《贵州日报》2 版头条刊载)

印江"危改"全面竣工　八百户群众喜迁新居

寒冬腊月,走进印江土家族苗族自治县杨柳乡崔山村,一幢幢新装修的木房格外引人注目。精美的花窗,大红的灯笼、对联,洋溢着农村危房改造工程带来的喜气。

"党的政策真好,在我们村搞起村庄整治,把房子修得更漂亮,住起来也不漏雨了,尤其是冬天这个板壁不透风,更温暖了。"谈及农村危房改造带来的变化,村民徐光前深有感触地说。

53 岁的徐光前是双女结扎户,多年来,一家人都居住在破旧的木房里。每逢雨天,屋顶像筛子一样,房屋就成了"雨帘洞"。把房屋改造一下是他们一家人共同的愿望。2012 年,杨柳乡在实施农村危房改造工程时,优先安排独生子女户、二女绝育户或计生模范户的危房进行改造,徐光前家被纳入统一实施改造对象。

在农村危房改造中,该县优先改造最危险房屋、最困难和最需解决群众的房屋,严格实行民主评议、三榜公示等程序,加强施工过程监督和工程质量管理,加强资金管理和监督。本着"渠道不乱、投向不变、统筹安排、各记其功"的原则,多渠道筹集资金,集中搞好农村改水、改路、改厕、改圈的"四改"工作和清垃圾、清路障、清渠道、清房屋庭院的"四清"工作,不断改善农村群众生活条件。

与此同时,该县把危房改造项目与村庄整治、保障性安居工程建设、特色产业发展结合起来,加快推进了群众增收致富步伐,让群众住进好房子、鼓起钱袋子、过上好日子。

截至目前,该县 2012 年农村危房改造项目全面竣工,入住 8522 户,入住率为 97.8%。

（2013 年 1 月 25 日《铜仁日报》3 版头条刊载）

印江青山绿水寿星多

6 月 14 日,走进印江土家族苗族自治县木黄镇乌溪村官寨组,农家人的房前绿树成荫,屋后苍竹翠林。院坝里,102 岁的老寿星黄金先和隔壁 84 岁的祝秋山坐在一起拉家常,脸上挂满了慈祥的笑容,显得格外精神。

黄金先的儿媳妇说,当地生态环境好,空气也好,天气晴朗的时候,在家人的帮助下黄金先就会走出院子活动活动,呼吸新鲜空气。

黄金先居住的木黄镇乌溪村官寨组,其森林植被覆盖率达 74%,良好的生态环境、丰富的自然资源、独特的饮食文化、适宜的气候和居住环境等,成为老人长寿的重要因素。在 3 万多人口的木黄镇里,像黄金先这样百岁的老人就有 5 人,80 岁以上的老人有 264 人。

"青山绿水邛江地,十里常逢百岁人"。在黄金先老人居住的这一片区,随处都是青山绿水,人们生活常年所需的水、食物和药材基本都是来自大自然,属纯天然绿色食品。据专家测定,梵净山周边负氧离子含量高达每立方厘米 4.5 万个,对印江人的健康长寿大有裨益。

印江在历史上就是一个高龄老人较多的县,长期维持在一个较高的水平:据《印江县志·人物耆寿》记载,清道光 18 年不足 1000 人的印江县城就有 12 个 90 岁以上高龄老人,其中百岁老人 2 人,最大寿星王戴氏 105 岁。2011 年,印江百岁老人有 37 人,2013 年有 40 人。

为增强"绿肺"的"肺活量",印江先后在县城投入资金,在县城"黄金地块"建设了中心广场、文昌公园,打造了印江景观带,启动实施了城市农业公园、观音沟湿地公园、大圣敦体育公园、书法文化广场等,这些都是百姓健身休闲的好去处。目前,印江建成区绿化覆盖率达 40%,人均公共绿地面积 10.5 平方米。

好山好水的养生乐园,天然氧吧的长寿福地,印江"长寿之乡"的美名名副其实。2009年获得"贵州长寿之乡"称号。2012年获得"中国长寿之乡"称号,成为中国第27个长寿之乡。

目前,印江80至89周岁的有5115人,90至99周岁的有438人,100周岁及以上的有44人。

(2014年6月18日《铜仁日报》11版头条刊载)

印江依托三张名片推动旅游业井喷式增长

打造"书法之乡·养生印江"形象品牌,形成"休闲养生、佛教养心、生态养眼"旅游业态……8月29日,印江土家族苗族自治县专题研究文化旅游发展工作,这些鲜活的字眼被书写在印江文化旅游产业发展的新篇章上,孕育新希望、新挑战,激发新动力、新作为。

印江是铜仁市文化旅游经济创新区"金三角"核心区,自然生态良好、人文底蕴深厚、民族文化独特、旅游资源丰富。前几年,因受地理环境、基础设施等因素影响,梵净山西线旅游显得格外疲软,东热西冷已成为当下梵净山旅游现状不争的事实。

如何推动文化旅游业"井喷式"增长?如何走出一条有别于梵净山东线及周边区域的差异化、错位发展路径?印江党委、政府重新审视现状、正视差距、寻求新路。

走出去学典型、请进来传经验、坐下来谋发展、跑起来追赶超……逐梦前行,"擦亮三张国字号名片,走出一条有别于梵净山东线及周边区域的差异化、错位发展路径"成为印江文化旅游发展共识。

该县坚持"县城抓书法文化打造,梵净山西线抓长寿品牌建设,梵净山环线抓特色村寨打造,重要旅游节点抓连线连片成景"的思路,推动旅游从观光游向度假游转型升级,打造"书法之乡·养生印江"形象品牌。

擦亮"中国长寿之乡"名片,打造环梵净山养生休闲示范带。印江立足区域特色,走不同于梵净山东线的"体验养生"旅游之路,以"一睡佛、两天王、九罗汉"为载体,以"全国生态文明示范工程试点县"建设为契机,以"六个长寿"文化品牌为支撑,融生态文化、佛教文化、长寿文化为一体,加快建设全国知名的长寿养老养生基地,努力形成"休闲养生、佛教养心、生态养眼"的旅游业态。

擦亮"中国书法之乡"名片,打造书法创作体验之城。印江围绕"精致、特色、宜居"的城市建设目标,坚持景城融合,依托全省唯一一个"中国书法之乡",打造集文化体验、书法创作、展览展示、会议论坛为一体的书法文化产业园,同步将美女峰景区、朗溪石漠化治理农业公园打造成县城"后花园",竭力争取举办各类书法活动,提高书法文化影响力,建设名副其实的"书法之城"。

擦亮"中国名茶之乡"名片,打造茶旅融合美丽乡村示范带。印江按照园区景区化、农旅一体化发展思路,以新寨茶叶园区、湄坨茶叶园区2个省级高效农业示范园区和洋溪省级自然保护区为平台,将茶叶园区打造成集科普、观光、休闲体验为一体的综合性园区。大力开发体验性农旅活动,加快发展以农家乐为重点的乡村旅游,建成茶旅融合的美丽乡村示范区。

(2016 年 9 月 6 日《铜仁日报》3 版头条刊载)

印江:治理石漠化 绿山更富民

金秋十月,走进印江土家族苗族自治县朗溪镇昔蒲村八字岩,昔日的荒山野岭上,如今披上新绿。绿树遮盖裸石,贫瘠土地焕发出勃勃生机,满山遍野的柑橘树上挂满了诱人的果实。

"这些地方以前完全是石旮旯,只能种点红苕洋芋,赚不到钱。今年我栽种的柑橘卖了1.5万多斤,收入万余元。"李吉龙说,自从实施石漠化治理后,他种了2亩果树,每年收入都有2万多元,是原来收入的十多倍。

昔蒲村是印江石漠化最严重的地方。"春耕一大坡,秋收几小箩",是该村以前生产生活条件的真实写照。村民们只能在石缝缝里种点包谷,勉强维持生计。

2008年,印江针对该村生态环境脆弱、石漠化严重的现状,建立了以种植柑橘、桃子、枣子为主的坡耕地种植经果林模式,实行宜果则果、宜林则林、人工造林与封山育林相结合的方式,深入实施退耕还林还草,支持和鼓励农民通过个体租山承包,实现了经济效益与生态效益双赢。

昔蒲村会计牛邦洪介绍,通过实施石漠化治理,村子里发展经果林1860亩,还成立了水果种植协会,建立了水果交易市场。现在,村民每年经果林收入人均达2800元以上。

昔蒲村的变迁,只是印江在实施石漠化综合治理中取得成效的一个缩影。自2008年启动石漠化综合治理项目以来,印江按照"山上封山育林,山腰种植经济林,山下建设基本农田"的建设思路,探索"畜+沼+果"和"畜+沼+粮"的生态农业治理模式,先后投入资金2549万元,分年度治理了川岩小流域、乌溪河小流域和肖家沟小流域,治理岩溶面积118.86平方千米,治理石漠化面积46.86平方千米,惠及5个乡镇30个村2.29万人。

项目实施后,项目区域新增粮食18万公斤,油菜10万公斤,新增种植业产值60万元;林草植被建设和保护增值50.53万元,经果林增值229.5万元;草食畜牧业增值13.8万元;小型水利水保工程增值338.52万元。项目区农业生产基础条件和生态环境得到了明显改善,项目区农民人均纯收入增加 800 元,区域内森林覆盖率提高了 15% ,形成了中坝乡堰塘村石山地封山育林模式、罗场乡广东坪村高海拔区种茶模式和朗溪镇苦蒲村坡耕地种植经果林模式。

在新一轮石漠化综合治理中,印江以石漠化土地综合整治为突破口,切实解决石漠化区域群众生存环境及经济可持续发展问题,积极调整农业产业结构,促使生态修复;把石漠化综合治理与调整农村农业产业结构密切结合,以增加农民收入、促进农村脱贫致富为重点,不断减少贫困人口,努力实现生态、经济双赢。

未来 3 年,印江规划投入资金 3300 万元,重点对合水、朗溪等 7 条小流域进行综合治理,项目实施后,将新增林地面积 2987.6 公顷,森林覆盖率提高 17.7% 。同时,还将进一步促进农业产业结构调整,推动地方经济发展,解决富余劳动力1000 人以上。

(2012 年 10 月 18 日《铜仁日报》3 版头条刊载)

印江帮助群众找准路子促增收

时下,是红心柚苗移栽时期。印江土家族苗族自治县朗溪镇昔蒲村的牛吉龙一家人,忙着栽种县里帮扶队为他家免费送来的 1000 棵红心柚苗。

牛吉龙家属于因孩子上学致贫的典型贫困户,按照村里"三型"农民划分,牛吉龙被归为"发展型"农民。今年 5 月帮扶队到他家实地了解情况,并根据当地产业发展和其家庭实际,决定引导扶持牛吉龙加入村里的水果专业合作社,发展红心柚种植,让牛吉龙一家看到了致富希望。

同样,得益于精准扶贫工作的推进,村里另一贫困户田应杰一家也有了一份稳定的经济收入。由于家里缺少土地、有富余劳动力,但自身发展能力不足,田应杰被确定为"带动型"农民,村干部就引导他到水果专业合作社打工,每月收入 2000 多元。

今年,昔蒲村在推进精准扶贫工作中,按照"两个结合"找对象、"三型农民"定帮扶、"四大措施"真扶贫和实现小康这一目标的精准扶贫"二三四一"工作法,通过对精准识别出来的 81 户贫困户认真分析,并划分为带动型、发展型、保障型"三型农民","量身"定措施、抓扶持,促进群众脱贫致富。

因人因地、因贫原因、因贫困类型施策,是印江结合实际对症下药、精准滴灌,扎实推进扶贫攻坚的一个缩影。该县今年组织 3000 多人次完成了第一轮领导干部遍访贫困村、贫困户工作,选派 1530 名驻村干部和 365 名"第一书记"进村入户开展帮扶工作,做到每一个贫困村都有帮扶部门,每一户贫困户都有帮扶干部。

同时,加大对财政扶贫资金的争取力度,今年共争取到上级财政扶贫专项资金 8000 多万元,用于对茶叶、生态畜牧业、经果林等山地特色农业的扶持。同时整合资金加大贫困村基础设施建设,不断改善贫困村生产生活条件。

目前,该县扶持发展食用菌 7968 万棒、茶园 35 万亩、果园 10.5 万亩、规模养殖户 873 户,今年前三季度农村居民现金可支配收入人均预计达 4610 元,同比增长 4.5%,计划年内完成 2 万人贫困人口脱贫。

(2015 年 10 月 26 日《铜仁日报》1 版头条刊载)

"新土改"带来新希望
印江高标准农田建设让农民得实惠

这些日子,印江土家族苗族自治县杨柳乡崔山村西瓜种植户贾建亚特别高兴。今年他种植的 41 个大棚西瓜陆续成熟,每天采摘的 2000 多斤西瓜在家门口就卖完了。

"在往年的这个时候,我的西瓜根本还没有成熟。今年提前一个多月成熟了,这得益于政府实施高标准农田建设,给我们免费修建这个大棚。"贾建亚指着一大片白色的西瓜大棚高兴地说。

2011 年,杨柳乡积极争取项目资金 465 万元,在崔山、新屯、白虎嘴建设 200 亩西瓜产业发展示范园和 300 亩食用菌产业示范园。通过土地平整和改良,建设机耕道、生产便道、排洪渠等基础设施后有效促进西瓜产业和食用菌产业实现规模化、标准化、品牌化发展。

该县以农业增产、农民增收为核心,以农业产业结构调整为主线,整合资金在洋溪镇实施高标准农田建设示范项目后,引进了浙江乔鹏果蔬有限公司在园区发展优质西瓜带动群众致富。当地群众把土地流转给浙江乔鹏果蔬有限公司发展西瓜,成了西瓜园的"上班族",公司每年支付当地农民工工资达 30 万元。

据了解,该县成功申报了省级整合实施高标准农田建设示范县,连续三年该县每年将获得省级专项资金 3500 万元,建设高标准农田 3 万亩、高标准现代农业科技示范基地 1000 亩。

在首轮高标准农田建设中,该县整合各类资金 4120 万元,成功在洋溪、杨柳、缠溪、罗场和合水 5 个乡镇实施了高标准农田项目建设,规划建成了高标准农田 30750 亩,高标准现代农业科技示范基地 1000 亩,新增灌溉面积 8100 亩,改善灌溉面积 22650 亩。

高标准农田工程的实施,让老板省资金,村里得租金,农民得薪金。同时,加快推进了农业现代化进程,切实促进农业产业实现规模化、标准化、品牌化发展,促进了农村经济快速发展。

(2012 年 7 月 10 日《铜仁日报》3 版头条刊载)

印江"村两委＋乡贤"推进乡村治理

"小毛至毛寨公路维修是乡亲们多年来的期盼,今年就得围绕乡亲们的关切落到实处""村规民约中一些条款应做修改,建议把环境卫生治理、河流保护等写入"……在刚刚过去的清明小长假里,印江土家族苗族自治县各村纷纷利用乡贤集中返乡祭祖时机,开展"缅怀先人·感恩思源"主题活动,各村乡贤、知名人士及在家群众齐聚一堂,畅述乡情乡谊,共商发展大计。

"缅怀先人·感恩思源"清明聚会只是该县乡贤参与村级治理的方式之一,该县还紧扣春节、端午节、中秋节等传统节日,利用乡贤参事员返乡时机,召开"爱家乡·建良言·话发展"春节年会、"糯粽飘香·情浓五月·传承文明"端午聚会、"敬老爱亲·励志助学·赏月抒怀"中秋聚会,为乡贤参事员搭建平台。

近年来,随着农村经济发展加快、群众意识转变,农村社会日趋多元化、复杂化,该县将"明礼知耻、崇德向善"的文化共识、"依法治理、依规管理"的目标要求和"共商共建、共创共享"的群众意愿有机结合,构建法治、自治、德治"三治一体"的乡村治理体系,探索"村两委＋乡贤"的乡村治理模式,成为铜仁2016年十大精品改革项目并在全市推广,入围2016年贵州省党委政研系统"年度优秀调研文章"。

今年,该县进一步明确乡贤参事员的类别、固化参事议事模式、夯实参事议事载体、抓实参事议事主业,按照提名、征求意见、初选、终选、发放聘书的程序评定乡贤参事员,并与春晖行动、脱贫攻坚、智能媒体、综治维稳相结合,围绕春节、清明节、端午节、中秋节四个时间节点,让乡贤列席参事、办结评事。

同时,该县建立考核评价和激励机制,激励乡贤参事员在基础设施、产业发展、脱贫攻坚等方面发力,形成了理论宣讲类、产业发展类、矛盾调解类参事议事类别,有效破解村级治理难题,为推进乡村治理现代化积累宝贵经验。

目前,全县200多个村(居)建起了乡贤数据库,乡贤领办种植养殖企业32个,带动6399户2.56万贫困人口实现增收,为群众办理好事实事1.24万件。

(2017年4月9日《铜仁日报》1版刊载)

印江"菜篮子"工程惠民富民

今年,印江土家族苗族自治县把蔬菜产业发展作为建设现代农业、增加群众收入的一项重要措施来抓,积极引导和扶持群众大力发展以食用菌、辣椒为主的蔬菜产业,进一步拓展了群众增收致富渠道。

在发展"菜篮子"工程过程中,该县按照政府引导、市场调节、农民自愿的原则,按照"公司＋基地＋农户"的发展模式,依托与贵阳老干妈、贵州青江农业开发有限公司和土司食品厂、依仁食品厂协议合作,采取统一技术指导、统一种子供应、统一肥料供应、统一播种时期,既解除了菜农的后顾之忧又增加了效益,实现了生产、加工、销售一体化。同时,该县注重在蔬菜品质、品牌上做文章,依托本地资源,围绕市场需求,发挥长寿文化、书法文化,打好"梵净山"这块蔬菜招牌,叫响了梵净蘑菇、梵净萝卜、梵净韭菜等品牌。

截至目前,该县已在印秀、印沿公路沿线乡镇发展蔬菜15万亩,重点建设无公害商品蔬菜生产示范带4万亩,县级商品蔬菜保供基地5000亩,雪菜生产示范基地1000亩,乡镇"菜篮子"生产示范基地1700亩,示范带动露地常规蔬菜种植7万亩,发展食用菌3000万棒。预计可实现果蔬总产值4.46亿元,新增农村劳务收入2.8亿元以上,产业区农民人均增收2800元以上,参与种植农户户均增收1万元以上。

"十二五"期间,该县将以303省道、304省道、梵净山环线为重点,打造10万亩无公害蔬菜观光展示带,建立1个1万吨果蔬产品加工厂,2个1.2万平方米的果蔬产品专业批发市场,认证1万亩无公害蔬菜生产基地,力争"十二五"期末,全县蔬菜总产量达21万吨,产值6亿元以上。

(2012年12月4日《铜仁日报》1版刊载)

印江创新金融产品服务"三农"

"要不是信用社那笔贷款,这批花椒苗就难以栽下去。"谈及今年的春耕生产,张著武对信用贷款赞不绝口。

张著武是印江土家族苗族自治县中心街道大田村俞家寨村民,是当地有名的花椒种植大户。多年的花椒种植,不仅让自己增收致富,还通过组建富民花椒种植专业合作社带动缠溪、合水、沙子坡等6个乡镇贫困户种植花椒近1000亩。

去年5月,张著武的花椒育苗基地进苗资金出现断链。他拿着自家"信用户贷款证"到中心街道信用社申请贷款支持,信用社工作人员核实情况后,很快给他办理了14万元的致富通农户小额信用贷款,解决进苗缺口资金。

"今年发给农户移栽的花椒苗全是去年贷款资金引进培育的,要不然今年产业发展陷入困境,赚钱纯属空谈。"张著武笑着说,仅今年春季基地就提供了5000多亩花椒苗,收入50多万元,支付贫困户务工工钱11万元。

金融扶贫是打赢脱贫攻坚战的重要力量。印江农信社党委书记、理事长杨胜荣说:"虽然任务压头,甚至在短期内会对我们的经营利润造成一定影响,作为农信社来说,打响2017年金融精准扶贫'第一枪'是我们的责任。"

今年来,作为扎根印江、面向"三农"金融主力军的印江农信社通过不断强化政策执行能力、信贷产品营销能力、扶贫再贷款使用能力和农信平台服务能力,扎实开展客户回访,运用好"致富通""金纽带""好运来""邛江情""黔微贷""特惠贷""妇惠家合"、助保贷等信贷产品,医治产业扶贫"贫血"症。

同时,印江农信社在贫困乡镇优先安排ATM等金融机具,做好"金融夜校"活动和"村村通"POS机助农取款服务,实现助农脱贫流动服务站服务到村全覆盖。同时,开展结对帮扶走访调研,帮助农户解决"融资难""融资贵"等问题。

截至3月27日,印江农信社累计发放精扶贷4358笔,金额22221万元,为贫困村摘帽、贫困户脱贫奔小康注入了"金融活水"。

(2017年3月30日《贵州日报》9版刊载)

网上货下乡　山里货进城
印江电商打通物流"最后一公里"

　　连日来,在印江土家族苗族自治县电子商务产业园阿里巴巴印江运营中心,工作人员忙于接受网购订单、包装农特产品,每天外销特色农产品、工艺品和轻工业产品300多单,借助快速便捷的电子商务平台,印江农特产品销往全国各地。

　　近年来,印江立足资源优势大力发展现代山地特色高效农业,茶叶、食用菌、绿壳蛋鸡等特色产业取得了较好成效。由于销售渠道不畅,不少优质农特产品曾因大山阻隔,"待字闺中"、远离市场。转机就在2013年,印江率先在淘宝网开通"特色中国·印江馆",采用"线上+线下"一体化营销模式,有力推动了产业发展,带动了群众增收。

　　今年,印江抢抓"互联网+"发展机遇,与阿里巴巴集团合作,联合淘宝网、京东商城、电商云、茶多网等电商平台,创建独立电商平台,以O2O模式建立线下体验店,逐步推进电商进村、进社区、进企业,先后建成商品展示接待中心、企业孵化培训中心、冷链物流配送中心、质量安全检测中心等配套服务体系,打通信息物流"最后一公里"。目前,印江累计培训电商人才3000余人次,开设网店200余家,承接订单25万单,建成50个农村淘宝村级服务站,带动就业2000余人。今年7月,印江成功入选全国电子商务进农村综合示范县。

　　按照规划,印江电商产业园将立足于农业产业化和特色产品开发,发挥产业园区"接二连三"的优势,按照"农特产品+乡亲大数据+群网联盟"发展思路,着力完善质量追溯体系,建设乡亲大数据库,创建电商群网联盟,在80%的行政村建立农村电子商务服务站,通过"买进、卖出"武陵特产,打造武陵特产集散地。

　　(2015年8月24日《贵州日报》1版头条、2015年8月25日《铜仁日报》1版刊载)

印江吸纳民营资本壮大城市综合实力

这几天,在印江土家族苗族自治县湖南一条街租门面做生意的赵文华显得格外忙碌,一想到自己刚刚在印江浙江商贸城选购的满意门面即将投用,心里特别高兴。

赵文华是印江湖南一条街的一名客商,一直苦恼的就是租赁的商铺场地窄、货物堆放拥挤,承受着房租逐年上涨,拥有一个属于自己的商铺是他的一个强烈愿望。

今年 12 月 23 日印江浙江商贸城开盘,这天赵文华在印江浙江商贸城选购了一个满意门面,做大做强自己的百货批发生意即将变成现实。

赵文华说:"这个开盘我们很高兴,马上有了属于自己的门面,生意肯定做得不一样。自己的门面没有房租费的话,价格上肯定有优惠。"

如今,在印江浙江商贸城,能够满足像赵文华这样客商的商铺有 510 个,还拥有地下停车位 860 个、住房 564 套,成为印江商业核心区的一大亮点、一大支撑。然而,这些城市综合实力的提升缘于 2011 年贵州炎正集团意向性地到印江的一次投资考察。

贵州炎正集团董事长顾炎贤回忆说:"我们在印江考察以后,发现印江在商贸经营方面没有一个上档次的专业市场,我们就想通过浙商的理念,采取浙江义乌小商品市场经营模式,在印江打造一个品牌的综合性商贸市场。"

经过考察,贵州炎正集团与印江签订协议,规划投资 2 亿元建设印江浙江商贸城项目。项目由商业综合体和住宅楼组成,其规划用地 23405 平方米,建筑面积 12 万平方米,着力打造印江县城唯一一个集百货、餐饮、电子数码、品牌服装、文体用品等于一体的综合商贸城。

目前,印江浙江商贸城商业综合体和住宅楼主体工程基本完工,计划 2016 年1 月整体竣工交付使用。商贸城建成后将由"浙商"集团划行归市,统一经营,所有产品销售价格低于市场价 10%,打造印江唯一商业地标,使印江县城购物环境大为改观。

引进外商、吸纳民营资本参与城市建设是印江在加快推进特色城镇化进程中的创新举措。近年来,印江为突破城建资金"瓶颈"制约,打好 BT 融资、招商引资、项目争取等资金筹集"组合拳",运用市场手段,通过盘活城市存量资产,吸纳民间资本,引进 11 家房地产开发商在印江投资开发。

同时,印江采取 BT 模式融资 5.5 亿元实施了官庄南路、鱼泉街、颐园路等 12 条城市主干道,有效拓展城市空间;通过招商引资,成功引进贵州建工集团有限公司投资 15 亿元,将用 4 年左右时间,把旧城中寨口片区打造成集中国土家文化示范街区、区域性商业服务中心、特色文化旅游于一体的典范工程。

此外,印江还充分发挥兴鑫投资公司、城镇建设投资公司等政府性融资平台的作用,融资近 2 亿元,实施县城南环线二期土地综合整治、城市农业公园等项目,不断壮大城市综合实力。

(2015 年 1 月 15 日《贵州日报》9 版刊载)

印江:破解企业"孤岛式"引进 聚集产业"抱团式"发展

今年以来,印江土家族苗族自治县按照打造"东部沿海产业转移示范基地"目标,以引进电子、轻纺等重点企业为依托,突出在上下游产业链方面发力,形成相对闭合的物流链、产业链,促进企业集群式发展,解决"孤岛式"企业引进难题。

走进印江海威特电子科技产业园凯琦实业有限公司,生产线上的近 200 名工人正紧张有序地生产键盘和鼠标等电脑周边配套产品。

印江凯琦实业公司总经理王姣龙介绍说:"我们为了赶制订单产品,工人每天还要加班,每天生产键盘 5000 只左右,鼠标达 5500 只以上。"

印江凯琦实业有限公司属于海威特电子科技产业园内的企业之一,由深圳市七龙珠科技有限公司自由投资建设,主要生产键盘、鼠标等电脑周边配套产品,产品已外销到巴西、印度、新加坡、美国等海外多个国家,是联想、长城、戴尔等品牌电脑配件供应商。今年 4 月投产以来,注塑车间、键盘车间、鼠标车间、线材加工车间都正常投入生产,月产值达到 400 万元以上。

如今,在印江小云特色工业园区像凯琦实业科技有限公司这样的生产场面,仅属于海威特电子科技产业园内的就有凯琦、团力、汇美、跃龙、金利添 5 家企业,还有富鼎橡塑、伟仕达、盛源科技 3 家企业正在进行设备安装调试,预计在年底前能试投产。

然而,这些企业迅速落户印江,缘于印江围绕电子加工业上下游产业,采取产业化集团式招商引资。印江海威特电子科技产业园项目成为印江 2014 年围绕电子科技研发、生产、销售为一体的产业链集团式招商引资重点项目。

据了解,印江海威特电子科技产业园项目由广州海威特电脑贸易有限公司牵头,项目总投资 6 亿元,分两年建设。产业园由 15 家电子企业组成,注册资金共1200 万元,主要生产电脑周边配件产品、手机配件产品和耳机音响等产品。同时,注册成立了具有进出口权的电子产品销售贸易公司,项目建成后年可实现产值

8.6 亿元,解决就业 3000 人以上。

今年 2 月,印江海威特电子科技产业园项目正式开工建设,通过租用印江经济开发区标准厂房,前期组织 8 家电子生产上下游企业进行产业链集团式转移形成电子产业园。投资额达 2.4 亿元,年底全面投产后可解决 2000 多人就业。

为了让企业尽快投产,印江投资促进局"保姆式"跟踪服务,明确一名副局长专门牵头负责协调服务工作,由代办服务中心为企业全程代办工商注册、机构代码、税务登记、银行开户等相关手续。

同时,该县完善了招商引资项目并联审批制度,在全省率先出台了《印江经济开发区劳动密集型企业物流运输补贴办法(试行)》,有效解决了劳动密集型转移企业的物流运输问题。

"我们在印江发展投资环境非常好,感受到印江的热情,让我们把更多时间用于抓生产、管理和市场开拓上。"印江凯琦实业公司总经理王姣龙说。

目前,印江海威特电子科技产业园已有 5 家企业试运行生产,现有员工 500 多人。3 家企业正在进行设备安装调试,预计在年底能全面投产。

团力生产耳线,凯琦生产键盘,金利添生产鼠标,富鼎生产垫子,跃龙负责包装……上下游产业聚集了,如何抱团发展却让印江海威特电子科技产业园探出了一条新路子:各自生产,统一物流,统一对接市场。

"我们各企业生产的产品不一样,原材料也就不一样。相同点就是原材料和产品销售市场都在广东那边,我们想到的就是各自根据自己的订单生产产品,然后拼车进原材料、拼车运送产品,降低物流成本。"印江海威特电子科技产业园办公室负责人王晓康说,电子产业集聚在一起,企业间能相互促进,每个企业各自有自己的销售市场,市场信息广泛,一些订单自己的企业不能生产的,可以转让其他企业生产,做到了市场信息共享。

印江投资促进局局长马洪刚说:"其实,海威特就像一只领头羊,把领头羊招引过来了,旗下的其他企业在带动下就会过来了。我的理念就是通过招进一个、引来一片,招来一个企业、培植一个产业,打造产业集群。"

下一步,印江将继续抓好园区基础设施和配套设施建设,围绕电子产品生产、农产品加工、轻纺皮鞋、民族旅游工艺品加工业开展招商,以引进的重点龙头企业为目标,突出在上下游产业方面下功夫,形成产业聚集的集群式企业,促进工业快速发展。

(2015 年 8 月 13 日《贵州日报》9 版刊载)

印江沙子坡小煤窑关了以后

特色产业"绿金"铺满山野

走进印江土家族苗族自治县沙子坡镇,处处绿意盎然、瓜果飘香。

从今年 7 月开始,产业大户吴光洲的 100 亩高山西瓜和 200 亩黄花脆梨已陆续上市。香、脆、甜的瓜果备受游客和客商青睐。吴光洲说:"客人都抢着买呢!"

吴光洲是沙子坡镇红木村村民,以前一家人经营大林湾煤厂,每年纯收入 400 万元。后来,因全面整顿小煤窑,吴光洲转而做起了种植和养殖。

这一行业转变,让吴光洲深刻感受到煤炭开采对环境造成的破坏。

"炼焦煤产生的煤渣子漫山遍野,寸草不生,进行种植、养殖都不适宜,煤烟子还影响空气质量。"吴光洲说,这些年经历了那么多,最让他觉得日子过得安稳、踏实的,还是发展绿色产业。

从小煤厂老板变成果农,从生态破坏者变成生态守护者,吴光洲无论是身份的转变还是观念的转变,都缘于开采煤矿带给他的惨痛教训。

1986 年《中华人民共和国矿产资源法》颁布后,素有"印北金三角""黔东煤炭之乡"美称的印江沙子坡镇迎来煤矿开采高峰,辖区内除了 2 家国有煤厂、8 家乡集体煤厂外,群众自发性开采煤矿建起的小煤窑就达 76 个,全镇 555 万吨煤炭储量成了人们发家致富的"黑金"。

与红木村一样,池坝村也属于沙子坡煤矿开采中心地带。"以前池坝村的煤厂大大小小有 40 多家,在家 90% 的男劳力都从事煤矿工作,甚至其他乡镇的人都来这里挖煤。"沙子坡镇池坝村党支部书记张云祥说,自办煤窑或在煤厂打工成为当地村民经济收入的主要来源。

开采煤矿对于当地村民来说,一时找到了维持生计和摆脱贫困的出口。"可留给我们子孙后代的是什么呢? 由于开采粗放,环境被破坏了,地表、水源被破坏了,到处是煤矸石,草都不长。"张云祥说。

"煤炭开采让群众付出了巨大代价,生态环境承受不起这样的破坏,关闭煤矿势在必行。"印江乡镇企业局原安全技术股负责人杨昌茂介绍,从 1989 年整治小煤窑、关闭乡集体煤厂到 1998 年关闭国有煤厂,印江各级党委政府态度坚决、铁腕治污。

煤厂关闭了,村民的生计怎么办? 印江党委政府审时度势,找准转型发展突破口,打造生态环境,发展生态经济。

"既要鼓起群众的钱袋子,又要盖好山地的绿被子,我们选择发展生态特色产业。"印江沙子坡镇党委书记樊礼说,坚持生态产业化、产业生态化理念,大力发展核桃、茶叶、生态畜牧、精品水果等特色产业就是农民致富的一块块"绿金"。

尝到以破坏生态为代价填饱肚皮的苦果后,村民也清醒地认识到,有了绿水青山,才有金山银山。发展茶叶、核桃、蔬菜、精品水果……一场植绿、护绿、守绿的"绿色革命"在沙子坡镇悄然兴起,绿色逐年铺满了山头、乡间。

以前靠挖煤维持生计的村民梁国丰,和其他村民一样在政策的扶持下建起了 5 亩茶叶基地,一家人靠着茶园"绿色银行"实现了增收致富。

以前把煤矿作为主打产业的池坝村,通过引进贵茶集团联盟企业贵州梵园农业开发有限公司,采取"龙头企业 + 村集体经济 + 合作社 + 基地 + 贫困户"的产业扶贫模式,带动了全镇近 4000 亩茶产业,村民人均纯收入达 7000 多元。

与此同时,沙子坡镇抢抓国家实施新一轮退耕还林和扶贫开发战略机遇,巧打生态产业扶贫、创业就业扶持、金融贷款支持等扶贫"组合拳",引导群众发展红心柚、脆梨等精品水果 1 万亩、生态林 2 万亩、辣椒 1500 亩、紫薯 1000 亩……

如今,沙子坡镇跳出追求"黑色经济"怪圈,奋力发展"绿色经济",逐步迈向了绿、富、美。空气清新、食品卫生、产品特色成了沙子坡镇的代名词,沙子坡镇的森林覆盖率从 10 年前的 24.45% 提高到现在的 52.1%,人均纯收入从 10 年前的 1650 元提高到 6833 元。

(2017 年 11 月 7 日《经济日报》13 版刊载)

印江杉树镇推行"龙头企业+"扶贫模式
绿色接力　茶香满山

秋色越深,印江土家族苗族自治县杉树镇何家梁子上的茶叶就越显摆出自己那抹靓丽的绿色。

望着随风摇曳的茶叶片,张羽诗黯然神伤:"虽然很不情愿,现在也只有把茶叶流转给公司发展,才能更好地让茶园出效益。"

8年前,28岁的张羽诗种茶植绿却是另一番心境:"茶叶没有发展好,我是不会结婚的!"而今,张羽诗只身一人,却把辛勤种植起来的茶园让给外省人去打理。

执着与放弃,张羽诗绝非是在一念之间。

与茶结缘,张羽诗是在2008年。杉树镇被列为全国首批"县为单位、整合资金、整村推进、连片开发"扶贫开发试点,几度荒芜的何家梁子成为集中打造的生态茶叶示范带。

基地政府开挖、茶叶免费提供、三年享受补助……一系列的扶持政策,吸引了在外打工青年张羽诗。返乡后,浑身是劲的张羽诗,除了把自家的土地全部用来种茶外,还在何家梁子上发展58亩茶叶。

"要么不干,要干就干个好!"张羽诗种茶倾注的不仅是资金,还有感情。他一手筹资建加工房,一手抓好基地管护,全心全意扑在茶叶发展上,每年有近5个月吃、住在山上。

然而,在茶园即将进入初采期的2011年,印江遭遇持续凝冻天气,张羽诗的茶园严重受损。"全部茶叶就像被火烧了一样。那时候是有力气上坡,没有力气下坡。"辛苦三年即将获得的第一桶金变为泡影,张羽诗进退两难。

失败面前,张羽诗并没有气馁。在政府的引导帮助下,他陆续剪掉了茶树上的枯枝,迅速追施农家肥,茶树渐渐开始发出新芽,当年茶叶收入2万多元。

人生味如茶,张羽诗品尝到的是酸与苦。"正值茶园丰采期时,又面临茶叶价格急剧下滑,加上难找采茶工、资金困难、恶劣天气影响,导致茶园面积宽、茶叶效益低。"张羽诗说,困难接踵而来,入不敷出,使得他不得不放弃对何家梁子上茶园的管护。

何家梁子上的种茶人,不仅张羽诗如此,当年集中发展的2000多亩茶叶都陷入困局:草青盖过了茶绿。

"茶叶种活一棵都很不容易,成活的茶叶不去管护,不只是资源可惜,还有民心向背。"印江杉树镇茶叶站站长冉光耀说,何家梁子的茶叶发展面临一场绿色接力——

谁来接?怎么接?今年,杉树镇多方考察后大胆推行"龙头企业+"扶贫模式,通过引进实力派企业带动茶叶发展。

不出所料,何家梁子上的茶叶和土地让林银发这位多年在贵州发展茶叶的浙江温州人一见钟情:"这里生态环境好,茶叶品质好,茶园集中连片,发展前景可观。"

今年9月,林银发创办的贵州梵净山天人合一农业开发有限公司正式与杉树镇达成投资协议,公司以茶叶20年每亩800元至1200元、土地以每年每亩10元的价格与茶农签订流转合同,把何家梁子上种植的2000多亩茶叶和土地流转过来,打造"茶旅一体化"产业示范带。

"何家梁子上的茶叶有救了!"曾经为茶叶发展发愁的张羽诗,如今把何家梁子上的茶园流转后,花精力管护山下自家土地里的十余亩茶叶,并通过茶叶加工来带动村里散户种植。

与张羽诗一样,55岁的张金武也把何家梁子上120亩茶叶流转给公司,常年在基地上负责技术管理,不仅可以收到租金,还按月领到4000多元的薪金。

流转土地得租金、入园打工得薪金、企业发展得实惠。如今,企业的入驻不仅解决了茶农的后顾之忧,也带动居住在何家梁子山下大寨村、大坪村、新宅村等六个村100余人就近打工增收,预计每年支付工资上百万元。

绿色接力,茶香满山。贵州梵净山天人合一农业开发有限公司接过的这一棒十分给力,也信心十足:管护茶园、修建厂房、美化茶园……9月以来,每天都有近百人在茶园中劳作,公路硬化加快推进,连片茶园重现生机,绿色耀眼。

按照规划,公司投资1500万元把何家梁子及周边5000余亩老茶园进行改造,用3至5年时间把低产茶园变为高产优质茶园。同时,采取立体式、循环式发展精品水果种植和生态畜牧养殖,力争实现年创1000万元利润。

(2016年12月1日《铜仁日报》3版头条刊载)

龙津街道:"精扶贷"扶出致富新路

农民变股民　红利年年领

今年,印江土家族苗族自治县龙津街道积极探索"民心党建 + 信合 + 商会"精准脱贫新路径,贫困户通过"精扶贷"政策支持,入股加入企业发展,让农民变股民、红利按年领,进一步拓展贫困户增收渠道。

家住龙津街道丰良村良一组的陈锦华一家,是典型因病致贫、缺乏劳动力的建档立卡贫困户,最初得知有"精扶贷"惠民政策时,还愁着家里既没有劳动力,又没有种养技术,没有资格享受到"精扶贷"。

然而,随着龙津街道"民心党建 + 信合 + 商会"扶贫工作启动,陈锦华从城区信用社贷出 5 万元"精扶贷",入股到企业发展,每年可以分到红利 7000 元。

"'精扶贷'这钱,要是借回去自己发展,我没有能力,所以通过村里引导就把钱放到企业去,年底还可以分红。"拿着刚办好的贷款手续和签订的入股企业发展协议,陈锦华喜笑颜开。

据了解,"精扶贷"是由农村信用社向建档立卡贫困户中有贷款意愿、有创收增收项目、有创业就业潜质和一定还款能力的农户提供"5 万元以下、3 年期内、免除担保抵押、扶贫贴息支持、县级风险补偿"的特惠金融信用贷款。

为了用好、用活这项扶贫政策推动脱贫攻坚,龙津街道以民心党建为统领,联合城区信用社、龙津街道商会,探索"民心党建 + 信合 + 商会"精准扶贫模式,在保证资金安全的前提下,本着农户与企业资源共享的原则,农户将资金入股到企业,实现年底分红,增加农民收入,助推贫困户精准脱贫。

在"精扶贷"项目实施过程中,龙津街道、城区信用社、商会明确各自职责分工,成立评审小组对企业的资产抵押、产业发展、经营运转等情况进行考察,向贫困户推荐入股企业,同时以村为单位,贫困户与企业、村委会与企业同步签订了精准脱贫协议。

"商会主要是推荐有实力、市场前景好、信誉度高、有社会担当的企业,同时,监督企业和贫困户落实手续,对'精扶贷'进行跟踪、监督,确保用好资金,企业每年准时向农户拨付红利等。"龙津街道商会会长冯景泉说。

按照协议,三年后贫困户向银行所贷5万元由企业一次性打入贫困户个人储蓄账户,季度贷款利息先由企业代缴,分红时扣除代缴利息,同时每年年底由龙津街道财政分局将财政贴息资金通过"一卡通"打入农户账户。

位于塘池建材工业园的贵州聚优钢化玻璃有限公司是该县重点招商引资落户企业,也是龙津街道推动"民心党建+信合+商会"精准脱贫工作中被选中的企业之一,贫困户入股资金注入,不仅解决了企业在扩大再生产中的资金困难,还为贫困户脱贫致富提供了安全的投资平台,达到双赢的效果。

目前,龙津街道已有丰良、红光、长坡、大竹4个村124户贫困户在"精扶贷"支持下,户均入股5万元加入企业发展,涉及4家企业。

按照计划,龙津街道将有767户建档立卡贫困户通过"精扶贷"支持入股企业发展,三年内每户实现稳定分红2.1万元以上,实现2513人脱贫,同时带动17个村贫困户到企业和合作社就业,确保到2020年与全国同步实现全面建成小康社会。

(2016年6月18日《铜仁日报》2版头条刊载)

"合"上下功夫 "治"上求实效
印江构建"2+N"社会综合治税体系

"之前总是找理由拖欠,这回清理欠税22万元和一倍的罚款成功追缴入库。"日前,印江土家族苗族自治县的"2+N"治税新招,让一纳税"老赖"遵从税法,44万元税款足额入库。

涉税信息不对称,税收流失时有发生,税款难以足额入库……这些问题很长时间困扰着印江税务部门,成为推进税收现代化建设的症结。

"以前,税务部门各自为阵、融合不够,其他部门的协作不密切、信息不畅,税收征管方式单一。"印江国税局局长毕殿清惋惜地说,机制和体制的不健全,老办法不管用、软办法不顶用,导致一些税收白白流失。

如何有效堵塞税收管理漏洞,关紧税收流失"阀门"?印江国税局毕殿清认为:"社会综合治税重点应在'合'上下功夫、在'治'上求实效。"

思深方益远,谋定而后动。2016年初,印江县委政府几经考察、反复研究后,积极探索建立国税、地税两个税务部门主抓、其他多个相关部门联合的"2+N"社会综合治税体系,深入贯彻落实中央、省、市深化国、地税征管体制改革要求,全面整合社会公共资源,初步构建"政府主导、税务主责、部门协作、公众参与、信息共享"的税收共治格局,形成全社会协税护税、综合治税的强大合力。

该县建立部门联席制度,涉税的各部门和各乡镇(街道)及时向税务部门提供涉税信息,积极支持和配合税务部门做好税收征收管理工作,形成制度化、规范化的涉税信息数据传递和共享体系,及时、准确掌握和核实涉税信息,国税部门纠正纳税申报错误信息30多户,调整调增应纳税所得额近100万元。

该县推动国地税服务深度融合,找准增加税收收入突破口,建立汇报、商量、联系机制,双方达成37项合作项目,实现"进一个门、办两家事,前台统一受理、后台分别流转",国税部门和地税部门相互间代征税额461万元。同时提供省内代开发票、申报纳税、二维码一次性告知、无纸化免填单等服务,使纳税人方便办税。

该县对照梳理服务流程,减少审批流转环节和涉税资料的报送,取消、简并、缩减23项业务工作节点和办理时限,12项涉税事项办理压缩一半时间。该县通过"网上申领＋物流配送"模式,使纳税人足不出户办妥发票领购事宜。

诚信者一路绿灯、失信者步步难行。该县对纳税"老赖"使出狠招,建立纳税诚信体系建设,对税务部门已公布的重大税收违法案件当事人,通过强化税务管理、阻止出境、限制担任相关职务等方式予以惩戒,让纳税"老赖"无处遁形。

去年,国税部门通过相关部门的协调配合追缴税款2010万元,利用综合治税信息清收营改增企业欠税1950万元,采取以电控税方法查补增值税60万元,年增砂石行业增值税300万元。今年第一季度,国税部门入库税收8163万元,增收4651万元,同比增长132.43%;地税部门一般预算内收入入库5223万元,增收442.78万元,同比增长9.26%。

（2017年5月24日《贵州日报》5版刊载）

"走读"变"住读"作风大转变
新寨乡重拳治理干部"走读"风

下午5:30,到了晚饭开餐时间。印江土家族苗族自治县新寨乡60多名干部陆续走进政府廉政食堂用餐。与四个月前相比,吃饭人数多了十倍。

"从今年5月开始,每餐在食堂吃饭的干部8桌以上已经持续4个多月。"新寨党委书记吴旭说,这种现象缘于乡里整治干部"走读"风,"走读"干部都"住读"了,吃住都在乡里不仅方便群众办事,还促进干部间交流,推动干部走基层、解难题、办实事、惠民生。

"工作时间大家都忙各自的,吃饭其实是认识老同志的机会。之前来这里工作八九个月时间了,同事之间相互认识的不到20人。"2013年9月到新寨乡政府工作的青年小伙子柳志敏说,"不是自己不愿跟别人交流,而是大家在一起的时间少,上班时间都忙自己的,下班后大部分干部都回县城住。"

新寨乡集镇离印江县城不到20公里,驾车30分钟左右,便捷的交通优势为乡里干部走读创造了条件。干部工作虽在乡里,吃住却在县城,一些干部上午10点人没到,下午4点就回家……如此干部走读现象在新寨乡104名干部中就占了九成以上。

"干部'走读'风,不仅'走'低了工作效率,而且'走'差了干部形象,'走'疏了干群关系,让我们干部管理难、群众办事难、工作推动难,去年全乡经济社会发展工作在印江县17个乡镇年度目标考核中倒数第三。"谈起治理乡干部"走读"的动因时,新寨乡党委书记吴旭坦言说。

"开展党的群众路线教育实践活动,我们就是从干部的走读风'开刀'。"今年5月以来,新寨乡通过听证、讨论,制定了签到签退制度、书面请销假制度、不到岗扣分扣款制度、公车管理制度、驻村干部考核办法等16个管理制度,全面推行"543"工作机制,规定干部每周在乡镇不少于5天,住宿不少于4个晚上,入村调研和解决问题不少于3天。同时,新寨乡从改善食堂条件、丰富精神文化入手,努力让走读干部安心住下来。

制度的遵守领导示范是关键。为此,新寨乡采取"抓两头带中间稳大局"的管理方式,一头抓党政班子率先示范,带头遵守规章制度;一头采取一盯一、一带一、鼓励干部监督班子成员等措施,抓好后进干部的监督和管理,从而带动中间干部遵守管理制度。同时,采取定期或不定期的明查暗访,对违规的乡干部进行通报曝光。

吴旭说:"一时间,绝大多数干部遵守较好,也有1名干部因一次旷工被扣100元,情绪不满,喝酒闹事,被调整到边远乡镇。4人因工作不务实、作风漂浮,被调整岗位。"

"以前,乡干部白天找不到,晚上进城没法找。现在办事方便,还时不时下村。"新寨乡乐洋村村民杨德凤说。

"自住下来后,我们才真正融入这片土地,我们干的是本职事,群众却给我们很高的评价,我感受到自己工作的价值所在。"新寨乡民政办主任张西明深有感触地说。

干部变"走读"为"住读"后,勤政为民蔚然成风。由"常回家看看"到"常下村干干、常与群众谈谈",乡干部经常深入农户家中听农家言、解农家忧、排农家难、造农家福,有力推动经济社会发展。今年上半年,新寨乡烤烟、政法、茶叶等工作均走在全县前列。

(2014 年 9 月 14 日《贵州日报》1 版、2014 年 11 月 8 日《铜仁日报》2 版头条刊载)

印江经济开发区创新招商引资上演——
"凤"自京城归、"雁"从岭南来

一个是从北京带着团队回乡圆梦，一个是从广东搬着设备黔东追梦。2016年，印江土家族苗族自治县经济开发区很不平凡，通过创新引"凤"、贴心护"巢"，上演了一场用贵州话和广东话讲述的精彩故事："凤"自京城归、"雁"从岭南来。

任廷慧，"凤"自京城归的主人翁，印江翔云服装有限公司董事长

一年前，家住印江板溪镇坪底村的任廷慧带着几名乡亲还在广东、北京打拼。和她一起闯荡的乡亲们与家人聚少离多，情境时常触动着她的心灵，回乡创业的念头在她的脑海里越来越强烈。

任廷慧深情地说："我看到乡亲们每年春节来回都非常辛苦，很花钱，一年回来只有10天左右跟家人团聚，小孩跟父母都比较陌生，自己感到非常难过！"2016年9月，经过任廷慧和印江投资促进局双方考察洽谈、投资签约后，任廷慧带着一起打拼多年的团队，从北京回到印江经济开发区，成立印江翔云服装有限公司，圆了自己多年的回乡创业梦。

"我们投产速度是飞速的！"任廷慧说，从签合同到投产的一个多月里，让她感受到印江各项优惠政策，目前公司已建成年产100万套服装生产线，承接来自省内外学校、工厂、医院及执法人员服装的订单。

朱爱民，"雁"从岭南来的主人翁，印江千彩印刷包装有限公司总经理

"印江投资环境好，园区缺少印刷包装企业，投资创业的空间大！"2016年初，印江凯琦科技公司总经理的一席话，打动了在广东深圳印刷包装行业打拼多年的朱爱明。

"我们来印江考察后，感觉这里确实很好！优惠政策多、厂房免租三年，水电费标准比深圳降低一半。"朱爱明追着"千彩梦"，从岭南"迁徙"黔东，让他意想不到的是,在短短一个月时间里,公司的生产线快速建成投产。

目前,公司一边开足马力赶制产品,一边招兵买马、扩大生产线,力争2017年实现产值突破5000万元,打造铜仁市印刷行业的龙头企业。

"千彩印刷包装有限公司宛如一颗珠子,补齐了印江产业发展链条。"印江经开区企业服务中心主任冉茂钊说,以前由于电子产业发展包装脱节,包装材料从广东一带运过来,无疑增加了企业的物流成本。通过采取补链招商、以商招商方式,将有效破解企业"孤岛式"引进,聚集产业"抱团式"发展。

[新闻链接]

2016年以来,印江经济开发区坚持"特色发展、创新发展、绿色发展"理念,以引进的电子、轻纺等重点企业为依托,创新招商方式,完善优惠政策,建立项目并联审批、全程代办服务机制,培育壮大"特色食品及大健康、建材及装饰、大数据电子信息"三大主导产业,累计入驻企业66户,规模企业52户,工业产值近40亿元,产业工人1万人。

据印江经开区管委会主任罗世友介绍,下一步,印江将深入贯彻落实党的十八届六中全会和市第二次党代会精神,按照市委、市政府提出的"一区五地"宏伟蓝图,念好山字经、做好水文章、打好生态牌,着力编制一批项目、招商一批项目、投产一批项目,将印江经济开发区打造成为承接东部沿海产业转移示范基地、铜仁西部产业新城和绿色发展先行先试示范区。

(2017年2月14日《铜仁日报》5版头条刊载)

整合资源　整村治理　整乡推进
印江创新农村社会治理有实效

近段时间,印江土家族苗族自治县中兴街道堰塘村刘某的日子过得安稳起来,曾缠访、闹访长达6年之久的她,如今思想得以改变,是因该县创新了社会治理工作机制。

今年3月,该县以"送法进村"活动为载体,对信访上访多发的"重点村"开展专项整治。依据《信访条例》对刘某进行训诫,并多次到刘某家中通过政策宣传、法治宣讲、感恩教育、母亲榜样教育,耐心对其进行心理疏导和思想教育,最终化解了刘某多年的心结。

"送法进村,关键在于整合各部门资源,精准整治突出问题。"中兴街道党工委副书记、政法委书记田鑫说,推进农村社会治理的核心在于坚持法治理念、法治思维、法治方式全程运用,法治宣传、法治教育、法治实践联动集成,做到诉求合理的解决到位、诉求无理的思想教育到位、生活困难的帮扶救助到位。

如今,"送法进村"活动覆盖中兴街道18个行政村,今年在重大项目建设征地、拆迁中实现"零"上访,信访件同比下降10%。

村里要发展,稳定是关键。板溪镇凯塘村支书吴宗昂对此深有体会。以前,由于村里群众矛盾纠纷多,村支两委的精力大多在处理群众的矛盾纠纷和信访事件,发展步伐滞缓。

2015年以来,该县全面持续推进农村"法律明白人"培训工程,板溪镇凯塘村先后组织15名村组干部和党员参加集中培训,考试合格后成为农村"法律明白人",并被聘请承担村级法制宣传、法律服务、法律援助、依法调处矛盾纠纷工作,实现"小事不出组,大事不出村,难事不出镇"。

"矛盾纠纷少了,村里群众都把心思放在抓发展上来了。"吴宗昂说,如今凯塘村农民年人均纯收入已突破8000元,实现了村美人和产业兴。

着眼于畅通群众诉求渠道,该县还探索推行"信访代理"制度,由镇村干部以及法律从业者作为代理人,与信访人就信访事项签订代理协议,代信访人到有关部门反映诉求、提出意见和建议,有效解决联系服务群众"最后一公里"问题。

"推进农村社会治理,关键在于找准病根、开对药方。"印江县委常委、政法委书记、公安局局长杨忠善说,通过创新方式、积极推进法律明白人培养、信访代理、送法进村,形成了"县乡联动、整合资源,精准整治、整村治理,依法管理、整乡推进"社会治理工作机制,农村社会治理成效明显提升。

截至目前,该县培养农村"法律明白人"4000 余人,送法进村 360 场次,信访代理 480 件,连续四年群体性事件"零"发生。

(2017 年 11 月 24 日《铜仁日报》1 版、2017 年 12 月 11 日《贵州日报》2 版刊载)

限时完成　按天督查　定期通报
印江"倒排工期"刷新项目建设速度

　　四月,走进印江土家族苗族自治县小云工业园区,二期19栋标准厂房如雨后春笋拔地而起,园区干道建设、美化亮化工作接近尾声,科音、蓁漉、净山食品等落户企业纷纷投产运行。

　　"园区项目建设快速推进、落户企业早投产,这些还真是得力于我们县主张的'倒排工期'制度!"在工地上巡查的印江自治县园区管委会副主任李青云告诉笔者。

　　自去年12月以来,印江在园区项目建设中实行"倒排工期"制度,先把项目完工时间确定后,再根据项目施工过程向前拟定每一阶段完工时间,便于督促和检查,保障最后在预定时间内完成工程,使项目建设做到了定人员、定任务、定工期、定期督查、定期通报。

　　压力催生动力。在该县小云工业园二期标准厂房建设工地上,吊塔林立,机器轰鸣,300余名工人正在铆足干劲加快工程建设,呈现出一派如火如荼的施工场景。

　　小云工业园区二期19栋标准厂房建设,是印江走标准化、节约型厂房建设路子的一个缩影。厂房建筑占地面积45286平方米,总建筑面积16万平方米,建筑层数均为4层,钢筋砼框架结构。项目建成后,至少可以容纳50家企业入驻标准厂房,可解决3.5万余人就业。

　　为了赶工期,施工方增派施工人员200多人、吊塔10台,分成10个工组,实行"白加黑"两班轮流抢抓工期,全速推进工业园区二期19栋标准厂房建设。

　　在"倒排工期"制度推进中,该县实行"按天督查、按周通报",并针对每个工地派出了相应的现场监管人员,每天进行施工巡查日志的建立,统计施工量和上工人数等相关事项,做到及时查找问题,及时加以整改,确保工程顺利推进。

　　"如果工程在分项时间段没有达到,我们就召集相关部门召开例会,研究如何在保障建筑质量、建筑安全的前提下,把上一时间节点所损失的抢回来,从而保障'倒排工期'的权威性和严肃性。"李青云说。

　　截至 4 月 15 日,印江小云工业园区二期工程标准厂房建设已完成主体框架工程的 68% ,预计在 5 月底主体工程可竣工。目前,"倒排工期"制度已在印江园区基础设施、城市道路、旅游基础设施等项目建设中推广运用,成为加快推进项目建设的"助推器",不断刷新项目建设速度。

　　　　　　　　　　　　(2013 年 4 月 18 日《铜仁日报》1 版头条刊载)

印江:科技含量为"万元田"添分量

一亩田收入上万元,这是过去农民想都想不到的事,如今,在科技的引领下,这种不可思议的事,在印江土家族苗族自治县将变成现实。

寒冬,走进印江杨柳乡崔山村,一排排白色的钢架大棚整齐划一地建立在机耕道两旁。温暖的大棚里,村民贾建亚夫妇在技术员的指导下,正忙着对草莓进行日常管理。

"没想到第一次种这个品种,如此顺利,我们做管理,就是争取能赶上春节火爆市场,卖个好价钱!"看着绿叶下渐渐成熟的草莓,村民贾建亚流露出一脸的喜悦。

杨柳乡地势海拔较高、昼夜温差较大。近年来,该乡积极争取项目资金465万元,在崔山、新屯、白虎嘴建设500亩高标准产业示范园。项目实施后,达到了"田地平整肥沃、水利设施配套、田间道路畅通、科技先进实用、优质高产高效"的总体目标。

"用科技来搞农业,就是不一样。在大棚种植蔬菜可以提早移栽、提早成熟、提早上市,病虫害也减少了。同时,对提高蔬菜和水果的品质有很大好处。"正在大棚里管理香菜的村民崔照权深有感触地说。

2012年,杨柳乡按照"大力调整产业结构,突出名优特新、设施栽培、标准化生产三大理念",充分发挥好崔山村高标准农田示范园的带动作用,积极打造"万元田"示范样板。该乡采取"走出去""引进来"等方式,先后组织群众外出考察学习水果、食用菌种植技术,并从山东省寿光市聘请果蔬专业技术员蹲点为农户的蔬菜和水果种植进行指导,确保"万元田"取得实效。

截至目前,该乡示范田里已搭建钢架大棚39个、面积51.8亩,已带动周边10户群众常年种植黄瓜、西瓜、西红柿、辣椒、茄子、香菜、茼蒿、生菜等蔬菜和水果。预计,示范园内年产值可达52万元。

在该县板溪镇凯塘村食用菌基地,一场绿色"科技革命"正悄然展开。黑白相间的菌棒,铺天盖地摆满了稻田,让人为之震撼。

"发展食用菌就是一个技术含量高的产业。"为了解决技术难题,该县板溪镇引进浙江客商与农户组建了印龙食用菌专业合作社,采取"合作社+基地+农户"的运行模式,带动周边 34 户农户发展香菇、黑木耳 300 亩。到目前,产值已达到 150 多万元。预计,产值将实现 1200 万元,利润 600 万元,带动邻近村寨 100 多人就业,支付劳务费 150 万元。

"一亩田一年要收入 1 万元,我看发展这个食用菌确实是个好的选择。去年我发展的,一亩都不止 1 万元。这次我发展的 6 亩食用菌,收入 12 万元也应该没有问题!"村民周卓浪笑着说。

2012 年,该县为了进一步提升"梵净蘑菇"品牌,助推食用菌产业向标准化生产,已投入资金 90 万元在板溪镇凯塘村连片建设 56 个食用菌标准生产大棚,种植 4000 多株速生桤木树。

"建这个标准化菌棚,就可以实行人工控温,根据市场产品的需求量来调节温度,促进食用菌生产。一个是提高我们的产量,另一个是增加群众的收入。"该县食用菌产业办主任任志华介绍,在菌棚与菌棚间种植速生桤木树,不仅能处理好生态保护与食用菌产业发展关系,减轻环境压力,还能进一步推进集休闲、观光、示范为一体的产业园区建设。

像如此"以示范园为引领、用科技做支撑、以特色为重点,筑牢农民增收平台"的增收致富途径,正是印江在推进"万元田"建设中的重要举措。如今,"万元田"示范园如雨后春笋在印江大地上蓬勃兴起。

在"万元田"建设中,该县坚持效益优先、彰显特色、科技先导、示范带动的原则,本着"一年拉开框架,二年初见雏形,三年基本建成,四年凸显成效"的要求,积极探索香菇种植、稻耳轮作、蔬菜一年三熟种植、果蔬间作、茶蔬间作等发展模式,促进农业健康发展,确保农民持续增收。

截至目前,该县已在 17 个乡镇落实"万元田"9900 亩。2013 年该县创建"万元田"1 万亩,通过循序渐进,逐年扩大规模,到 2016 年,全县累计创建"万元田"5 万亩,粮经比调整到 35∶65。

(2013 年 1 月 18 日《铜仁日报》2 版头条、2013 年 4 月 3 日《贵州日报》10 版刊载)

印江周家湾村：
立下护路公约 村民轮流上阵

　　又到了农历 2 月底，印江土家族苗族自治县缠溪镇周家湾村的村民一大早就带上扫帚、铁锹、锄头，到村口的通村公路上打扫卫生，清理路边沟里的淤泥，拔除路肩上的杂草，成了乡村道路上的一道风景线。如今，遵照村里制定的公约，每个月底对通村公路进行一次义务养护，已成了周家湾村 7 个村民小组的"必修课"。

　　缠溪镇周家湾村是印江县一个贫困山村，山高坡陡、沟壑纵横，全村 7 个村民组 232 户 989 名群众星罗棋布居住在崇山峻岭之中，交通闭塞一直制约着当地农民脱贫致富，通公路成了当地祖祖辈辈的愿望。

　　"这个路从 1997 年就开始动工挖起，挖了 8 年后才挖通，虽然修通了，泥浆很深，摩托车都走不得。烤烟的时候，要挑煤都要去几公里远的地方去挑。"回忆起过去的辛酸路，村民简叶凡直摇头。

　　近年来，得益于"四在农家·美丽乡村"小康路行动计划的加快推进，缠溪镇周家湾村 8 千米的通村公路由晴通雨阻的泥巴路变成了宽阔美丽的水泥路，改善了近千名贫困群众的出行环境。

　　"公路修好了，养不好就会影响通行，国家把我们村的公路硬化了，所以我们没有理由不养护好，毕竟自己受益。"村委会主任柳传军说，起初硬化后的通村公路交由村里一个人养护，由于管护路段长、山体容易滑坡、管理难度非常大，一些塌方体长时间难以清除，影响着进出村寨的车辆通行。

　　去年 6 月以来，周家湾村民统一行动起来，成立了公路管路委员会，把公路的建、管、养等列入村规民约，主要内容包括：通村公路义务清扫的时间、养护要求，通村公路管养经费管理，毁坏公路处罚及举报奖励等。

　　有路不忘无路苦，勤加养护谢党恩。从祖祖辈辈盼路到全村老少修路，从晴通雨阻的泥巴路到宽阔美丽的水泥路，饱受无路、烂路之苦的周家湾村民感受到了政策的温暖，管路护路意识尤其强烈，每次养护都有 40 人以上，目前参与集体养护达到 500 多人次。

路好了,村民发展的积极性也高了。村民吴江种植了 50 亩桐子,村民吴昌明发展了 150 株三红橙……

柳传军说:"路好了,我们全村与外面连接了,对发展就有了信心了。下步,将引导在外乡贤回乡发展产业,带领村民脱贫。"

【采访手记】
为周家湾村民点赞

无路,周家湾村民饱受深居大山的苦楚日子。

修路,周家湾村民演绎不等不靠的生动故事。

护路,周家湾村民倾诉烂路变好的感激之情。

八千米路情与恩,勤加养护表心真。周家湾村民轮流养路的"必修课",让人学的不仅是爱路护路意识,还有那心存感激、饮水思源的感恩情怀和同心协力的无畏精神。

为民修路,修路为民。当前,全县通村公路建设逐渐覆盖全县行政村,而一些通村公路却遭到无故破坏,或因管理跟不上影响车辆通行。周家湾村立下护路公约,村民轮流养路成为公路养护新的模式,让通村公路变得通畅、美丽,更需要的是大家共同爱护。

(2016 年 4 月 11 日《铜仁日报》5 版、2016 年 6 月 7 日《贵州日报》9 版刊载)

洋溪镇茶叶专业合作社助推茶产业快速发展

仲夏的印江土家族苗族自治县洋溪镇茶香飘荡,沁人心脾。在成千上万亩的茶海里,采茶工人劳作的身影随处可见,欢声笑语伴着茶浪起伏跌宕,漫步其间,真使人陶醉。

傍晚收工时,洋溪镇茶叶专业合作社理事长任政把四轮车开到茶山上忙活收茶叶。"现在加入了专业合作社,方便多了。我们卖茶叶都不用跑路,每天还有人到家门口来收。"

茶农何仁虎介绍,2010 年 10 月,在洋溪镇成立茶叶专业合作社之际,他就第一个报名入股参加合作社。他说:"不用担心销售和技术了,只要做好茶叶管护工作,提高茶叶的下树率,不仅在卖茶青上有可观的收入,年底合作社分红还有一笔。"

洋溪镇素有"万亩生态茶乡"之称。目前,已拥有生态茶园面积 2 万多亩。近年来,该镇把茶产业作为群众增收致富的主导产业,不断扩大茶叶种植面积,已打造了桅杆、曾心、新黔等一批茶叶专业村。但是,由于在茶叶生产、加工、销售等过程存在一定的困难,茶农在茶产业发展上获得收入只是靠卖茶青。为此,该镇积极探索茶产业发展新路子,鼓励和扶持懂技术的茶农和干部带头组建了洋溪茶叶专业合作社。

"我们通过组建这个茶叶专业合作社,主要是解决一家一户分散经营解决不了的茶叶生产经营过程中加工技术、信息服务等问题,以达到增加茶叶产量,提高产品质量,促进销售,提高种茶效益,增加农民收入,来推动全镇茶叶产业健康快速发展。"谈及专业合作社最初组建的想法,该镇茶叶专业合作社理事长任政如是说。

在组建合作社之初,加入合作社的人寥寥无几。不少茶农看到干部都在出钱入股,也就抱着试一试的心态。

"当初加入合作社时我还有顾虑,没想到确实还行,不仅在卖茶青上比往年多了,年底还分得了5000块红利。"在该社带动下,入社社员何仁虎的茶叶提质增收效果明显。

该合作社自成立以来,以服务社员为宗旨,谋求全体社员共同利益为目标,把更多的利益让利于茶农,把年加工、销售所得净利润的60%作为社员交售茶青到合作社的返利,40%作为社员出资额的分红。去年,该合作社实现利润11.3万元,社员茶青二次返利8万元,提留公积金3.3万元,很好地带动了周边茶农发展,大大提高了农户的种茶积极性。

以前,一直是单打独斗的该镇曾新村种茶户刘云,2011年通过加入茶叶专业合作社后,茶叶经济收入增加了3倍。

"没有加入合作社前,我种植的50亩茶叶每年收入只有2万元左右,去年加入合作社后,我50亩茶叶收入有6万多元。"谈起专业合作社给农民带来的好处,茶叶专业合作社社员刘云深有感触。

2011年3月,洋溪镇茶叶专业合作社注册成立,刘云就报名入股2万元加入合作社,合作社投产运行的第一年就实现产值96万元,利润达12万元。去年底刘云就分得了1.5万多元,茶青收入近5万元。

经过一年多时间的发展,如今合作社的社员已发展到了165人,覆盖了该镇洋溪、曾心、双龙、冷水、新阳、新黔、山岔、合心等村,茶园面积扩大到了2300多亩,已建成茶叶加工厂房960平方米,机械设备32台(套)。

随着合作社社员的增加,茶园面积不断扩大,加之大面积的幼龄茶园陆续投产,茶叶加工就尤为重要,以前合作社已建成的厂房、购置机器设备也不够用了。

今年春季,该专业合作社已生产1000余斤"梵净山翠峰茶",茶农将茶青以每斤90元的价格卖出,实际收入超过150万元。

"目前,我们正在进一步规划建设厂房,筹资添置设备,下一步,我们还将在双龙村建一个茶叶加工厂,满足茶叶生产需要,通过我们的专业合作社来带动更多的茶农增收致富。"谈及下一步合作社的打算,任政信心十足。

(2012年7月19日《铜仁日报》5版头条刊载)

优化区域布局　　调整种植结构　　抓好示范带动

印江特色产业促农增效助农增收

盛夏时节,走进印江土家族苗族自治县合水镇高寨村上寨,与往年不同的是,连片的稻田里长的不是水稻,而是碧绿的芋荷。种植户吴华南正组织 10 多名群众采收芋荷秆。今年,他与印江净山食品公司签订收购合同,订单发展 200 亩芋荷,种植技术和销路都有保障。

"种芋荷比种稻谷好多了,吹糠见米,是短、平、快产业。"吴华南扳着手指向记者算了一笔账:芋荷秆 0.8 元每斤,亩产 5000 余斤;芋头 2.5 元每斤,亩产 2500 斤左右,每亩收入 1 万余元,而且还可以种植第二季农作物。

以前由于种植技术传统、品种单一,不少农民守着自家的几亩好田好土却过着穷日子。近年来,农业现代化进程不断推进,种地的人也转变了耕种方式。

今年 61 岁的合水镇高寨村村民田和平,自村里发展芋荷种植后,她就把自家的 2 亩土地租给种植大户,然后到基地上打工,每年除收得 1400 元的租金外,每月还能挣到 1500 多元的工钱。

"原来一亩地种谷子才产八九百斤,现在半个月的收入就有那么多了。"田和平高兴地说。

"只要产业调整好,挣钱何须往外跑",通过优化调整产业结构,发展特色产业促农业增效、农民增收,也吸引了不少外出务工人员返乡发展,将农户原本分散的土地集中起来、统一使用,设施农业、规模农业有了大展拳脚的广阔舞台。

在印江合水镇坪楼生态葡萄观光园里,一垄垄葱郁整齐的葡萄架上,挂满着一串串套着白色袋子的葡萄,随便打开一个,满是圆润饱满的葡萄,煞是喜人。

"你看,我们的葡萄,不管是色泽还是颗粒都比较均匀,因为我们要打造生态葡萄品牌,全是用鸡粪、牛粪农家肥,除草也全是人工,不打农药。"种植户杨通武说。

2011 年,在现代农业示范园区的带动下,杨通武返乡后与村民合伙种植 500

亩生态葡萄观光园,由于采用了无公害、高科技、规模化种植,葡萄果型好、甜度高,备受消费者喜爱。

目前,园内有美人指、红提、巨峰等9个葡萄品种,现在陆续进入了采收期,吸引着不少游客前去品尝、采购。预计今年产量达120吨,产值在120万元左右。

印江是典型的山区农业耕作县,土地集中流转、扶持能人大户、改良种植品种是印江农业产业结构调整的关键词。

该县提出了"围绕主导产业,优化区域布局;围绕增收致富,促进群众增收;围绕市场需求,调整种植结构;围绕公路沿线,抓好示范带动"的"四个围绕"工作思路,采取"政府引导、企业主体、市场主导"为发展方式,以现代高效农业示范园区和"三个万元"工程为抓手,加快推进农业现代化进程。

今年上半年,该县新植茶园3.3万亩、实现春茶产值6.03亿元,生产食用菌3520万棒、产值1.55亿元,发展核桃7.5万亩、烤烟2.64万亩,创建"万元田"1.8万亩、"万元山"1.2万亩。预计,2014年农业总产值达28.2亿元,同比增长8.2%;农民人均纯收入实现6010元,同比增长17.5%。

(2014年8月16日《铜仁日报》3版头条刊载)

解决"入园难"问题 整治"小学化"倾向
印江学前教育三年行动计划见实效

2011 年以来,印江土家族苗族自治县启动学前教育三年行动计划,整合资金2843.6 万元积极实施学前教育突破工程,普惠性学前教育资源逐年增加,学前三年入园率由 2010 年的 65% 提高到 2013 年的 72%,群众对学前教育的满意率为 91.2%。

该县把学前教育纳入全县国民经济和社会发展"十二五"规划,加强了政府对学前教育发展的领导,建立和完善督促检查、考核奖惩和问责机制,倾力实施城镇和农村公办幼儿园建设工程。2011 年以来,该县新建天堂镇、新寨乡、板溪镇等 9 所幼儿园,维修改造农村小学富余校舍 15 所,满足农村幼儿就近入园需求。

该县建立学前教育资助制度,三年来积极争取中央、省、市扶持民办幼儿园发展奖补资金 235 万元,资助民办幼儿园的发展。同时,督促民办幼儿园依法提取发展基金 162 万元,用于幼儿园建设、维护和教学设备的添置、更新等,不断改善办园条件。

"要使学前教育健康发展,核心是遵循教育规律,提高幼儿园保教水平和质量。我们用《3 - 6 岁儿童学习与发展指南》指导全县幼儿教育工作。整治幼儿教育'小学化'倾向,突出游戏特点,让儿童在学中玩,在玩中学,让幼儿园成为小孩子的乐园。"印江自治县教育局党组书记、局长江航军说。

为了有效解决幼儿园教育"小学化"倾向的问题,该县制定了《印江自治县学前教育宣传月活动方案》,并明确每年 5 月 20 日至 6 月 20 日为学前教育宣传月,广泛宣传国家、省、市学前教育政策法规及科学保教理念,营造全社会关心重视和支持学前教育发展的良好社会氛围,促进学前教育健康科学发展。同时,把规范幼儿园保育教育工作、防止和纠正"小学化"现象作为春秋两季开学工作检查的重要内容,深入各幼儿园进行督查指导,及时发现问题并有效整改。

幼儿教师队伍建设是学前教育发展的关键要素,三年来印江县投资 50 万元举办学前教育师资培训,拿出 48.2 万元奖励在学前教育工作中做出突出贡献的单位和个人。同时,印江县公开招聘幼儿教师 173 人,进一步优化公办幼儿园教师结构,建立较稳定的学前教育教师队伍。

在学前教育管理中,该县实行民办幼儿园审批登记和年检制度,坚持年检制度和年检情况通报,及时对年检整改意见落实情况进行跟踪督查。同时,建立学前教育管理信息系统、重视幼儿园安全保障和卫生健康工作,强化幼儿园校车的安全检测和驾驶人员的资质审核与管理,确保幼儿的生命安全。三年来,印江县各级各类幼儿园未发生重大安全事故,群众对学前教育的工作非常满意。

江航军介绍,下一步印江将实施 2014 年至 2016 年第二轮学前教育三年行动计划,建立政府主导、社会参与、公办民办并举的学前教育体制,坚持大力发展普惠性幼儿园,着力解决"入园难"问题,全面提高学前教育普及程度。

(2014 年 1 月 22 日《铜仁日报》8 版头条刊载)

印江：农特产品搭上"电商快车"

连日来，印江土家族苗族自治县依仁食品有限公司趁着晴好天气，组织工人加工红薯粉。口感细腻爽滑的红薯粉备受消费者喜爱，线上、线下抢购一派火热。

"特别是搭上 1688 电商平台，提高了我们产品的知名度，效益大幅提升。去年产值 3208 万元，今年预计突破 5000 万元。"印江依仁食品有限公司总经理马贵成打开自家的电商平台，喜笑颜开。

马贵成坦言，公司年产值实现新的突破，产品走电商平台的路子功不可没。以前都是采取线下销售，大批量的不多，销售渠道单一。目前，公司正在进一步加强电商平台建设，为来年实现新的突破打好基础。

印江地处梵净山西麓，是一个典型的山地特色农业县，近年来该县立足资源优势，大力发展茶叶、精品水果、食用菌等特色产业，取得了较好成效。然而，优质的农特产品曾因大山阻隔，"待字闺中"。

转机就在 2013 年，印江在全省率先与阿里巴巴集团和淘宝网探讨电子商务方面合作，淘宝网"特色中国·印江馆"成为全国第三家、少数民族第一家、全省第一家特色中国县级馆正式开馆运营，快速便捷的电子商务让武陵山区腹地的印江自治县看到了希望。大量土特产品采用"线上＋线下"一体化营销模式，销往全国各地，不仅解决了供求信息不畅、营销手段单一等问题，还有效减少了流通环节、降低了销售成本。

去年以来，印江积极探索实施"周周有主题培训、月月有产品上线、季季有营销活动、年年有产业孵化'四措并举'、做强特色农业和文化旅游'二大产业'、建成全国电子商务进农村综合示范县'一个目标'"的"421 工程"，规划建设电子商务产业园，建成集公共服务、市场运营、商品展示、孵化培训、冷链物流、农特产品质量安全检测等为一体的电商产业发展基础配套体系，引进阿里巴巴、苏宁易购、邮政电商等 31 家电商企业入驻电商产业园，初步形成电子商务立足一产、连接二产、促进三产的发展格局。

与此同时,该县结合"小康讯""村村通"和"小康路"等资源搭建信息物流平台,涌现出16家快递公司、20家物流公司,建立3条"农村淘宝"物流专线,加密3条邮政快递配送专线,延伸7家快递接入点,形成以县城为中心、连接17个乡镇(街道)、村的三级物流运输网络,全县行政村快递物流覆盖率已达95%。

"积极拥抱互联网,搭上电子商务的快车,让印江农业特色产业发展找到一条转型新路。"印江电商办负责人介绍,目前已孵化湄坨茶叶、云伴科技等30家电商企业,引导依仁食品、鼎牛食品等50多家企业向电商转型,发展网商网店500多家,开通各类村级电商服务站183个,仅仅是2016年生产的红苕粉、绿茶、紫薯、金香橘、牛肉干、绿豆粉、酸芋荷等52款农特产品通过网上销售,就完成上行交易54.49万单,实现销售产值5800多万元。

(2017年1月25日《铜仁日报》3版刊载)

隐患不除绝不撤退！
印江、石阡、思南三地协作排险

　　受强降雨影响，7月17日，位于印江、石阡、思南三县交界处的印江土家族苗族自治县杨柳乡大兴村翁谷溪病险水库排洪道堵塞，导致水面不断上升。由于水库多年没有储水，加之正在改造，水库随时都面临溃坝危险。水库一旦决堤，将给下游印江杨柳乡、石阡坪地场乡44户170多人的生命财产安全造成不可估量的损失。

　　险情发生后，印江、石阡立即派出工作组赶赴现场指导，采取县、乡、村三级联动，挨家挨户把170多名群众紧急疏散转移到2公里外的中山小学并妥善安置。通过召开专题会，制定了排险方案，加强值班观测。当天晚上，印江、石阡两县水务和电力部门立即调运了6台抽水泵进行24小时抽水。

　　水库容量在34万方左右，仅凭6台抽水泵抽干库内的洪水要待何时？抽水机告急！供电设备告急！在紧急关头，印江、石阡两县相关负责人迅速组织水务、电力和民兵应急分队调运抽水机加速抽水作业。思南县以最快速度把应急供电车开到现场，工作人员快速安装接通线路，保证了抽水排险供电需求。

　　7月22日，距离印江杨柳乡翁谷溪水库发生重大险情已经第6天了，但水库的险情依然严峻，降低水库的水位，减轻洪水对坝基的压力，仍然是抢险工作组要解决的核心问题。

　　"水抽不干，决不罢休！隐患不除，绝不撤退！"在水库排险现场，6台发电机轰轰作响，26台抽水泵紧张运行，150多名干部群众顶着烈日安装大型抽水机。搬抽水泵、抬排洪管、安装抽水管道……他们的衣服干了又湿、湿了又干，一心只想水库险情尽快排出。

　　邹佶宏是一名党员，也是一名武装干事。险情发生第一时间他就迅速赶到现场，在党委、政府的统一调度指挥下，挨家挨户疏散群众，把170多名群众紧急转移到2公里外的中山小学并妥善安置。"在水库出现险情，人民群众的生命财产受到威胁时，作为一名党员，积极参与到排险中，这是我应该做的。"邹佶宏说。

为了保障水库排险的供电需求，驻村干部文波已经五天五夜没有睡上一个好觉了。从接到抢险电话后，他就积极调运供电应急车辆和设备赶赴现场进行抢险。但由于印江供电应急设备不能满足排险用电需求，他便主动联络和协调石阡、思南供电局的应急设备，保证了水库排险正常运行。连续几天，他和同事都吃住在供电应急车上。

在水库排险中，三县积极发扬了县与县、乡与乡、村与村、组与组互帮互助、团结一致、众志成城、并肩排险的优良作风，充分发挥了党组织的战斗堡垒作用，在险情面前，党员干部群众不怕苦、不怕累，发扬了艰苦奋斗、敢于战斗的优良传统。

在各级干部群众的坚守和奋战中，水库以每小时 3300 方的排水量不断下降，险情得到了有效控制。

（2012 年 7 月 25 日《铜仁日报》3 版头条刊载）

印江"两栖"农民种地打工两不误

清晨,笼罩在湿漉漉晨雾中的印江土家族苗族自治县新寨乡后坝村杨家组显得格外宁静。与往常一样,村民杨秀林炒碗热饭吃后,骑着两轮摩托,带上几样工具,又赶往 1 公里外的小云工业园区修建标准厂房。

一到工地,杨秀林便忙碌开了。虽然已年过花甲,但手脚灵便、动作麻利,工作起来的速度一点都不比同行的年轻人慢。

杨秀林告诉记者,他干建筑工已有 30 多年。一直以来,他都是农忙时节在家里料理农事,农闲时节就背着砖刀东一家、西一家,给村民修建房屋、圈舍,做小工挣点零用钱,成了当地典型的"两栖"农民。

2012 年,对于杨秀林来说,是一个丰收年,也是一个幸福年。他和妻子种植的 7 亩半烤烟,纯收入 3 万余元。他还抽空在印江工业园区建筑工地打零工收入 2 万多块,一家人的生活过得像模像样。

今年春节刚过,他又到印江小云工业园区二期标准厂房建设工地做工,由于他工作经验丰富,工地负责人安排他负责钢筋班组人员调度和班组工作统筹,每个月的工资有 3000 多元。

"现在搞工业园区建设,给我们提供打工条件,再不用东跑西跑了!"由于园区建设工期催得紧,今年杨秀林不种烤烟准备种水稻。再过几天,他就回家育苗。

杨秀林高兴地说:"以前交公粮都要种田,现在不但不用交了,政府还给农民发补贴。何况科技水平提高,用旋耕机操作,庄稼从种到收,不需费很多精力,不像以前还要人工除草!"

同杨秀林一道,在工地上做活的新寨乡后坝村黄家组村民田学军,以前他和妻子在外地务工,难以照料家里的老人和孩子。去年以来,他就成了杨秀林的"黄金搭档"。

农闲时,一起在工地上做工挣钱;农忙时,各自回家帮助家人种植蔬菜和水稻。去年,田学军家种植的 3 亩无公害蔬菜收入 2 万多元,在工地上务工收入近 3

万元。

田学军深有感触地说:"农活和打工都没有耽误,收入比在外面务工强,还能照顾老人和小孩,这份亲情是拿再多钱也买不到的。"

随着印江新型工业化、新型城镇化和农业现代化的提速发展,一批批企业"进村落户",不断拓展群众增收致富渠道,创造了上万个"饭碗"。

同时,该县还出台资金扶持、税费减免、土地使用、职业培训、城市居民户籍、子女就近入学、保障性住房等优惠政策,积极鼓励和引导群众创业就业。

截至目前,已吸引近万名群众在家门口就近就业,催生了一大批像杨秀林一样的"穿鞋"上班、"脱鞋"下田的"两栖"农民,从而也减少了农村田土荒芜。

(2013 年 4 月 4 日《铜仁日报》3 版头条刊载)

农业经营新主体 转型升级注活力
印江家庭农场推动现代农业发展

日前,走进印江土家族苗族自治县木黄高效食用菌产业示范园区里,食用菌家庭农场主田茂易又在忙着组织劳动力进行夏菇生产。

"生产这个食用菌,加工菌棒是关键,菌棒灭菌一定要彻底、严格,才能保障菌子的质量好。"今年57岁的田茂易是种植食用菌大户,如今,他已成为食用菌种植里的行家能手。

2011年,田茂易和村民通过联户经营方式发展食用菌。2012年,掌握了一定种植技术的他,便把儿子、媳妇、女儿、女婿组织起来,一起发展庭院经济,当年20亩食用菌收入140多万元。2013年获得180万元国开行贷款后,建起了133个食用菌钢架棚。

"去年生产50万棒,收入300多万元,净赚了100多万元。"田茂易说,今年,继续扩大种植规模,发展76万棒,预计收入在400万元左右。2013年他的种植基地被评为全市第一批家庭农场之一。

从专业大户升级成了规模化、集约化和专业化经营的家庭农场,田茂易的食用菌种植技术、规模、品质也在不断"升级",他一边发展种植一边学会经营管理,如今已建起了食用菌加工厂房、冷藏室。

71岁的吴冬梅老人在田茂易家的基地打工每个月收入1000多元。

如今,村民以每亩600元至1000元不等的价格将土地流转给他,村民则到农场打工。

同为全市第一批家庭农场之一的木黄镇五甲村鲟鱼养殖户徐民登和家人,每隔两个小时都要到养殖场转一圈。

"养鱼的劳动强度比其他工种要弱一点,但是需要更强的责任心,每天要有人进行巡查、观察,防止鱼缺氧,遇到发生病症要及时处理。"徐民登告诉记者。

徐民登的鲟鱼和生态大鲵养殖场,年产值达100多万元,纯收入30余万元。

今年,徐民登先后到湖北金州考察学习,引进先进的增氧设备、优质鱼种,养殖规模扩大到 4000 多平方米,预计纯收入 40 万元左右。

随着农业结构不断调整,食用菌、茶叶、水产养殖等特色经济作物及畜牧业成为当地农村产业化发展的主要类型。

随着工业化、城镇化进程加快,大量农村青年外出务工,土地抛荒现象极为普遍。面对"谁来种地"问题,印江积极推进农村土地流转,鼓励土地适度规模向种植养殖大户流转。同时,通过贴息贷款、农机补贴、农业项目等政策向种植养殖专业户倾斜。从而催生了一批以家庭劳力为主,有土地、有人员、有装备、有市场、有规模、有标准、有标识、有效益的"八有"家庭农场,为农业转型升级注入新活力。

而像田茂易、徐民登这样的家庭农场正是印江结合实际,扶持和培育符合山地农业家庭农场的缩影。家庭农场这一新型农业经营主体的出现,不仅解决了"谁来种地""怎样种地"等关键问题,还提高了农业生产的组织化、集约化、专业化程度,促进了现代农业发展。

(2014 年 6 月 30 日《铜仁日报》8 版头条、2014 年 8 月 12 日《贵州日报》9 版刊载)

客运开到家门口 幸福生活有盼头
印江农村客运班线惠及 35 万山村群众

"现在好了,半个小时就能到镇上,以前赶场要走 4 个多小时。"印江土家族苗族自治县沙子坡镇韩家村 60 多岁的李万珍老人,刚一坐上客车就高兴不已。

走进印江沙子坡镇韩家村恰逢群众赶场日,一辆辆农村客运车穿行在蜿蜒的通村油路上。公路边的候车亭里,有的拎着包、有的背着背篓等车,不再为出行搭不上车而发愁。

"以前到镇上卖东西,头一天就得花两个多小时把东西挑到沿线公路上寄存,第二天再挑两个多小时到沙子坡街上。要是迟了可就卖不出去了。"村民包正雄说,自从开通农村客运就方便多了,每天都有五六趟车经过,半个小时就能到镇上。

韩家村距离沙子坡集镇 18 公里,自 2012 年通村油路建成后,该县迅速开通了韩家至沙子坡集镇农村客运班线,让沿途的桂花、凉水、田坳等 7 个村 2 万多名群众在家门口坐上了客运车。

公路是载体,运输是目的。印江在大力实施通村油路建设的同时,不断推进农村客运发展。公路建成后,经交通、交警、安监等有关部门评估通过后,道路运输管理机构批准开通农村客运班线,做到了"农村公路建成一条,验收合格一条,客车车辆班线开通一条"。

为了让农村客运班线"开得通、留得住、规范化运营",该县按照"公司化发展"的原则,对农村客运进行合理整合,完善企业经营机制,实行城乡道路客运行业规模化、集约化经营。结合农村群众的生产、生活和出行特点,根据不同的客流量、季节等灵活运营,对人流量大的路线实行一日多班次,偏远的地方相应减少班次以减少投入,在赶集日或重大节庆日时则相应增加班次,最大限度地满足群众的乘车需要。

"我们利用 GPS 监控平台对司属车辆超员、超速、超载情况进行动态监控管理,对农村客运车辆驾驶员进行定期交通安全教育,对司属车辆每个月上路进行路检路查。"印江梵净山旅游客运公司经理田茂军说,农村公路弯多坡陡,安全运行工作成为公司抓好客运的重头戏。在强化农村客运安全监管的同时,印江不断完善农村客运安全管理机制,建立道路运输企业安全生产责任制,强化对营运车辆的监控,加强对农村客运经营者和驾驶员的管理,让农村客运车辆跑得快还要跑得好。

"门前沥青路,抬脚上班车。"如今,对于印江不少村寨的群众来说已不再是梦想。自 2012 年来,印江已新建农村客运站场 12 个,候车亭 110 个,开通农村客运班线 54 条共 1326 公里,覆盖率达到 75%,解决了 17 个乡镇 35.8 万农村群众出行难问题。按照规划,印江在 2017 年农村客运班线覆盖率将达到 100%。

(2015 年 1 月 23 日《铜仁日报》3 版头条刊载)

印江加快经果林发展

让路边风景别样美

初冬时节,走进印江土家族苗族自治县朗溪镇恰遇 3 辆货车正在收购柑橘,只见客商与村民将成框成篓的柑橘过称、装车,忙得乐不可支。

村民田儒文得知有思南客商前去收购柑橘,不到半小时从自家柑橘树上摘了1250 斤柑橘,搬运到收购点。客商觉得他家的柑橘色质好、味道甜,还要求田儒文留下联系方式,以便下次再来收购。

"这是第四回卖柑橘了,今年我已经卖了 5600 多斤,收入近 5000 块钱,全部卖完收入将达 1.5 万元左右。"数着用柑橘换来的钱,田儒文乐滋滋地说。

朗溪镇发展柑橘时间近 30 年,素有"柑橘之乡"的美誉。果农种植经验丰富,柑橘品种优良,酸甜适度、口感香甜、味道鲜美,不少客商和游客慕名前往购买。正在装车的思南客商李正文,今年是第 10 个年头到印江收购柑橘。他觉得朗溪柑橘色香味俱佳,市场上好销,一车四五千斤,两三天就卖完了,他还介绍了两个朋友一起来收购。

朗溪镇以产业结构调整为突破口,把水果产业作为该镇农民增收致富的"先锋产业",经果林成为该镇群众经济收入的主要来源。在经果林发展中,该镇加强对经果林的补植补造和品种改良。在加大管护技术培训力度的同时,还先后在昔蒲村和塘池村修建水果交易市场,组建了鸿运水果专业合作社,打通市场,提高商品销售价格,增加果农经济收入,更好地带动群众发展经果林。目前,该镇已有经果林 1.23 万亩,丰产果园面积 9000 亩,年产量 2.7 万吨,产值 5400 余万元。

像如此丰收的场景,也让峨岭镇丰良村果农乐开怀。记者看到在印江至秀山公路旁的丰良村水果交易市场,10 多位村民吆喝叫卖,向行人推荐自家的柑橘好。

水果摊头,一筐筐柑橘、橙子备受游客青睐。过往的游客停车,或品尝柑橘,或经过与卖主一番讨价还价之后,满意地买走一袋袋柑橘。

"这柑橘味道很好,我过路顺便称 20 斤回家。"重庆游客王志高说,他是第三次到路边水果交易市场称柑橘。每次到印江,他的家人都特地托他带点柑橘回去。

"春卖樱桃、夏卖桃子、秋卖枇杷、冬卖柑橘,果树就是我们的命根子啊!"村民邓蔓笑着说,在小小的交易场里,他们一年四季都有新鲜水果叫卖,卖的都是自家发展的水果。村里家家户户房前屋后都栽上果树,每当村里柑橘、枇杷、空心李等水果成熟时,不少客商和游客自驾车蜂拥而至,水果在公路边就卖完了,村民不用外出打工,就能有钱赚。

近年来,印江按照"产业发展生态化,生态建设产业化"的要求,依托退耕还林、石漠化治理等生态建设重点工程,巧做特色经果林文章,探索出了一条生态效益与经济效益、兴林与富民紧密结合的特色经果林产业发展的路子,把柑橘变成农民的"致富果"。

截至目前,印江已初步建成了铜遵、印松、印沿、印德公路沿线的 4 条水果产业带,覆盖峨岭、板溪、朗溪、中坝等 12 个乡镇,形成了以"朗溪药柑""红心柚"为主导产业特色水果生产基地。目前,印江已有经果林 6.5 万亩,投产果园 3.5 万亩,橘农达 3250 户,果品年产量达 5 万吨以上,总产值 8000 万元。经省农委、省果蔬站认定,印江已是全省最大的温州蜜柑生产基地和供应基地。

下一步,印江将坚持"政府引导、公司运作、基地示范、专业合作社管理、农户参与"的联动机制,以 303 省道、304 省道、梵净山环线,打造 2000 亩精品水果观光展示带,实现经济效益和生态景观效益双赢。到"十二五"末,印江将发展以"印江土柑""印江红香柚"为主的地方特色果品 10 万亩,年产值达 2 亿元以上。

(2012 年 11 月 23 日《铜仁日报》3 版头条刊载)

突出特色　抱团发展
印江优化资源做大工业"蛋糕"

凯琦实业开足马力赶制订单产品、电子商务产业园紧锣密鼓加快阿里巴巴印江运营中心建设……走进印江土家族苗族自治县小云特色工业园区，一派热火朝天的景象。

"我们为了赶制订单产品，200多名工人天天都要加班，每天生产键盘、鼠标都在1万只左右。"印江凯琦实业公司负责人介绍，今年为应对经济下行压力，公司引进先进生产设备、改进生产工艺和提升员工技能，新建了两条生产线，计划产值突破亿元。

凯琦实业公司入驻印江发展，缘于该县采取产业化集团式招商引资政策。2014年，凯琦实业公司与汇美、富鼎等8家关联企业集团化进驻小云特色工业园区，建成了集生产、加工、销售、科研为一体的海葳特电子科技产业园，与园区内的楷科电子、蓁漉电子等企业形成相对闭合的电脑集群产业链，破解"两头在外"企业"孤岛式"发展难题。

团力生产耳线、凯琦生产键盘、金利添生产鼠标、富鼎生产垫子、跃龙负责包装……上下游产业聚集了，如何抱团发展？印江海葳特电子科技产业园探索出了一条新路子：各自生产，统一物流，统一对接市场。

"我们各企业生产的产品不一样，原材料也就不一样。相同点就是原材料和产品销售市场都在广东那边，我们想到就各自根据自己的订单生产产品，然后拼车进原材料、拼车运送产品，降低物流成本。"电子产业集聚在一起，企业间能相互促进，市场信息共享。

破解企业"孤岛式"引进、聚集产业"抱团式"发展是印江加快特色工业发展，打造"东部沿海产业转移示范基地"的一个创新举措。与此同时，印江坚持"向山要地"，开发闲置荒山、征收低效土地200多亩，建成"两横三纵"骨干交通网络、26万平方米标准化厂房、1420套公廉租房和职工超市等基础设施，达到工业用地容积率大于 80%、产业用地占开发面积 62.5%。

在园区产业布局、引进和发展中,该县结合自然条件、资源优势和产业基础,把经济开发区的产业主体和发展方向定位为绿色食品轻工业集聚区、建材及加工制造业集聚区、能矿资源利用集聚区。目前,落户特色食品、生态茶叶、电子配件等特色加工企业 53 家,其中规模企业 46 家,出口创汇 1100 万美元。

产品生产了,如何销售出去?该县从电子商务产业中寻求突破,抢抓"互联网+"发展机遇,在全省率先开通淘宝网"特色中国·印江馆",建成商品展示接待中心、企业孵化培训中心、冷链物流配送中心、质量安全检测中心等配套服务体系,已有 46 家企业近 200 个产品实现网上交易。

今年 7 月,印江成功列入 200 个全国电子商务进农村综合示范县之一。按照"农特产品+乡亲大数据+群网联盟"发展思路,该县着力在 80% 的行政村建立农村电子商务服务站,通过"买进、卖出"武陵特产,打造武陵特产集散地。

良好的发展机遇让生产油辣椒、酸芋荷等民族风味食品的印江净山食品企业更加鼓足发展信心。目前,该企业已与印江梵净山电子商务公司合作,开设产品展示专柜和企业网站,通过"阿里巴巴批发网""淘宝店""微群"等方式开展网上销售,承接订单 200 余张。

按照规划,印江将进一步创新园区建设、招商、运营和管理机制,夯实园区基础,完善功能配套,提升承载能力,着力打造"优势、特色、安全、高效"的特色产业体系,助力特色工业园区升级发展。

(2015 年 8 月 13 日《铜仁日报》1 版刊载)

推动传统观光游向休闲度假游转型

印江全域旅游风生水起

今年"五一"小长假期间,印江土家族苗族自治县的状元茶景区、团龙民族文化村、木黄凤仪村、棉絮岭等景区景点虽然正在打造包装,却依然车流涌动、游人如织。

来自重庆秀山县的何先生感慨地说:"两年前来过印江旅游,路况很差,今年变化很大,从县城到景区景点的公路已基本建好,配套设施建设力度大,这次来触动很深。"游长寿谷、赏茶园风光、观千年紫薇、拜万米睡佛……这些景区景点的建成、精品线路的形成、基础设施的改善,缘于印江加快推进"生态立县、旅游活县、文化强县"发展战略,形成了印江"希望在旅游、出路在旅游"的共识。

印江是一个典型的山地特色旅游县,有着独具魅力的旅游资源、良好的自然生态、浓郁的民族风情。前几年,因受地理环境、基础设施等因素影响,梵净山西线旅游显得有些疲软,东热西冷成为梵净山旅游不争的事实。

迎接全域旅游,既要追赶又要转型,如何走出一条有别于东部、不同于其他区县的旅游发展新路呢?去年,印江县委、县政府审时度势,提出生态立县、旅游活县、文化强县战略,推进大旅游、大生态、大健康、大文化融合发展,促进生态优势、文化优势转化为发展优势、经济优势。

开局就是决战,起步就是冲刺。印江围绕"休闲避暑·度假养生"总体定位,按照"一年大建设、两年大提升、三年出形象"的工作要求,依托梵净山观光资源,打造一批景点、改造一批设施、提升一个服务档次、招商一批旅游企业,全面提升旅游品牌、城市形象、产业规模,推动印江旅游从传统观光游向休闲度假游转型。

以规划为引领,编制《印江"十三五"文化旅游产业发展专项规划》,建立旅游规划、设计、建设和管理会审机制,以"多规融合"方式做好旅游规划与城镇规划及其他专项规划衔接,规划打造生态旅游"车窗风景"景观带、土家风情观光休闲旅游小城和观光休闲旅游度假区。同时,加快建设两条县城至梵净山知名旅游自驾线路和一条蘑菇石至美女峰景区精品旅游线路,实现区域旅游资源互补。

以项目为抓手,完善书法文化广场、农业公园、观音沟湿地公园等配套项目建设,提升城市休闲功能,促进县城向旅游城市转型;以县城为中心,打造"一小时旅游圈",形成"快进慢游"交通体系,实现交通站点、城区、景区之间无缝化换乘;围绕"五城同创"和"五园兴城",依托生态治理工程,进一步优化旅游环境,提升旅游景观。

以活动为载体,按照"月月有活动、季季有主题、全年有声势"的要求,举办土家绝技绝活、土家过赶年、祭风神、书法文化节等特色文化活动和护国寺水陆大法会、百名高僧朝拜万米睡佛等佛教文化活动,扩大印江知名度和美誉度。同时,实施政府主导、企业联盟、媒体跟进、活动展示"四位一体"营销策略,宣传促销"梵天净土·福寿印江"品牌,加强周边旅游景区营销合作,联合推进旅游线路。

以服务为宗旨,开展让游客行之顺心、住之安心、食之放心、娱之开心、购之称心、游之舒心六项行动,进一步提升群众文明素质、提高旅游服务水平;启动旅游交通标识标牌和景区景点导览牌、标识牌安装,强化旅游从业人员素质培养,稳步推进智慧旅游建设。

截至4月底,印江今年接待游客人数为142.55万人次,实现旅游总收入10.77亿元,同比分别增长48.3%和45.0%。

(2016 年 5 月 30 日《铜仁日报》1 版头条刊载)

国开行放贷 1.2 亿元扶持印江产业发展

2012 年,在省扶贫办与国家开发银行贵州省分行所签订的《开发性金融支持贵州省农业产业化扶贫开发实施方案》框架下,印江土家族苗族自治县与国开行签订了《合作备忘协议》,成功获批农业产业化开发扶贫小额贷款 1.2 亿元,主要用于茶叶、食用菌、绿壳蛋鸡三大主导产业生产发展,进一步加大该县资金投入总量,缓解了该县产业发展资金短缺的难题。

阳春三月,走进印江杨柳乡新屯村茶叶加工厂房,机器轰鸣,浓浓的茶香扑鼻而来。杀青、摊晾、定型、除尘……茶叶加工的每个环节有条不紊。

"要不是有了国开行 20 万元的贷款支持,我哪敢这样子开 4 台机子来加工茶叶!"谈及今年春茶加工的事,新屯村茶叶加工厂负责人涂大军激动地说。

据涂大军介绍,去年由于资金短缺,他的茶青加工机子是开一天停一天,收购的茶青也仅限于新屯村的几百亩茶园,想收群众的茶青都没有资金来周转。今年有了国开行贷款的支持,他大胆地向周边村组群众收购茶青,同时启动了 4 台茶叶加工机器。今年春茶开采不到 10 天,就加工了 3000 多斤生茶青。

"可以说是国开行救了我们印江的茶叶发展,解决了茶叶加工和茶青收购资金周转难题。"县茶业局负责人说,目前全县已有茶园 28.8 万亩,投产茶园 12 万亩。今年是该县茶园丰产的一年,预测翠峰茶、毛峰茶、大宗茶产量分别是去年的 3 倍、5 倍、10 倍以上。正当茶叶生产需要大笔资金的时候,该县得到了国开行倾力帮助,17 个乡镇 228 户茶叶大户、1 个茶叶合作社、4 家茶叶加工企业获得国开行贷款 5007 万元。

得益于国开行贷款的支持,该县茶叶、食用菌、绿壳蛋鸡产业焕发出勃勃生机。2012 年,新业乡采取"合作社 + 基地 + 农户"发展模式,带动 16 个村 600 余户发展绿壳蛋鸡养殖,社员交售鸡蛋 64.8 万枚、收入 64.8 万元,合作社向外销售鸡蛋实现收入 106.2 万元,纯利润 20.5 万元,入股社员户均增收 1850 元。

今年,新业乡群众甩开膀子大力发展绿壳蛋鸡养殖。目前,年出栏 10 万羽绿壳蛋鸡的梵净山生态农业开发有限公司厂房建设,快速推进。尝到养殖绿壳蛋鸡甜头的群众,也正忙于搭钢架建鸡圈,想方设法扩大自己的养殖规模。

"正当爬坡上坎的时候,国开行贷款来得及时,助了我们一臂之力呀!"新业乡党委书记敖华感激地说。今年,该乡已全面启动以锅厂村和芙蓉村为中心,采取"公司＋合作社＋基地＋农户"的发展模式,辐射带动周边 8 个行政村,养殖绿壳蛋鸡 40 万羽,实现户户养,户均增收 1 万元。

据该县扶贫办副主任龙泽轩介绍,为切实用好、用实国开行贷款专项资金,县里积极搭建了融资平台、担保平台、管理平台、公示平台和信用协会的"四台一会",并制定了贷款申报、发放、管理等办法,确保了国开行贷款工作顺利开展,做到从源头上杜绝"套取"国家扶贫信贷资金现象。

截至目前,该县已通过"一折通"形式,向 602 户农户、3 个合作社、5 个中小企业代理发放国开行贷款 1.0656 亿元,利用国开行贷款新植了茶园面积 3.28 万亩、管护茶园 1.28 万亩、购置茶叶加工设备 240 套,带动菇农发展食用菌 2600 万棒、新建菌棚 77.9 万平方米;养殖绿壳蛋鸡 80 万只,新建鸡舍 4 万平方米。

预计,今年该县生态茶园、食用菌和绿壳蛋鸡产业产值可达到 3.46 亿元,将带动 16850 户贫困户脱贫致富。

(2013 年 3 月 28 日《铜仁日报》3 版头条刊载)

找准贫根 对症下药 靶向治疗

印江细分"六型"农民助力精准脱贫

今年以来,印江土家族苗族自治县积极创新精准扶贫工作模式,对全县贫困人口细分为农业场主型、产业工人型、商业贸易型、合作发展型、专业技能型、政策帮扶型"六型"农民,并按照"宜农则农、宜商则商、宜工则工"的原则,引导贫困户对号入座,精准施策,实现精准脱贫。

刀坝镇位于印江县城最北端,与重庆秀山、酉阳两县接壤。现有贫困人口7759人,贫困发生率24.76%,是该县贫困人口最多、贫困面最大、贫困程度最深的乡镇。

"我认为出路就在扶贫的精准上,要像医生治病一样,找准病根、对症下药,来推进精准扶贫工作,最终实现精准脱贫。"刀坝镇党委书记邹凤书说,把农民合理细分为"六型"农民,然后因户施策、因人施策,就是精准扶贫的一个生动体现。

按照"六型"农民细分,家住刀坝镇会堡村的张韬一家属于"合作发展型"农民。今年,张韬一家在村干部引导下,入股加入村里兴农专业合作社发展中药材,一家人脱贫致富有了希望。张韬说:"整个家庭的收入就是靠合作社,一个月将近2000元,加入合作社发展,对家庭来说,既照看了小孩,又赚钱。"

多年来,资金紧缺一直制约着刀坝镇刀坝村养殖户李应超做大产业规模。今年,李应超一家被细分为"农业场主型"农民,得到扶贫贴息贷款和微型企业补助政策扶持,经营起一个4000多羽的蛋鸡养殖场,月收入2万多元。

在实施精准扶贫工作中,刀坝镇还针对部分因子女上学、赡养老人等原因不能外出务工和因缺土地、缺资金、缺技术没有条件发展产业的贫困户,通过引导他们到农场主、种植养殖大户或建筑工地务工,使他们既能照顾家庭,又能增加家庭经济收入,取直脱贫路径,实现增收致富奔小康。

目前,刀坝镇共细分、引导和培育农业场主型139户、产业务工型218户、商业贸易型320户、合作发展型12户、专业技能型1526户、政策保障型1820户,预计

2015 年刀坝镇人均纯收入超过 7100 元。

精准扶贫贵在精准,成败也在精准。刀坝镇细分六型农民,找准贫根、对症下药、靶向治疗推进精准扶贫,是印江结合实际对症下药、精准滴灌,扎实推进扶贫攻坚的一个缩影。

今年,印江在积极探索细分"六型"农民工作中,把精准扶贫工作向纵深推进,成功推行细分"六型"农民、采取"四项措施"、培育"三个主体"、实现小康这"一个目标"的"6431"扶贫模式,助力贫困群众增收致富。

印江县委副书记吴国才说,把贫困户精准识别和细分出来,只是印江实施精准扶贫的第一步,关键还要在政策措施上精准,这样才能让贫困群众精准脱贫。因此,印江积极搭建帮扶工作新平台,采取精神帮扶、技术帮扶、设施帮扶、金融帮扶等措施,培育 1000 个 50 万元以上、100 个 100 万元以上和 10 个 1000 万元以上农业市场主体,到 2018 年实现全面建成小康社会的奋斗目标。

目前,印江扶持发展食用菌 7968 万棒、茶园 35 万亩、果园 10.5 万亩、规模养殖户 873 户,组织 3000 多人次完成第一轮遍访工作,选派 1530 名驻村干部和 365 名"第一书记"进村入户帮扶,争取扶贫专项资金 8000 多万元,前三季度印江农村居民现金可支配收入人均预计达 4610 元,同比增长 4.5%,计划年内完成 2 万贫困人口脱贫。

(2015 年 11 月 15 日《铜仁日报》2 版头条、2015 年 11 月 24 日《贵州日报》6 版刊载)

每分钱都用在"刀刃"上

——解析印江财政"民生账本"

投入 6600 万元用于薄弱学校改造、一中新建、职校扩建和校园基础设施建设;投入 4200 万元用于农村土地治理及产业发展;投入"一事一议"项目资金 2645 万元开展"四在农家·美丽乡村"小康村建设……

翻开印江土家族苗族自治县财政"民生账本",清晰记录着 2014 年该县财政总收入 4.9 亿元,地方财政公共预算支出 22.69 亿元,其中民生支出 14.35 亿元,占财政公共支出的 63.24%。

民生无小事,改善民生需要花费很大财力。然而,作为财政收入不到 5 亿元的国家扶贫开发工作重点县,钱从何来?印江的破题之策是开源节流,不断做大财政"蛋糕",让每分钱都用在"刀刃"上,最大限度释放改革红利,让发展成果充分惠及人民群众。

在保持地方财政收入持续增长的同时,印江牢固树立"抓项目就是抓增收、抓招商就是抓发展"的理念,围绕大争项目、金融支持、全员招商"三措并举",加大跑上和招商力度,积极主动争取上级各类财政性资金 19.81 亿元,同比增长 14%,不断壮大财政保障能力和水平。

节支也是增收。印江深化和完善部门预算、国库集中支付、国有资产管理和预算公开,进一步强化预算约束,规范差旅费、会议费、培训费支付标准,年初预算压缩公用经费 280 万元,实行国库集中支付 16.87 亿元。进一步完善政府采购制度,建立健全"采管分离"工作机制,大力推进"阳光采购",开展集中采购 152 次,实现集中采购金额 1.96 亿元,节约采购资金 1861 万元,资金节约率达 8.66%。

抓民生就是抓民心,抓民生就是抓发展,抓民生就是抓稳定。印江始终将保障和改善民生作为一切工作的出发点和落脚点,财政支出更加向民生倾斜,并逐步上升到关注百姓的生活质量、发展潜能和幸福指数的新层次。

教育事业的蓬勃发展,是印江不遗余力改善民生问题的生动体现。去年印江投入资金 1.32 亿元完善了教育基础设施,完成 150 所山村幼儿园建设,发放各类教育补助资金 2800 万元,落实免费教科书资金 640 万元、"营养改善计划"专项资金 2258 万元,兑现教育教学质量奖 260 万元。

医疗卫生的不断推进,是印江有效解决群众"看病难、看病贵"问题的有效举动。去年,印江在全市率先开展新农合第三方评审工作,补偿 54.7 万人次、补偿资金 1.51 亿元;拨付镇(社区)卫生院基层医疗服务机构综合补偿资金 128 万元、村医报酬 208 万元,发放 80 岁以上高龄补贴 489.9 万元。

与此同时,印江把城市居民最低生活保障标准从人均每月 335 元提高到 390 元,农村居民最低生活保障标准从人均每年 1750 元提高到 2080 元,去年发放 56.5 万人次低保金 11008 万元。

随着财政实力的增强,印江财政支出更加向民生倾斜,并逐步上升到关注百姓的生活质量、发展潜能和幸福指数的新层次,投入"一事一议"资金 2645 万元开展"四在农家·美丽乡村"小康寨建设;投入 8500 万元用于城市农业公园、东郊河滨公园、武陵公园、观音沟湿地公园和大圣墩体育公园建设,不断完善城市基础配套功能,提升了城市品位;投入 150 万元用于体育基础设施建设,完成老年人体育活动中心等项目建设,让群众享受到了更多实惠。

2014 年,印江全面小康实现程度提高 5 个百分点,达到 85.6%。

(2015 年 3 月 3 日《铜仁日报》3 版头条、2015 年 5 月 11 日《贵州日报》2 版刊载)

政府支助 群众分红 滚动发展
印江新业乡创新扶贫扶出新希望

初春时节,位于梵净山脚下,青林翠竹掩映的印江土家族苗族自治县新业乡边山村,鸡鸣声不绝于耳。

一双、两双、三双……和其他村民一样,年逾五旬的绿壳蛋鸡养殖户田茂端一大早就拿着塑料蛋盘,蹲在树林中捡绿壳蛋。"我把这些蛋全部拿到合作社去卖,到年尾多少分一点红。"田茂端乐不可支地说。

田茂端2005年开始养蛋鸡,虽然规模不大,鸡蛋销售却很犯愁,价格不稳不说,还要背到10里外的木黄镇集市去卖。"现在村里成立了合作社,每个绿壳蛋一块钱的保底价,蛋多蛋少随时都可以卖。"

近年来,印江进一步升华扶贫开发"印江经验",将省纪委"集团帮扶"项目与该县实施的"农村居民增收致富行动计划"有机结合起来,创新推行"一名县领导联系一个乡镇、一个部门帮扶一个村、一家企业带动一个村、一百万资金覆盖一个村、一名干部帮扶一个贫困户"的"五个一"帮扶工作机制,以"政府支助、群众分红、滚动发展、开发扶贫"模式,依托新业乡的生态资源,引导群众发展绿壳蛋鸡产业,并于2011年成功注册"黔芙蓉"绿壳蛋商标。

为进一步壮大"黔芙蓉"绿壳蛋产业,该县推进"合作社＋基地＋农户"发展模式,2012年4月,新业乡锅厂村吴强、田华忠等首批养鸡大户带头成立了"黔芙蓉"绿壳蛋鸡养殖专业合作社,养殖户以交售鸡蛋和现金两种方式入股,共吸纳社员358户,入股资金20万元。

合作社运行不久,就出现资金周转难、社员信心不足等问题,新业乡政府和帮扶锅厂村的印江自治县政府办商议,各自挤出办公经费5万元支持合作社。合作社通过集中育苗、分户饲养等方式,实行统一育雏、统一防疫、同一品牌、统一销售,有效解决了养殖户的技术、销售等难题,提高了绿壳蛋的效益。

锅厂村二组养殖大户李佳琪,未加入合作社前,因技术原因,首批养殖的3000

羽绿壳蛋鸡损失近一半。2012 年 4 月加入合作社后,技术有了保障,养殖的 6800 多羽几乎没有损失。2012 年,他共向合作社交售鸡蛋 96344 枚,收入近 10 万元。

春节前几天,"黔芙蓉"绿壳蛋鸡养殖专业合作社更加忙碌,几名妇女在忙着将绿壳蛋分级、贴标签、装箱,在旁边记件装车的理事长吴强一脸喜色地说:"'黔芙蓉'鸡以五谷杂粮为主,产的绿壳鸡蛋品质好、营养价值高,深受消费者喜爱。过年这几天,绿壳鸡蛋的订单比平时多几倍,今天刚装的这 300 件绿壳蛋马上要送到贵阳去。"

2012 年,社员交售鸡蛋 64.8 万枚,收入 64.8 万元。合作社向外销售鸡蛋收入达 106.2 万元,纯利润 20.5 万元,入股社员户均增收 1850 元。新年伊始,合作社按照利润的 30% 用于鸡蛋入股分红,40% 用于现金入股分红,30% 用于合作社发展滚动资金,李佳琪分到红利 1.96 万元。

"政府支助、群众分红、滚动发展"的发展模式,带动了新业乡 16 个村 600 余户养殖户实现从"各自为战"到"抱团发展"。2012 年,新业乡人均纯收入增加 1317 元,达到 4977 元,减少贫困人口 2500 人。同时,该合作社还带动了印江自治县 17 个乡镇发展蛋鸡养殖 41 万羽,年产蛋 6642 万枚。

(2013 年 3 月 9 日《贵州日报》1 版、2013 年 3 月 29 日《铜仁日报》1 版头条刊载)

"1+1"大于"2"
印江农民专业合作社凸显"抱团经济"效益

初冬,在印江土家族苗族自治县洋溪镇洋溪村村民安景权的茶叶基地里,十余名群众正忙于松土、施肥、剪枝,一派繁忙的劳动景象。

"现在加入合作社了,我们别的不用担心。只要把茶叶管护好,不仅卖茶叶有一笔收入,年底还可以分红。"安景权告诉记者,2008年发展的10亩茶叶,今年仅茶叶收入就有2.1万元,收入比往年多了5倍。

2011年3月,洋溪镇茶叶专业合作社注册成立,安景权就报名入股2.5万元加入合作社,合作社投产运行的第一年就实现产值96万元,利润达12万元。安景权分得3千元红利,茶青收入近4万元。

"没有合作社前,由于农户不知市场行情变化,经常存在中间环节压价,损害农户利益。现在合作社将化肥、农药一起送到农民手中,不加任何费用,按批发价和我们结算,节省了农户的投入,而且茶叶收入的价格稳定。"理事长任政介绍,2011年合作社利用社员入股的61.7万元,修建茶叶加工厂房和购进机械设备,对社员的茶叶进行回收,不仅解决茶农在茶叶生产经营过程中遇到的加工技术、信息服务等问题,还达到增加茶叶产量、提高产品质量、促进销售、增加农民收入的目的。

目前,洋溪镇茶叶专业合作社的社员从最初的15人发展到167人,入股茶园面积达2500余亩。辐射带动全镇近2万亩茶叶发展。今年该合作社社员入股茶园生产名优茶5500多斤,产值达150余万元。

洋溪镇通过组建专业合作社来推动产业发展,有效地提高了群众的组织化程度,使生产与市场紧密衔接,实现了由一家一户"各自为战"的小生产到"抱团"对接大市场的转变,为群众减轻了市场风险,增加了收入。而这只是近年来该县在积极引导农民走专业合作社发展道路所取得实效的一个缩影。

近年来,该县把发展农民专业合作社作为促进农业经济发展的典型,紧紧围绕茶叶、畜牧养殖、果蔬发展等优势产业和特色农产品组建农民专业合作社。鼓励农户用资金、林权、土地经营权、技术、管理等生产要素到农民专业合作社入股，优化资源配置，形成互惠互利、相互联动的各类农民专业合作社，先后涌现出印龙食用菌、"黔芙蓉"蛋鸡养殖、鸿运果蔬等多个农民专业合作社。

同时，合作社实施统一信息、统一技术、统一管理、统一调配，有序组织开展生产，参与市场竞争，有效解决了专业种植户和养殖户在信息、技术、管理、市场等方面的难题，助推了农业生产规模化发展，使农户生产经营由"散兵作战"走向"抱团作战"，解决了农户能干不敢干、想干不会干的问题，促进了群众增收。

在专业合作社发展工程中，该县出台了《关于切实做好农民专业合作社发展工作的意见》和《关于加强农民专业合作社示范社建设的通知》等促进农民专业合作社发展的政策，切实加强对农民专业合作社的指导、扶持和服务，放宽注册条件，积极做好农民专业合作社的登记办照工作。把农民专业合作社作为新农村建设政策支持的平台和科技示范等项目实施的载体，整合农业产业化、扶贫开发、农田水利基本建设、石漠化治理、人畜饮水工程、农村电网改造、农村机耕道建设、烟水配套工程等建设项目，向农民专业合作社倾斜，逐步探索通过农民专业合作社落实项目资金和农业扶持资金的新途径。

该县实行以奖代补的方式，对运作好、成规模、有成效、制度完善、带动能力强的农民专业合作社，落实税收优惠、加大财政投入，并给予信贷支持，解决农民专业合作社生产、季节性和临时性的资金需要，对用于种植业、养殖业等的贷款利率给予适当下调。

今年，该县为破解农民专业合作社经营规模和服务半径小、综合实力偏弱的瓶颈，引导农民专业合作社"抱团发展"，在更高层次、更大范围、更宽领域进行联合与合作，提升农民合作经济组织的发展规模和运行质量，协调整合各涉农单位、农业龙头企业的资源，挂牌成立了农民合作经济组织联合会，制定了相关章程、方案、公约和管理办法，选举产生了会长、副会长、理事和秘书长，吸纳单位会员 14个，农民专业合作社 28 个，农资协 1 个。这标志着该县农民合作经济组织发展进入新阶段。

自 2007 年以来，该县已投入近 400 万元资金为农民专业合作社社员提供技术培训、信息交流、品牌宣传和产品推介，已组建茶叶、烤烟、食用菌等农民专业合作社 116 个，注册资本 1.2 亿元，带动 2803 户群众致富。

（2012 年 12 月 7 日《铜仁日报》3 版头条、2013 年 1 月 13 日《贵州日报》9 版刊载）

不卖黄金卖风景
木黄彰显绿色生态效益

初秋,梵净山西麓的金厂河里水声潺潺,清澈见底。河两岸的群山郁郁葱葱,一棵千年银杏树下,正是村民田茂雄开办的农家乐,良好的生态、优美的环境和特有的"金豆腐",吸引着四面八方的客人。

"我家这里最火爆的时候就是像过事务,最多的时候一天有七八十桌。一年的收入,我不保守地讲就是二三十万元!"田茂雄介绍,让他富裕起来的并不是金厂的黄金,而是当地大力发展乡村旅游后,他开办起农家乐,靠着地地道道的"金豆腐"特产发家致富。

谈及今天的幸福生活,田茂雄始终难以忘记当年金厂开金矿的场景:"我记得1989 年是最高峰期,那个时候光是外来人口搞金矿都达到 2000 多人,最多的时候是 21 家,21 个矿洞,在那个时候就是轰轰烈烈的。"田茂雄介绍,以前根本没有金厂村,那里是荒山野岭,随着金矿的开采,人员不断密集。这个梵净山脚下的小山村,就变成了一个淘金者的"乐园",逐渐形成了如今的村落。

由于开矿所带来的利益,让金厂村的老百姓暂时尝到了甜头。不懂技术又没有资金的村民自然而然地当起了开矿者的搬运工。抬设备,搬机器,挑蔬菜,100斤 6 块钱的收入就是当时金厂村村民的主要生活来源。当时不到 20 岁的田茂雄,就在矿上领到了人生的第一笔工资。

以"金"为生,曾是木黄镇走过的路。开采黄金为当地村民带来了收入,也为当地政府提供了每年两百多万元的财政收入,几乎占到木黄镇财政收入的一半。

从地下挖出的资源直接可以转变为经济效益,这样的好事,让田茂雄不甘心只在矿上卖苦力。2000 年,他和兄弟东拼西凑弄了几万块钱,也在山上开了一个矿洞,自己当上了老板。矿洞越挖越深,积水越来越多,遭到严重破坏的生态导致山洪频发,一场洪水冲毁了田茂雄的矿洞和设备,也让他的发财梦付诸流水。对于田茂雄来说亏掉的只是几万元的积蓄,但对于木黄镇来说付出的却是环境的代价。

"那个影响就不得了,造成毁灭性的,那个时候砍伐相当严重,其次河水污染,纯粹是叫汤汤了,那些金矿的沙子在河里浮动,纯粹看不见水了。"金厂村位于金厂河的源头,受污染的河水顺流而下,给下游村寨的人畜饮水、农田灌溉造成严重影响,这让下游的燕子岩村村支书田仁礼痛心不已:"搞金矿,我们这里稻田灌溉用水成了问题,谷子基本收不到。"

生态环境不堪重负,当地群众哀声怨道。2003 年 7 月,印江自治县政府强制关闭金厂村所有金矿。2009 年印江县出台《印江河保护条例》禁止非法开山、采矿等行为。矿老板的田茂雄身份转变成了的护林员。

一度鱼虾不生的金厂河水逐年变清,大山也披上了绿装,慢慢恢复了往日的生机。曾经苦于河水污染的下游村寨如今分享到了生态改善带来的好处。

沿着金厂河往下游走,河水边上一个个生态大棚里培育着食用菌,郁郁葱葱的草地滋养了健壮的肥牛。在大鲵生态养殖场,管理员田儒树细心照料着"金娃娃":"我们养殖的目的主要在于孵化,孵化出来就有效益,我们这个水质是达标的、符合要求的。"

在离金厂村下游 5 公里的燕子岩村,村支书田仁礼细数村里的变化喜上眉梢,他高兴地说:"山变绿了,水变清了,水不再受到污染,我们现在外面养殖的就有大鲵养殖、太阳牛业养牛的,还有现在正在建设中的獭兔养殖,我们自己搞的有中华鲟,还有 50 多亩的香菇,土地流转、务工收入等一年收入在万元左右。"

木黄镇早已没有当年开采金矿时机器轰鸣的热闹,关上了开矿致富的这道门,打开的却是生态致富的广阔天地,这个梵净山脚下的美丽小镇,在守护自然资源的同时也引来了新的发展机遇。

2012 年,木黄镇被列入全省 100 个小城镇建设乡镇,30 个重点示范乡镇之一;2013 年,铜仁市第二届旅发大会的主会场也定在木黄。杨天贵说:"木黄镇将依靠梵净山的生态、旅游资源,以及当地的红色历史文化,打造成梵净山环线的重要旅游城镇。"

(2013 年 10 月 17 日《铜仁日报》5 版头条刊载)

第二辑

02

深度聚焦

梵净山下蘑菇香
从四个关键词看印江食用菌产业发展路径

2010 年冬,印江土家族苗族自治县决策者带队从邛江河畔出发,多次赴沪浙一带取产业真经,几经周折带回了致富的菌种……

从此,一场食用菌产业发展科技革命在印江广袤的田野上悄然掀起,一个个土专家挽衣卷裤,让微小的菌种在田野上遍地开花……

四年来,食用菌产业如那显微镜下微小的菌种成倍地扩大开来,遍布 8 个乡镇 58 个村 2.9 万群众。

四年来,食用菌产业从无到有,果实累累、沁人心脾,从 2011 年的 1300 万棒发展到现在的 8000 万棒,参与农户人均增收 7780 元以上。

根据园区发展规划,2015 年种植规模将达 1 亿棒,可实现年产值 9.2 亿元,解决就业 1.4 万人,带动贫困农户 5880 户,实现菇农年人均纯收入增加 1 万元以上,建成西南地区最大的优质食用菌生产基地。

【关键词】生态
既鼓起群众的"钱袋子",又要山地的"绿被子"

初秋时节,梵净山西麓的印江木黄镇凤仪村青山环绕,绿水流淌。鳞次栉比的菌棚里,菌棒整齐排列,鲜嫩的夏菇点缀其间,香气四溢。

"既有'仙菇'飘香,又保绿水青山! 最初大家还质疑发展食用菌会破坏生态,而通过几年的发展得到了证实,发展食用菌不但没有破坏生态,还增强了生态意识。"梵天菌业有限公司总经理王友明说,每年公司需要的上千吨木屑全是来自湖南一带,不仅保护了当地生态环境,还减少了加工成本。目前公司已发展菌林、菌草近 300 亩。

印江地处梵净山脚下,独特的自然条件十分适宜食用菌种植,食用菌已成为农民增收的重要产业。然而要持续健康发展,原材料来源却是一个不可回避的现实。

"我们印江生态虽然好,一旦破坏就难以修复。在菌材供应上,我们按每亩补助 160 元,鼓励菇农外进菌材。"印江食用菌产业办主任肖军介绍,近年印江与湖南省靖州大型木材加工厂签订木屑长期稳定供应协议,建立原料供应链,每年为印江提供食用菌木屑 5 万至 6 万吨。

随着食用菌产业不断发展,印江也积极研发替代原料栽培技术,对食用菌栽培原料进行调配和改良,探索用棉籽壳、秸秆、玉米芯等原料进行替代,减少对木料的依赖。同时,采取造林补贴等方式鼓励个人、企业建设菇木速生林 5 万亩,培育速生林苗圃 3000 亩,为产业可持续发展奠定基础。

外进菌材、内育菌林,里里外外的菌材供应机制使得印江食用菌产业发展既要鼓起群众的"钱袋子",又要盖好了山地的"绿被子"。目前,印江全县森林覆盖率达到 60.01%,比五年前提高了 8 个百分点,先后获得"全国生态示范县""全国生态保护与建设示范区""贵州省森林城市",今年还被贵州省绿化委员会推荐为全国绿化模范单位。

值得一提的是,印江木黄镇老寨村菇农杨志文,在食用菌种植中利用废菌棒作为种植榆黄菇、平菇的原材料,开辟出废菌棒生态循环利用的良好模式,既降低了菇农的生产成本,又节约资源、保护了环境,每年收入十余万元。

如今,在印江像杨志文这样变废为宝、循环利用废菌棒的菇农不在少数。同时,印江利用废旧菌棒生产绿色有机肥料,2013 年以来,已累计生产绿色有机肥料 15000 吨。

为了满足食用菌发展对林业原料的需求,今年印江制定"菌林挂钩"机制,加快推进传统林业向现代林业转变,实现森林覆盖率和森林蓄积量双增目标。

按照规划,到 2020 年印江速生菇木林基地面积达到 10 万亩以上,速生菇木林苗圃基地 1 万亩以上,速生菇木林年产木材量达到 10 万吨以上。

【关键词】科技
技术攻关解难题,梵净山下菌飘香

在木黄镇的食用菌高效示范园区里,菇农们在种植过程中只要遇到什么疑难杂症,都会找王友明,他是当时的科技特派员之一。

2011 年,王友明带着 20 多户群众组成股份合作社开始种植香菇。为了让大家全面地掌握香菇种植技术,从培养料配制、制棒、接种、发菌、栽培、采菇等各个生产环节,王友明都详细地进行讲解,力争做到讲解透彻、示范准确、实践到位。

当年,在王友明的技术指导下,20多户群众成功种菇50万棒,产值300万元。接着,40多户、100多户、200多户……越来越多的群众加入合作社。

为了让菇农们都能熟练掌握种植技能,王友明把培训出来的技术人员,按照种植区域进行分配传授技术,还负责区域内香菇种植的管理监督。

"我们的培训方式有田间地头实操、课堂理论教学、菇农大讨论、外出学习等方式。每周一次常规培训,一个月一次专业理论知识培训。"谈及菇农的技术培训方式,王友明这样说。

科学技术是第一生产力。产业要想做大做强就需要科学技术做保障。为此,印江县积极尝试、大胆创新,想方设法地为食用菌产业发展披荆斩棘。

印江积极实施科技项目,先后实施了贵州科技重大专项《武陵山区食用菌产业开发科研成果转化》《食用菌优质高效大规模生产关键技术成果应用推广项目》等食用菌科技项目,示范推广了香菇、黑木耳代料栽培、香菇胶囊菌种繁育等先进技术。

印江大力开展技术合作,与浙江庆元食用菌研究中心、广东微生物研究所、贵州大学、南京农业大学等签订了技术合作和新品种科技成果转让协议,引进了香菇培养料中温灭菌、菌棒开放式接种等技术;从浙江微生物研究所、贵州大学等科研院所聘请11名专家教授开展技术指导。

同时,印江将县职业技术学校作为食用菌培训基地,通过引进人才、技能培训、选派干部脱产学习等途径,培育了75名食用菌技术人才,其中高级职称12人,中级职称41人。

目前,印江食用菌菌棒成活率现已达98%以上,比浙江龙泉、庆元等食用菌主产地高出12个百分点;经专业机构检测,印江食用菌的营养成分是同类产品的2倍,享有"仙菇"的美誉。

【关键词】合作社
生产与销售紧密衔接,聚指成拳"抱团发展"

"这袋还差5斤,总的还差650斤就有3000斤了。"走进印江板溪镇凯塘村印龙食用菌专业合作社,菇农劳作中的欢笑声依旧不减。一辆重庆牌照的大货车又停在冷库门口,10多名工人忙着对刚采摘下来的香菇进行分类、打包和装车。

"你看!这边菇好,受人喜欢。上次我运过去的4000多斤,两天就卖完了。"带着浓浓重庆口音的外地客商姚本军手捧几朵新鲜的香菇,称赞香菇的品质好。

据印龙食用菌专业合作社监事长廖文刚介绍,今年合作社发展的 500 亩食用菌,目前收入 200 万元,预计产值 2500 万元。

从 2011 年起,印江板溪镇印龙食用菌种植专业合作社采取"合作社 + 基地 + 农户"模式,实行菌棒集中生产、田间分散管理,产品统一销售,有效降低市场风险,提高产业组织化程度。四年间,合作社社员由最初的 44 人增加到 162 人,社员户均增收 3 万元,带动周边 100 多户农民发展食用菌,500 余人就近务工,每年支付劳务费近 500 万元。

"自从加入合作社,我们菇农就不担心技术和销售了,我还有两份收入。"正在搬运香菇的周刚笑着解释,他每天在菌厂里协助管理和销售,每个月算来都有 4000 多元工资,年底还可以得到分红。

印江板溪镇印龙食用菌专业合作社带动菇农"抱团发展"的成功做法是印江推进"企业(合作社) + 基地 + 农户"模式发展食用菌的一个缩影。截至目前,印江引进培育食用菌企业 13 家、合作社 18 家,实行企业指导培育后直接收购食用菌外销,有效解决菇农的后顾之忧,2014 年以来,企业销售食用菌 4.84 万吨,占总产量的 83.4%。

与此同时,印江将食用菌品牌建设与梵净山生态文化、长寿文化有机结合,成功注册"梵净蘑菇"干品优质食用菌,获得"无公害农产品产地"认证,享有"梵净蘑菇·世界珍品""梵净仙菇"等美誉。各企业充分利用电商的快速便捷优势,把优质产品送上电子商务快车,销往全国各地。目前,在淘宝等电商平台培育网店 76 家、农产品电商企业 18 家,2014 年实现网上销售额 2158 万元。

【关键词】增收
收租金得薪金分红金,"三金"让农民乐呵呵

这几天,梵净山菌业公司总经理王友明喜上眉梢,公司发展 200 多万棒的食用菌长势喜人,前来下订单和购买的商家络绎不绝。

"从 5 月份开采以来,最多时一天达 1.5 万公斤,最少都有 2000 公斤。今年的价格都在 5 元以上。"谈及这几年食用菌产业发展情况,王友明津津乐道:"去年合作社发展食用菌 200 万棒,产值 1200 多万元,利润 200 多万元,80 多户分红 60 多万元,最高可分 10 万元。"

返乡人员田仁富,看着邻里乡亲因发展食用菌走上了致富路,就把 15 万余元积蓄入股合作社发展食用菌。"没想到第二年就分了 12 万余元红利。"田仁富一脸笑意。

"我当初抱着试一试的态度,把自己打工的积蓄放到了合作社,没想到第二年就分了 3 万余元,又能在这里打工,我很满意。"正在菌棚里采摘食用菌的菇农田茂熊说。

尝到发展食用菌的甜头后,村民们纷纷以土地出租、资金投入等方式,加入合作社发展食用菌。

木黄镇乌溪村村民杨再定,自 2011 年来一直在梵净山菌业公司打工,每月有 2000 多元的收入。如今,他已掌握了食用菌的种植技术,把自家的 10 多亩土地发展了食用菌,年纯收入 5 万余元。

印江板溪镇凯塘村周增国以每亩稻田 600 元的价格把土地流转给合作社后,每天到食用菌基地打工,一天 90 元,每年收入两万多元。周增国笑着说:"发展食用菌,我不仅能收租金还能就地打工增加收入,一年的收入抵过去几年栽水稻的收入。"

流转土地收租金、入园务工得薪金、入股发展分红金,一年的收入抵过去几年的收入……如今在印江,"三金"已成为群众增收致富的新引擎。随着食用菌产业规模的不断扩大,目前印江已有 6800 余户 2.5 万群众参与食用菌发展,2014 年人均纯收入达 9183 元,比全县农民人均纯收入多 3136 元。

(2015 年 10 月 14 日《贵州日报》5 版整版刊载)

山水泼墨绘出美丽新画卷
印江厚植生态屏障构建绿色高地

书法之乡,养生印江。站在梵净山西麓的大圣墩俯瞰印江县城,一座森林葱郁、山水相依、环境和谐的幸福之城跃然眼前,一派欣欣向荣的发展景象。

"既要百姓富,又要生态美。要让绿色成为印江可持续发展的不褪底色。"印江土家族苗族自治县县委书记田艳说,随着"生态立县"战略快速推进,印江城乡更加凸显绿色经济、绿色家园、绿色制度、绿色屏障、绿色文化,绿色"血液"贯穿整个经济社会发展"经脉",一幅以山水为笔书写的绿色崛起篇章正徐徐展开。

发展绿色经济,厚植生态文明新优势

秋日的印江洋溪镇桅杆村,雨雾缭绕。村民陈正学和家人忙着在茶山上管护茶叶。而十年前,一家人靠着上山砍柴烧炭、四处赶场卖炭的路子谋生,不仅日子没有富裕起来,反而把良好森林破坏了。

"以前没有办法只好上山去烧炭,料木砍去卖掉,杂木拿来烧炭,由于家家都去烧炭,价格也便宜,山林破坏完了,还是解决不了穷的根本问题。"回忆起过去的穷苦日子,陈正学直摇头。

一时间,洋溪镇桅杆村的炭窑多达近 100 个,八成人家通过烧炭或帮人挑炭、卖炭来增加收入。几年下来,桅杆村有限的森林资源遭到严重破坏,村民的家还是那个家,日子还是那般穷困。

近几年来,陈正学在印江各项惠农政策的支持下,把自家的土地种上茶叶,一家人有了稳定收入,也让环境绿了起来。

昔日烧炭翁,今朝种茶人。陈正学说:"烧炭破坏了生态,种茶树让山头绿了,生态美了,我们家靠的就是这 8 亩茶叶,每年每亩都要收入 3000 多块钱。"

如今,经过多年的精心培育,生态茶园已成为印江群众增收致富的"绿色银行"。以茶叶为代表的绿色山区特色农业的强势发展,更加坚定了印江坚持发展绿色经济、探寻县域发展"绿色崛起"之路的信心。

坚持绿色推进农业升级。印江按照念好山字经、做好水文章、打好生态牌的总体要求,不断优化农业产业结构调整、改善农业基础设施、培育农业新型经营主体、拓展农产品销售渠道,着力打造"绿色""特色""无公害"农产品,已建成生态茶园 37 万亩、食用菌 8000 万棒、精品水果 10 万亩,成功创建"国家农产品质量安全县""国家有机产品认证示范创建区",农业发展从"靠天吃饭"到"科学种田"、从"单家独干"到"抱团致富"、从"单一品种"到"多元品种"。如今,以"梵净绿茶""梵净蘑菇""红香柚"为代表的"梵净山珍·健康养生"品牌正走出武陵、风行天下。

坚持绿色引领工业转型。印江大力实施新型绿色工业化发展战略,以绿色化、信息化、服务化推动产业发展,重点发展了农特产品加工业、特色轻工业、旅游商品加工业等特色产业,工业总产值由 1986 年的 2715 万元发展到 2016 年的 40.27 亿元,工业发展实现从无到有、从弱到强、从单打独斗到聚力发展,升级为省级经济开发区。"全国电子商务进农村综合示范县""全省电商扶贫示范县"和"全国农民工等人员返乡创业试点县"等项目,为印江经济插上了腾飞的翅膀。

坚持绿色助推旅游突破。印江围绕"全域旅游、县域全景"的思路,推进良好生态环境和厚重文化底蕴互融互补,打造"书法之乡·养生印江"的品牌形象,创建环梵净山休闲养生示范带、茶旅融合美丽乡村示范带,实现旅游业"井喷式"增长,获得"中国名茶之乡""中国书法之乡""中国长寿之乡""中国最美文化生态旅游名县""贵州十佳最美风景县"等称号。如今,梵净山休闲养生示范带、书法创作体验之城、茶旅融合美丽乡村示范带正在顺势突围;一批乡村旅游景点各显其美,文化旅游呈"井喷增长"之势。

打造绿色家园,建设生态美丽新城乡

绿色是生命的颜色,也是城市的气韵。近年来,印江围绕"做绿县城、做特集镇、做美乡村"的思路,加快推动环境安民,城在绿中、路在绿中、房在绿中、人在景中的生态绿色城乡环境,美如画卷。

坚持做绿县城,打造山水城市。印江按照"一街一景、四季分明"的要求,注重抓好点、面、线布局,加快公园、广场、居民小区绿化美化,让人民群众"推窗见绿";鼓励引导单位、社区和居民对建筑物、墙面、屋顶等进行绿化,让人民群众"抬头见绿";同时,加快各条街道和出入口的绿化新植、绿化改造,构筑起城区道路绿化框架体系,让人民群众"出门见绿"。

绿是城市之肺,水是城市之魂。印江在推进城镇化过程中,积极开展河流治理和大堰清淤工作,通过河道清障、污染源清理、绿化带建设,打造了东城区河滨公园、印江河中洲段景观带,让昔日的臭水沟变成一道亮丽的景观带。

"绿"与"城"完美结合,改善了城镇人居生活环境,提高了群众的幸福指数。无论是晨曦微露,还是晚霞映天,在印江的公园、广场、河道上,散步休闲、跳广场舞的人群总是浸润在绿韵中。

坚持做特集镇,加快特色小城镇建设。印江按照"小而精、小而富、小而美、小而特"的理念,把绿色作为小城镇建设的底色,坚持高起点规划、高标准建设、高速度推进小城镇建设,厚植生态元素、文化元素,突出山水风光、宜居宜游,建设体现山水风光、民族风情、特色风物的绿色小镇。如今,有着省级风景名胜区、省级绿色小城镇、省级历史文化名镇等"头衔"的黔东木黄古镇,正阔步迈入"精、美、富、特"的旅游景观型小城镇。

坚持做美乡村,加快美丽乡村建设。印江以"四在农家·美丽乡村"建设为抓手,突出生态、民族、文化元素,加快民族特色村寨建设和乡村旅游发展,打造宜居、宜游的美丽乡村升级版,实现了山水、田园、城镇、乡村各美其美、美美与共。

目前,印江成功创建首批贵州省森林城市,建成了木黄省级示范小城镇和紫薇、朗溪等8个特色集镇,先后有4个村寨成为中国少数民族特色村寨。

健全绿色制度,完善生态机制新体系

金厂村地处梵净山脚下,是印江河发源地之一。曾因金矿开采,当地生态环境不堪重负、河水严重污染。近年来,印江强制关闭金矿厂,出台《印江河保护条例》,禁止非法开山、采矿等行为,大力开展植树造林。

如今,一度鱼虾不生的金厂河,逐年变清,山坡上恢复了往日的生机,区域性森林覆盖率达到90%以上,金厂河的水质达到国家水质一级标准。

"不卖黄金,卖风景!"当地村民田茂雄曾经以挖金矿挣钱为生,在印江政策的支持下,利用良好的生态资源优势,发展乡村农家乐,年纯收入20多万元。不仅如此,其他村民也转变观念,纷纷发展生态种植、养殖业和开办农家山庄,村民年人均纯收入连年攀升。

随着生态建设持续推进,绿水青山释放的生态红利,不仅让印江懂得植绿,也更加懂得惜绿、护绿。

印江县委副书记、县长张浩然说:"习近平总书记教导我们,要像保护眼睛一样保护生态环境,像对待生命一样对待生态环境。我们要把生态保护作为推进发展的底线挺在最前端,做到一切服从于生态!"

在守护青山绿水的实践中,印江严格执行耕地保护制度、生态环境保护责任

追究制度,探索建立了领导干部自然资源资产离任审计、差异化绩效考核生态保护机制,把环境保护纳入干部政绩考核体系,增强绿色自觉,强化绿色自律。

印江出台了《印江河保护条例》,印发了《环境保护"党政同责、一岗双责"责任制考核办法》,制定了《生态文明建设目标监督管理办法》,建立了河长制,全县365个行政村先后制定了保护环境"村规民约",用制度守护青山绿水,保护绿色家园。

同时,印江全力打好环境保护"持久战",污染治理"突围战",深入推进森林保护"六个严禁"执法专项行动,依法惩治污染环境、破坏生态的行为,不断构建生态安全网。

一条条绿色制度、一项项绿色举措,为印江生态建设护航,让山更青、水更秀、绿常在。

筑牢绿色屏障,构建生态安全新格局

在印江,不管是道路建设、公园建设,还是小区建设,只要是轮到绿化工期,春夏秋冬植绿不"断线"、绿色遍城乡。

"同建绿色美丽家园、共享清澈碧水蓝天""养护青山绿水,荫及子孙后代"在印江已成为共识,每年全民义务植树尽责率达90%以上。

"春耕一大坡,秋收几小箩"曾是印江朗溪镇昔蒲村石漠化区群众生产生活的写照。近年来,印江按照采取宜果则果、宜林则林、人工造林与封山育林相结合的方式,大力推进石漠化综合治理,昔日石头裸露的荒山野岭,如今满山遍野的果树上挂满丰收的果实。

"既要让大山盖起绿被子,更要让群众鼓起钱袋子!"印江决策者认为,只有把全域绿化与产业发展结合起来,才能美了生态,又让群众增收。

在城区,印江按照"三年栽植、五年变绿、十年见成效"的要求,在县城周边可视范围内采取"全面绿化、立体绿化、生态绿化"的方式,推进绿色生态屏障建设,绿色逐渐包围着城市。

在乡镇,印江抢抓国家实施生态补偿示范区试点机遇,推动生态建设和生态保护工程,厚植绿色屏障。按照宜林则林、宜茶则茶、宜果则果、宜药则药的方式,种植"致富果""摇钱树",既让大山盖起了绿被子,又让群众鼓起了钱袋子。

与此同时,印江大力实施新一轮退耕还林、石漠化治理、天然林保护、城周森林屏障、印江河两岸绿化等工程,建立区域性林木植物种质资源保存库和相应的种质保存圃,把印江建设成为生态资源最"富有"的观赏基地、研究基地。

目前,印江累计完成绿化造林40余万亩,森林覆盖率由五年前的49.16%提

高到 64.71%,林木蓄积量由 487.88 万立方米增加到 777 万立方米。2017 年上半年,印江空气环境质量优良率为 98.9%,跃居全省第二、铜仁市第一。

培育绿色文化,树立生态文明新风尚

每天下午六点半,自行车协会会员杨权准点与队员们集中骑车出发,行驶在城市和乡村公路上的车队,形成了一道靓丽的风景线。

"自行车运动不仅锻炼身体、磨炼意志,还能欣赏到很多优美的风景。"杨权说,随着印江城乡道路交通基础设施不断完善,群众生活质量追求越来越高,绿色环保意识渐入人心,选择骑自行车健身或出行已成为一种新时尚,加入自行车协会的就有 200 多人。

不仅如此,低碳环保的电动车已备受青睐,市场销售火爆。倡导和践行勤俭节约、绿色低碳、文明健康的生活方式和消费方式,在印江已成为一种新风尚,以绿色文化引领绿色发展的生态文明大格局逐步形成,价值取向、思维方式、生产方式、生活方式已被"绿色化"。

印江地处武陵山脉主峰、佛教名山、国家级自然保护区的梵净山西麓,生态环境优美、文化底蕴深厚,绿色文化、红色文化、佛教文化、民族文化交相辉映,随着生态建设持续推进,绿水青山释放的生态红利,不仅让印江懂得植绿、护绿,也更加懂得用绿。

在推动旅游产业发展中,该县规划打造天王寨、罗汉村、团龙长寿谷,举办集体佛光婚礼、拜千年紫薇王等一系列活动,让绿色生态环境与佛教文化、书法文化、名茶文化、红色文化、民间民俗文化深度融合,形成了一批相得益彰、互融互补的文化体验旅游景点,让绿色文化寓教于游、寓教于乐。

"发展绿色文化,既是民生,也是民意。"印江始终坚持把绿色文化发展的成效与人民群众的切身感受结合起来,先后建成观音沟湿地公园、城市森林公园、大圣墩体育公园等绿色惠民工程,让广大人民群众在发展绿色文化中提升获得感与幸福感。

书籍是文化的载体,《林海恋歌》一书无疑是印江绿色文化的一个载体。从去年开始,该县充分运用新闻媒体,广泛宣传高石坎护林员在绿海松涛间书写信念与坚守的时代传奇,深入开展学习他们造绿、守绿、护绿、爱绿的高尚情怀和时代精神,并编辑出版 30 万字的《林海恋歌》一书,在社会各界传阅,营造了崇尚自然、爱护环境的绿色人文风尚,形成政府支持绿色、社会倡导绿色、个人坚持绿色的良好局面。

与此同时,印江广泛开展创建绿色企业、绿色学校、绿色社区工作,让绿色文化进企业、进学校、进社区、进家庭,引导全社会种绿、护绿、爱绿、用绿。

目前,印江实验小学、新寨中学等31所学校被命名为"绿色学校",城南社区、城北社区被命名为"绿色社区"。印江成功创建全国生态示范县、全国生态保护与建设示范区、国家生态功能核心区重点县、全国生态文明示范工程试点县和国家卫生县城。

(2017年11月3日《贵州日报》14版整版刊载)

山地添绿色　群众增喜色

——印江自治县"十二五"林业工作综述

成功创建了"贵州省森林城市";积极开展了全国绿化模范单位的申创;稳步推进了洋溪自然保护区升级工作;积极开展了中华人文古树申报,千年紫薇王被批准命名为全国 100 株"中华人文古树"之一……翻开"十二五"期间印江土家族苗族自治县林业工作台账,成绩令人欣喜。

"十二五"以来,印江大力实施林业生态工程,持续推进退耕还林、天然林保护、石漠化综合治理等重点生态建设工程,积极实施绿色贵州建设三年行动计划,累计完成绿化造林 40 余万亩,林地由 9.68 万公顷增加到 11.53 万公顷,森林覆盖率由 49.16% 提高到 60.16%,林木蓄积量由 487.88 万立方米增加到 777 万立方米,先后成功创建了"全国生态示范县""全国生态保护与建设示范区""贵州省森林城市"。

绿化造林:森林覆盖率提高 10 个百分点

绿色,是一座城市永远追求的境界。走进印江县城,不管是道路建设、公园建设,还是小区建设,只要是轮到绿化工期,春夏秋冬都在种植花草树木,不见停过。

这样植树成活率有保障吗? 其答案是肯定的。"我们主要是承包给有实力的绿化公司,不但成活率有保障,城区绿地覆盖率达 43.2%,人均公共绿地面积达 12.1 平方米,实现了'出门见绿、开窗见景'的目标。"县林业局局长张安兵说。

城区绿化是印江实行全面"灭荒"、见缝"插绿",提高全县森林覆盖率和城乡绿化水平的一个方面。近年来,印江坚持"建设生态印江,实现跨越发展"的理念,编制了《十二五林业发展规划》《城周森林屏障建设方案》《天保工程第二期实施方案》《印江县 10 万亩竹子发展规划》等,强力推进省级森林城市创建工作,促进生态文明建设。

2012 年来,印江按照"三年栽植、五年变绿、十年见成效"的要求,整合部门资金 2530 万元,在县城周边 19 个村种植马尾松、竹子、柑橘等植被 15216 亩,成活率都达到 91.4% 以上。

围绕"一街一景、四季分明"的要求,印江对县城武陵公园、城市农业公园和大圣墩体育公园、乡镇集镇进行绿化。建成区街道绿化率达 100%,树冠覆盖率在 50% 以上。同时,加强水源地梵净山及周边森林植被的保护,强化水系绿化,全县河流、水库和湖泊等水岸绿化率达到 85%。

一路花香一路景。印江注重道路的绿化,先后在境内的杭瑞高速、梵净山环线、省道、通乡油路及通村公路重点种植竹子、香樟、鹅掌楸、紫薇等观赏花卉、树种,道路绿化率达 94.8% 以上。

"春耕一大坡,秋收几小箩"曾是印江石漠化区群众生产生活的写照。2011 年以来,印江按照"山上封山育林,山腰种植经济林,山下建设农田"的思路,采取宜果则果、宜林则林、人工造林与封山育林相结合的方式开展 87 平方千米的石漠化综合治理。

与此同时,印江坚持谁造补谁、适地适树等原则,加大植树造林扶持力度,对林农个体、企业、专业合作社或承包大户种植的营造林,利用退耕还林工程、天保林工程、石漠化综合治理工程等项目资金,分种类实行造林补贴,激励群众积极造林。

"同建绿色温馨家园、共享清澈碧水蓝天""养护青山绿水,荫及子孙后代"在印江成为共识。每年植树节前后,县委、县政府号召全县干部群众开展义务植树。目前,全县机关、部队、学校、企事业单位和乡镇建立义务植树登记卡率为 100%,近年参加义务植树人数累计达 140 余万人次,义务植树 400 余万株,成活率达 90% 以上。

为了确保成活率,印江加大植树造林的监督指导力度,对植树造林成活率实行量化考核,按比例兑现造林费。同时,严把种苗关、验收关,不合格的种苗一律不允许上山,对弄虚作假、浪费苗木的严厉查处。

十二五期间,印江完成县乡村造林绿化面积 16906 亩、印江河沿河绿化 68.5 公里,完成亚盘林乡村旅游项目建设,农业公园、湿地公园、农业园区等绿化,共栽植桂花、楠竹、荫香、塔柏、马尾松营养袋苗等 4.5 万余株,全县林地面积由 9 万公顷增加到 11 万公顷,林地绿化率由 49.87% 提高到 61.13%,森林覆盖率由 49.16% 提高到 60.01%。

森林保护:林木蓄积量净增 3 百万方

"被告人曹某犯滥伐林木罪,判处有期徒刑三年,并处罚金人民币 1 万元,没收被告人非法所得人民币 1.61 万元,并上缴国库。"去年,县人民法院公开宣判了被告人曹某滥伐林木案,达到惩处一人、教育一片的目的。

这是印江在深入开展森林保护"六个严禁"执法专项行动中,对所有涉及破坏森林资源违法行为严厉查办的一个事例。十二五以来,印江通过开展"雷霆行动""绿盾行动""六个严禁"专项行动等,累计查处林业案件 304 起,罚款 390 余万元,没收木材 370 余立方米,处罚 300 多人次。

森林是地球之肺。如何呵护好这个绿色之肺、不断增强肺活量呢? 印江坚持"在保护中发展,在发展中保护"的原则,严守发展和生态两条底线,每年预算财政专项绿化资金,用于加强湿地保护,重要水源地涵养、古大珍稀物种的保护,森林防火、林业有害生物防治等工作,严厉打击各类破坏森林资源的违法犯罪行为,不断加强生态公益林建设和管护,确保森林资源的稳步增长。

印江建立县、乡、村三级护林网络森林管护体系,全县聘用专职护林员 348 名,对森林资源管护做到了横到边、纵到底,涌现出了木黄高石砍林场 8 名护林员默默无闻坚守大山 40 余年的先进事迹。

2011 年以来,印江开展森林护育补贴工作,对全县中幼林开展割灌、除草、修枝抚育,抓好中幼林抚育和低产林地改造,确保森林资源数量质量同步提升。抓好森林资源分类经营管理,对公益林严格实行保护措施进行抚育和更新;对商品林严格实行限额采伐,合理利用,增加林农收入,提高群众造林、爱林、护林积极性。

同时,开展古树名木调查、挂牌和种质资源清查,对境内长苞铁杉、南方红豆杉、香果树、榉木、银杏等国家一、二级保护树种和全县 1 万余棵古树名木全部建立档案资料,进行挂牌管理。

火灾是森林最凶恶的敌人。印江坚持"预防为主、积极消灭"的方针,突出重点时节、重点地段、重点时期森林火灾的管理,认真落实森林防火目标责任制,加强森林防火宣传,做好森林防火值班应守;同时,印江实施森林防火重点险区综合治理工程,建立森林防火碑牌、塔,修建森林防火物资储备,配备森林防火摩托车、对讲机等设备,切实做好各项森林防火安全工作,火灾受害率均控制在 0.68‰ 以内,火灾受害率逐年下降。

除此之外,印江认真开展林业有害生物防治、植物检疫测报和春秋季普查工作,林业有害生物治理面积 17.83 万亩,无公害防治率达 100%;松材线虫病监测 60 多万亩,松材线虫病监测率达 100%;苗木产地检疫 5842 亩,苗木 4.8 亿株,产地检疫率达 100%。

十二五末,印江林木蓄积量由 487.8 万立方米增加到 777 万立方米。

林业产业：实现生态美产业兴百姓富

"十二五"以来，印江的"产业生态化、生态产业化"理念，以生态文明建设为中心，以富民增收为目标，结合巩固退耕还林成果工程、石漠化综合治理项目、森林植被恢复费项目等工程，坚持发展与保护并重，大力发展林业产业，念好"山字经"，种好"摇钱树"，发展经济林，促进绿水青山与金山银山有机统一，实现了生态美、产业兴、百姓富。

在助推林业产业发展过程中，印江坚持因地制宜，科学合理布局，适地适季适树，并紧紧围绕"生态建设产业化、产业发展生态化"的发展思路，依托林业重点工程，做到林业产业发展与生态建设、扶贫开发、美丽乡村、森林旅游相结合。

在森林旅游发展上，印江围绕梵净山环线、杭瑞高速公路、国道、省道、县道沿线发展茶叶、经果林等绿色生态产业，努力打造观光、休闲为一体的生态旅游景区，引导群众充分依托生态优势，大力发展健身、休闲、农家乐、采摘等多种形式的森林旅游项目，实现"旅游与产业一体化"。朗溪甘川、新业杜鹃山庄、木黄金厂已成为游客休闲之地，村民们实现了"借景生财"。

在林业产业基地建设上，印江利用退耕还林政策，结合产业化扶贫项目，大力发展茶、核桃、食用菌、经果林、金银花等绿色产业。此外，印江制定《印江自治县花卉苗木产业发展实施方案》《印江自治县关于加强花卉苗木产业发展实施意见》等花卉苗木产业配套措施及优惠扶持政策，培育林木育苗经营户 33 家，累计发展各类苗木 1930 亩。

发展绿色生态产业，实现生态景观与经济效益的双丰收，是印江一贯坚持的发展理念。"十二五"末，印江累计建成精品果园 10 万亩，核桃 19 万亩，茶叶 35 万亩，竹子 5 万亩，林业产业发展实现生态效益、经济效益、社会效益三赢。

与此同时，印江加强退耕还林、公益林、造林补贴等涉农惠民资金补助的监督管理，及时通过农户"一折通"兑现到位。"十二五"期间，退耕还林补助面积 10.53 万亩，累计兑现补助资金 7105.65 万元；公益林补助面积 105.64 万亩，累计兑现补助资金 3666.4 万元；造林补贴共计 3 万亩，兑现补助资金 557.8 万元。

产业发展增效益、财政补贴增收入，林业发展为林农群众增收致富提供了双轮驱动力，拉上了双重保险带，农民群众造林护林的积极性空前高涨，为林业发展实现新跨越提供了不竭动力。

林业改革：让群众得到更多的获得感

2014 年 7 月，持续的降雨导致任玉军家的山林地滑坡，大量林木严重受灾。

好在受灾的林地由县政府统一纳入公益林投保范围,灾情发生后不久,保险公司就开展理赔,并得到补偿。

"政府统一给我们这片公益林按每亩 1.8 元买了保险,没想到受灾的 62 亩林地很快就获得了 37200 元的保险赔付。"合水镇合水村林农任玉军高兴地说。

2014 年以来,印江以县为投保单位,每年投入资金 189 万元对 105 万亩公益林开展政策性保险试点工作。在保险期限内,因火灾直接造成的保险林木死亡及因火灾施救造成的保险林木死亡,或者由于火灾、暴雨、暴风、暴雪、滑坡、洪水、泥石流、雨雪冰冻、霜冻、干旱、林业有害生物及由此采取的合理必要的施救行为造成保险林木流失、掩埋、主干折断、死亡和伐除的,承保机构按照保险合同的约定负责赔偿。

给森林买保险只是印江推进林业改革让群众得到实惠的一个生动事例。"十二五"以来,印江全面深化集体林权制度改革,创新林业管理体制和经营机制,放活经营权,落实处置权,确保收益权,规范林地、林木流转,盘活森林资源,促进各种生产要素向林业流动。

印江全面落实集体林地的所有权、处置权和收益权,确立了农民经营主体地位,建立了"山有其主、主有其权、权有其责、责有其利"的产权制度,集体林地确权面积 144.51 万亩,发证 30817 本、面积 122.52 万亩。

为破解全县林业产业发展资金难题,盘活森林资源资产、做大做强林业产业,印江借鉴集体林权制度改革思路,为群众非林地上的林木确权发证,以便农户用林权证抵押贷款,增强发展林业产业信心,扩大林业产业规模。非林地上林木确权发证 248 本、面积 2.53 万亩,林权抵押贷款 574.35 亩 610 万元,涉及亩茶叶、核桃、经果林等非林地上林木,实现了林业资源资产化、林业资产资金化,有力推动了农村林业经济发展。

如今,印江城乡绿意葱茏,秀丽如画。展望"十三五",印江严守发展和生态两条底线,全面深化林业机制体制改革,建立比较完备的林业生态体系、产业体系及现代林业发展制度,加快推进传统林业向现代林业转变,实现生态建设产业化,产业建设生态化,确保实现森林覆盖率和森林蓄积量的双增目标,实现兴林富民,推进林业可持续、健康、稳定发展。全县有林地面积达到 182 万亩,森林覆盖率达 70% 以上,林木绿化率达到 72.1% 以上,林木蓄积量达到 1000 万立方米,无公害生物防治率达 100%,有害生物受害率控制在 0.3% 以下,森林火灾受害率在 0.68‰ 以内。

(2016 年 4 月 19 日《铜仁日报》6 版头条刊载)

从"锅厂样板"探精准扶贫"印江路径"

贵州,中国扶贫开发主战场。

印江,贵州扶贫攻坚示范县。

锅厂,印江扶贫开发焦点地。

锅厂,有不一样的样板意义。

借助于"武陵山片区区域发展与扶贫攻坚"的东风,深藏梵净山西麓的印江土家族苗族自治县新业乡锅厂村被人认识,得到各级领导关怀,几度情牵梦绕,数载扶贫攻坚,锅厂村变了,村民生活改善了、人居环境变美了、文化素质提高了,农民人均纯收入由 1999 年的 1847 元猛增到 6000 多元,一跃成为印江贫困村脱贫致富的"样板村"。

贫穷之困:守着青山绿水,过着贫苦日子

夏日的新业乡锅厂村绿意葱茏,生机盎然。古老神秘的梵净山赋予了这方山水纯美的灵性。

然而,这个山水清幽、景致秀美、民风淳朴的美丽村庄,曾因交通不便、信息闭塞,一度是印江典型的一类贫困村。1999 年,农民人均纯收入仅有 1847 元。

"养牛为耕田,养猪为过年,养鸡为吃盐。"这是昔日锅厂村自给自足的发展现状。由于种养业单一,大部分家庭一年种的粮食还不能糊口,加之村民观念落后、文明卫生意识淡薄,污水、粪便四溢及狭窄的泥土路等问题得不到解决,交通闭塞更是阻碍群众出行、制约着村里的发展。

"那个时候,人多耕地少,山坡上的庄稼时常被野猪损坏,粮食根本不够吃。又没有发展什么产业,无奈之下,我们只有出去打工了。"谈及过去的日子,不安于贫困现状的任江成带有几分难言之隐。

那时,任江成一家的困境是当地普遍现象。为了生计,不少木屋空空,举家外出打工……

守着青山绿水,过着穷苦日子,何时是个头? 让人欣喜的是,2010年新业乡被省委、省政府列为"集团帮扶、整乡推进"扶贫开发项目试点。

同年,由省纪委(省监察厅)、省信访局、省警官职业技术学院、中国华融资产管理公司贵阳办事处、中石化铜仁公司五家单位组成的省党建帮扶队,进驻新业,展开扶贫攻坚大会战。

一场拔穷根战贫困的大会战在梵净山下的新业乡打响,号角声声惊醒了梦中的锅厂人。

省委常委、省纪委书记宋璇涛也先后多次深入锅厂村,详细了解群众生产生活状况和现实困难,与群众同吃、同住、同劳动,帮助群众寻求增收门路,鼓励群众勤劳致富。

"我们村作为宋书记的联系点,他不光帮助理清了发展思路,解决了很多民生难题,还帮助我们牵线搭桥争取基础设施项目,改变就学、就医等条件。"村党支部书记田华忠说。

破题之策:基建改变人居环境,产业鼓起群众腰包

走进锅厂村杨柳沟,翠林中用篱笆围起来的阵地就是任江成的绿壳蛋鸡天然养殖场。

砍青菜、和饲料、给鸡添加食物,任江成忙得满头大汗。"现在,发展这个养殖还可以,家庭有了稳定的收入。"任江成一边干活一边告诉记者。

2010年,新业乡按照"人均一亩茶园,户均两亩核桃,乡有百万蛋鸡"的目标,投资120余万元新建了锅厂、铁厂两个孵化场,并制定鸡苗补贴和干部担保、政府贴息贷款等多种扶持措施,将蛋鸡养殖作为群众增收致富的主导产业。

在外打工多年的任江成夫妻,得知乡里扶持发展产业政策后,毅然回家当起了蛋鸡养殖专业户,每年的养殖纯收入都在5万元以上。更让任江成惊喜的是,省委常委、纪委书记宋璇涛还结成了"一对一"帮扶。几年来,信心十足的任江成也把养殖规模逐年壮大,还带动村里10余户群众发展绿壳蛋鸡。去年,村委会换届,任江成当选上了村主任。

任江成一家的变化,是锅厂村生活变迁的一个缩影。

"实施技术培训项目主要是转变群众思想观念,搞基础设施项目主要改变人居环境,通过发展产业其目的就是让群众的腰包鼓起来。"新业乡党委书记敖华说,在推进锅厂村"整村脱贫"中,乡里多次组织干部群众到凤冈、湄潭、西江千户苗寨、镇远古城等地参观学习,并聘请专家开展林下养殖培训,不仅转变了群众发展观念,还提高了群众产业发展技能和积极性。

穷则思变,变则通。在不断升华扶贫开发"印江经验"中,印江将省纪委"集团帮扶"项目与"农村居民增收致富行动计划"相结合,把锅厂村作为农村最低生活保障制度与扶贫开发政策"两项制度"有效衔接试点,推行一名县领导联系一个乡镇、一个部门帮扶一个村、一家企业带动一个村、一百万资金覆盖一个村、一名干部帮扶一个贫困户的"五个一"帮扶工作机制,引导群众发展产业增收致富。

同时,县财政局、交通局、水务局、住建局、扶贫办等部门积极编制申报项目、制定方案,一时间,结对帮扶、产业扶持、教育培训、危房改造、基础设施建设等"六个到村到户"聚集锅厂村。

2010年来,锅厂村共获得扶贫专项资金230万元,危房改造100多万元,"一事一议"财政奖补50余万元,教育培训受益3000人次。

发展思路的清晰,资金、项目的不断聚集,干部群众的苦干实干,蕴藏着能量的裂变,锅厂村在短时间内实现了华丽转身。2013年,全村人均纯收入达6000元以上。

发展之变:村庄的面貌美了,群众的心里宽了

青瓦、白墙、雕花窗装饰的土家民居错落山间,水泥硬化的通组路连接每家每户,用手一拧水龙头就流出了白花花的自来水……

走进锅厂村,群众说得最多的一个字是"变"。村庄变得漂亮了、泥巴路变成水泥路了、晚上变得亮堂堂了……

"以前,我们这条路出行很不方便,没有车路,走的是田埂,下雨天很容易就掉到水田里。现在,什么都好了,路也修宽了,还安了路灯。"在新业乡锅厂村二组生活了70多年的任廷友如是说。

村支部书记田华忠说:"看得见的是基础设施的变化,其实变化还有群众的思想观念,群众变得有经济头脑了。"

沿着新建的沥青路来到村民杨佳碧家,屋里的货架上摆满各种物品,三三两两村民前来购买商品。2012年10月,杨佳碧利用自家地理优势,率先在村里开办了农家超市,并获得了印江农村商业网点建设示范点项目扶持。如今,每月纯收入上千元,加上丈夫李勇在当地做零工,一家人的日子过得幸福起来。

交通条件改善了,村民的致富梦想更多了。村民任红民看到家门口的毛坯路动工改建后,买了一台运载车跑运输,为当地群众拉水泥、运砂石,一年下来纯收入有四五万元。

村美人和产业兴。"这几年在村里做工作都好做了,干群关系也好了。"田华忠坦言,群众观念转变,村民之间的矛盾纠纷少了,锅厂村先后获得了县级"文明

村""先进村"和"五好基层党组织"等荣誉称号。

　　印江县委书记陈代军在年初该县党代会报告中指出,继续加大资金倾斜和整合力度集中打造产业基础好、发展潜力大、带动能力强、积极性高的小康示范村,更加注重贫困村建设,加大力度补长同步小康的"最短板"。

　　与此同时,该县将针对精准扶贫识别的9.69万贫困人口和203个贫困村,围绕农户增收、培训转移和"四在农家·美丽乡村"基础设施建设六项行动计划等方面,制定贫困户和贫困村帮扶计划,做到结对帮扶、产业扶持、教育培训、农村危房改造、扶贫生态移民和基础设施建设等到村到户,改变"大水漫灌"为"精准滴灌",确保贫困群众脱贫致富。

（2014年7月10日《铜仁日报》1版刊载）

出水芙蓉斗芬芳
新业乡"集团帮扶、整乡推进"升华"印江经验"

　　秋末冬初的印江土家族苗族自治县新业乡,一抹烟雨。笼罩在蒙蒙细雨中的芙蓉村格外引人注目,芙蓉人家安定祥和,人们的心里也揣着一份舒心和幸福,沐浴在细雨中跳起了土家花灯《芙蓉情缘》。

　　"现在这个日子,比唱的都好,我做梦都没有想到会有这么幸福的日子。"谈及如今的幸福生活,村民田儒花老人已笑得合不拢嘴。

　　三年前的新业乡,贫困面广、贫困程度深、脱贫难度大,12898 人如今能过上这般幸福的生活就像一个梦。

　　三年前,虽然自然环境优美,旅游资源丰富,森林覆盖率达 72%,但 16 个村中就有 10 个是贫困村,农民人均纯收入仅 2400 元,"生态环境好、人民群众穷"成了新业乡的真实写照。

　　"感谢省、市、县的各级领导对新业乡的倾情帮扶,三年来,群众的发展意识增强了,乡村面貌得到了较大改观,干部的精气神得到了凝炼。我们发展的各项产业已逐步见效。"新业乡党委书记敖华深有感触地说。

　　敖华所说的各级倾情帮扶,就是 2010 年新业乡被省委、省政府批准为"集团帮扶、整乡推进"扶贫开发项目试点后,由省纪委监察厅、省信访局、省警官职业技术学院、中国华融资产管理公司贵阳办事处、中石化铜仁公司 5 家单位组成的省党建帮扶队,进驻新业展开整乡推进扶贫攻坚试点。

　　在项目实施中,该乡围绕"夯实基础、大兴产业、保障民生、创新机制"的扶贫攻坚思路,依托处于梵净山旅游核心区域优势,按照"人均一亩茶叶、户均两亩核桃、乡有百万土鸡"的目标,重点发展观光茶园、观光桃园、乡村旅游、特种养殖等产业和大力加强交通等基础设施建设。经过两年多的扶贫攻坚实践,新业乡的经济社会和农民的精神面貌发生了翻天覆地的巨大变化,2011 年人均纯收入达到3660 元,同比增长 62%。

整合资源,聚力攻坚贫困

走进新业乡芙蓉村移民搬迁安置点,一幢幢青瓦白墙、飞檐雕窗的土家民居,统一的风格,一致的装修,成为梵净山环线上一道靓丽的风景。

"我们以前住在山上,条件很差,想都没想过做生意的事情。搬下来后,比什么都强,水通了,交通也方便,房子也漂亮,思想开阔了,做生意心里也踏实了。"芙蓉苑老板周勇纲道出了对搬迁带来变化的感慨。

2010年以来,新业乡紧紧抓住"集团帮扶,整乡推进"的大好机遇,整合异地扶贫移民搬迁工程项目、乡村旅游发展项目和村庄整治项目,科学规划、合理布局,积极引导和扶持自然条件差、基础设施落后的村组群众进行搬迁。来自不同村组的70多户群众常年居住在高寒偏远地区,生活条件极为恶劣,自从芙蓉村移民搬迁安置点建成后,村民陆续搬离了原来的地方。

周勇纲就是搬出来的其中一户。自从搬到芙蓉村后,周勇纲动起了脑筋,夫妻俩利用自家的环境优势办起了农家乐。现在生意红火,一个季度可收入三四万元,日子过得有滋有味。

"以前,想都不敢想的事,现在都实现了,'集团帮扶'最大的特点就是整合了各种资源,集中投入,达到扶持一片,见效一片,稳定脱贫一片。"敖华介绍,在项目实施中,该乡充分借鉴和运用新阶段扶贫开发"印江经验",坚持采取"渠道不乱、用途不变、统筹安排、各负其责、各记其功"的方法,整合部门涉农资金集中投入试点项目区,实行资金优化组合,合理分配,最大限度地发挥资金效益。

短短三年,印江以县为单位进行资金项目统筹,严格按照统一组织领导、统一规划设计、统一申报入库、统一分配使用、统一组织实施"五个统一"的要求,以国家扶贫项目资金1000万元为引子,整合农业、畜牧业、交通等各类支农资金和社会帮扶资金25897.1万元,确保了试点工作的资金投入力度,达到了"各炒一盘菜,同做一餐席"的效果。

夯实基础,破解发展瓶颈

"以前,我们这条路出行很不方便,没有车路,走的是田埂,下雨天很容易就掉到水田里。现在,什么都好了,路也修宽了,还安了路灯,国家的政策就是好啊!"在新业乡锅厂村二组生活了70多年的任廷友如是说。

从垂髫顽童到古稀老人,任廷友既是这个村庄的守望者,又是村庄变化的见证者。

自2010年以来,新业乡村级公益事业建设"一事一议"财政奖补项目进一步改善乡村基础设施,增强农村发展后劲。交通条件改善了,村民的致富梦想更多了。

村民任红民,去年看到家门口的毛坯路动工改建后,就买了一台运载车跑运输,为当地群众拉水泥、运砂石,一年下来纯收入都有四五万元。

村民周书余也发展起绿壳蛋鸡养殖,他说:"现在路修到家门口,方便多了,我一个月喂养的饲料都不用肩挑背驮,车子直接送到了家门口。"

发展基础差,生产条件落后,是制约贫困地区加快发展的最大障碍。

三年来,该乡始终坚持加快把交通、水利作为重点的基础设施建设来抓,建成梵净山环线公路21.7公里,修建10条产业路、通组路共120千米,构建了全乡"三纵三横一环四连线"交通网络,实现了村村通公路。投资850万元,建成7.2千米防洪堤、新建农灌渠19.2千米,投资142万元新建集镇片区、芙蓉片区、落坳片区共12个村8295人的饮水安全工程。

大兴产业,促进群众增收

连日来,新业乡落坳村村民任翠桃一家人忙于在幼龄茶园拔萝卜,然后运到不远的茶蔬专业合作社去卖。4角钱一斤,今年她家光是在茶园套种的萝卜收入就有1万多元。

"真没想到,在茶叶中栽上萝卜,不仅管理好了茶叶,还有了这份额外的收入。"任翠桃老人笑逐颜开。

近年来,新业乡以产业化扶贫为主要手段,在稳定粮食生产的前提下,围绕"人均一亩茶叶、户均两亩核桃、乡有百万土鸡"的思路,大力发展茶叶、畜禽、核桃等产业。同时,积极引导群众在幼龄茶园和幼龄果园中套种了蔬菜,提高土地的综合利用率,让群众管好了茶园,稳定了群众的收入、增强了茶农的发展信心。

项目实施以来,该乡新建茶园5168.72亩,实现了人均0.53亩茶,打造了落坳、上寨、丰塘3个茶叶专业村,建设10里高标准示范茶园产业带1300亩,新建了茶叶加工厂2家,茶青交易市场1个,实现茶叶产值255万元。发展核桃种植业11047亩,达到了户均3.08亩、人均0.85亩核桃,集中打造了高标准核桃种植示范点3个共计650亩。注册"黔芙蓉"商标,组建了"黔芙蓉鸡"养殖专业合作社,成立了产业党支部,通过支部和专业合作社的引领,绿壳蛋鸡养殖已覆盖全乡16个村,带动散户836户,实现绿壳鸡蛋包装上市300余万枚,产值500多万元。

"围绕生态、利用生态、发展生态,是我们乡在产业发展富民产业中的一个基本点。"新业乡乡长王琪介绍,该乡还结合生态文化旅游产业发展,在梵净山环线公路沿线建成"四季桃园观光点"1200亩,实现了景观效益、生态效益与农业效益的结合。同时,借助梵净山环线旅游公路,以"探梵净神秘,游生态画卷,赏珙桐珍稀,醉芙蓉风情"为主题,打造了花果园、芙蓉养生休闲度假村、石板寨乡村旅游景点。

党建帮扶,增强发展活力

一名党员就是一面旗帜,一个支部就是一个堡垒。新业乡按照印江打造"百里产业党建示范带"的部署,创新基层组织设置,将支部建在产业上,充分发挥支部战斗堡垒作用和党员先锋模范作用,形成"支部建在产业链上、党员聚在产业链上、农民富在产业链上"的良好态势,涌现出了徐明念、周永纲、刘兴利等优秀党员干部。

项目实施以来,还得到各级各部门的大力支持。省委常委、省纪委书记宋璇涛带队,多次深入乡村田间地头,走入困难群众家中,倾听群众呼声,关心群众疾苦,为群众解难事、办实事。

贫困户任江成在宋书记的帮扶下房屋装修一新,并积极发展乌骨鸡、绿壳蛋鸡养殖,成为该村的创业致富带头人。省党建扶贫工作队与新业乡结成帮扶对子,建立领导挂帮、党建扶贫、部门帮扶"三位一体"的集团帮扶机制,明确了领导干部带队,坚持深入村组,深入困难群众家中,吃住在农家,真情了解民意,切实帮助群众解决实际问题。

2010年以来,省纪委为新业乡协调解决了各类建设资金100万元,省党建扶贫工作队先后为新业乡解决了"9.18特大洪灾"灾后捐助资金8万元,协调省扶贫办项目资金30万元、石油公司17万元,帮扶丰塘小学硬化操场、修建厕所、定做校服、购买图书13.5万元;协调省国土厅土地整理项目资金934万元;为乡政府解决下乡用油2.4万元,协调省体育局建设中学灯光球场。省纪委及党建帮扶工作队的大力帮扶,为项目区加快发展凝聚了力量,增强了信心和决心,加快了脱贫致富步伐。

如今,在新业乡115平方公里的土地上,人民安居乐业,山上茶香飘荡、林下鸡鸣声声,到处呈现出一派欣欣向荣的景象。

(2012年11月12日《铜仁日报》6版整版刊载)

印江县探索乡村治理新模式
"村两委＋乡贤会"等于多少？

对马村村民戴德斌说："乡贤会好，是为群众做实事的一个组织。乡贤会参与管理村级事务，能带领群众发展产业、扶贫济困和捐资助学。"

池坝村支书张云祥说："乡贤会为我们村级事务管理增加了力量，凝聚了在外人士力量，有力推进了村里经济社会发展。"

板溪镇乡贤任廷慧说："家乡作为生我养我的地方，我为父老乡亲尽点微博之力，做点好事是应该的，我一直有这个想法，现在有平台，了却了心中的一个心愿。"

紫薇镇党委书记田芳说："乡贤会自参与村级治理以来，村级的发展后劲更强，乡村文明的程度更高，群众的思想更齐。乡贤会是村级治理中的多面手，发挥了很好的补位作用。"

印江土家族苗族自治县"村两委＋乡贤会"等于多少呢？不难得知，其答案是一个不定数，数值的大小、群众满意度高低，关键在于村两委和乡贤会在村级发展中各自作用发挥和协调配合作用。

【解析一】"村两委＋乡贤会"等于搭平台聚力量

去年8月29日，印江峨岭街道上槽村在外工作、经商及在家的180多名乡贤、能人欢聚一堂，在村两委组织下成立了印江第一个乡贤会。

半年来，上槽村乡贤会发挥"补位"和"辅助"的作用，宣传国家政策，倡导文明新风，开展慈善公益，收集社情民意，调解邻里纠纷，引智引才引资，使全村各项工作迅速变样。

上槽村的改变，激发了印江全县乡贤人士回报家乡的激情，各村纷纷筹备组建乡贤会，形成了"见贤思齐、群贤毕至"的氛围，乡贤会成为凝聚村级发展力量的平台和载体。

去年 11 月,对马村将村里政治上有觉悟、经济上有实力、社会上有影响的 100 余名人士集聚起来,成立了对马村乡贤参事会。经会员大会讨论商议,对马村决定在本村开展以德治村、和谐建村、基础强村、产业富村、济困扶村、生态美村"六业融合"强村、治村、富村工作。

在资金管理上,对马村乡贤会制定了专门的管理办法,采取专人专账。在资金监督上,每用一笔钱都要三分之二以上的会员通过并及时做好公示。在资金用途上,除助贫助学、发展公益事业外,重点在发展村集体经济上下功夫,确保了资金用好、用实。

乡贤会、乡贤会,重在"贤"字上。如何把村里的贤才、贤德、贤能聚集起来是首先要弄清楚的问题。为规范建立乡贤会,各村按照严把乡贤会的入口关、选贤关、定位关、制度关、活动关"五个关口"的要求,让乡贤人士了解和参与家乡的发展,在潜移默化中凝聚人心、促进和谐,有效地激发了乡贤回乡参与建设的热情,切实打通了乡土社会与现代社会的有效衔接,实现了政府治理与村民自治的良性互动。截至目前,全县按程序组建乡贤组织 67 个,吸纳乡贤 4972 人。

同时,各乡贤会积极搭建了乡贤公益在行动、乡贤产业在引领、乡贤论坛在交流、乡贤文化在演绎、乡贤商会在融合"五个平台",激发乡贤履职活力,切实发挥了乡贤会作为村"两委"智囊团的作用。目前,全县 59 个村建立了乡贤微信群,结成精准扶贫"一对一"帮扶对子 4000 余户,收集村基础设施建设、矛盾纠纷化解等社情民意共 130 余条。

如今,"村两委 + 乡贤会"乡村治理模式已成为全市热词,其经验模式在全市被复制、推广,受到群众啧啧称赞和各级领导好评。

【解析二】"村两委 + 乡贤会"等于弘扬乡村文化

印江朗溪镇坪柳村是一个有着 300 多年传统花灯文化的村落,眼看着祖辈流传下来的花灯手艺及传统文化走向历史边沿,从村里走出去的田森和其他乡贤人士为之担忧。

"家乡是生我养我的地方,为家乡发展出一份力是应该的,老祖宗们传承下来的文化不能丢了!"据田森介绍,去年 11 月 21 日,坪柳村乡贤参事会正式成立,当天 80 多名乡贤人士筹集资金 6 万多元,除了一部分资金用于村里文化广场建设外,大部分资金用于举办春节花灯年会,进一步将村里花灯文化进行挖掘和保护。

"乡贤会"的成立不仅更好地将祖辈们传承下来的花灯艺术文化进行传承和保护,乡贤人士更为村里建言献策,乡贤回乡的善举已感化着不少村民。坪柳村支书田儒顺说:"坪柳村原本是一个矛盾问题村,如今村民们看到在外人士都那么关心支持家乡发展,自然就支持村里工作了。"

其实,早在封建社会就有"皇权不下县"的说法,一群在乡村社会有影响的乡绅将下情上达于官府甚至朝廷,也可以将官方的意旨贯彻于民间,在乡间承担着传承文化、教化民众的责任,同时参与地方教育和地方管理,引领着一方社会的发展。

新时代,赋予乡贤新的内涵。印江以乡情乡愁为纽带,以村为单位组建乡贤参事会,就是旨在通过"乡贤"及其组织在乡村治理中发挥服务乡民、反哺桑梓、泽被乡里、温暖故土的积极作用,形成见贤思齐、崇德向善的良好风尚,传递社会主义核心价值观和正能量。

目前,以文化引领乡贤会成为印江乡贤会的特色。印江朗溪镇昔蒲村对在产业引领、文化传承、敬老爱幼等方面表现突出的 8 名乡贤进行了乡贤风采展示。木黄镇凤仪村将该村帮助群众转变思想观念、主动退还已领取的低保金、带动群众增收致富的 5 名乡贤刊入乡贤榜。合水镇兴旺村在村委会显眼位置,张贴由群众民主推荐出来的善于调节邻里纠纷的老村干、"蔡伦古法造纸"的传承能人、孝老爱亲的道德模范等 6 名乡贤人士的先进事迹。

【解析三】"村两委＋乡贤会"等于维护和谐稳定

去年 12 月 29 日,印江龙津街道黔江村涂家组 2 户因城镇建设施工致使群众饮水管断裂,与施工方发生口角并大打出手,后经会长等出面协调解决,达成了由乡贤会帮助协调解决修复断裂的水管等协议。

化解矛盾安民心是印江龙津街道黔江村乡贤参事会发挥职能作用促进和谐稳定的一个方面。自成立乡贤会后,该村乡贤会采取"定期走访知民心、宣传政策聚民心、扶贫济困暖民心、小小日历连民心"的"五心"方式,不仅扩大了群众对乡贤组织的知晓率和参与率,还激发了乡贤参与乡事的热情,发挥了村级事务治理和经济发展中的补位作用。

按理在印江每个行政村都有矛盾纠纷调解委员会,乡贤会作为一个新兴村级组织,参与矛盾纠纷调处是否显得"多管闲事"呢?慕龙村村委会主任代方举说:"村干部的威望在群众心目中没有树立起来的村组,在一些矛盾纠纷调处中,乡贤在当中做群众思想工作,确实很管用。"

乡贤会在参与村级发展中定位很关键。印江峨岭街道峨岭村和龙津街道红光村乡贤参事会成立后,针对各自复杂的村情,着力在依法治村上下功夫,将懂法律的乡贤人士,选聘为村级"法律顾问",定期和不定期组织群众开展法律知识宣传、帮助维护村级公序良俗、协调邻里纠纷、引导信法不信访。

同时,针对党务村务公开不透明村,积极引导乡贤会参与民主议村,由村"两委"定期邀请乡贤会会员代表参与民生资金使用、贫困户评定、党务村务公开等村民关心的热点、难点工作,扩大群众知晓率和参与率,切实加强监督,提高党务村务透明度。

合水镇合水村针对辖区环境脏乱差等现象,乡贤人员逐一入户宣传门前三包制度和摊位摆放位置,有效地解决了该村环境卫生、绿化、乱摆乱放等问题。

截至目前,印江各乡贤会帮助群众解决实际困难 603 件,化解矛盾纠纷 102 起,制止城乡滥办酒席 40 起,开展公益活动 800 余人次。

【解析四】"村两委 + 乡贤会"等于助推村级发展

沿着一条蜿蜒的水泥路,走进印江县板溪镇坪底村中寨组。谈及宽阔的水泥硬化路通到家门口,村民任达跃道出心中的喜悦:"现在告别了肩挑背磨的日子,这路已硬化好了,车子可以开到我家门口,实在太安逸了!"

以前,印江县板溪镇坪底村上寨、中寨 200 多人的出行全靠一条晴通雨阻的泥巴路,村民急切盼望修建水泥路。去年,在外打拼多年的乡贤任廷慧回乡探亲,毫不犹豫地捐款 5 万元。同时,组织村里贤达人士捐资 17 余万元,共同为家乡修建了一条"同心路"。

同样,得益于乡贤会的成立,这几天印江朗溪镇孟关村乡贤田社权不再像以前那样瞎忙了。去年他在村里乡贤会的帮助下,争取到 100 余万元的"一村一特"红心橙观光园项目,目前已经发展红心橙 150 多亩,有效带动村里 40 户贫困户增收,预计到 2017 年基地发展将达 700 多亩。

如今,在印江像坪底村、孟关村这样通过搭建乡贤参事会平台,在助推村级发展中形成了和谐建村、以德育村、智力助村、民主议村、依法治村、产业富村、发展强村、帮扶在村的乡贤人士参与乡村治理 8 种路径,有效破解了乡村治理难题。

目前,各乡贤会已帮助群众协调争取项目 87 个,筹集建设和帮扶资金 310 余万元,解决群众实际困难和问题 573 个。

立足当下,印江"村两委 + 乡贤会"乡村治理模式已成功实践,像春天的花朵一样竞相开放在全县行政村。展望未来,印江将以一种迎难而上、久久为功的精神,在辛勤付出中,让"村两委 + 乡贤会"乡村治理模式孕育出沁人心脾的累累果实。

(2016 年 5 月 28 日《铜仁日报》3 版整版刊载)

培育新型经营主体　发展特色生态产业

印江破题山区农业产业发展难题

　　随着工业化、城镇化的迅速推进,农村青壮年劳动力大量进城,农业劳动力老化、弱化的问题日趋突出,村庄空心化、土地撂荒问题不断加重。面对严峻的现实问题,印江土家族苗族自治县立足实际,坚持以科技信息技术为引领,培育新型农业经营主体,大力发展特色生态产业,有效破解农村土地种什么、谁来种、怎么种难题,农业总产值从 2010 年的 16.28 亿元增长到 28.3 亿元,农民人均纯收入从 2010 年的 2898 元增长到 6010 元。

谁来种? 培育新型经营主体

　　甘龙村是印江朗溪镇一个高远的小山村,全村 242 户人家 710 人。2008 年,村里 178 户群众共发展茶叶 800 余亩。由于多数年富力强的村民都外出打工,茶园管理跟不上,茶叶种植较早,收益较晚。

　　2012 年冬,甘龙村通过群众会议决定后,引进了印江宏源农业综合开发有限公司投资建加工厂,采取"公司 + 农户 + 基地 + 市场"发展模式,引导农户把茶园流转公司,由公司统一管理、统一加工、统一销售。去年,公司加工名优茶近 2000 斤、大宗茶 2 万多斤,产值 300 余万元。

　　跟着公司干,群众有钱赚。企业的带动,让朗溪镇甘龙村迎来了茶叶发展的春天。群众不仅得到土地流转金,在基地务工还可以获得薪金,每年公司支付当地群众劳务费都在 40 多万元。

　　一头连着市场,一头连着农户,作为新型农业经营主体的印江宏源农业综合开发有限公司为农村产业发展注入新的活力,不仅解决了"谁来种地"的现实问题,还提高了农业生产的组织化、集约化、专业化程度。

　　近年来,印江把培育龙头企业作为加快产业转型升级的有力抓手,采取优先立项、税收减免、资金扶持、项目带动等一系列强有力措施,已涌现出一批以净山食品、梵天菌业、绿野茶业等为代表的农业产业化龙头企业,并成为引领现代农业发展的骨干力量。

此外,印江大力实施新型农民科技培训工程,加快培育懂技术、会经营、善管理的新型职业农民,积极引导扶持农民专业合作社、产业发展大户和家庭农场,并成为构成农业转型升级和农业增效的主要力量。截至目前,印江已发展茶叶、食用菌、生态畜牧、乡村旅游等专业合作社 387 家,省级龙头企业 6 家,市级龙头企业 31 家,市级家庭农场 32 家,县级龙头企业 43 家。

种什么? 发展特色生态产业

印江位于梵净山西麓,其特色的区位、特色的资源、特色的环境,成就了我县独具特色的生态农业发展禀赋。因此,突出特色推动产业转型升级,成为印江在新形势下农业产业发展的必然选择。

特在品种上。印江果种植始于明末清初,至今已有三百多年栽培历史,印江土柑、印江西桃、印江红心柚最富盛名。近年印江立足本地优势特色品种,在海拔 650 米以下区域建立了优质柑橘生产基地,在海拔 650 米以上区域建立以梨、桃为主的精品水果生产基地,在水源良好、土地集中连片的平坝地带建立葡萄、猕猴桃高效设施水果生产示范基地,果产业已培育成农民增收的重要经济增长点。到"十二五"期末,印江以柑橘为主的果园面积达 11 万亩,投产园达 6 万亩,可实现产值 1.8 亿元。

特在品质上。高山云雾出好茶,近年印江充分发挥地理优势,按照人均一亩茶园的目标,坚持以"四个选好""四个转变"为抓手,强势推进茶叶基地建设、品牌打造和市场开拓,茶产业发展实现从荒山荒坡向旱田熟土转变、从粮烟茶向茶椒菜间作转变、从布局分散向集中连片转变、从数量效益向质量效益转变。目前,印江有茶园 33 万亩,投产茶园 17 万亩,获有机认证茶园 5000 亩,无公害认证茶园 13.48 万亩。2014 年该县茶叶总产量 7360 吨,产值达到 8.63 亿元。

特在印江把生态产业化、产业生态化,立足生态、发展特色生态产业。在产业发展中印江坚守生态与发展底线,念好"山字经",种好"摇钱树",发展经济林,促进绿水青山与金山银山有机统一。按照规划,十三五期间印江大力发展茶叶、食用菌、核桃、精品水果、生态畜牧五大产业,力争五大产业分别实现年产值 10 亿元以上。

怎么种? 科技信息提升效益

以科技信息技术为引领是印江解决"怎么种"的问题关键所在。近年来,我县坚持用科技带动食用菌产业发展,引进了香菇、黑木耳栽培技术。有了科技支撑,加之梵净山不可复制的自然生态环境,我县食用菌的成活率达到 98% 以上。2014 年发展食用菌 7120 万棒,实现产值 5.5 亿元,建成了西南地区最大的优质食用菌生产基地。

"通过引进栽培技术后,种植 1 亩食用菌的利润有两三万元,是种植传统农业的 10 多倍。"引进技术大力发展食用菌产业是印江农业产业发展从"靠天吃饭"到"科学种田"演绎的一个生动缩影。

生产工具的现代化是农业现代化之基础。"以前一头牛一天只能翻犁一亩地就不错了,现在这头'铁牛'可耕三四亩! 速度快、成本低,很划算。"随着水稻生产机械化、茶叶生产机械化和烤烟生产机械化,"铁牛"逐渐代替了耕牛,农机成为印江农民耕地犁田的一支生力军,目前农机耕、种、收综合作业水平达到 40% 以上。

优质的农特产品曾因大山阻隔,"待字闺中"、远离市场。如何将产品变为商品走向市场? 印江在电子商务上打起主意,与阿里巴巴集团和淘宝网探讨电子商务方面合作,淘宝网"特色中国·印江馆"开馆运营,采用"线上 + 线下"一体化营销模式,快速便捷的电子商务让大量土特产品送上电子商务快车,销往全国各地。

目前,印江已经投入 1000 万元建设了印江电子商务示范基地、现代农业高效电子商务信息平台,发展个体网店 76 家,企业 18 家,累计销售农特产品总额 520 万元。

(2015 年 6 月 11 日《贵州日报》5 版头条、2015 年 4 月 28 日《铜仁日报》1 版头条刊载)

扶持谁? 谁来扶? 怎么扶?
印江答好"扶贫三问"决胜脱贫攻坚

围绕"扶持谁、谁来扶、怎么扶"的"扶贫三问",印江土家族苗族自治县立下军令状、拿出时间表、定下任务书,切实在精准施策上出实招、在精准推进上下实功、在精准落地上见实效,一场声势浩大的决战决胜脱贫攻坚战在梵净山西麓打得正酣。

扶持谁? 精准识别帮扶"六型"农民

为精准识别扶贫对象,该县抓实遍访工作,全县党员领导干部、365 名"第一书记"和1530 名驻村干部进村入户对贫困村、贫困户的情况进行地毯式、拉网式调查摸底,及时完善数据信息,精确、全面地建立贫困户档案、扶贫信息数据库,对贫困档案、项目资源、政策措施、相关数据进行信息化、数字化管理。

把贫困人口找出来后,通过对贫困村、贫困人口的致贫原因进行深入分析,将贫困人口合理分为农业场主型、产业务工型、商业贸易型、合作发展型、专业技能型、政策保障型"六型"农民,并根据"宜农则农、宜商则商、宜工则工"的原则,精准组织扶贫力量,抓实精准扶贫。

按照"六型"农民划分,家住印江刀坝镇会堡村的张韬一家属于"合作发展型"农民。2015 年,张韬一家在村干部引导下,入股加入村里兴农专业合作社发展中药材,现在张韬家的收入主要靠合作社,每月在合作社基地上打工收入近2000元,年底还可以分红。

针对"农业场主型"农民,印江通过土地的合理流转,资源的优化配置和政策的倾向扶持,鼓励部分有能力的农民成为农场主、种植大户、养殖大户。针对"产业务工型"农民,通过合理引导,把闲置的劳动力调动起来,实现劳动力的优化配置,集中引导贫困群众就近或外出务工,实现增收致富,快速脱贫。

针对"商业贸易型"农民,通过政策支持、业务培训等方式,引导有条件、有基础、有经商欲望的农民开办商铺和企业，让"农民"当老板。针对"专业技能型"农民，通过开展多层次、全方位的技能培训，分类引导进企业、进车间、进工地做专业的技能人才，待他们长本事后，再把资金、技术和经验带回家乡，带领家乡人民共同致富，做雁归人员中的"领头雁"。针对"政策保障型"农民，采取政策兜底，保障特殊群体的生活水平，确保贫困户在政策扶持下摆脱贫困。

谁来扶？党政主导各行各业齐参与

"现在联户路整好了、路灯亮了、产业也有了……"谈及村里的变化，印江合水镇土洞村民万年波对印江地税局倾情帮扶所做的事赞不绝口。

过去一年，是土洞村变化最大的一年。按照贫困村帮扶工作安排，土洞村与印江地税局结成帮扶对子，通过积极争取项目帮助解决土洞村20套会议桌椅和一套音响设备，安装了32盏太阳能路灯和1.5公里连户路硬化，扎实推进了250亩竹产业项目，不仅改善了村容村貌，还提高了群众发展积极性。

土洞村仅是印江在解答"谁去扶"问题中的一个事例。今年，该县不断深化"县级领导挂帮乡镇，部门包村，干部帮户"活动，帮扶工作从项目支撑、产业帮扶、资金援助等方面，加大对挂帮乡镇、村的支持帮扶力度，形成"政府主导、部门带动、社会参与、整体推进"的脱贫攻坚新格局。

按照资金使用"用途不变、渠道不乱、各负其责、各记其功"的原则，整合资金、资源帮助贫困村寨发展特色产业，加快基础设施建设、能源建设和生态建设，继续深化和丰富了"印江经验"的内涵。

走访慰问困难群众、遍访贫困村贫困户、到省直部门协调项目……去年春，省机关事务管理局从省纪委接过帮扶印江自治县的接力棒后，帮扶干部进村入户丈量民情的脚步从未停止，也让排解民忧的一个个点子变为现实。一年来，帮扶队为印江协调项目20余项，涉及资金1285.38万元，争取到位资金1010万元，募集社会爱心资金9.96万元，发放慰问金3.24万元，走访慰问群众237户548人。

增强内力，驻村帮；借助外力，定点帮。在抓实展开党建帮扶的同时，不断完善联络协调机制，配合做好集团帮扶、对口帮扶、定点帮扶引导协调工作，推动在产业对接、文化旅游、教育医疗等方面深化合作，提升帮扶质量和水平。

同时，用好各类企业帮扶力量，深入开展国有企业"百企帮百村"活动、"10·17扶贫日"募集活动，建立扶贫社会公益企业认定制度，对吸纳贫困人口就业的企业给予政策优惠，鼓励支持各类企业、社会组织、个人参与扶贫开发，实现社会帮扶资源和精准脱贫的有效对接。

怎么扶？打组合拳增强造血功能

山高坡陡、沟壑纵横、交通不便、居住分散,是印江缠溪镇驷马村村民柳太芳一家 8 口人曾居住地的状况。

2015 年 7 月,外出务工多年的柳太芳夫妇得知村里正在实施扶贫生态移民搬迁项目,在了解政策和盘算自己的积蓄后,决定在村里统一规划的地基上修建一栋两层楼的砖房。

"危房改造资金每户补助 1.2 万元,扶贫生态移民项目每人补助 1.23 万元,亲朋好友那里借 5 万元,5 个月时间房子就修好,这新房子住着不知道比以前好多少倍哟。"柳太芳扳着手指算着建房资金,一脸的笑意。

驷马村有贫困人口 91 户 338 人,贫困发生率 47.27% ,是典型的"一方水土养活不了一方人"的贫困村寨。为了改变贫穷面貌,2014 年来该村按照"政府引导、群众自愿、规划引领、政策支撑、民主决策"的思路,整合扶贫生态移民、农村危房改造、抗震房示范村建设等项目资金,推进第一批 52 户 205 人集中搬迁项目,让居住在深山区、石山区的贫困户陆续搬进新家,过上新的幸福生活。

在推进基础扶贫中,编好交通、水利、供电、环境、通讯"五张网",到 2020 年实现建制村 100% 通沥青(水泥)路和通客运车辆,耕地有效灌溉率达到 40% 以上,贫困村自来水普及率达到 100% ,建制村通光纤和 4G 网络覆盖率达到 100% ,乡镇(街道)生活污水处理率达 70% ,生活垃圾无害化处理率达 90% 。

在深入推进产业化扶贫中,印江着力发展茶叶、食用菌、核桃、精品水果、生态畜牧、文化旅游等产业,预计到 2020 年茶园面积达到 40 万亩以上、食用菌规模达 1 亿棒、精品水果面积达 18 万亩以上、核桃面积达 30 万亩以上、畜牧业产值占农业总产值的 50% 以上,旅游总收入突破 50 亿元。

与此同时,坚持问题导向,紧紧围绕贫困地区和贫困人口面临的突出问题和实际困难,以强化产业和就业扶贫、社会保障扶贫、教育扶贫、医疗扶贫、财政金融扶贫、党建扶贫、电商扶贫等工作为突破口,打好扶贫工作组合拳,确保到 2020 年减少贫困人口 68158 人,203 个贫困村出列,农村居民人均可支配收入达到 11500 元以上。

(2016 年 3 月 2 日《铜仁日报》2 版头条、2016 年 49 期《当代贵州》刊载)

改良品种　提升品质　打造品牌
印江"三品"战略推进"三个万元"工程建设

夏日,梵净山西麓的印江土家族苗族自治县,山上茶香飘荡、林中鸡鸣声声、坝上香菇满棚,呈现一派欣欣向荣的发展景象。

如何让田土、荒山实现亩产万元,到 2016 年实现农民人均纯收入达万元? 印江自治县在推进"三个万元"工程建设中,超前思考、科学规划、细化方案、强化措施、创新模式,着力在品种改良、品质提升、品牌打造上大做文章,为交上满意答卷而努力。

改良品种,同块田地种出不同效益

6 月 22 日,天刚破晓。印江朗溪镇孟关村菜农们踩着露水,挑着菜篮赶往菜地,采摘黄瓜、豇豆、辣椒和西红柿。一边采摘一边卖,不一会儿商贩三轮车就装了满满的蔬菜。

"今年的豇豆种子比去年的要惹人喜欢点儿,线条长,增产,不爱生虫,好卖!1 亩半豇豆已经打了 3 次,每次都有 150 斤左右。"菜农邢桂群一边收拾菜筐,一边夸着自家今年的种菜情况。

邢桂群是朗溪镇种菜十多年的老菜农,同样是种豇豆,今年在县农牧科技局技术人员的引导下改种之豇 844 号品种后,收效明显改变。"同样是这块地种菜,种子不同就是不一样,批发 2 块多一斤,已经卖得 1000 多块,这一季全部收了有可能赚到 3000 块,比往年多一半。"今年,印江在"万元田"创建中采取"蔬菜一年三熟""果蔬套作""茶蔬套作"等模式,引进红辣 6 号、津研系列黄瓜、白玉春萝卜等蔬菜品种,在县城周边朗溪镇孟关村、中坝乡夫子坝等地发展高产、高效无公害蔬菜示范基地 600 亩,辐射带动全县发展商品蔬菜 2000 亩。蔬菜品种的改良,不仅让本地蔬菜种类越来越丰富,还增加了菜农收益。

蔬菜品种改良只是印江在推进"三个万元"工程建设中品种改良的一个缩影。

今年,该县在产业结构调整中,通过改良品种、优化品种,推广发展"南江三号"烤烟3.7万亩、食用菌1500万棒、绿蛋鸡养殖存栏75.6万羽……

提升品质,同类产品卖出不同价格

这些日子,印江自治县质监局工作人员深入企业,对生产的产品进行抽样、化验,为17家农特产品生产企业审证,忙个不停。

今年,为了开拓农特产品销售市场,推进农特产品生产从作坊型向企业加工型转变,印江按照"项目扶持一点、企业自筹一点、政府解决一点"的原则,整合产业项目、小微企业扶持等资金,积极帮助、指导企业申办农特产品生产许可证。目前,该县17家农特产品生产企业已完成审证材料上报工作,并获得专家现场核查,预计在7月底获得证照。

"农特产品生产许可证是企业实现持续生产和做大做强做精的前提,是产品进入流通销售的基础,是产品质量信誉的可靠保证。"该县农牧科技局副局长付勇介绍,以前市场上只卖1元钱一枚的绿壳鸡蛋,通过取得无公害一体化认证、ISO9001质量管理体系和HACCP食品安全管理体系认证后,实行农超对接、产销联结,价格提高了好几倍。

在提升产品品质中,该县强化产品产地环境保护,不断改进基础设施,规范投入品使用,严禁农产品源头污染。实施了农药减量控害增效工程,严格进行土壤处理,精量化播种,标准化育苗,规范化移栽,科学化管理,采取生物、物理病虫害综合防控措施,大力推广使用高效、低毒、微量的环保型新农药,积极推进农作物病虫害专业化统防统治,引导群众施用腐熟农家肥和有机肥,禁止使用高残农药、化肥,并在茶园、果园、菜园中悬挂黏虫板5万多张、安装杀虫灯105盏,全面提升农产品的安全质量。

同时,还不断完善农产品质量安全检验检测体系,加强对生产基地的生产环境、生产过程及终端产品进行无公害或有机产品认证,验证后直接进入市场。建立农产品质量安全追溯制度和质量安全标志管理,严格农产品生产、经营登记,规范索证,确保从生产到销售的每一个环节都能相互追溯。

截至目前,全县已开展20场次农资打假和产品抽检,查处一起不合格产品。

打造品牌,同样产品抢出不同市场

4月21日,在第三届中国国际茶业及茶艺博览会上,印江"梵净山翠峰茶"获特别金奖。6月15日,在2013年中国·武陵山第二届生态茶文化旅游节上,该品牌又获2金1银……喜讯频传!

依托茶文化打造印江梵净山茶叶品牌,是印江实施茶叶品牌化战略的重头戏。该县精心编排融合特色民俗文化、梵净山佛教文化、印江书法艺术等文化元素的10多个茶文化节目,多次赴北京、上海、广州等城市表演,获得茶事活动主办单位和广大消费者的好评,也大大提高了印江茶叶的知名度。

同时,通过自办"柑橘节""杜鹃花节""国茶文化节"等活动,把客商和游客请进来,让特色农产品走出去。

目前,全县已成功打造"梵净山翠峰茶"、"黔之牛"牌牛肉干、"朗溪土司"品牌风味菜、"圣墩"牌肉制品、"黔芙蓉"土鸡、"梵净蘑菇"等著名商标或名优特色产品。

"有了自己的品牌和商标,市场就更宽了,产品让客商也信得过。"印江新业乡"黔芙蓉"蛋鸡养殖专业合作社理事长吴强介绍,受到禽流感的影响,其他地方的鸡和蛋都出现滞销,由于生态环境好,品牌过硬,"黔芙蓉"绿壳鸡蛋却供不应求。

"品牌打造好了,同样产品就能抢出不同市场。"今年,印江在淘宝网开设"特色中国·印江馆",采取"线上+线下"一体化营销模式,拓宽农特产品销售渠道、减少流通环节、降低销售成本,切实解决供求信息不畅、营销手段单一等问题。

"特色中国·印江馆"开馆半月,线上进馆人数达到145万人次,进馆购物10万人次,卖出茶叶、香菇、木耳、绿壳鸡蛋等特色产品6万多份,实现销售总额150多万元,引发该县农特产品在销售市场上从未有过的火爆,也标志着印江实施品牌战略进入新的阶段。

(2013年6月27日《铜仁日报》1版头条刊载)

破解"差钱"难题

——开发性金融支持印江产业化扶贫综述

"印江金融扶贫工作创新意识强、政策用得活、产业选得对、部门配合好、政银敢担当、效果很显著。"9月24日,山东省扶贫办副主任邵国君在印江土家族苗族自治县考察金融扶贫工作后说。

"印江金融扶贫资金管理到位,群众参与度高,在很多方面都有突破,政银两家、各部门形成强大的合力。"10月10日,青海省海东市副市长韩永东在印江自治县考察金融扶贫工作后说。

……

作为一个欠发达的山区农业县,印江创新的扶贫工作举措,吸引了来自山东、湖南、青海、安顺、威宁等地多次组团前往考察观摩。

而考察观摩的经验和做法,缘于印江自治县推行的"政府引导发展、企业申报贷款、专家银行评估、扶贫资金贴息、企业承贷承还"政银企合作模式,探索出了金融支持产业化扶贫新路径,使金融扶贫资金成为印江产业加速壮大的"催化剂",促进产业呈现出"裂变"式发展。

借扶贫资金撬动金融资金

针对产业发展对资金的巨大需求,而扶贫资金又捉襟见肘的现实状况,2012年,印江县借国发2号文件支持贵州发展的东风,抢抓省扶贫办与国开行签订战略合作协议的机会,利用扶贫资金为群众向国开行贷款进行贴息扶持,来带动产业快速发展。

"我们这种模式就是以扶贫资金撬动贷款资金。"据该县扶贫办主任夏良强说,"这个贷款本身利息不高,加上扶贫资金对贷款进行贴息补助,可以让产业发展户大胆地去发展产业。"这项举措对促进群众发展产业是"及时雨",解决了群众发展产业的"燃眉之急"。

在落实国开行贷款中,印江县成立了注册资金1.5亿元的惠民担保有限公司这一政府性融资平台,由茶业局、食用菌产业办、畜牧局、旅游局等部门作为管理平台,负责对国开行的贷款对象进行审核及资金的管理。还出台了《印江自治县使用国家开发银行农业产业化开发扶贫贷款资金管理制度》《印江自治县国家开发银行信贷资金发放管理办法》等。

印江县将财政扶贫贴息资金与金融部门信贷资金进行有机结合,发挥财政扶贫资金最大效益,有效降低和避免了企业和农户发展产业的风险。据统计,2010至2013年,该县兑现扶贫到户贷款贴息资金452.78万元;今年该县支付国开行贷款贴息资金367.55万元。

把沉睡资本变成流动资金

融资难是制约农村经济发展的一大瓶颈,农民的贫困和农业产业的风险决定了扶贫开发过程中农户"贷款难"、银行"难贷款"等问题。为打破这一格局,印江县大胆激活农村生产要素,创新融资方式,推行"三权"抵押,盘活林权、土地承包经营权、农村宅基地和农村居民房屋等农村资源和资产,走出了一条破解农村融资难题的路子。

"去年我以自己的房产做抵押,从国开行贷款20万元,四年期的。"正在加工兰香茶的新寨村茶农黄海勇介绍,他用贷款购买有机肥对茶园进行了精细管理,解决了茶青的收购资金问题,今年的茶叶产量、产值,在去年基础上翻了一番。

通过政府进行担保,农村的山林、土地、房屋等固定资产可以直接向金融机构质押和抵押融资,实现了资源、资产、资本"三资"转换。

"这种贷款方式就是把沉睡的资本变成流动的资金。"夏良强说,在国开行金融支持印江县发展的过程中,该县把宅基地使用权、土地承包经营权、房屋产权、林权等作为抵押,确保更多群众能顺利贷款发展产业。

同时,发展茶叶、食用菌、绿壳蛋鸡、乡村旅游等产业的龙头企业的贷款份额最高可以达到1500万元,合作社贷款份额最高可以达到150万元,而个人的贷款份额最高可以达到30万元。

目前,该县已有228户茶叶大户、1个茶叶合作社、4家茶叶加工企业获得国开行贷款支持。

以产业裂变促进群众增收

对于地处武陵山连片贫困地区腹地,欠发达、欠开发程度较深的印江县而言,农业产业发展是"减贫摘帽""推动跨越"进程中不可或缺的"助推器"。

为确保信贷资金用在刀刃上,印江县将国开行首批1.2亿元信贷资金集中投放在发展茶叶、食用菌、绿壳蛋鸡三大主导产业上,其中茶产业发展6000万元,食用菌产业发展4000万元,绿壳蛋鸡养殖2000万元。

"没有国开行这200万元贷款,我的茶叶加工厂建不成,周边农户3000亩新茶园的1万多斤茶青没法收购,老百姓70多万元的收入就泡汤了。"说起国开行贷款给茶产业带来的帮助,梵净青茶业有限公司经理王明强说出了肺腑之言。

在开发性金融信贷资金的扶持和带动下,印江县已有3986户农户参与产业发展,已建成茶园28.8万亩,投产茶园12万亩,发展食用菌5000万棒,存栏绿壳蛋鸡75.6万羽,有力地促进了群众增收致富。今年全县春茶产量同比上升33.3%,实现茶叶总产量6100吨、产值7亿余元。据初步测算,茶叶、食用菌、绿壳蛋鸡三项产业带动16850户贫困户人均增收2900元以上。今年该县将全面实现"整县脱贫"的目标。

继今年5月全国开发性金融扶贫经验交流会代表走进印江观摩后,今年9月,国开行向印江县授信第二批资金2.7亿元,计划用5000万元贷款支持乡村旅游发展,用1亿元贷款支持茶产业发展,用1亿元贷款支持食用菌产业发展,用2000万元支持绿壳蛋鸡产业发展。

金融给力,减贫提速。如今,印江县山上茶香飘荡,林下鸡鸣声声,坪坝香菇诱人……呈现出一片欣欣向荣的景象。今年1月至9月,该县农民人均纯收入3403元,增长17.8%,增速列铜仁市第一。

(2013年11月3日《贵州日报》1版刊载)

田坎推倒后

——印江"小块并大块"田土整治观察

　　土地是农民的"命根子",是生存权益最集中的体现。1978 年,随着家庭承包责任制的序幕全面铺开,深深触发了作为山区农业大县的印江土家族苗族自治县农村土地制度的重大变迁。经过 30 余年的实践,家庭承包责任制发挥出巨大的能量。

　　然而,随着印江经济社会的快速发展、农业现代化的不断推进,农户小块小块的田土制约着农业产业化发展,曾经用以分界的田坎被不断推倒,"小块并大块"的田土整治模式,有力促进了印江现代农业规模化、标准化发展。

　　为何推? 答案是解决"谁来种地"问题,提高种地集约经营、规模经营、社会化服务水平。

　　印江是一个典型的山区传统农业县,耕地少、质量差,受落后思想观念和文化基础影响,部分农业生产仍沿袭传统的种养殖习惯和办法,劳动生产率和经济效益相当低。

　　"以前种水稻一年一季,产量不高,要是遇上天干收成就更难说了,口粮都困难,更不用说收入了。种的水稻、苞谷、洋芋这些都是自家吃,没有卖的。"当了大半辈子农民的该县板溪镇凯塘村村民谯信娥的话语,成了昔日绝大部分农村群众守着好田好土过穷日子的真实写照。

　　同时,随着工业化和城镇化进程加快,农村青壮年劳动力大量外出务工,留守一族大多是老人和儿童,很多村十去六七甚至更高。随着农村空心化现象的加剧,土地抛荒的现象极为普遍,农业面临"谁来种地"的问题日渐突出。

　　面对谁来种地、怎么种地的严峻现实,印江的破题之策就是实行"小块并大块"整治零散土地、集中开发利用,让当地老百姓赖以生存的土地焕发出勃勃生机。同时,该县还大力培育新型农业经营主体,构建以家庭农户经营为基础、合作与联合为纽带、社会化服务体系为支撑的立体式复合型现代农业经营体系。

"要推进农业现代化，如果是小块小块的土地就没法实施，我们引导群众把土地集中向龙头企业、合作组织、专业大户流转，通过相关农业项目实施，打破小块田土的边界，形成产业规模连片发展，更便于农业机械化操作。"印江农牧科技局副局长付勇说，"小块并大块"土地整治后，进行土地集约化生产，发展生态农业，很多祖祖辈辈务农的农民变成农业工人，实现了土地的高效利用和农民增收。流转土地的农民，除获得土地租赁金外，在农业产业基地打工，每年还可收入一两万元。

据了解，2013 年该县耕地流转面积 82924 亩，流转形式主要以农户、专业合作社、企业为主，流转出承包耕地户数 24479 户，签订流转合同份数 17983 份。

怎么推？ 答案是项目带动、群众参与，盘活存量土地、强化节约集约用地、适时补充耕地和提升土地产能。

走进该县朗溪镇河西村，昔日小块小块的田土，如今变成了成方成块的蔬菜产业基地，水泥硬化的产业路和水利沟渠错落有致。让村民田儒安感到惊讶的是，以前用耕牛和旋耕机都难以翻犁的田土，如今用上重型翻土机进行翻地、播种，机械化耕种变成现实。

而这一变化，得益于 2013 年 6 月该县整合省级农业土地开发项目补助资金和财政配套资金，实施 35.67 公顷土地开发项目，项目新建机耕道边沟 1075 米，生产道边沟 884 米，拦山沟 525 米和 3 座 50 立方米水池，1 条宽机耕道和 6 条生产道。

今年，该县朗溪镇河西村群众把整治后的土地以每亩 600 元的价格租给乔鹏果蔬公司，发展反季节蔬菜和印江土柑、红香柚等精品水果产业，着力打造农业观光园。

争取农业项目是该县在推进"小块并大块"土地整治的一项重要举措。近年来，该县积极向上争取中央、省、市农业土地开发项目，县级财政也打紧开支匹配项目资金，对低效利用、不合理利用、未利用及自然灾害损毁的土地进行整治，提高土地利用效率，进一步盘活存量土地、强化节约集约用地、适时补充耕地和提升土地产能。

"我们把田坎推倒，不是说推就能推的，还得要因地制宜进行规划，取得群众支持，关键要争取到农业项目支撑，才能达到效果。"印江县农牧科技局副局长付勇说。

据了解，2011 年该县成功申报"省级高标准农田建设示范县"后，获得省级农业项目专项资金 3500 万元，并整合各类资金 4120 万元，先后在洋溪、杨柳、缠溪、罗场和合水 5 个乡镇实施了高标准农田项目建设，规划建成了高标准农田 30750 亩，高标准现代农业科技示范基地 1000 亩，新增了灌溉面积 8100 亩，改善了灌溉面积 22650 亩。

与此同时,该县国土部门还积极申报土地整治专项资金 2464 万元,先后在中坝乡夫子坝村、沙子坡镇庹家村、新业乡中河村、刀坝乡白金村和木黄镇凤仪村实施了土地整理项目近 200 公顷,新增耕地 7 公顷。今年,该县还将筹资 2398 万元,在新寨乡善都村、木黄镇地茶村、沙子坡镇十字村、新业乡落坳村实施土地整理项目 8688.4 公顷。

高标准农田项目工程和专项土地整理项目的实施,让老板省资金、农民得租金,快快推进农业现代化进程,促进农业产业规模化、标准化、品牌化发展。

做什么? 答案是充分利用独特的地理条件和气候优势,大力发展生态茶叶、果蔬、生态畜牧等主导产业,促进群众增收致富。

春意盎然的邛江大地,山上绿茶飘香,林下鸡鸣声声,坪坝香菇诱人……

近年来,该县调优产业结构,按照种养结合、长短结合、因地制宜、分类指导的原则,采取"蔬菜一年三熟""稻菇轮作"和"林下养畜养禽""茶园套种套养""果药共生"等模式,加快推进农业产业进程,促进群众增收致富。

在茶叶产业发展上,该县坚持"四个选好""四个转变"的工作思路,出台茶叶产业扶持政策,对群众发展茶叶的茶苗进行补助,并提供茶叶肥料;对利用田、土种茶的农户每亩分别补助 400 元和 200 元,前三年每年还补助 150 元茶园管护费。截至目前,该县茶园种植面积 32 万亩,其中投产茶园 16 万亩。2013 年该县茶叶总产量 6100 余吨,茶叶总产值 7.1 亿元。

在食用菌产业发展上,该县从浙江龙泉、庆元等地引进 3 家有经验、有实力、善经营的专业食用菌生产销售企业,并成立了 10 个食用菌专业合作社,带动全县 8 个乡镇大力发展食用菌产业,实现了企业与菇农双赢、经济效益与社会效益双丰收。2013 年全县共发展食用菌 4200 万棒,产值超 2 亿元,已建成全省最大的食用菌产业生产基地。

为提高市场运作水平,该县紧紧围绕主导产业的发展,积极培育龙头企业、组建专业合作社,初步形成了市场引导企业、企业带动基地、基地连结农户的产业发展格局,提高了贫困山区农业的组织化程度。截至目前,该县已发展专业合作社 200 多家,省级龙头企业 5 家,市级龙头企业 63 家,涉及茶叶、蔬果、生态畜牧、食品加工等领域。

该县围绕"梵净山"生态王牌,着力推进农特产品品牌建设和 QS 认证申报,先后成功注册"梵净山翠峰茶""梵净蘑菇"等著名商标。同时,加快电子商务发展,开设淘宝网"特色中国·印江馆",通过举办"品鉴印江""茶园合伙人"等展销活动,推进了农特产品品牌化经营、市场化运作。

怎么样? 答案是"小块并大块"田土整治,有效促进农业增效、农民增收、农村发展。

多年来,该县杨柳乡崔山村村民贾建亚自行种植露天西瓜,虽然得到一些收益,但是由于当地土质较差,种植不规范、规模较小,增收见效不明显。

2011 年,该县在杨柳乡实施高标准农田示范园,贾建亚的西瓜园地被列入项目区。通过土地平整和改良,建设机耕道、生产便道、排洪渠等基础设施后,让贾建亚的西瓜产业实现了规模化、标准化发展。

说起高标准农田示范工程的好处,贾建亚深有感触地说:"实施农田改造后,我的西瓜种植也提早移栽、提早成熟、提早上市了,病虫害也减少了。西瓜挂果非常多,旱能浇、涝能排。"

同样,得益于"小块并大块"项目的实施,2011 年该县板溪镇凯塘村成立食用菌专业合作社,向群众集中连片流转土地 200 多亩,采取"合作社 + 基地 + 农户"模式,发展香菇和黑木耳。

村民周刚把自家的 2 亩地租给合作社后,还筹资 15 万元入股发展食用菌,2011 年和 2012 年两次分红都有 7 万多元。2013 年,他自己在食用菌基地上发展了 15 亩食用菌收入 30 多万元,年底分红还得了 5 万元。

随着食用菌产业规模的不断扩大,如今凯塘村已有近 150 名群众从农民摇身一变,成为"洗脚上田"的工人,一个月轻轻松松就可收入一两千元,合作社每年支付工人工资 200 多万元。

"在发展食用菌的第一年,村里青壮年都很少,七成以上都外出务工,去年和今年外出打工人数都在减少。"村支书吴宗昂介绍,食用菌产业发展取得的成效,吸引了村里不少外出务工人员返乡通过入股或就地打工,加入食用菌产业发展中。合作社的社员由当初的 31 名发展到 162 名。2013 年,合作社种植香菇和黑木耳 700 万棒,实现总产值 4300 余万元,纯利润达到 2800 余万元。

产业促新村,新村带产业。如今,在集中连片实施"小块并大块"土地整治中,兴起的现代农业产业基地连片发展,促进了"产村相融",实现了乡镇有主导产业、村村有特色品种、户户有增收项目。2013 年,该县农民人均纯收入达到 5115 元,增长了 16.4%。

(2014 年 4 月 12 日《贵州日报》2 版头条、2014 年 4 月 8 日《铜仁日报》5 版头条刊载)

流转土地有租金　入股企社有利金　进园务工有薪金

——印江农民乐享"三金"摘穷帽

　　冬日雾气笼罩下的印江土家族苗族自治县板溪镇凯塘村,村民刘英像往常一样,在家里吃过早餐后又忙着到家门口的食用菌基地打工。

　　"自从加入合作社发展食用菌,我们家每年都有三份收入。"谈及在食用菌基地务工,刘英笑着说。

　　"三份收入?"面对此质疑,刘英掰着手指解释,把3亩土地流转给合作社每年收入1800元,在合作社基地打工每月有2000多元,年底合作社还按照股金分红。

　　近年来,印江不断完善土地流转机制,加大企业和合作社扶持力度,有效拓展了贫困群众增收渠道。如今像刘英这样享受"三金"的农民不在少数,进园打工领薪金、流转土地收租金、入股发展分利金已成为印江农民增收致富的新引擎。

流转土地有租金

　　印江杉树镇联营村沟里组吴开凡夫妇,儿子媳妇常年在外打工,大部分土地撂荒。2014年把荒地流转给村里集中发展茶叶,每年除了收到租金外,夫妻俩到基地打工每天两人挣120元的工钱。

　　随着工业化和城镇化进程的加快,农村青壮年劳动力大量外出务工,农村空心化、土地抛荒的现象极为普遍。面对谁来种地、怎么种地的严峻现实,印江破题之策就是加快推进土地流转、有效整合零散资源、盘活土地资本、促进产业调整,让农民从中获得更多收入。

　　在流转形式上,印江推行了"公司＋大户＋农户""协会＋农户""农户＋农户＋短期代耕"等土地流转方式,解决茶叶、食用菌、中药材、核桃、特色养殖等农业主导产业规模化发展难题。

　　同时,加大对特色产业发展扶持力度,吸引了大批种植大户和企业从事农业产业化经营,有效加速土地流转,提高了土地利用率、产出率和农业综合效益,推动了农业生产规模化、产业化、标准化发展,有效促进了群众增收致富。

目前,全县共有 25342 户农户流转土地 9.01 万亩,按照平均流转价格每亩 200 元左右计算,农户通过土地流转每年直接收入达 1800 多万元,户均收入 710 余元。

入股企社有利金

以前,一直单打独斗的印江洋溪镇茶农罗时军,头疼的是以前茶青交易商家砍价。2011 年,洋溪镇茶叶专业合作社成立,罗时军拿出 2000 元现金入股加入合作社,他不仅不用担心茶叶销售、加工等问题,每年年底还参与合作社分红。

"我种植的 30 多亩茶叶,加入合作社发展后,只管把茶园管好就行,销售、加工、技术这些都是合作社负责。"罗时军笑着说,去年仅合作社按照交易额的 8% 和股金的 11% 进行分红,他一共分得 4000 多元。

茶农由一家一户"各自为战"的小生产到"抱团"对接大市场的转变,只是印江农民专业合作社引领群众抱团致富的一个缩影。

近年,印江坚持把发展农民专业合作组织作为深化农村经营体制创新的根本途径,出台扶持农民专业合作社扶持政策,通过以奖代补的方式,支持农民专业合作社的发展;金融部门每年为农民专业合作社提供贷款扶持,解决农民专业合作社生产、季节性和临时性的资金需要。

目前,印江共有专业合作社 406 个,社员人数达到 2.2 万余人,企社每年带来的经济总产值超过 1.2 亿元,每年用于农户分红资金 3000 万元,每户股民年平均分红 3500 元。

进园务工有薪金

"我觉得在家门口打工,挣钱持家两样都得到了!"谈及回乡进入园区打工的事,印江得趣薯片厂员工柴泽春一脸笑意,满是获得感。

以前在广东佛山打工,柴泽春很是担心留守在家里的两个小孩。2014 年柴泽春回乡后成了印江得趣薯片厂的一名调味工人。如今,她一边照顾在县城读书的两个小孩,一边在企业打工,每月收入 2200 元左右。

返乡进工业园区就业,对于柴泽春来说图的是一份心安、踏实。而农业园区的建设,对于当了大半辈子农民的印江木黄镇凤仪村群众吴冬梅来说,家门口建起食用菌园区,自己到园区打工,每天收入 60 元。她笑着说:"现在两个月的工资就能抵以往一年的种地收入。"

近年来,印江高起点、高标准、高质量规划建设工业园区、农业园区,让农民从传统的农业活动中解放出来,成为新型职业农民、产业工人,进入园区务工增收。

与此同时,印江出台了农民就业最低工资制度、工资正常增长机制、社会保险制度等一系列就业优惠政策,吸引外出务工人员回乡就业。目前,印江共有工业、农业园区 19 个,覆盖 15 个乡镇 120 个行政村,带动就业 40958 多人,年人均工资 3 万元左右。

"十二五"以来,印江已累计减少农村贫困人口 9.96 万人,顺利完成 11 个贫困乡镇和整县"减贫摘帽",农民人均纯收入从 2010 年的 3026 元增加到 2014 年的 6047 元,全面小康实现程度达到 86.2%。今年前三季度印江农村居民现金可支配收入人均达 4520 元,同比增长 12.2%,计划年内完成 2 万贫困人口脱贫。

(2015 年 12 月 5 日《铜仁日报》1 版头条刊载)

昔日"雁南飞" 今朝"凤还巢"

——印江筑巢激活"雁归经济"

近年来,随着印江土家族苗族自治县工业经济快速发展、产业结构加快调整、旅游产业蓬勃发展,不断为返乡农民工提供了创业平台,进一步拓展了群众就业空间,使越来越多的外出务工人员纷纷回乡,在当地政策扶持带动下,实现了家门口就业创业。

"政策扶持,助推我们当上回乡老板"

初秋时节,走进该县杨柳乡崔山村食用菌产业基地,只见黑色的菌棚一个接着一个。菌棚里,劳作的菇农们欢声笑语。菇农崔照全正忙着把一袋袋菌棒放在架子上。

42岁的崔照全在外打工二十多年,吃了不少苦头。2011年,杨柳乡积极调整产业结构,大力发展食用菌产业,崔照全一家四口返乡后,在当地政策的扶持下,借了8万元的政府贴息贷款发展5万棒香菇,收入达到16万元。

"在外打工不如回家创业,这不仅能挣钱、照顾家庭,还能带动左邻右舍打工就业。"崔照全说,有了政策的扶持,他的创业信心更足了,今年他又发展了6万棒香菇,预计产值有18万元。

与崔照全一样,家住峨岭镇同心村的吴贵婵返乡后得益于好政策的扶持,利用自家闲置的空地发展3000只蛋鸡养殖,实现了多年来的创业梦想。

"当初要是没有'妇惠家合'小额担保贷款的支持,我的发展养殖梦就不会实现,现在每天都有400多元的纯收入,比在外面打工强多了。"吴贵婵高兴地说。

近年来,该县多次在珠三角地区举办印江籍成功人士回乡创业推介会,呼吁印江籍在外成功人士回乡创业。该县制定了一系列鼓励返乡创业的优惠政策,引导返乡农民工当中,有一定资金、技术和管理经验的青年自主创业。通过进村入户调查,系统了解返乡农民工的创业愿望和创业目标,有针对性地进行创业培训和指导,对创业资金不足者,提供小额担保贷款扶持。

同时,该县按照"政府主导、部门联动,统一规划、分步实施,就业为先、定向扶持"的原则,积极开展扶持微型企业发展工作。目前,该县共接待创业者咨询868人次,推荐微型企业创业者289户。通过评审注册登记的微型企业有222户,注册资金2240万元,带动就业1220人,涉及茶叶、养殖、食用菌、果蔬、中药材种植、餐饮、特色食品加工等行业。

2011年以来,该县共发放小额担保贷款965万元,其中"妇惠家合"小额担保贷款955万元。今年以来,该县已有37户微型企业分别获得5万元资金扶持,共发放扶持资金185万元。政策扶持激发了一大批返乡农民工的创业热情,营造出了浓厚的创业氛围。

"门前办厂,让我们打工持家两不误"

近年来,该县以大抓项目为突破口,拉动就业内需;以产业带动为切入点,扩大就近就业范围。立足就业创业需求,积极采取"招工+培训+就业"和"职业培训+实用技术+门口办班"的模式对返乡农民工进行培训,为返乡农民工提供更多就业渠道。

年满29岁的叶晓黔初中毕业后就到广东省一家电器厂里打工。今年6月,印江飞龙纸业有限公司投产运行后,他通过技术培训后成了公司的一名员工。"以前在外面打工回家很不方便,现在在这里打工,我们随时都可以回去照顾自己的小孩和父母。在这里上班,我感到很荣幸。"谈及回家就业的感受,叶晓黔心里乐滋滋的。

与叶晓黔一样,34岁的邹圣琴以前也是在外地打工,孩子就借宿在亲戚家,性格变得孤僻、无心学习。今年邹圣琴在家门口的飞龙纸业公司里打工,不仅每月增收2000余元,同时还能当好孩子的家庭教师。孩子的成绩上去了,她觉得心里踏实多了。

截至目前,今年该县已完成各类培训1966人,转移农村劳动力8599人,组织春季企业用工招聘及信息发布会3场,提供就业岗位1600余个。

【短评】

喜看"穷山区"迎来就业创业潮

近段时间,我们用了大量的版面,采用多种形式报道了各地返乡农民工家门口就业创业的新闻。作为编辑,看到这样的报道多起来,心里很是欣慰。因为这一则反映出在"工业强省"发展战略的背景下,采取大建工业园区、大力招商引资战略取得了实在成效,二则体现出广大群众尤其是农民群众的思想发生了可喜的变化,不再禁锢于土地,不再是要么守着一亩三分地自给自足,要么是将土地闲置南下打工。改革开放40年来,很少有听到本土的农民自主创业的。

近年来,随着工业园区的逐步建设,随着外地企业的落地投产,随着交通等基础设施的逐步完善,随着创业环境的逐渐改善,广大群众,解决的不仅是家门口就业的问题,思想更受到巨大冲击,就业不如创业的思想撞击着他们的灵魂。于是,一些有了一定积蓄的农民工们,纷纷返乡自主创业,当上了这样那样的"小老板",在我们的版面上,也才会有如此众多的创业故事及农村新景象,这是值得高兴的事。

(2012年8月30日《铜仁日报》3版头条刊载)

一片茶叶的嬗变

——近观印江茶产业发展历程

变了！茶农舍得用好田好土种茶了！

变了！茶园集中连片更加气派了！

变了！每个茶园就是一大景观！

走进梵净山西麓的印江土家族苗族自治县，茶农、茶事、茶园给人耳目一新的感觉。近年来印江按照人均一亩茶园的目标，坚持以"四个选好""四个转变"为抓手，强势推进茶叶基地建设、品牌打造和市场开拓，茶产业发展实现从荒山荒坡向旱田熟土转变、从粮烟茶向茶蔬间作转变、从布局分散向集中连片转变、从数量效益向质量效益转变。

目前，印江有茶园32万亩，投产茶园16万亩，获有机认证茶园5000亩，无公害认证茶园13.48万亩。全县种茶农户6.6万多户，生产加工企业168家，茶青交易市场17个。2014年，茶叶总产量7360吨，产值达到8.63亿元。

从荒山荒坡向旱田熟土转变

日前，在杉树乡联营村黄家坪的一大片成块成块的田地里，县、乡茶叶技术干部正忙着给群众指导茶叶种植。

联营村支书胡德文介绍，与往年不同的是，这里的群众除了种茶兴致高昂，还舍得把大块大块的好田好土用来种茶。

"以前，我们就是把山岭岭上的土和部分好土拿来种茶叶，明显看到，由于土质不好、缺少水肥，山岭岭上种的茶成活率很低，茶叶长势不好，效益就不行。"杉树乡联营村熊家组村民张著梅深有感触地说，如果是用好土好地种植茶叶，比种苞谷、水稻强，只在清明前采的翠峰茶，就能抵挡办苞谷、水稻的收入。

是什么原因让群众乐意把好田好土用来发展茶叶呢？

茶农唐祥龙说，发展茶叶比种农作物赚钱，不用担心卖不出去，加工厂就在家门口……

胡德文说,为了发动群众用好田好土种茶,村里主要是和群众算好经济账。给他们算清一亩茶叶的收入和一亩地种植苞谷、红薯、谷子的收入,因为这里水源不好,靠天吃饭,加之政府出台政策对茶农进行补助,还可以在幼龄茶园里套种,这样一来,群众就有了"定心丸"。

印江茶业局负责人说:"关键是群众用好田好土种茶尝到甜头了! 我们不是所有区域、地块都适合种茶,也不是所有农户都有能力发展茶叶,同时选好茶叶品种是关键,要结合当地的气候。"

观念一变天地新,加之一系列的扶持政策,印江茶叶面积逐年壮大。

从粮烟茶向茶蔬间作转变

冬日,笼罩在雾气里的新业乡落坳村,寒气袭人。看着新鲜白嫩的萝卜,任翠桃一家人乐不可支,他家在幼龄茶园里套种的萝卜多收入了2000多元。

"真没想到,在茶叶中栽上萝卜,不仅管理好了茶叶,还有了这份额外的收入!"任翠桃笑着说。

据落坳村村支书吴启荣介绍,落坳村共有幼龄茶园1000多亩,和任翠桃家一样在幼龄茶园中套种蔬菜增加收入的还有100多户。把好田好土种茶后,村里就积极引导群众在幼龄茶园里套种蔬菜,稳定收入。

70岁的张永安是天堂镇明光村村民,近年种植了7亩茶园,去年还在茶园里养了180只鸡。土鸡变身"除草工"和"施肥员",茶园管护也轻松了很多,经济效益也愈发明显,张永安家每年的收入都有三万多元。

印江茶业局负责人介绍,种植茶叶最快都要两年见效,为了确保茶农在茶叶见效前的收入稳定,近年印江积极采取"茶蔬套作""茶下养殖"等模式,在幼龄茶园中规模化套种蔬菜增加收入。

"以前,在茶叶地里套种玉米,烤烟对茶叶生长不利,主要是抢水分、抢肥料、遮光。"印江茶业局负责人说,套种的目的是增加收入,关键是促进管护,规范化套种能让茶园保湿遮阴控草,达到以短养长、促进管理、稳定收入的作用。同时,在成龄茶园中发展蛋鸡养殖,能为茶园增肥控草,有利于建成有机茶园。

从布局分散向集中连片转变

"现在,我不用担心茶叶管理没有劳力了,春天在基地上采摘茶叶要100多元一天,而且还轻轻松松的。"田儒秀是朗溪镇甘龙村茶叶大户,曾为管理70亩茶园而发愁的她,把自家的茶园入股到当地茶叶专业合作社后,她就成了基地上的一名固定工人,有了相对稳定的收入。

朗溪镇甘龙村242户群众发展茶叶800余亩。由于大多数村民都外出打工,致使出现茶园管理跟不上,群众的茶叶种植较早,收益较晚。

2012年,朗溪镇甘龙村村支两委商议决定后,引进梵净山宏源茶业有限公司,组建了茶叶专业合作社,采取"公司＋合作社＋基地＋农户"的发展模式,积极引导农户把茶园入股合作社由合作社统一管理,群众纷纷到茶叶基地上打工,实现了公司、农户双赢。

"以前,光是村里动员群众管护茶园真是要花费不少精力,而且群众不懂技术,管理的效果并不好。有了公司在我们村里来发展,我们就放心多了,群众也很满意。"村支书田茂斌说。

企业的带动,让朗溪镇甘龙村迎来了茶叶发展的又一个春天。如今,甘龙村通过公司引领,全村800亩茶叶见效了。今年公司还新植了500亩茶叶。

该公司负责人王飞介绍,通过规模化、标准化经营茶园、加工茶叶,能更好地对现有的茶叶资源进行开发与利用,发挥经济效益;更好地打造品牌、提升品质、对接市场。

以建设生态茶叶示范园区为抓手,积极引进企业带动群众规模化发展茶叶是打造茶叶发展升级版的一个举措。近年来,印江按照产业化扶贫的要求,成功引进贵州绿野5000吨茶叶精制加工企业、江苏润众投资有限公司、万吨茶叶精加工厂、勇创茶叶加工厂等企业带动茶产业快速发展。同时,在打造茶叶专业乡镇、专业村、专业组、专业户上发力,在政策扶持、金融支持上给予倾斜,有效推动茶叶集中连片发展。

目前,全县17个乡镇217个村1305个组6.6万户种茶,38个村成为茶叶专业村。2014年专业村人均茶叶产值增收达到2600元以上。

从数量效益向质量效益转变

"我们村的茶叶种植不打农药,不上化肥,保证了绿茶产品天然、有机。"天堂镇明光村村支书罗时军说,仅茶叶种植一项就保证每个村民每年至少有4000元的收入。

近年来,印江立足绿色、生态建设茶叶基地,将茶产业发展与文化旅游、生态文明建设相结合,使茶产业成为群众增收致富的"绿色银行"。

印江依托梵净山独特的旅游资源,将生态茶园建设与观光农业结合起来,既得了经济效益,又得了景观效益。将茶产品与旅游商品开发结合起来,在茶产品包装、营销上融入梵净山旅游元素,在文化旅游宣传推介中同步推介茶叶产品。

将茶文化与书法文化、佛教文化和民族文化结合起来,大力发展生态茶园观光旅游、乡村旅游,让游客随处可饮茶、随处可买茶、随处可观景。

与此同时,印江按照着力构建长江中上游生态屏障、建设生态印江的要求,科学规划,合理布局,按照宜茶则茶的原则,将茶园建设与生态保护结合起来,与土地开发、退耕还林、石漠化治理等项目的实施结合起来,仅茶园就为森林覆盖率贡献了两个百分点。

印江立足绿色、生态和有机打造品牌,坚持从源头抓起,对产前、产中和产后各个环节实行严格控制,制定了"梵净山翠峰茶"系列产品加工标准,建立了产品质量管理体系,茶叶标准化生产水平得到不断提高。

历年来,印江开发的"梵净山翠峰茶""梵净山绿茶"曾 42 次在国内外荣获金奖,主导产品"梵净山翠峰茶"2005 年获国家地理标志产品保护,2013 年成为铜仁市公用品牌,先后入选"贵州十大名茶""贵州五大名茶",被中国茶叶学会授予"中国名茶之乡"的荣誉称号。

(2015 年 2 月 3 日《铜仁日报》5 版头条刊载)

林下养殖 茶间套种 果药共生
印江"三个万元"工程助长"立体经济"

今年以来,印江土家族苗族自治县在推进"三个万元"工程建设中,紧紧围绕茶叶、果蔬、生态畜牧三大主导产业,积极探索林下养殖、茶间套作、果药共生等模式,提高土地的综合利用价值,凸显以短养长、以种促管、循环发展的生态农业立体经济效益,进一步拓宽群众增收致富渠道。

林下养殖生态经济两者皆得

阳春时节,走进板溪镇联合村新场坳,到处一片绿意葱茏。在集中连片种植的400亩梨园里,种植户张著安正忙于组织劳动力在梨园四周搭建围栏。

"再过几天,我购进的4000多只小鹅子就要被放到这片梨树下喂养,让鹅来为我的梨园除草。"张著安说,在梨树下养鹅,既可以节约成本解决梨园除草问题,鹅粪又是梨树生长的有机肥,可提升梨的品质。

去年,张著安在承租的梨园里养殖了3000多只大白鹅,鹅收入7万多元,梨收入40多万元。与往年相比,减少了近2万元的农资和劳动力投入,水果产值却增加了4万多元。

尝到甜头和得到经验后的他,正准备大干一场。"今年,我计划在品牌打造和市场拓展上下功夫,梨子要实现套袋,争取走高端市场,来提高产值。"张著安信心十足地说。

该镇充分发挥能人和示范园的带动作用,积极引导群众利用梨园、柑橘林发展绿壳蛋鸡、白鹅、山鸡等生态养殖,还出台奖励政策,实行以奖代补方式,向林下养禽的农户按每只3元进行补助。目前,该镇已在联合村、上洞村、渠沟村发展林下养殖900亩。

茶间套作种植管护齐头并进

春分时节,记者在杨柳乡大路村看到,有的群众正在农技人员的指导下培育辣椒苗,有的群众在幼龄茶园中整地覆膜……"在茶树下种上庄稼,在栽的过程中就把茶园管好了。"该村村民高邦孝深有感触。

近年来,该村群众纷纷将自家的好田好土都种上茶叶。目前,大路村已有茶园面积450亩,投产茶园310亩,新植茶园140亩。

"由于新植茶园要两三年才大产,虽然政府每年每亩补助农户粮食400元、管护费450元,但是离群众的愿望相差很远。在投产之前,群众就在茶园里套种辣椒、白菜等经济作物来稳定收入。"村支书部锡辉如是说。

"去年,我家在8亩幼龄茶园里套作了辣椒,收入达4000元,这就是额外得到的一份收入。"村民高邦孝说。

茶间套作,不仅解决了以往出现的幼龄茶园管护率低的问题,还增加了群众的收入。今年,该乡还采取统一技术指导、分散育苗移栽的模式,积极打造大路村、中山村500亩茶间套作示范点,辐射带动群众在幼龄茶园中实行套种,提高土地的综合利用率。

果药共生公司农户互惠双赢

杉树乡冉家村坪上集中连片打造的药园里,数十名群众正忙于对刚出土的白术药苗进行管理。

"我们一天在这里打工有60块钱,还可以在这里学习药材种植技术。"正在药园里打工的冉光进笑着说。

今年以来,该乡按照"因地制宜、连片规划、企业引领、基地带动、捆绑投入、果药共生"的发展思路,引进贵州神威中药材发展有限公司,在冉家、杨家、大坪等村组的核桃、柑橘林中,集中连片套种白术、党参、太子参等中药材示范基地2500亩。

"就地务工、家门口学技术、以后群众自己发展。"这是贵州神威中药材发展有限公司带领群众发展中药材的想法。由于中药材种植环节多,是一个劳动力密集型产业,现每天都有120余人在药园里就地务工。

"实行'果药共生'套作模式,既能利用有限的土地资源实行中药材短期收入,又可以管护果园,节省了投入成本。"药园基地负责人介绍,下一步,将采取"公司＋专业合作社＋基地＋农户"的运行模式,由公司统一育苗,提供技术指导,对农户种植的药材实行保底价合同收购,带动群众发展中药材。

(2013年4月11日《铜仁日报》6版头条刊载)

印江低保制度与扶贫政策衔接激发贫困户动力

2012 年以来,印江土家族苗族自治县把新业乡锅厂村、朗溪镇河西村作为农村最低生活保障制度与扶贫开发政策衔接试点,让试点村贫困人口享受到了扶贫改革成果,人均纯收入达到 6000 元以上。

今年,印江在 17 个乡镇 365 个村全面推行"两项制度"衔接工作,按照低保维持生活、扶贫促进发展的要求,全面建立农村低收入人口识别机制和动态管理机制,不断提高农村最低生活保障和扶贫开发水平,确保每年实现脱贫低保人口 5000 人以上。

对象识别:应保尽保,应扶尽扶

"做好'两项制度'有效衔接的前提是扶贫低保户的识别,关键要评定出有劳动能力或劳动意愿的三类低保贫困户,而不是所有享受低保政策的对象户。"印江自治县救助局局长陈磊艳说。

印江对长期纳入保障范围的一类低保户和因病、因残丧失劳动力造成家庭基本生活常年困难的二类低保户,切实做到"应保尽保";对有劳动能力而拒不发展扶贫产业或不按乡镇规划发展产业的三类低保拟保对象,将清退出保障范围,做到"应退尽退",杜绝低保"养懒汉"。

如何评定好三类低保户?印江严格按照申请核评、审核、审批三环节和申请受理、调查核实、民主评议等"十步骤"的程序进行核定,并将有劳动能力、劳动意愿的低保家庭和在低保对象之上扶贫标准之下的低收入家庭确定为扶贫开发对象。

同时,该县建立贫困人口动态监测管理和进退机制,县、乡扶贫、民政部门分别建立贫困人口和低保人口监测管理台账,对扶贫低保户进行台账监测和动态管理,并对家庭人均纯收入低于保障标准的贫困户及时纳入低保,对超过低保标准的两项制度衔接扶贫低保户按程序办理退保手续。同时,对有劳动能力而拒不申请发展产业或不接受扶贫开发政策的低保对象强行退出保障范围。

目前,印江针对识别出的 11584 户扶贫低保户逐户建档立卡,制定帮扶措施,并对其收入进行监测。

精准帮扶:因村规划,因户施策

该县统筹各类资源,分析贫困户致贫原因和需求,围绕增收产业、培训转移、生产生活条件改善等内容,提出对扶贫对象户分类帮扶方案和产业发展规划,做到结对帮扶、产业扶持、教育培训、农村危房改造、扶贫生态移民和基础设施建设等到村到户,并明确帮扶主体和帮扶责任人。

与此同时,印江以精准扶贫示范村、两项制度衔接示范村和同步小康示范村为载体,每个乡镇抓好 1 个示范村,县级层面着力抓好 3 个"两项制度"有效衔接重点示范村。在产业发展、生态移民搬迁、雨露计划培训、危房改造、小额信贷等方面对扶贫对象给予重点扶持。

今年,印江已累计投入专项扶贫资金 5600 余万元用于产业扶持,并安排 255 万元扶贫资金专项用于精准扶贫与两项制度衔接示范村发展种养业。同时,选派 1562 名干部分赴各乡镇贫困村组,当好调研员、指导员、宣传员、服务员、监督员,为群众解决困难问题 2.4 万个,协调项目 363 个,项目折合资金 614.52 万元,协调化解矛盾纠纷 665 起。

致富路径:产业引领,科技支撑

"现在有了稳定产业,收入每年在 3 万元左右。"新业乡锅厂村村民王勇义笑着说。

以前,王勇义一家是锅厂村典型的贫困户,一家 6 口人,多年来依靠传统种养业维持家庭生计。2012 年,王勇义一家被评定为扶贫低保户。在政府专项扶贫、村居"增收致富"工程、信贷政策等项目扶持下,发展 2000 多只绿壳蛋鸡养殖,一家人靠着这项致富产业彻底甩掉了贫困帽子。

曾经享受农村最低生活保障政策的新业乡锅厂村群众任祖军,2012 年在"两项制度"衔接试点中,通过扶贫贴息贷款支持、村里"增收致富"工程扶持和三类低保金带动,发展了绿壳蛋鸡养殖和食用菌产业,当年就实现脱贫。如今,他已建起了一栋二层新房,走上了致富路。2013 年初,任祖军主动放弃了享受低保政策扶持。

同时,印江紧紧围绕茶叶、食用菌、生态畜牧等产业发展,积极争取国开行扶贫贷款项目,培育扶贫龙头企业,初步形成了市场引导企业、企业带动基地、基地连结农户的产业发展格局,提高了贫困山区农业的组织化程度。

如今,印江优势产业和龙头企业在扶贫开发中的引领作用正日益显现。目前,全县注册各类农业企业、合作经济组织369个,培育龙头企业68家;建成茶园32万亩,投产茶园16万亩;发展食用菌8748万棒,绿壳蛋鸡存栏122.4万羽,种植核桃17万亩、中药材1.8万余亩、油茶6000余亩。

整合资源:各司其职,合力攻坚

精准对象、整合资源、全力构建大扶贫工作格局是印江实施"两项制度"有效衔接中进一步升华"印江经验"的一大举措。

该县强化资金投入和管理,实施"两项制度"有效衔接所需资金,采取专项扶贫、行业扶贫、金融扶贫、社会扶贫和财政统筹、群众自筹参与相结合的方式解决。每年扶贫资金的70%以上用于安排扶持覆盖两项制度衔接对象。同时,县财政将"两项制度"衔接配套资金列入财政预算,所占比例为上级补助财政专项扶贫资金的10%以上。同时,通过整合各部门扶持资金,集中定向投入确定的重点攻坚贫困村、到户扶贫示范村、新农村建设示范村和新型农村社区建设示范村。

该县加大社会扶贫力度,整合省市县三级工作队力量。在对口帮扶的基础上,组织县直单位开展对口帮扶,实现挂村帮扶全覆盖,党员帮带全覆盖,做到不脱贫、不脱钩,不致富、不撤离。该县整合政策集中攻坚,积极争取国家、省、市扶贫攻坚政策,有效整合更多的政策、项目、资金,积极探索财政、税收、信贷、土地等扶持政策,采取差别式、瞄准式扶贫,为实施扶贫攻坚提供保障。

2012年来,该县累计整合专项扶贫资金2.2亿元、社会扶贫资金1.36亿元、金融扶贫资金2.8亿元、行业部门3.2亿元用于扶贫开发,2013年末,全县实现农业总产值25.85亿元,同比增长10.7%;农民人均纯收入达5113元,同比增长16.2%。

"十二五"规划以来,累计减少农村贫困人口6.17万人,顺利完成10个贫困乡镇和整县"减贫摘帽"。

(2014年11月5日《铜仁日报》5版头条刊载)

按下"快进键" 跑出"加速度"

——印江"十二五"经济社会发展综述

中国名茶之乡、中国长寿之乡、中国书法之乡、全国电子商务进农村综合示范县、贵州省森林城市……一张张靓丽的名片,彰显着印江土家族苗族自治县经济社会发展的喜人变化与永续魅力。

近年来,印江坚持"三措并举"、加快"四化进程"、改善"十大民生",全县基础条件日益改善,发展速度明显加快,社会事业加速发展,民生保障全面加强,较好地完成了"十二五"规划目标任务,为"十三五"全面建成小康社会夯实了基础。

数据显示,2016年印江生产总值达90亿元,年均增长15.5%;财政总收入5.38亿元,年均增长17%;全社会固定资产投资134.5亿元,年均增长30.5%;工业总产值39.5亿元,年均增长21.4%;城镇和农村居民人均可支配收入分别达24216元、7420元,年均增长13.0%、14.1%……

"三措并举"改善发展条件

地处武陵山腹地、梵净山西麓的印江,无明显区位优势,无特色矿产资源,经济社会发展各项主体指标何以实现快速、高位增长?该县坚持把扩大投资作为经济工作的第一抓手,以投资规模的提升促进经济总量的提升,以投资结构的优化促进经济结构的优化,努力扩投资、增融资、招外资、撬民资,加快补齐基础设施短板,增强县域经济发展动力。

印江坚持把"项目带动"作为夯实发展基础、增强发展后劲的重要工作来抓,瞄准国发2号文件和武陵山片区区域发展与扶贫攻坚规划等政策机遇,认真研判国家政策投资投向,精心编制项目、全力以赴建项目、明确责任管项目,促进经济社会快速发展。"十二五"期间,印江累计争取国家项目到位资金95亿元,完成交通项目投资65.9亿元、水利项目投资11.3亿元、电力和通信项目投资12.6亿元。

为了解决发展"差钱"问题,该县坚持"金融支持、支持金融"的理念,从推进信用体系建设、改善金融服务环境入手,出台并完善金融机构支持县域经济社会发展的激励机制,促进金融机构扩大信贷投放总量。成功创建全市首个"农村金融信用县",金融机构网点总数达53个。

印江创新招商引资方式,组建了产业化招商小分队,分区域、有目的地开展重点产业化专业招商,逐步从全员招商向领导干部带头招商,产业化、专业化招商和驻点招商转变。

同时,完善招商引资优惠政策,建立招商引资项目并联审批、全程代办等服务机制,确保项目快落地、快建设、快投产,致力打造引来一个、带来一批的"磁场"效应。

"四化进程"提升发展质量

作为欠发达的山区农业县,印江在发展新型工业化大潮中不甘落后,建成1.5平方公里的省级经济开发区,成功入选"全国电子商务进农村综合示范县"。

近年来,印江城乡面貌明显改善。精致、特色、宜居、宜游,正成为印江城市建设的新亮点。道路纵横交错,高楼鳞次栉比,城镇化气息正在迅速向农村扩散,城镇人口达19.4万人,城镇化率提高到43%。

以发展现代山地特色农业为方向,该县食用菌产业从无到有并迅速壮大,茶叶产业务实发展名利双收,全县发展生态茶园35万亩、食用菌生产基地规模达8000万棒、核桃19.2万亩、水果10万亩。

值得一提的是,美女峰景区被成功纳入全省100个旅游景区;创建了团龙3A级旅游景区;完善了长寿谷、杜鹃花海、甘川等景点配套设施;成功承办全市第二届旅游产业发展大会暨贵州梵净山文化旅游节。印江先后获得"中国名茶之乡""中国书法之乡""中国长寿之乡""中国最美文化生态旅游名县""贵州十佳最美风景县"等荣誉称号。"墨韵茶香·福寿印江"旅游品牌效益逐渐彰显。

"十大民生"增加群众红利

关注民生、保障民生、改善民生,是印江发展的主旋律。

近年来,印江坚持把保障和改善民生作为工作的出发点和落脚点,深入实施基础、安居、增收、卫生、教育、就业、社保、环境、文化和维稳"十大民生"工程,让一件又一件民生实事落地生根,增加群众的获得感。

新修建实验小学、印江一中、印江三中、县城第二幼儿园等学校校舍;学前三年毛入园率达92.4%、义务教育巩固率达90.0%……这些变化缘于该县通过争取项目、招商引资、社会融资、捐资助学等方式办学获得,证明"穷县也能办大教育"。

　　在卫生方面，印江以全民健康助推全面小康，下大力气补齐设施、人才、机制"三个短板"，全面启动医疗改革，新农合累计补偿 222 万人次、补偿资金 6.27 亿元，成功创建"国家计划生育优质服务县"。

　　在社保方面，印江大力实施"雁归工程"，深入开展"国家食品安全示范县"创建工作。累计实施农村危房改造 4.4 万户、城镇保障性安居工程 4 万套，发放城乡居民最低生活保障经费 5.83 亿元，减少农村贫困人口 12 万人，完成 13 个乡镇和整县"减贫摘帽"；同时投入资金 3486 万元实施了"天网"工程，加强立体化社会治安防控体系建设，群众安全感满意度不断提升。不断完善基层公共文化服务建设，全民健身蔚然成风，获得"全国体育工作先进县"。

　　印江成功争取全国生态文明示范工程试点县，入围全国生态保护与建设示范区、国家级重点生态功能区财政转移支付县、中央农村环境综合整治整县推进试点县，成功创建全省首批"省级森林城市"，成功申报洋溪省级自然保护区，累计完成营造林 40 余万亩，森林覆盖率达到 63%。

　　印江不断深化改革创新，先后完成政府机构改革、乡镇"小部制"改革、撤乡改镇和撤镇改办事处，在全省率先启动规范行政执法自由裁量权改革工作、司法体制改革、农村信用联社改制，信访代理、村两委＋乡贤参事会等经验模式在全市被复制、推广，为发展注入新的活力。

　　同步小康的蓝图已绘就，脱贫攻坚的号角已吹响。"十三五"期间，印江突出抓好"三大战略行动"，着力推进"四业融合发展"，加快推进"四化进程"，努力建设生态印江、美丽印江、幸福印江，确保提前实现全面建成小康社会目标。

（2017 年 8 月 15 日《铜仁日报》1 版刊载）

生态先行 绿色崛起

——印江推进"生态立县"战略综述

天蓝水清,绿意满城,水在城中,人在景中……

近年来,印江土家族苗族自治县按照"建设生态印江,促进跨越发展"的思路,坚持生态建设和环境保护双管齐下,大力发展生态产业,优化人居环境,构建长江中上游生态屏障,推进全国生态文明建设示范县创建工作,生态文明成为印江越来越清晰的发展主题。

生态建设构筑森林屏障

盛夏,走进印江朗溪镇昔蒲村八字岩,昔日石头裸露的荒山野岭,如今绿意葱茏,满山遍野的果树上挂满了诱人的果实。村民李吉龙夫妇正在自家的果园里采摘桃子。

"原来完全是石旮旯。现在一棵桃树的收入,是以前栽种一大坡洋芋、红苕卖的钱。"谈及如今的幸福生活,李吉龙由衷地感谢印江实施石漠化综合治理工程。

黔东北片区是贵州高原上石漠化相对严重的一个区域,印江属于其中。"春耕一大坡,秋收几小箩"曾是石漠化区群众生产生活的写照。

2011年以来,印江按照"山上封山育林,山腰种植经济林,山下建设农田"的思路,采取宜果则果、宜林则林、人工造林与封山育林相结合的方式开展石漠化综合治理,共完成封山育林、人工造林、人工种草、草地改良4114.77公顷,治理岩溶和石漠化13901公顷,项目涉及的8个乡镇4.34万村民的年人均纯收入增加1201元,年减少水土流失量1200吨。

与此同时,印江坚持谁造补谁、适地适树等原则,加大植树造林扶持力度,对林农个体、企业、专业合作社或承包大户种植的营造林,利用退耕还林工程、天保林工程、石漠化综合治理工程等项目资金,分种类实行造林补贴,激励群众积极造林。

目前,全县完成天然林保护 6 万多公顷,森林面积 10 万多公顷,兑现造林补贴资金 480 万元,森林覆盖率已达 53.8%,比 2005 年提高 15 个百分点。

生态治理打造宜居环境

夏日,梵净山西线的金厂河,水声潺潺,清澈见底。一棵千年银杏树下,正是村民田茂雄开办的"农家乐",良好的生态、优美的环境和特有的"金豆腐",吸引着四面八方的客人。

"我家最多时一天接待七八十桌。一年的收入,不保守讲是二三十万元!"田茂雄说,让他富裕起来的并不是金厂的黄金,而是他开办起"农家乐",靠着特产"金豆腐"发家致富。

金厂村地处梵净山国家级自然保护区腹地,是印江河发源地之一,储有黄金等矿产资源。1988 年以来,长期金矿开采让当地生态环境不堪重负、河水严重污染。近年来,印江强制关闭金厂村所有金矿,出台《印江河保护条例》,禁止非法开山、采矿等行为,大力开展植树造林。

一度鱼虾不生的金厂河,逐年变清,山坡上恢复了往日的生机,区域性森林覆盖率达到 90% 以上,金厂河的水质达到国家水质一级标准。当地村民利用良好的生态资源优势,发展种植、养殖业和"农家乐",村民年人均纯收入提高到 5000 多元。

这一改变只是印江生态环境保护的一个缩影。近年来,印江结合新农村建设,在印江河沿岸村寨新建乡镇垃圾处理场 6 个,整改圈舍 2200 户、厕所 1798 个,为 17 个乡镇配备清扫保洁员。先后争取了木黄、缠溪及工业园区污水处理项目,大力实施城镇污水管网完善工程、县城区雨水集水工程,积极实施循环经济、重点污染源治理等重点工程项目,全县城镇生活垃圾无害化处理率、污水处理率达 95% 以上。

今年,印江党政主要负责人多次深入印江河沿岸调研,研究治理及保护对策。县直部门及印江河沿岸乡镇将保护印江河作为第二批党的群众路线教育实践活动的重要载体,建立保护印江河长效机制,严厉打击破坏印江河生态的违法行为。同时,投入资金 140 多万元在印江河沿岸 46 个村修建 153 个垃圾池,把保护印江河列入村规民约中,明确了卫生保洁员定期对河道进行清理。

据印江环保部门检测统计显示,近年来印江城区上游水质始终保持在国家水质二级标准,城区下游水质保持在国家水质三级标准。

生态产业激活特色经济

6月的印江杨柳乡桐油坡，一眼望不到边的绿色茶园，在清风的吹拂下翻起层层绿浪。昔日荒芜的土地上，如今已发展茶园1000余亩，成为群众增收致富的"绿色银行"。

"种植1亩茶园可以保水20吨，可有效防止水土流失，促进全县森林覆盖率提高1.2个百分点。"据印江茶业局相关人员介绍，因为茶叶的种植，更多的荒山荒坡如今都已披上新绿。目前，全县已建设生态茶园32万亩，投产茶园16万亩，去年实现产量6100吨、产值7.1亿元。

倾力发展"绿色产业"，实现生态景观与经济效益的双丰收，是印江在生态文明建设过程中一贯坚持的发展理念。自2010年以来，印江累计在印江河流域、梵净山旅游沿线及梵净山环山公路两侧发展以楠竹、绵竹、雷竹为主的经济林5.2万亩。同时，结合农业综合开发、造林补贴、产业化扶贫等项目，在洋溪、合水等5个乡镇实施油茶4000余亩。

朗溪镇河西村依托独特的环境优势，将经果林产业与乡村旅游有机结合，形成了"住农家屋、吃农家饭、干农家活、享农家乐"的乡村旅游模式，一跃成为远近知名的乡村旅游村寨。

"平均每天都有5桌以上客人吃饭。"村民杨勇军说，自2012年开办农家乐以来，他家每年可实现收入20多万元。

印江在生态旅游景区发展生态农业，在生态农业上打造生态旅游景观，把生态产业与生态旅游有机结合，实现了旅游与产业的双赢，同时达到保护生态的目的。去年，该县荣获"贵州十佳最美风景县"的称号，接待游客210万人次，创旅游收入17.45亿元。

与此同时，印江立足"特色、绿色、科技"的理念，以工业园区为载体引领发展生态产业，完成40余家绿色、环保型企业的产业项目建设，基本实现低能耗、低污染、低排放。

生态家园秀出城市魅力

盛夏时节，走进印江自治县，碧波荡漾、青山环抱、绿树绕城，人与自然和谐共生之美映入眼帘。

"以前天热在外面走走遮阴的树都没有，现在城市绿化、环境卫生都好了，走着心情特别舒畅。"漫步在印江河堤的退休教师王成奇感叹道。

近年来，印江按照"一年灭荒、三年见绿、十年见成效"的目标，大力实施城周森林屏障建设工程,在县城及周边主要可视范围内,对坡耕地、道路入口、城市节点、城区河流两侧、城市周边通村公路,以及中心城区街道、小区、庭院等进行绿化,切实改善城镇人居生活环境。

目前,已经累计投入资金2086.6万元,在县城周边甲山、坪兴、幸福等8个村发展马尾松、绵竹等人工造林14217.1亩,中幼林抚育6030亩。该县将屏障区域分成8个标段,每年投入资金对苗木进行一次施肥、两次割草,聘请30多名群众作为护林员,每个标段成立15人以上的应急扑火队伍,建立防火线1万多米。

按照规划,到2016年印江将投入资金6213.92万元,在县城及周边可视范围内完成25.83平方公里的绿化面积,开设防火线8万米,建设荒山荒地造林和退耕地造林2万余亩,割灌除草面积1.5万亩,城周森林覆盖率提高到52.47%。

去年该县投入资金1500万元,在印江河中洲段建设景观带、步道、绿化景观、栈道、景观亭等休闲娱乐设施,打造用地2万平方米、总长641米的印江河景观带,还在县城黄金地段修建了文昌公园。此外,在商品房建设中,明确要求其绿地率须达到30%以上。到2015年,印江县城的人均占有绿化率将达到8平方米以上。

如今,一幅城在林中、林在城中、人在绿中的画卷正在印江县城徐徐展开。

(2014年6月15日《铜仁日报》1版头条刊载)

筑起社会"平安之盾"

——印江自治县平安建设工作纪实

　　平安是群众幸福安康的基本要求,是改革发展的基本前提。近年来,印江土家族苗族自治县以深化社会治理体制改革和强化"平安印江"建设为抓手,以维护社会和谐稳定、服务经济社会发展大局为目标,下大力气在服务群众中建设平安印江,不断提升群众的安全感和满意度。

信访代理畅通群众诉求渠道

　　家住该县沙子坡镇石坪村的蔡正敖,其子蔡强2007年患病经铜仁市精神病医院诊断为精神分裂症,住院医治后仍需长期依靠服药来控制病情。

　　2013年蔡正敖为儿子办理了农村合作医疗慢性病证,每年可报销六七千元药费。今年3月,因蔡强的慢性病证已超过规定两年期限,不能继续享受慢性病药费报销补偿,需重新鉴定病情办理慢性病证。后来,蔡正敖多次到该县人民医院和印江合管局为蔡强办理慢性病证,因多种原因儿子的慢性病证一直也没能办好。"如果再跑两次办不到,我就把我儿子带去交给医院照顾。"跑了三次没有办成慢性病证,儿子的药费也无法报销,蔡正敖有些怨气。

　　当沙子坡镇石坪村的信访联络员摸排到蔡正敖的情况后,及时上门与蔡正敖谈心,做思想工作,建议他走信访代理程序。蔡正敖半信半疑地签订了关于医药费不能报销信访事项代理授权委托书,委托沙子坡镇司法所所长李伟进行代理,并承诺在委托办理期间不去上访,负责在家把患精神疾病的儿子监护好。李伟对蔡正敖委托代理"医药费不能报销"的事项进行了深入调查了解,按照信访代理程序,对应部门仔细解释和说明了情况。8天后,蔡正敖从信访代理员李伟手中接过蔡强的慢性病证明,并顺利报销了7000多元的药费。

　　"信访代理不仅避免了上访群众找不准相关部门办不成事的困难,还节约了群众的上访成本。同时,控制了越级上访的发生,让矛盾化解在萌芽状态。"沙子坡镇政法委书记张羽江说,2014 年,沙子坡镇群众到县访 18 批 31 人次,批次和人次比 2013 年分别减少 43% 和 40% ,未发生进京、赴省、到市上访。

信访代理"沙子坡经验"是印江近年不断创新新型信访渠道的一个生动实践。此外,印江深入开展信访维稳百日攻坚战专项行动、进京非访专项治理、重点人员疏导稳控和社会稳定风险评估,建立由村、乡、县三级信访代理工作网络体系和矛盾纠纷排查化解联动机制,为群众多渠道表达诉求搭建了联合接访平台。坚持矛盾纠纷排查化解日报告制度,把矛盾纠纷排查落实到一村一寨,一家一户,使矛盾化解在萌芽状态。

"法律明白人"提升群众法制素养

记者见到板溪镇岩底村火石组的任德贞时,他正在自己承包的土方开挖工程施工点干活。曾是游手好闲、长期无理上访的他,如今一门心思扑在干事创业上。

"多亏有任建国的帮忙,要不然我现在还不知是怎么回事。"任德贞所说的任建国是村里的一名"法律明白人"。

"起初,他听不进去,后来说的次数多了,讲得实在,法律知识和党委、政府的政策他就了解了。"任德贞在任建国的教育引导下,思想行为都发生了改变。在板溪镇岩底村,像任德贞这样知法懂法守法的村民越来越多了。

针对法律服务人才资源匮乏、农村群众法律需求得不到满足等问题,2012 年以来板溪镇不断创新工作机制,将"法律明白人"培养工作作为普法工作的重点,培养了 1089 名看得懂、讲得出、用得上法律法规的"法律明白人"。他们在农村开展宅基地审批、婚姻与家庭等农村常用法律法规普及,教育引导村民遇事找法、办事依法、解决问题用法、化解矛盾靠法的观念。

同时,该县将"法律明白人"培养工作向机关、单位、社区、园区推进,向特殊行业、特殊群体延伸,使广大干部群众要学法、爱学法,积极参与"法律明白人"培养。

目前,该县通过推进"法律明白人"培养工作,增强了广大干部群众的法律意识,推动了矛盾纠纷的预防和化解,改变了信访不信法的状况,提高了依法行政、服务群众的水平。

天网地网工程实现技防人防互动

今年,家住峨岭镇红星街的刘女士因乘坐出租车,不慎将装有 3 万元人民币的钱袋遗失在出租车上。刘女士记不得出租车的车牌,只知道车子是红色的、驾驶员是男的,心里特别着急。后来到指挥中心求助,通过查询视频资料找回了遗失在出租车上的现金。

"从钱袋丢失到找回,花的时间不到一个小时。'天网工程'的建设为救助群众提供了极大的便捷。"印江公安局指挥中心负责人介绍,目前借助"天网工程"已帮助群众找回丢失的儿童32人,找回遗失物品68件,为群众挽回经济损失共计18万余元。

2013年以来,印江把"天网工程"当作一项重要的民生工程来抓,先后投入资金4000余万元安装高清摄像头964个,建设报警点72个,覆盖了该县17个乡镇的交通要道、重点单位、复杂场所、学校、车站、广场等地。

此外,该县把城区峨岭镇三个社区划分为22个网格工作室,通过网格化管理,实现管理工作零缝隙、服务群众零距离。同时,强化城区巡逻防控,组建120人的特巡警队伍,形成了军警联勤巡逻常态化。

同时,该县将"天网"视频监控与路面巡防、卡口有机融合,对重点部位、重点路口、重点区域、重点场所实行24小时"网上巡控",并将发现掌握的治安动态信息第一时间传达给街面巡控民警,切实做到"人机互动""天网"和"地网"合一。

上有"天网工程",下有警力巡防,技防与人防的互动,让犯罪分子无处遁形。目前,该县利用高清摄像头为办案部门提供破案线索260余条,通过视频监控破获盗窃案件125起、抢盗案件26起、交通肇事逃逸案件8起,准确认定交通事故责任105起。

(2015年9月30日《铜仁日报》9版头条、2015年6月9日《贵州日报》8版刊载)

打造优美环境　共享碧水蓝天

——永义乡生态文明建设纪实

　　夏日,走进梵净山西麓的印江土家族苗族自治县永义乡,到处是一派山青水秀、环境优美、景色怡人的美丽景象,彰显着人与自然的和谐。

　　近年来,印江永义乡在加快经济建设的同时,重点在"生态、建绿、护绿"上做文章,按照乡村联动、科学规划,加大投入、完善功能、彰显特色、提升品位的要求,致力于建成美丽、幸福、生态新永义。2013 年,印江永义乡获得了"贵州最美茶乡"和省级"生态乡镇"的美誉。

发展生态产业,推动绿色经济发展

　　6 月 24 日,在永义乡官寨村 600 亩集中连片的茶园基地上,三三两两的群众正忙于在基地上采摘大宗茶。

　　"最快的一天要采七八十斤,最慢的五六十斤,像我一天要给基地上的工人做饭,也要采三四十斤,就有近百块钱。"村民田茂翠说,乡里发展茶叶后自家把土地租给公司发展茶叶,自己就到基地打工,采茶是她抽空做的活儿,重点是给茶叶基地上的工人做饭,每月收入近 3000 元。

　　而在永义乡,像田茂翠这样在产业发展中实现增收的群众就有近 5000 人。这些得益于永义乡在加快经济建设的同时,按照生态产业化、产业生态化的产业发展思路,重点在"生态、建绿、护绿"上做文章,打造茶叶专业村、烤烟专业村、核桃专业村、蔬果专业村,基本实现"一村一品一特色"发展目标,有力推动绿色经济发展。

　　目前,永义乡已有茶园 8243 亩、核桃 6200 亩、烤烟 3510 亩、猕猴桃 120 亩、蔬菜 150 亩,并整合产业扶持资金,因地制宜发展"贵妃鸡"、大鲵、竹鼠、山鸡、天麻等特色产业,实现了生态农业的规模化、科学化、可持续发展。

　　与此同时,该乡抢抓市委、市政府打造环梵净山"金三角"文化旅游创新区的新机遇,按照"产业围绕旅游调整、文化围绕旅游挖掘、城镇围绕旅游建设、项目围绕旅游实施"的理念,全力做好文化旅游产业链基础性和升级版建设工作,以生态、休闲、养老、避暑为主的乡村体验旅游正在有序开发,紫薇园、长寿谷、护国寺、团龙村等一个个各具魅力和特色的旅游景点活力四射。

突出环境整治,建设生态美好家园

走进省级新农村建设示范点的永义乡慕龙村岩底下组,一幢幢"青瓦白墙、飞檐雕窗"的土家民居,样式古朴的栖凤亭,透着古老气息的水车及水上花园让人应接不暇。在土家人的楼房前,红灯笼、红对联洋溢着喜气,不论是农家院子,还是公共厕所,到处都是干净整洁的新村气象。

谈到村容村貌的变化,村民田红艳打心眼里高兴:她说:"以前我们是住的木房,下雨的时候,房子还会进水。现在我们的环境改变了,院坝和公路都是硬化好的,我们家还住了楼房,还开了一个超市,我感到很舒适,有一种幸福感。"

2011 年来,永义乡重点打造慕龙村新村建设,拆旧村、建新村,共拆除旧房、危房 47 栋,实施危改 953 户,民居改造 451 户。

永义乡慕龙村支书代方贵说:"通过新农村建设,群众的房子变漂亮了,基础条件好了,群众也讲究卫生,改变了以前脏、乱、差的农村旧貌。"

近年来,永义乡以开展"四在农家·美丽乡村"创建活动为载体,加强重点流域水环境综合整治和集镇、交通沿线村组、旅游村寨环境卫生整治力度,累计投入 4100 多万元,完成土地整理、低产低效林改造、生态移民搬迁工程、农田水利整修、通组路硬化、街面硬化改造项目,开工建设永义防洪堤工程;完成慕龙至永义节能灯安装。同时,投入 123 万元,完成了一个垃圾填埋场、10 个定点垃圾池和 90 个垃圾桶安装建设,完成了团龙污水处理和集镇污水处理项目工程建设,极大改善了人民群众的生产生活条件。

该乡积极依托梵净山国家级自然保护建设、生态公益林培育和管护、森林病虫害防治体系和防火体系建设,狠抓生态环境保护力度。认真抓好石漠化治理、新一轮退耕还林、造林补贴等工作,严格林地保护制度,严守生态红线,严厉打击乱挖滥垦、乱砍滥伐、乱捕滥猎等违法行为,加强河流和渔业保护,不断提高森林水涵养能力。

加强宣传教育,营造全民参与氛围

"保护环境,人人有责""保护生态环境,建设生态家园""山水相连你我他,生态建设靠大家"……走进永义乡随处能感受到生态文明建设的浓厚氛围。

永义乡党委书记杨胜贵说:"要让创建环境优美乡镇各项工作落到实处,除了要不断完善硬件实施,还要不断引导群众牢固树立环境保护意识。"

在加强生态文明建设宣传教育中,永义乡注重抓好环保宣传,充分利用村公布栏、学校画廊刊登环保政策法规。同时,结合绿色学校创建工作,举办环保知识讲座,让学生学习掌握环保知识,参与环保宣传教育,从而在全乡上下形成了"保护环境人人有责,美化环境从我做起"的良好社会氛围。

该乡加强对重点流域水环境综合整治,对交通沿线村组、旅游村寨环境卫生整治,大力开展"美丽永义"文明行动系列活动,集中治理乱排污水、乱扔垃圾、乱停乱放、燃放烟花爆竹等行为,通过组建卫生协管员队伍、聘请卫生义务监管员、制订村规民约等措施,定期督查、定期评选、定期通报,对排名靠后的村寨、单位、家庭,实行末尾曝光,逐步完善村容村貌常态化管理。

该乡建立农村卫生长效管理机制,通过农村圈舍改造等项目工程,推广使用农村清洁能源,提倡农户使用沼气池、节柴灶、节能灯等清洁燃气和照明,减少农户生活用柴对森林植被的破坏。

优美的生态环境,合理的城镇布局,处处展现生态文明新形象。今年,永义乡以创建国家级生态乡镇为契机,在保护好原生态、创建绿色生活的同时,把生态建设作为最大、最长久的民生福祉,有力推进美丽、幸福、生态新永义建设。

(2014 年 7 月 5 日《铜仁日报》3 版头条刊载)

富民强乡绘新篇

——杨柳乡发展特色产业助农增收观察

近年来,印江土家族苗族自治县杨柳乡按照"产业富民、生态强乡"的可持续发展理念,加快农业产业化结构调整,以打造特色产业示范带为核心,大力发展食用菌、茶叶、核桃等特色产业,有效促进农业增效,农民增收。

小小菌棒成就富民产业

走进杨柳乡食用菌产业基地,黑色的菌棚一个接着一个排列着。菌棚里的菌棒上长满了香菇,劳作的菇农们欢声笑语,忙着把一筐筐的夏菇进行分类。

"按市场价4～5元/斤,夏菇的销售情况可谓是供不应求,总感觉食用菌的发展规模太小了。"食用菌厂党支部书记甘朝富告诉记者,今年该食用菌厂发展了35万棒夏菇,自8月中旬以来,几乎每天采摘鲜菇2000余斤。目前已生产的4.4万斤夏菇已销售一空,产值达21万元。

去年,该乡按照"项目引导、群众自愿、政府扶持"的原则,筹资776万元,建成占地135亩的食用菌基地,带动白虎嘴、新屯、崔山3个村86户农户发展香菇175.2万棒。

为确保食用菌产业健康发展,该乡将党建工作和经济工作相结合,在食用菌产业上组建党支部、成立农民专业合作社,通过"支部＋合作社＋基地＋农户"的运行模式,去年累计实现销售收入350.1万元,转移农村劳动力达130余人,实现农民就近务工收入200余万元。

在不断总结经验的基础上,该乡创新发展模式,引进农产业生产销售有限责任公司,按照"公司＋支部＋合作社＋农户"的发展模式,在白虎嘴、新屯、崔山发展夏菇和冬菇150万棒。目前,该乡生产的35万棒的夏菇已经进入丰采期。

生态茶叶建起绿色银行

连日来,种茶大户崔建学组织当地群众做好茶叶的秋季管护,在该乡崔山村桐油坡茶园基地里,三五成群的村民正在除草、施肥,茶园里一派繁忙景象。

"发展茶叶是三分种七分管,要科学管理才能出效益。我今年采摘500斤春茶,获利3万元,这都得益于有效的管理。"崔健学说,自2009年以来,他已发展640亩茶园,现已初见效益,前景乐观。

近年来,该乡以打造万亩生态茶园为目标,积极动员群众发展茶产业,明确有丰富茶叶生产经验的干部专抓茶叶生产,对适宜种植茶业的村、组做出具体规划,统一品种,连片规模种植茶叶。还从政策、资金上加大对新建茶园和种茶户的补奖力度,为茶农无偿提供茶苗、补助肥料等,促使茶产业规模化和标准化发展。

"发展茶产业是农民致富的好路子。"该乡农经站站长吴建齐说,发展茶产业,不仅加大了对农村土地的开发和闲置土地的合理利用,还拓展了农民的就业门路。"发展茶产业,为我们当地群众提供了很好的就业机会,我在茶园做一天就有70块钱。"60岁的雷德权高兴地说。

今年,该乡完成春植茶园1078亩,建成3915亩茶产业展示带,见效茶园达1100余亩,实现春产干茶7500斤,实现产值138余万元。目前,该乡已有茶园近6000亩,加工房4座,茶叶交易市场1个。

据该乡党委委员、武装部部长程杨林介绍,随着茶产业的不断发展,该乡力争在"十二五"末打造成万亩茶乡,带动农民增收致富。

优质核桃敲开致富门路

"我家门前种植的10棵核桃树,去年一棵的收入就有1000元。"新屯村村民尹华斌告诉记者,2005年他种植了12棵核桃苗,成活10棵。自可摘果实以来,每年都有7000元以上的收入。去年,他到外地学习技术后,又利用自家的土地发展5亩核桃育苗。

据了解,该村自古以来就有种植核桃的习惯,为进一步引导农民科学种植,该乡引进优良品种,推广核桃种植面积,通过调整农业产业化结构,大力实施"水改旱"农作物发展,采取政策扶持、示范带动、强化管理等方式,积极引导中山、大兴、中心村群众连片发展高标准核桃,并通过在核桃林中套种辣椒、红萝卜,以短养长,拓宽农民增收渠道。

"今年,由于政府的支持,我将自家的田土都种上了核桃树,不仅树苗没花钱还获得了一部分管理费补助,移栽和管理技术也有相关部门帮忙。"大兴村河沟组村民廖德虎对发展核桃信心十足。大兴村河沟组海拔较高,水源不充足,大部分农田都是"望天田",今年发展 30 亩核桃苗,又在核桃林中套种了辣椒和黄豆,预计收入将比以往的传统种植增加一倍。

据该乡林业站牛勇介绍,今年该乡已累计种植 2800 余亩,成活率 90% 以上;开展管护技术培训 5 期,培训农户 600 余人。目前,已基本形成了以大兴、竹林、中心为主体的 2000 亩高标准核桃产业展示带,5 年后进入丰产期,届时每亩收入达 5000 元,农民腰包渐鼓。

(2012 年 9 月 17 日《铜仁日报》5 版头条刊载)

"最美茶乡"如何实现提质增效？洋溪镇的回答是——
依托资源优势　打造生态画廊

　　"'最美茶乡'是我们茶产业发展的招牌,保住这一招牌,也就是保证茶叶品质。为此,我们注重把'最美茶乡'建设与生态乡镇创建结合起来,打造生态有机茶,促进茶产业提质增效。"印江土家族苗族自治县洋溪镇党委书记唐雷说。

　　自 2013 年获得"贵州最美茶乡"后,洋溪镇就更加坚守发展与生态两条底线,立足生态资源优势,稳步推进生态茶产业发展,一个端生态碗、吃绿色饭的茶产业发展大镇,正在发生着巨大变化……

依托优势建基地

　　眼下,正值洋溪镇春茶采摘的繁忙时节。郁郁葱葱的茶园里,云雾随风在茶山中缭绕,春雨细密地打在茶芽上,采茶的群众或戴斗笠或撑雨伞,手脚麻利地把鲜嫩的茶芽摘进竹兜里。

　　"你不要小看这些雾气,这就是影响我们这个地方茶叶特色的重要因素。'高山云雾出好茶'也就是这个道理!"正在自家茶叶基地查看茶芽长势的晏飞齐自豪地说。

　　洋溪镇位于印江县南端,与江口、石阡、思南三县接壤,平均海拔在 1000 米以上,森林覆盖率达 73.45%,有"纯天然氧吧"之称。其得天独厚的气候和生态环境对茶树极为有利。

　　早在 1979 年,洋溪镇就以蒋家坝村走马山坪和竹林为中心,先后种了 1000 多亩茶园,建立梵净山茶场,申报了"梵净山"绿茶品牌,并在全国的各种茶叶评比活动中获得各种殊荣,为洋溪茶叶的知名度和美誉度奠定了基础。

　　近年来,洋溪镇按照"五个选好""四个转变"的要求,严格遵守宜茶则茶的自然法则,以生产无公害茶、绿色食品茶和有机茶为目标,将生态茶业建设与生态茶叶产品开发合为一体,将茶产业与生态、旅游、经济、文化结合,加快环境保护型生态茶区建设。在新阳至曾心、双龙至蒋家坝两条茶产业带上,打造了桅杆、蒋家坝、新阳、冷水茶产业专业村。

截至目前,洋溪镇已建成茶园 15731 亩,茶农 1246 户。其中投产茶园 7500 亩,幼龄茶园 8231 亩。现有茶叶加工企业 22 家,两家企业获 QS 认证。2013 年共加工翠峰茶 9019 公斤,毛峰茶 6995 公斤,大宗茶 78200 公斤,产值超过 2000 万元。

抓住管理树品牌

"好茶不仅仅是种出来的,还得要像带孩子一样进行管护和独特的加工技术。"洋溪镇茶叶站站长刘赟深有感触地说。

为了提高茶叶管理水平和生产质量,洋溪镇积极引导茶叶能人、大户带头组建茶叶专业合作社,采取"合作社 + 基地 + 农户"的运作模式,带动茶农发展茶叶,实行统一技术指导、统一农资进购、统一加工销售,解决了茶农管护技术难题,提高茶农管护积极性,确保栽好一片、管好一片、见效一片。

在茶叶基地管护中,洋溪镇按照有害生物综合治理的原则,积极向上争取项目资金,安装太阳能灭虫灯、粘虫板,推广生防技术。减少化肥用量,运用无公害生产技术增施有机肥,着力建设无公害有机茶区。目前,洋溪镇得到无公害有机茶区认证的已有近千亩。

"好山好水出好茶,只有我们把自然生态环境保护好,我们的生态有机茶叶基地建设才能取得成功。"唐雷说,今年来洋溪镇以申创"生态乡镇"为契机,加强对生态环境的保护,严禁乱砍滥伐、滥挖滥垦、乱捕乱猎野生动物,依法取缔了无证经营木材加工厂。

同时,洋溪镇还加强洋溪河流域的管理,投入资金建设垃圾池,严控生活垃圾污染水源,严禁毒鱼、电鱼、炸鱼、网捕鱼,积极宣传打造"生态洋溪"。

携手茶企创市场

夜幕降临,在洋溪镇桅杆茶青收购点看到,茶农们有说有笑,踩着暮色前去交售茶青。

"最好的 75 款一斤,其次逐一降低 5 款,最低价不低于 60 元,群众采得不好的,我们更多是进行指导,不是一刀切,损失茶农利益。"据正在督查茶青交售的洋溪镇副镇长杨斌介绍,与往年不同的是,洋溪镇今年的茶青收购从开秤到现在价格没有大幅波动。

"不像往年,65 元、70 元、80 元,甚至 120 元一斤都有,一些外地加工企业在收购茶青时,故意抬高价格后就不去收群众的茶叶了,把茶青销售市场扰乱了,当地加工企业不好收购,直接影响茶农切身利益。"杨斌说。

"茶农是衣食父母,只有茶农增收、利益稳定,他们把茶园管好了,我们才有原材料。"宴飞齐说,为了净化茶叶交易市场,早在今年茶叶开采前,洋溪镇就组织全镇所有茶叶加工企业和茶青收购商进行座谈,进一步统一茶叶市场价格,稳定茶农收入。

同时,洋溪镇22家茶叶加工企业达成协议,携手同谋找市场,实行资源信息共享、风险利益共担,互相帮助解决茶叶销售市场,拓展了销售渠道。

如今,绿色茶园装扮了洋溪镇的山山水水,茶叶产业成了群众致富奔小康的"绿色银行"。该镇计划到2015年达到人均1亩茶的目标,茶园总面积达1.65亩,争取建成省级龙头企业1家,地级龙头企业3家,年实现茶产业产值3000万元以上,人均茶叶收入2000元以上。

（2016年8月2日《铜仁日报》6版头条刊载）

众志成城抗洪魔

——印江"7·19"抗洪救灾纪实

7月19日20时至20日9时,印江土家族苗族自治县境内普降暴雨到大暴雨,造成全县基础设施损毁异常严重,产业损失巨大,房屋受损量多面广,地质灾害惨不忍睹。

面对历史罕见的自然灾害,印江县委、县政府迅速反应、周密安排,全县党员干部奔赴第一线,干部群众风雨同舟,心手相连,共同谱写了一曲万众一心战洪魔、众志成城保家园的不屈之歌。

快速反应周密部署

漆黑的夜里,豆大的雨滴降落在邛江大地上,一时间滚滚洪流卷起石块和泥土无情地涌向睡梦中的人群,所到之处都留下了累累伤痕。

电路中断！交通中断！通讯中断！大园址村山体滑坡出现人员伤亡！印江河水位急剧上涨……汛情、险情、灾情牵动着各级领导的心。市委书记夏庆丰,立即做出重要批示,并于7月20日连夜赶赴灾区现场指挥抗洪救灾工作。市委副书记、市长陈晏及相关市领导第一时间赶赴灾区,指导抗洪救灾工作。

印江自治县委、县政府立即启动应急响应。正在参加全省项目观摩会的印江县委书记田艳迅速做出批示,并立即从大方县赶回,赶赴灾区一线;县长张浩然第一时间率队到受灾最严重的乡镇靠前指挥,县四家班子分别率队奔赴一线,协调指导抗洪抢险工作。全县各级各部门、干部群众齐心协力开展抗灾救灾工作。

与此同时,印江迅速成立了抗洪抢险领导小组,下设综合协调、应急救援、物资保障、交通保畅、医疗防疫等10个工作组,启动了县领导联系指导乡镇、乡镇领导包村、镇村干部驻村寨的抗洪抢险工作机制,各乡镇街道、各部门迅速组织人力、物力、财力,投入抗洪抢险工作中,打响了一场众志成城、齐心协力战洪魔的保卫战！危急时刻,哪里最危险,党政领导就出现在哪里,他们用身影指挥,用行动说话,成为带领广大群众抗洪救灾的精神支柱,让受灾人民心中有了依靠,倍感温暖。

干群连心共战洪魔

"自家的砖厂毁了可以重建,群众安危必须放在第一位。"洪水来袭,印江党员干部余洪波做出这样的抉择。

7月20日凌晨,一场暴雨袭来,肆虐的洪水很快就要淹没印江缠溪村村主任余洪波的砖厂。

就在余洪波准备转移打砖机、发动机等价值10多万元的设备时,得知上马村民小组有群众被洪水围困,他没有丝毫犹豫,打着手电筒就赶了过去,迅速组织营救。一个多小时后,30多名群众成功转移,而余洪波家的砖厂已被洪水淹没。

危难之际彰显党员本色,抗洪抢险一线,印江活跃着一批批像余洪波这样舍小家、顾大家的基层党员。7月20日凌晨3点,印江缠溪镇中心小学操场因积水过深致围墙倒塌,水流迅速涌入旁边的木屋中,正在抗洪的吴昌勇、朱康和代传江听到旁边的木屋中有呼救声,立即用两个轮胎与一架楼梯绑成一艘简易的救生筏,将老人和两个小孩救起,而后3人又投身救灾一线。

"我们都是共产党员,前几天重温入党誓词时就说过'随时准备为党和人民牺牲一切',这是应该的。"朱康说。

在大灾面前,各级党员干部齐心协力、冲锋在前,各族人民群众不等不靠、奋力自救,为抗洪抢险救灾赢得了宝贵时间,在惊心动魄的抗洪抢险救灾中,上演了感人的故事。

各级联动齐心抗灾

面对灾情,印江自治县委、县政府根据各乡镇街道受灾情况,实行统一指挥,统筹调配;各级各部门带着责任,带着感情,全力投入抗洪救灾行动中。

交通、供电、供水、通信等部门对受损设施开展检查抢修工作。水利、水文、气象等部门加强山塘水库、水电站、河堤坝的巡查和监控,做好水情和灾情的实时监控、预测和统计上报工作。民政、卫生等部门紧急调集食品、药品等救援物资……

"一方有难、八方支援。"7月20日,负责建设印江栗子园水库工程的贵州黔水建设股份有限公司立即调度机器设备、车辆和人员,迅速对紫薇集镇至团龙村公路上的滑坡体、树木等进行清理,以最快速度抢通紫薇集镇至团龙村的救援通道,为救援人员赶赴灾区救治伤者赢得了宝贵时间。道路抢通了,贵州黔水建设股份有限公司调度的人员并没有撤离,而是继续留在灾区,与当地干部群众一起抗洪抢险、清理淤泥,用实际行动诠释了企业的社会责任担当。

与此同时,乡镇街道、村两级党员干部全体出动,连续作战,始终坚持在第一线抗洪救灾。该县累计出动应急抢险队伍 1911 人,发动干部群众数万人,调集各类车辆 373 台,工程机械 54 台,发电车 1 台,发电机 72 台,抽水机 5 台。

安置群众温暖人心

印江紫薇镇团龙村受灾群众安置点,村民王昌秀忍受着无家可归的悲痛,坚强地和村民们一起做饭、炒菜、收拾碗筷。

"房屋被洪水冲毁了,政府把我们安置到这里集中吃、住,大家就得团结一起,共同渡过这次难关。"在"7·19"洪灾中,紫薇镇团龙、大园址两个村像王昌秀这样房屋被损毁、无家可归的有 47 户 130 人。

灾情发生后,紫薇镇启动应急预案,对受灾群众采取就近、随亲、分散和集中搭帐篷的方式进行安置,采取集中供应食物和分散提供必备生活物资,帮助群众做好救灾和灾后保障工作,解决受灾群众生活困难,保证群众有饭吃、有衣穿、有房住、有干净水喝、有病能及时医治。

截至目前,印江向灾区先期下拨抗洪抢险应急救灾资金 240 万元,发放救灾棉被 1890 床,救灾帐篷 108 顶,方便面 500 箱,蜡烛 15 箱,矿泉水 150 桶,手电筒 3500 支,食用油 760 桶,救灾粮 50 吨,编织袋 2000 条。

风狂雨骤,抹不去抗洪抢险的勇气;墙倒屋摧,压不倒战胜困难的决心。当前,印江各级领导干部和群众正齐心协力、团结一致,重建美好家园。

(2013 年 5 月 13 日《铜仁日报》2 版头条刊载)

听取意见不走样子　排忧解难掏心窝子

——洋溪镇着力解决联系服务群众"最后一公里"问题

年久失修的 8.5 公里农田灌溉沟渠，被干部和群众一道疏通了；群众原本想上访的纠纷，被上门服务的司法调解员现场解决了；征集群众反映全镇基础项目少、发展慢的意见后，已争取基建项目资金 1 亿多元，并快速推进……

自党的群众路线教育实践活动开展以来，印江土家族苗族自治县洋溪镇 30 多名干部串门走户听取民声，田间地头解民忧，边学边改，边查边改，着力解决联系服务群众"最后一公里"问题，取得实效。

听取意见不走样子

"这几年，我们洋溪镇的基础项目较少，发展速度较慢。建议党委政府加大力度向上争取项目，特别是基础设施项目，群众出行不方便。""我们双龙至新黔沟渠修了多年，沟里淤泥多，水流量小，影响群众用水，希望政府帮助解决。"……

在广泛听取意见中，洋溪镇不走过场，不流于形式。该镇围绕中央八项规定和省委市委十项规定、县委六项规定、经济社会发展等方面，采用上门走访、组织座谈、发放意见征求表等形式，重点向机关站所、村支两委、人大代表、群众代表、离退休老同志等不同层面的 950 人征集意见建议。

截至目前，洋溪镇收集 7 类共性意见 300 余条，涉及作风建设、产业发展、民生项目等方面，做到了工作对象和服务对象的意见必听、基层党员干部和群众的意见必听、党外干部的意见必听、困难多矛盾突出地方的意见必听。

洋溪镇党委书记唐雷说："广泛听取意见，不仅是改进我们作风的一个表现，更是查找问题、提高整改的重要环节。通过广听群众意见，我们能找准群众工作的切入点，把群众反映强烈、直接的问题，加以梳理，制定措施加以整改，才能更好地服务联系群众。"

摸清问题和症结后，洋溪镇认真寻求破解的对策和措施，分别制定整改落实方案,并反馈给相应的站所、村组和个人,一项项有针对性的整改活动正在进行:该镇洋溪至蒋家坝、洋溪至坪林、双龙至银坳、合心至小溪四条通村油路项目陆续开工并加快建设;双龙、桅杆、白杨等七个村组人饮工程全部启动,年底全面投用……

问题、困难一个个摆出来,办法一个个想出来,村民们的眉头也渐渐舒展开了。

联系群众不摆架子

这段时间正是春茶生产的关键时节,洋溪镇副镇长杨斌也显得格外繁忙,每天除了到各茶叶基地巡查了解茶叶采摘、收购情况外,还十分关心第一次从事茶青加工的新阳村吴正江的茶青加工情况。

“其他加工企业都是有一定经验的,吴正江是第一次搞茶叶加工,稍有不慎就会影响茶叶加工的质量,造成不必要的损失。”杨斌说,今年按照镇里干部联系群众挂帮机制,他正好与吴正江结成帮扶对子,并邀请茶叶加工技术人员现场为吴正江把关,帮助解决茶叶加工技术难题。

目前,吴正江的茶叶加工厂已加工 500 多斤翠峰茶,毛峰茶加工井井有序。“非常感谢镇里领导,每天都来现场帮我,加工出来的质量也不亚于其他加工厂的。”吴正江高兴地说。

“服务联系群众的‘最后一公里’,实质就是干部与群众距离的‘标尺’”。在开展群众路线教育实践活动中,洋溪镇干部始终坚持为群众做实事、解实难,在产业选择上给予指导,在发展技术上对口帮扶,立足具体实情,合理规划,多措并举,把工作做到群众心窝上。

该镇根据各村区位特点,划立“洋溪责任区、坪林责任区、桅杆责任区”,成片发展,统一管理,用好用足规模效益,成立“茶叶办公室、烤烟办公室、核桃办公室”,抽调管理能力强、业务能力好、产业经验丰富的优秀干部充实其中,形成了“产业有规划,规划有人抓,抓就要抓好”的工作机制。

与此同时,洋溪镇还安排人大代表与驻村干部一道入驻村里“干群连心室”,规定每月到村开展工作、夜宿农家不得少于 15 天,让干部当好民意调查员、政策宣传员、科技推广员、纠纷调解员、村务监督员,真正把“干群连心室”打造成为群众工作的“第一办公室”、群众路线教育的“第一宣教室”。

排忧解难掏心窝子

蒋家坝村代承勇家老茶园需要新植 80 亩茶苗,雇不到工人,全镇 30 多名干部主动深入茶园新植茶苗,解决用工难题……

王家坡村范某某与杨某某因取水整田发生矛盾纠纷,正在村里走访的洋溪镇司法所干部赶到现场,化解了两家人的矛盾纠纷……

干部与群众一道劳作、拉家常,办好小事小案,着力解决群众实际问题的一组组镜头,在洋溪镇的田间地头、群众家中都随处可见。

"事情再小,对群众来说也是大事。帮助群众排忧解难就是我们工作的出发点。"唐雷介绍,为了更好地帮助群众解难事、办实事,洋溪镇结合党的群众路线教育实践活动,开展"访民生、知民情、解民事"集中走访和矛盾纠纷"大调解",干部每月到村召开一次村组群众会、每月帮助群众解决一件具体事实,进一步摸清、摸准群众实践困难,及时帮助解决。

同时,洋溪镇还加强对站所服务窗口规范引导,积极开展向"不找熟人办不成事开刀"、向"有理有据得不到公正结果开刀"、向"没有关系得不到公平对待开刀"活动,提高干部服务意识,切实为群众解决难题。

截至目前,洋溪镇干部走访群众861户,解决实际问题1000多个,其中化解矛盾纠纷27起。

(2013年3月26日《铜仁日报》6版头条刊载)

春到农家茶香飘
印江 138 家茶叶加工企业助农致富

近年来,印江土家族苗族自治县在强势推进茶产业发展中,加大力度引导和扶持茶叶加工企业建设,安排标准化茶厂建设、农机补贴资金及扶贫资金,用于企业建设厂房、购置茶叶机械和流动资金贷款贴息,茶叶加工小作坊和加工企业如雨后春笋般遍布在每个乡镇,有力地推进了茶业发展。

政策支持,厂房拔地而起

阳春三月,走进杨柳乡何家村天松茶叶加工厂房里,机器轰鸣,浓浓的茶香扑鼻而来,5 名工人正娴熟地加工春茶。

"这个加工厂,比以前好多了,机器用电控温就是比较好掌握。你看,我们加工出来的茶叶色片、口感和香气都不一样啦!"谈及茶叶加工的事儿,何天松顺手抬起簸箕里制好的春茶向记者介绍着。

何天松是杨柳乡何家村支部书记。自 2008 年来,他就引导村民利用好田好土来发展茶叶。2011 年全村茶叶初见成效时,何天松就办了一个简易的加工房,买了一台小型加工机子,解决了村里茶叶加工的难题。但由于机具和技术有差异,当年的茶叶收入不明显。

2012 年春,眼看成片的茶园进入投产期,小加工厂房根本不能满足全村 500 余亩茶叶的加工需要。正当为茶叶加工厂房建设发愁时,当地政府为他协调小额贷款 5 万元,加上自己的积蓄,修建了一栋占地 250 平方米的加工厂房,购进加工设备。当年何天松还注册登记了微型企业,得到政府财政补贴资金 5 万元。2012 年加工翠峰茶 200 多斤,大宗茶 1000 多斤,收入 20 余万元,是往年的 4 倍多。如今小小的茶叶加工厂房已经覆盖周边 500 余亩茶园。

今年春,何天松加工厂所覆盖的茶园产量迅猛增加,而对收购群众茶青需要的大笔资金,何天松一点都不愁。"现在不怕没有钱办事,就怕有钱办不好事,国开行扶持我们县茶叶发展的贷款,我就贷了 15 万元,这笔资金非常关键,解了燃眉之急呀!"

近年来,该县还出台政策,对新建 200 平方米以上的工厂房按 200 元/平方米,给予补贴。购置补贴名目内的茶叶生产机械,给予 50% 的购置补贴;对企业贷款购进价值 10 万元以上的机械设备扩大生产加工能力的,给予两年贴息。

截至目前,我县已发展生产加工企业 138 家,其中,省级龙头企业 4 家,市级龙头企业 4 家,具有出口经营权的有 3 家;茶青交易市场 17 个。

门口卖茶,群众称赞有加

三月的新业乡上寨村绿意葱茏,茶香飘荡。一片片生机盎然的茶园里,茶农忙于抽下刚刚冒出枝头的茶芽。

与往年不一样的是,今年村里有了一家茶叶加工厂来收购茶青,采茶的群众即便累着,心里也觉得踏实、感到欣喜。

"要是去年,我们这些茶叶也没有这么好,不乐意来采摘。今年春茶才开采 10 天,我家就收入了 2000 多元。"茶农杨胜芬高兴地说。

上寨村是新业乡一个高远的小山村,2006 年来,全村群众积极种茶,目前,已发展 2000 余亩茶园,投产茶园近 800 亩。近年来,由于茶叶价钱不稳定,茶农经常遇到老板砍价,致使茶农懒于对茶园进行管理,茶叶收益不高。"以前多家老板同时来收茶叶,把茶叶价抬高后,老板们就都不来了,茶叶就让他长树上算了。"上寨村茶官员吴庭金说。

2012 年,在了解新业乡上寨村种茶收不到效益的情况后,生于斯长于斯的钻天井茶叶公司老板代方芬,就决定把公司的基地转移到上寨村。去年冬天,公司投入资金 130 余万元,修建了 700 多平方米的加工厂房,并购进了几台茶叶加工机子。同时,也成立了延陵茶叶专业合作社,35 户茶农纷加入合作社,入社茶园面积 540 亩。去年来,通过采取"公司 + 合作社 + 基地 + 农户"的模式,积极引导群众迅速管好茶园,如今群众已得到效益。

夜幕降临,上寨村依然沉静在一片欢声笑语里。三三两两的茶农有说有笑,踩着暮色从茶叶基地直奔不远处的茶叶加工厂房,交售一天的茶青。

这一天,68 岁的田老兰老人在自家的茶园基地里采摘了 9 两茶叶收入 63 元。她高兴地说:"以前我们这些茶叶是不好卖出去的,现在这个加工厂建起后,山上采茶山下卖。"

如今,代方芬的茶叶加工厂已覆盖上寨村、落坳村近 2500 余亩茶园。"毕竟自己做茶叶生意很多年,自己家乡的茶叶发展没有见到收益,我心里有种不踏实的感觉,回来建厂并不是为了要赚多少钱,冲着一股热情,目的是带领群众发展。"代方芬深情地表达着心中的情愫。

今年,印江近十万亩幼龄茶园投产或逐步进入丰产,为了确保茶叶采下来、加工好、卖出去,拟定县四家班子联系茶叶加工厂和县直部门、乡镇帮扶茶叶加工厂的方案。县直部门和乡镇自觉主动地帮助茶叶加工厂解决资金、销售等问题,促进了满负荷生产。印江将茶叶加工厂与农户联接起来,做到了不留空白、不留死角、不留盲区,确保所有成园茶园都有加工厂覆盖、所有茶农都有加工厂带动。

(2014 年 11 月 21 日《铜仁日报》3 版头条刊载)

涓涓细流润民心

——印江水利扶贫侧记

初冬,邛江大地一派人水和谐景象。

一条条河道绿水如黛,灌溉万顷良田;一座座病险水库碧波荡漾,重新发挥出应有效益;一个个小农水工程,使新农村建设焕发新彩……

近年来,印江土家族苗族自治县认真实施中央财政小型农田水利建设重点县、省级小型水利工程、中小河流域治理、病险水库除险加固、水土保持、烟水配套工程等项目,大力争取饮水安全工程,稳定解决乡镇集镇和寄宿制中小学饮水安全问题。

如今,实现了从传统水利到现代水利、从工程水利到资源水利、从农业命脉到经济社会发展支撑的巨大转变,惠及了万千百姓。

饮水安全工程,让群众喝上放心水

走进该县中坝乡堰塘村,一条600多米长的铁水管道顺着乱石嶙峋的山体直通山顶,蔚为壮观的提水工程吸引了笔者目光。在公路边的堰塘小学里,学校师生用自来水打扫卫生;厨房工人拧开水龙头清洗着白菜萝卜。

"以前,师生用水要到5里路以外的河沟去提。现在洗澡、洗衣服、打扫卫生很方便,师生吃水也安全放心了。"谈及用上自来水的事,在堰塘小学工作了38年的徐国雄老师深有感触地说。

堰塘村地貌复杂、水源匮乏,是典型的缺水村。两年前,多数群众靠集雨水来解决用水问题,要是遇上干旱或枯水季节就会出现"水荒"。2011年春,总投资236.68万元的大田村、堰塘村饮水安全因旱灾水源枯竭重建工程获省水利厅批复,当地干部群众积极投入工程建设中。2011年8月,工程全面竣工,大田和堰塘村4700名群众喝上了放心水。

今年,该县抢抓国家、省、市加大水利建设投入的机遇,把农村安全饮水作为水利工作重点来抓,采取"50万元以下由乡镇实施,50万元以上由县统一实施"的办法,筹集资金2230.55万元在木黄、杨柳、新业等乡镇完成农村饮水安全工程15处,新建水池47座,容积4482立方米,新建水厂5座,管道186.71千米,泵站9座。解决农村群众43025人、农村学生4400人的饮水问题。

农田灌溉工程,突破生产用水瓶颈

今年,得益该县加快推进缠溪镇湄坨片区中央财政小型农田水利重点项目的实施,缠溪镇土坪村村民王永明家的1.2亩"望天田",如今变成了"丰收地"。

"以前没有修这条沟,每年都担心没有水整田和灌溉,今年水沟修好后,灌溉才有了保障。今年粮食还得到了丰收呢!"王永明高兴地说。

2011年,该县获得缠溪镇湄坨片区中央财政小型农田水利项目建设。工程投资1676.53万元,加固和改造渠道17.8公里、新建渠道26.465公里、安装输水管道8.439公里、新建和改造渠系建筑物6座。工程建设有效改善了1.13万亩农田灌溉,惠及缠溪、罗场两个乡镇的17个村1.43万人。

水利是农业的命脉,是改善人民生活的重要基础设施。该县围绕"人均半亩口粮田"目标,积极兴办水利扶贫示范点,不断加快推进"三小"工程、小型农田水利工程等水利设施建设,形成了以蓄为主,蓄、引、提相结合;小型为主,中、小、微相结合;灌溉为主,灌溉、发电、供水相结合的区域性供水体系。

今年来,共投资7105.65万元在杨柳、洋溪、缠溪等乡镇实施了高标准农田建设示范、省级雨水集蓄利用"三小"工程、中央财政小型农田水利工程、烟水配套工程和农业综合开发水利等水利工程项目建设,有效解决了12万亩粮田的用水问题。

防洪除险工程,促进人水和谐

"防洪堤修好了,解除了以往我们担心洪水淹没庄稼的顾虑!"谈及防洪堤建设,该县杨柳乡杨柳村村民杨承志高兴地说。

据杨承志介绍,近年来随着河床的不断升高,杨柳河部分地段已处于"大雨大灾、小雨小灾"的局面。修建防洪堤、清理淤泥,也成为当地群众的期盼。

今年,该县投资494万元在杨柳乡实施中小河流综合治理工程。工程自7月开工以来,施工队战晴天、赶雨天,每天都有6个施工小组进行施工;该县水务局还专门选派工程技术人员进行现场蹲点,负责现场的协调工作、技术指导、工程进度、质量监督、工程量复核,确保有序进行。截至目前,工程已全面完成,新建防洪堤2千米、综合治理河段3千米,有效保护人口1万人,保护农田0.34万亩。

与此同时,该县筹集资金 1218 万元,重点对天堂城堡岩、板溪龙家沟、刀坝屋基土、新寨大堰和杨柳翁谷溪 5 座小(二)型病险水库进行除险加固。通过对病险水库的溢洪道、防渗、坝坡、放水设施等进行改造,有效保护人口 4680 人,保护耕地 3190 亩,改善灌溉面 1792 亩,恢复灌溉面 748 亩。

该县筹资 1784 万元在木黄、合水等乡镇实施洼地排涝工程、防汛水毁修复工程、山洪灾害防治工程,新建雨量站,添置了标尺、中心机房数据采集平台,小流域水土保持综合治理 6.26 平方公里。新建防洪堤 2.343 千米,保护农田 3100 亩,人口 1100 人。

"十一五"以来,该县共完成各类水利建设总投资 3.8 亿元,新建 157 处饮水安全工程,解决了 18.75 万人的饮水安全问题;对 6 个小(一)型和 9 座小(二)型病险水库进行除险加固;新建防洪堤 23.76 千米、小水池 834 口、灌溉渠道 54.5 千米,整治山塘 30 座、改造渠道 25 千米,烟水配套项目新建水池 1490 口,铺设输水管网 374.2 千米。

印江作为水利扶贫试点县,在十八大精神指引下,已规划拟投资金 12.43 亿元,加快推进栗子园中型水库、偏岩中型水库、绿荫塘小(一)型水库等突出骨干水源工程建设,让工程性缺水问题得到加快解决,实现人人喝上安全水和人均半亩基本口粮田的目标,让农民群众彻底告别"靠天喝水、靠天吃饭"的日子。

(2014 年 11 月 21 日《铜仁日报》3 版头条刊载)

创新促跨越

——印江经济开发区建设扫描

近年来,印江土家族苗族自治县着力加快新型工业化进程,创新园区建设模式,确立"特色立园、科技兴园、产业壮园"思路,着力打造企业发展平台,走出了一条从传统农业县迈向新型工业县的新路子,促进了县域经济更好更快发展。

截至目前,印江经济开发区已完成项目投资 54.2 亿元,其中完成基础设施建设投资 13.95 亿元;入驻企业 61 家,建成投产企业 48 家,累计完成产业项目投资 40.25 亿元,达产项目 32 个。2012 年,印江经济开发区被省人民政府批复为省级经济开发区。

标准厂房催生集聚效应

从一片荒地到厂房林立,印江经济开发区二期 22 幢 21 万平方米的标准厂房建设只花了半年时间。这主要得益于该县在项目建设中严格执行"倒逼工期、限时完成"和"按天督查、按周通报"制度。

"速度是'逼'出来的,我们实行'倒逼工期'机制,标准厂房建设提前 6 个月完工,将正常工期缩短了整整一半。"印江经济开发区副主任严恬说。

走节约集约用地路子,"向山要地"统一建设配套基础设施,为企业量身建设多层标准厂房,是印江经济开发区建设中的又一亮点。这一做法既有效提高了园区容积率,又提升了招商选商的竞争力,还满足了企业发展需求。与此同时,园区厂房由政府筹资修建,通过租赁或出售方式给企业使用,有效避免了企业圈地行为。

"随着杭瑞高速建成通车,印江的发展瓶颈将被打破,工业经济将会实现大发展。"印江自治县县委书记陈代军说,"标准厂房修好了,逼着大家全力以赴招商,不能让厂房闲置。"该县还按照"工业园区化、园区城镇化、产城一体化"的要求,在经济开发区集中配套建设职工食堂、职工宿舍楼和职工超市、篮球场、金融网点等附属设施,让企业职工留得住,工作好,有归属感。经济开发区俨然一座正在崛起的新城。据悉,印江将可用标准厂房及园区职工住房等资产做抵押,融资6亿元以上。

截至目前,印江经济开发区已建成24栋标准厂房24万平方米,建成廉租房300套、公租房110套和日供水5000吨的自来水厂1座、110千伏变电站1座,配套建设了供水管网、污水处理、通信等设施。

电子商务助力产业发展

产品生产了,如何销售出去? 又如何提升产品价值? 印江从电子商务中寻求拓宽特色产品销售渠道的有效手段和途径。

今年,该县率先与阿里巴巴集团和淘宝网合作,打造淘宝网"特色中国·印江馆",并于今年5月31日正式开馆运营,成为全国少数民族自治县第一家、西部地区第一家县级馆。

该馆采取"线上 + 线下"一体化的营销模式,全面推销印江特色产品,既拓宽了产品销售渠道、减少了流通环节、降低了销售成本,解决了供求信息不畅、营销手段单一等问题,又有效地宣传了印江,聚集了物流、人流、资金流、信息流,促进了就业,对推进该县优势特色产业发展进程,宣传推介文化旅游资源,推动县域经济更好更快发展发挥了重要作用。

该县瞄准当前电子信息技术发展方向,在经济开发区规划建设了"电子电商产业园",内设商务洽谈厅、多媒体演播厅、实景展示沙盘、特色产品展示厅、成品低温储藏库、打包间6个功能区,每年培训电子商务专业人才1000名以上,在破解电商产业发展人才瓶颈的同时,切实帮助企业解决销售难题。目前,已培训电子商务人才80人,其中55人培训合格,16人与企业签订了就业协议,其余的已达成就业意向。

据该县县长杨维权介绍,该县坚持"集聚武陵特产、销往全国各地,培养电商人才、输往全国各地"的电子商务发展理念,加强与淘宝网的合作,加快特色优势产业发展,拓展网络销售领域,促进特色产品由传统销售向电子商务销售转型,努力打造电子商务产品销售和人才输出强县。

民贸政策撬动企业崛起

走进该县经济开发区内的净山食品厂,生产车间里身着统一服饰的工人正井然有序地生产红皮脆菜、香菇油辣椒等。

"5条生产线全部投产后,年产量可达5000吨,产值1亿元。"看到公司生产规模不断扩大,厂长王安顺情不自禁地说,"企业做大了,税收可减免,贷款有贴息,民贸民品政策真是好!"

今年,该县抓住省人民政府办公厅印发《关于落实民贸民品优惠政策推动民族地区加快产业发展的意见》政策机遇,积极为现有生产企业和专业合作社创造条件,争取民贸民品优惠政策,全力扶持现有生产企业做大做强。

通过积极争取,目前该县有 135 家被认定为全市第一批民族贸易企业,占全市获批 155 家的 87%。净山食品厂就是其中一家。按照国家对民贸企业的扶持政策,净山食品厂的贷款利率将享受到比一年期贷款基准利率低 2.88 个百分点,企业所得税将减收 15%,减少 10%,预计今年可减税 30 万元以上。

如今,像净山食品厂一样能够享受到国家民贸企业政策扶持的,在印江经济开发区就有 48 家企业。

该县还努力做好新型材料电子产业、机械制造、民族医药、特色食品、旅游商品等优势项目编制和包装,策划编制了 50 个固定资产投资分别达 5000 万元以上的民贸民品项目。并以"万亿投资项目千次对接推介活动"为契机,组建 30 支招商引资小分队,依托民贸民品优惠政策开展招商,积极引进县外企业到印江发展,并将生产基地或扩大生产项目转移到该县,扩大民贸民品企业规模,形成产业集群。

与此同时,该县采取"经济开发区 + 标准厂房 + 电子电商产业园 + 民贸民品产业园"的发展模式,充分运用"特色中国·印江馆"电子商务平台,扩大民族产品知名度,打造民族特色产业品牌。力争到 2017 年底民贸民品企业发展到 300 家以上,民贸民品企业获优惠贷款贴息 6000 万元以上,获税收减免 5000 万元以上;民贸民品企业年产值达 20 亿元以上。

(2013 年 9 月 26 日《铜仁日报》1 版刊载)

"禁酒令"回应群众关切
印江重拳整治城乡滥办酒席风

家有红白喜事,邀三朋四友相聚,本是民间传统。

而今,在多种因素的驱使下,"办酒"传统在多地已变成群众厌恶却不得不深陷其中或跟风操办的泛滥陋习。

"现在只要三年不办酒,就要亏啊!"春节期间,印江中坝乡魏家村村民卢权原本不计划操办新房酒,看到越演越烈的滥办酒席风气,卢权还是利用在贵阳购买的房子临时决定搞了新房酒。

"就正月间,我送出去的人情就超过2万元,以往每年送出去的人情都在3万元左右。"因为不甘心送出去那么多人情,部分群众便会想方设法罗列科目操办酒席,送礼的人更是暗地里骂声不断……

"城乡滥办酒席是群众最关心、最直接的问题,我们把解决这个问题作为践行党的群众路线教育实践活动的重点来抓,重拳整治城乡滥办酒席风,抵制铺张浪费,营造风清气正的环境。"印江县委书记陈代军坚定地说。

第二批党的群众路线教育实践活动启动以来,印江土家族苗族自治县从群众反映强烈的城乡滥办酒席着手,自上而下,严肃纪律,严格奖惩,刚柔兼备,情理交融,强调执行力,把"禁酒令"落到实处,有力整治了社会歪风,赢得群众点赞。

群众反映:对滥办酒席极为厌恶

"送礼送得钱袋空、吃酒吃得昏昏睡。"这是往日印江城乡滥办酒席的写照。无论在县城区,还是在农村,人情酒、面子酒等各种五花八门的酒席铺天盖地,让群众苦不堪言。

"去年一年送出去的'人情钱'超过2万元,有时一天要跑四五家,生意都没时间做。"小卖部店主涂海说。

在岁末年初,印江在启动群众路线教育实践活动之际开展了调查摸底。

党政领导干部和部门工作人员与群众深入交流,发现群众反映最强烈的问题是滥办酒席风。

据调查,在该县农村,不少村民想方设法找理由办酒请客,每场事务要耽误3天时间,需要帮忙的平均40人,每个村平均每年有20次以上酒席。如此每村每年有40人120天都在帮忙,全村人120天都在吃酒,既浪费劳动力,又严重影响了生产、生活。

群众巧立名目操办酒席、户与户之间攀比操办,一股滥办酒席风气一时在印江城乡越演越烈。一些群众本来在周边乡镇或县城务工,既能增加收入又能照看家里,由于送礼太重,只好到沿海打工,避之。

党委回应:实践活动从"禁酒"破题

针对群众反映强烈的酒席风问题,该县党政班子主要负责人多次深入村组调研,并成立专项工作小组,采取自上而下、自下而上的方式,围绕实施方案、村规民约的制定召开工作动员会、群众代表会,广泛征集意见,问及机关干部、群众代表、村干部等1万余人。

3月1日,该县治理城乡滥办酒席实施方案正式执行,明确规定除国家公职人员以外的城镇居民和农村居民本人、本人的子女或本人直接监护的亲属嫁娶可操办婚嫁酒;配偶及一起居住的直系亲属或由本人赡养的老人去世可办丧事酒;老人年满70周岁起,满整十岁时可办1次寿宴,100岁以上可每年办一次寿酒;此外的酒席一律禁止操办。

同时,对于违规操办酒席或参与违规酒席送礼、帮忙的群众、村干部、国家机关工作人员、企事业单位干部职工,依据相关规定,由村委会、乡镇党委、县纪委等有关部门对其进行相应的处罚和批评,对举报违规操办酒席人员由乡镇实行奖励。

该县对纪委监察、民政、卫监、政法等相关部门明确责任,对治理滥办酒席工作进行责任分解,实行干部包组、包户监管,进一步明确县直各部门和挂帮乡镇村居的驻村干部的职责。

同时,该县加大监督检查力度,设立举报电话,接受群众举报,结合干部作风整顿活动,不定期到各乡镇、村组开展明察暗访,督促乡镇及村居制定村规民约、宣传教育、巡查查处等工作。

群众反响:交口称赞群众路线好

3月3日,有群众举报称:峨岭镇贵江村田某欲借其母亲71岁生日之机操办寿酒。随即,峨岭镇干部前往田某家中进行调查,经核实田某母亲年龄确为71岁,不符合农村操办酒席的规定。通过干部耐心劝导,分析操办酒席的危害和影响,成功劝导田某放弃办理酒席,收到了良好的效果。

"滥办酒席使群众深受其害,县委出台这个文件是顺从民意,群众个个拥护、称好。文件出台后,村里按照县里的规定把办酒申办条件、申办程序、处罚规定等纳入《村规民约》,大家都自觉遵守。"朗溪镇白沙村村支书田景波说。

"要是更早开展治理滥办酒席工作,将节约一大笔送礼钱。现在不准乱办酒了,给我们农民减少负担。"杉树乡村民吴勇林说,去年他陆续送出了近万元的礼金,原本想通过办酒"捞"回来,在"禁酒令"的威慑和乡镇干部的宣传劝导下,他放弃了操办酒席。

以往让村民烦恼不已的鞭炮声、吵闹声和热闹的办酒场面已经不复存在;曾经沉浸于帮忙、吃酒的群众也忙于抓春耕生产,农村焕发出勃勃生机。

"我算了一下,去年群众办酒,我去当'总管'的就有15家,每家都在3天以上,耽搁45天,每天按在外面做工150元计算,去年收入减少了6000多元,还不加送的礼金。现在,县里出台文件整治滥办酒席问题真是大快人心,我在当地利利索索做工挣钱,每天可挣150元。"谈及整治滥办酒席一事,杨柳乡白虎嘴村的罗会发如是说。

据不完全统计,经过一个月的治理,该县已有800余户群众主动放弃办理酒席的打算,及时制止50余户滥办酒席,无违规操办酒席,全面制止了滥办酒席现象的蔓延和扩展,进一步净化了民风,得到群众的欢迎和支持。

(2014 年 4 月 6 日《贵州日报》1 版、2014 年 4 月 9 日《铜仁日报》1 版头条刊载)

印江创新扶贫扶出新希望

自 2001 年被列为全国 592 个扶贫开发重点县以来,印江土家族苗族自治县通过重点抓产业化扶贫、实施"整乡推进"和"集团帮扶"等项目,农村经济社会得到全面快速发展,农民生产生活条件得到极大改善,农民年人均纯收入由 2000 年的 1262 元提高到 2012 年的 4418 元,增长 250%,贫困人口减少到 12.31 万人。

推进产业扶贫,农民增收有新载体

冬日暖阳照耀下,新寨乡干家村越显生机。建在小山坡的养鸡大棚里,养殖户周杰正忙于给鸡添加食料。由于是用五谷杂粮做主食,周杰喂养出来的麻黄鸡,肉质细、口感好,备受消费者喜爱。2012 年他养鸡甩掉了贫困的帽子。

"今年我的养殖场里出栏 25000 只鸡苗,收入 30000 多元。就比干其他事情轻松了点,而且还能挣到钱,以前在外面做小工,人苦钱又不多。"周杰说,产业发展起来了,除了让他得到每只鸡苗有四块钱的补助外,政府还根据产业发展需要,把"一事一议"项目安排在干家村实施,也为他提供了更好的发展条件。

然而与周杰不同的是,新寨乡新寨村村民却是通过发展大力茶叶,并在幼龄茶园中套种蔬菜,来摘掉贫困帽子的。

"在这个茶叶林里办点蔬菜,光是蔬菜一年搞个两万块钱的收入没有问题。管理好蔬菜的同时,也可以管理好茶叶。"村民唐汉霞介绍,近两年来,她在自家 5 亩幼龄茶园里套种蔬菜带来不少收入,还获得了政府的肥料和管理费等补贴,发展茶叶她也很安心,日子过得越来越滋润了。

为了做大做强茶产业、解决群众茶叶发展中的加工和销售问题,村干部组织茶农成立了兰香茶业专业合作社,建立茶叶加工房,购进机器设备,推行统一管理、加工、销售,统一购买农用品和进行技术培训,不仅减少了投入资金、促进茶农科学管理茶园,还大大提高了茶农管理的积极性。2012 年一共加工 3800 多斤名优茶,产值已达 400 余万元。

近年来,印江积极探索"山顶造林、山腰种茶、坝上种菇、宜果则果、林下养殖、循环发展"的模式,总结借鉴茶椒间作、果椒间作、林下养鸡等成功经验,采取"蔬菜一年三熟""稻耳轮作"和"林下养畜、养禽""茶园套种、套养""果药共生"等模式,大力发展优势特色产业,增加群众收入,实现脱贫致富。

在茶产业发展上创新幼龄茶园管护模式,印江推行"茶椒间作",在幼龄茶园中科学套种辣椒、蔬菜等农作物,既有效管护了幼龄茶园,又实现了以短养长、促进群众增收。目前,该县已发展生态茶园面积28.73亩,投产茶园12亩,2012年实现产值6.16亿元。

在积极发展林下养鸡上,印江探索了林下放养、圈养等新方式,以林间虫子及青草和野菜代替饲料养殖,既降低了养殖成本,又提高了产品质量。2012年该县发展林下绿壳蛋鸡75.6万只,绿壳鸡蛋产值达1.33亿元,规模养殖户户均产值41.3万元,户均利润4.6万元;一般养殖户实现当年人均增收0.93万元。

与此同时,印江经过外出密集考察后,结合县情实际,反复研究论证,推行袋料栽培香菇黑木耳技术、香菇胶囊菌种繁育与应用技术,2011年实现产量1.5万吨,产值1.06亿元;2012年发展食用菌2368万棒,实现产量2.6万余吨,产值1.9亿元,成为贵州省最大的食用菌生产基地,食用菌产业被列入全省科技重大专项扶贫项目。

实施旅游扶贫,农村经济有新活力

寒冬,走进梵净山西线的新业乡石板寨,一栋栋崭新的木房整齐排列,石板铺的路、石板盖的房与青山绿水相得益彰,呈现出旅游扶贫带来的新气象。

新开业的"杜鹃园"里人头攒动,生意火爆……"生意好的时候,一天有二十多桌,不到两个月的时间收入有8万多元!"杜鹃园老板腾建宏说。

随着梵净山西线开通,深居大山的新业乡坪所村村民们坐不住了。2011年,坪所村40户群众怀揣发展乡村旅游的梦想,在国家异地生态移民搬迁项目资金120万元的帮助下,当地每户群众筹集资金2万元,自愿从深山搬到新开通的梵净山环线旁边。并利用当地得天独厚的自然条件,办起了地地道道的农家乐,打造成了梵净山旅游线上的一个节点。目前,40户群众陆续搬进新家,纷纷办起农家乐。

近年来,印江按照"依托梵净山、围绕环山路、打造景观点、发展大旅游"的思路,抓住梵净山环线公路开通后带来的发展机遇,充分利用梵净山环线良好的生态环境和丰富的民族民俗文化资源,积极争取旅游扶贫资金,在梵净山环线实施旅游扶贫项目,引导梵净山环线农民发展乡村旅游,建设农家乐、乡村旅馆,开发特色旅游商品。

同时,印江结合"村庄整治"项目,打造了杜鹃山庄、芙蓉坝、团龙民族文化村、甘川花果园等8个特色鲜明的乡村旅游接待点,发展300张乡村旅游床位。在梵净山环线及旅游公路沿线种植桃树、梨树、峨掌秋、紫薇等10余类景观树10万余株,景观效果明显。开发了紫袍玉、民族服饰、手工制品、农特产品等系列特色旅游商品。成功申创"中国长寿之乡",成功举办梵净山"杜鹃花节"和"金橘节",成功申办全市第二届旅游产业发展大会暨2013贵州梵净山文化旅游节,在"贵州十佳最美风景县"评选中获公众投票第一名。

2012年,印江全年接待游客217.42万人次,创旅游总收入20.19亿元,旅游人次比上年同期增幅达51.74%。

创新扶贫机制,扶贫开发有新思路

这些日子,罗场乡两河村群众程刚一家人特别高兴,一家人忙于筹备年货,过一个幸福"年"。

"感谢周乡长跑上跑下帮我的忙,筹资金、建圈舍,还送来鸡苗,今年我家已经卖了3000多只商品鸡,纯收入有五六万,比在外面打工强了好多倍!"谈及回乡创业得实惠,程刚深有感触地说。

2012年,按照贫困人口新标准核定,程刚一家是减贫摘帽对象户。罗场乡在扎实推进"减贫摘帽"工作中,实行点对点、户对户帮扶,每户制定了帮扶措施,指定1个帮扶单位、1名责任人、1名帮扶人。按照责任分解,副乡长周正禄重点负责程刚一家的减贫摘帽。

在帮扶工作中,周正禄帮助程刚协调资金、送去鸡苗,发展了林下养鸡。同时,送去技术,隔三差五上门了解养殖情况,成功登记注册了微型企业,获得了5万元的补助。如今,程刚一家人的生活过得有模有样。

"一名县领导联系一个乡镇、一个部门帮扶一个村、一家企业单位帮扶一个村、一百万资金覆盖一个村、一名干部帮扶一个贫困户,对贫困户实现帮扶工作全覆盖。"这是印江在创新扶贫机制中的一大举措。

近年来,印江不断深化"县级领导挂帮乡镇,部门包村,干部帮户"的活动,专门出台文件对挂帮贫困乡镇和贫困村工作做了明确的规定,制定了"五个一"帮扶工作机制,要求帮扶工作要从项目支撑、产业帮扶、资金援助等方面,加大对挂帮乡镇、村的支持帮扶力度,形成"政府主导、部门带动、社会参与、整体推进"的扶贫脱贫攻坚新格局。

同时,按照资金使用"用途不变、渠道不乱、各负其责、各记其功"的原则,整合资金,整合资源,帮助贫困村寨发展特色产业,加快基础设施建设、能源建设和生态建设,形成了在全省乃至全国都具有典型示范效应的"印江经验"。

在此基础上,印江又成功实施了新业乡、新寨乡"集团帮扶"和板溪镇"整乡推进"扶贫开发项目,继续深化和丰富了"印江经验"的内涵,得到了省、市领导的高度肯定。2012年成功申报为产业扶贫示范县,目前,已到位专项扶持资金 8024万元。

(2013年3月13日《贵州日报》10版头条、2013年3月10日《铜仁日报》1版头条刊载)

干部帮扶 科技给力 金融支持

印江筑牢农民增收平台

今年,印江土家族苗族自治县早策划、早安排、早行动,对春耕生产工作进行安排部署,以"抢农时、送科技、抓服务"为中心,积极采取干部帮扶、金融支持、科技给力等措施,有力地促进春耕生产工作,筑牢农民增收平台。

干部帮扶春耕生产有动力

"感谢县里来的这些同志,不仅给我们送来优良的种子,还教我们怎样栽种。"日前,印江农牧科技局干部深入该县杉树乡黄土村开展"干群连心区同步小康"春耕帮扶工作,为村民带去春耕良种和农业技术,受到村民们一致好评。

在驻村帮扶工作中,该县农牧科技局干部深入杉树乡黄土村、大坪村、灯塔村、群联村,中坝乡中坝村和木黄镇燕子岩村,走访了解各村群众的生产、生活情况,与群众同劳动,帮助各村干部群众理清发展思路,想办法、出点子,解决春耕生产中的实际困难。截至目前,共发放水稻良种822公斤、玉米良种1250公斤,对群众进行玉米肥球育苗、水稻两段育秧和农作物病虫害防治等农业适用技术培训15场次,培训1253人次,发放技术资料852份。

2月底以来,该县选派1593名干部,组建365个"干群连心同步小康"驻村工作组,带着责任和感情深入全县17个乡镇365个村开展驻村帮扶。该县驻村干部把驻村工作与"减贫摘帽""党员创业带富"工程、"农民增收致富"工程、"三个万元"工程和农业产业园区等有机结合,切实做到技术、服务、人员三到位,着力解决了群众春耕生产生活中遇到的困难和问题。

同时,该县工商行政管理局加大了春耕期间农资市场的检查和监管力度,抽调专人成立专项检查组,对全县种子、化肥市场进行检测与监管,针对农用物资的市场准入、市场销售、市场需求等几个方面,制定了严格的相关措施,最大限度遏制了假劣种子流入市场,确保了春耕生产有序进行。

科技支撑春耕生产有活力

近日,走进杨柳乡崔山村,一排排白色的钢架大棚整齐划一地建立在机耕道两旁。温暖的大棚里,村民崔照权组织劳动力在技术员的指导下,忙着做蔬菜育苗。

今年,杨柳乡大力调整产业结构,突出"名优特新、设施栽培、标准化生产"三大理念,充分发挥好崔山村高标准农田示范园的带动作用,打造示范样板。采取"走出去""引进来"等方式,先后组织群众外出考察学习水果、食用菌种植技术,并从山东省寿光市聘请果蔬专业技术员蹲点为农户的蔬菜和水果种植进行指导。

"有了果蔬专家的指导,我就敢大胆地种蔬菜了,今年育的苗可供五六十个棚移栽,蔬菜在端午节上市应该没有问题。"技术上有了保障,菜农崔照权信心十足。

同样,在杨柳乡新屯村食用菌基地看到,一场绿色"科技革命"正悄然展开。黑压压的菌棚铺天盖地,让人为之震撼。食用菌加工厂房里,机器轰鸣,工人们正忙于生产菌棒。

杨柳乡食用菌专业合作社理事长甘朝富说,今年合作社采取合作社集中生产菌棒、农户分户管理模式,发展夏菇一百万棒,冬菇一百万棒。并由合作社负责农户种菇的技术、回收、加工、包装、销售。

以示范园为引领、用科技做支撑、以特色为重点,是该县在推进春耕生产中的重要举措。

今年,该县采取大力推广先进技术、全力打造特色品牌等各种措施,积极探索香菇种植、稻耳轮作、蔬菜一年三熟种植、果蔬间作、茶蔬间作等发展模式,推进春耕生产,促进农业健康发展,确保农民持续增收。

金融支持春耕生产有财力

眼下,正值农业春耕生产的关键时期,也正是农业生产资金需求的高峰期。在印江杨柳乡大路村,恰好碰上信贷员周云虎正忙于给茶农郜昔美办理贷款手续,当天就为她办理了10万元的贷款,帮她解了燃眉之急。

今年来,杨柳乡信用社确立了重点支持食用菌、茶叶、烤烟等重点信贷投向,为农民增收提供了资金保障,采取现场放贷、集中放贷、送贷上门等营销手段,从农民的利益出发,解决农民在农业生产中贷款难的问题。

为了确保春季信贷资金的及时到位,不误农时,该乡信用社在今年初就发动信贷员走村串寨,挨家逐户了解农民春耕生产的资金需求情况,掌握了发放小额农贷的第一手资料。推行农户小额信贷等做法,对在信用限额内的小额农贷采取了"一次核定、随用随贷、余额控制、周转使用"的简捷方法。信用社还从农户需求、资金实力出发,坚持小额、分散、流动的原则,及时投入农贷资金,保证了春耕生产的顺利进行。1 月至 3 月,该乡信用社已投放贷款 893 万元,同比增长 49%。

　　据了解,截至 3 月底,该县已累计发放春耕备耕贷款 1.54 亿元,为 3 万多农户、130 户个体户、12 家专业合作社、3 户企业解决了春耕备耕资金缺口,为全县粮食生产和农业产业化发展注入了"及时雨"。

(2013 年 4 月 10 日《铜仁日报》3 版头条刊载)

春风化雨滋润百姓心田

——印江加快推进十大民生工程侧记

"改善民生基础条件、改善农村医疗卫生条件、多渠道增加城乡居民收入、解决城镇低收入家庭住房困难……"一系列民生工程正在邛江大地紧锣密鼓地推进。

今年，印江与往年一样，依然坚持把保障和改善民生作为全年工作的出发点和落脚点，从人民群众最关心、最直接、最现实的利益问题入手，切实解决好就医、就学、就业、增收、住房、基础等十大民生问题，让群众得到更多实惠。

基础建设助发展

2月1日，随着白花花的自来水流进峨岭镇长坡村200多户群众的家中，昔日平静的小山村一下子沸腾了。

村主任吴家贵高兴地说："现在村民终于喝上了安全放心的自来水，群众心里高兴，我也觉得踏实。"

今年，该县策划生成项目150个，争取项目投资8亿元以上，着力改善基础设施。扎实抓好人饮工程等水利项目建设，开工建设栗子园中型水库、清渡河小（一）型水库，完成偏岩中型水库、绿荫塘小（一）型水库初步设计和开工建设，有效解决农村群众的饮水安全、灌溉用水和工程性缺水问题。

加快实施通村油路200公里，完成木黄、新业灾后水毁公路恢复重建和水毁危桥改造。启动县城至合水、木黄至新业公路提级改造项目；并积极争取村级公益事业"一事一议"财政奖补项目，加快推进农村通组公路、连户路建设。

同时，继续实施农村电网完善化工程，加快推进农村电视、电话、电脑"三网合一"工程建设。建成木黄220千伏和合水110千伏变电站，启动建设城区110千伏变电站和新寨110千伏变电站，积极争取500千伏变电站建设项目。加快推进城区电网改造，进一步提高供电稳定性、可靠性、安全性。

安居工程暖民心

拌泥浆、砌墙砖、焊接钢条……大年刚过,天堂镇公租房建设工地数名施工队员铆足干劲,正有条不紊地进行紧张施工。

一米、两米、三米……一幢公租房逐层增高,该镇26户低收入职工解决住房问题有了盼头。

今年,印江自治县为了缓解乡镇中低收入家庭住房难,紧紧围绕"居者有其屋"的目标,投入资金3636万元在天堂、新寨、杨柳等14个乡镇建设总面积3.03万平方米的500套公租房。工程将于今年8月底全面完工,届时将采取租赁形式,切实把乡镇职工、外来务工人员、新就业大学生等低收入群体的住房问题解决好。

同时,该县继续抓好廉租住房建设,认真执行住房租赁补贴制度,大力实施限价商品房100套和棚户区改造500户建设,启动建设经济适用房等保障性住房,进一步扩大住房保障供应范围。建立分层保障,租、售、补相结合的住房保障体系,确保符合条件的住房困难群众应保尽保。

积极争取和实施农村危房改造项目,认真抓好地质灾害区和生产生活环境恶劣地区的易地扶贫搬迁工作,着力解决农村困难群众住房困难。深入推进住房公积金制度改革,认真执行住房增量补贴制度,有效缓解干部职工住房难题。

增收工程快致富

连日来,杨柳乡白虎嘴村村民代别芬正忙于请工人师傅扩建养猪场地。"去年我养了5头大猪,共有2万元的收入,今年我要把圈建宽点儿,争取出栏10头肥猪。"代别芬喜笑颜开地说。

去年,白虎嘴村被列入印江自治县100个"增收致富"试点村之一,该村把林下养鸡、生猪养殖、食用菌和辣椒等列为项目资金扶持产业,实现全村新增纯收入181万元,人均增收1593元。

小小一个村,20万元的"增收致富"试点资金,却激起了181万元的涟漪。这只是印江实施农村居民增收致富工程的一个缩影。

今年,该县积极争做武陵山区扶贫开发先行先试"排头兵",大力实施扶贫攻坚"整县推进"战略,加大新阶段扶贫开发力度,全面推广"整乡推进"试点经验,加强基础设施建设,积极推进产业发展,拓宽就业增收渠道,努力促进群众增收致富。

全县整合投入资金5480万元,在274个村实施"增收致富"工程。加上此前实施的 100 个试点村,"增收致富"工程在全县 374 个村实现全覆盖。

同时,该县加强板溪镇"整乡推进"项目和新业乡、新寨乡"集团帮扶"项目实施,实现农民人均纯收入 4504 元,增长 22%。

卫生服务保健康

投资 80 万元的刀坝乡卫生院住院楼、投资 4800 万元的县医院综合楼即将完工……无论是乡镇还是城市,一阵阵催生医疗卫生事业发展的劲风在印江城乡吹起。

"做好县医院规范化建设,巩固提高'二甲'医院成果,建设能力更强的县级龙头医院,提高全县医疗诊疗水平,减轻居民外出就医经济负担。"谈及今年的发展,该县卫生和食品药品监督管理局局长田维刚如是说。

今年,印江把优化卫生资源配置,建立健全覆盖城乡疾病预防控制体系、医疗救治体系、卫生执法监督体系、职业病防治体系、突发公共卫生事件应急处理体系作为卫生服务能力建设工程的核心来抓。认真抓好村级卫生室项目建设,进一步提高县、乡镇、村三级医疗卫生服务水平,将卫生监督所建设项目落地实施,完成所有未达标村卫生所的升级改造任务,在全区率先实现所有卫生所全部达到省甲级卫生所标准。

同时,加快实施乡村卫生服务一体化管理,年底全部实现乡镇卫生院对辖区内村卫生室实行行政事务、业务技术、人员聘用、药品器械、财务管理、绩效考核"六统一"管理。

关注民生、保障民生、改善民生,这是印江今年经济社会发展的主旋律。该县除了大力实施好基础设施利民工程、百姓安居工程、居民增收致富工程和卫生服务能力建设四大民生工程外,还大力实施了包括教育、就业、社会保障、生活环境改善、文化信息共享、社会维稳等十大民生工程。

如今,印江上下谋发展、求跨越、图崛起的热情高涨,43 万土家族、苗族儿女正迈着坚实的脚步,奔向更加美好幸福的新生活。

(2012 年 3 月 1 日《铜仁日报》6 版头条刊载)

春色满园香正浓

——感受印江农业产业发展新脉动

近年来,印江加快农业产业结构调整,大力发展茶叶、果蔬、生态畜牧业等主导产业,不断完善农业基础设施建设、农业龙头企业培育和农产品销售渠道拓宽,农业产业发展演绎了从"靠天吃饭"到"科学种田"、从"单家独干"到"抱团致富"、从"单一品种"到"多元品种"的精彩嬗变。

基础设施助推农业发展

在印江新寨乡生态茶叶示范园区,一条条水泥硬化的产业路连接着每块茶园,新安装的太阳能杀虫灯格外醒目。

"以前没有硬化产业路,农资全靠肩挑背扛,去年硬化产业路和安装太阳能灭虫灯后不仅提高了茶叶品质,还可以开车干活,省心又省力。"谈及产业路建设,正在茶园里组织劳力管护茶叶的王国飞深有感触。

印江属于传统农业大县,是典型的喀斯特地貌,生态环境脆弱,土地抗旱防涝能力低,通过农业基础设施建设主要目的就是提高抵御自然灾害的能力和农业综合生产的能力。

得益于省级农业土地开发项目的实施,昔日朗溪镇河西村小块小块的田土,如今变成了蔬菜基地。以前用耕牛和旋耕机都难以翻犁的田土,如今用上重型翻土机,机械化耕种变成现实。

争取农业项目是印江在改善农业基础上的一项重要举措。近年来,该县以"四在农家·美丽乡村"农村基础设施建设为契机,积极争取中央、省、市农业土地开发项目,加大对农业、水利、财政等部门的资金整合力度,进一步完善生产道路、农田水利、农村供电等农业基础设施,切实提高农业生产抵御自然灾害能力。

自 2011 年成功申报"省级高标准农田建设示范县"后,印江获得省级农业项目专项资金 3500 万元,并整合各类资金 4120 万元,先后在洋溪、杨柳等乡镇实施了高标准农田项目建设 40750 亩,新增和改善灌溉近 3 万亩。

与此同时,印江国土部门争取土地整治专项资金 5000 多万元,在中坝乡、沙子坡镇等地实施了土地整治项目近 9000 公顷。如今,一大批"田成方、路相连、沟相通,排水通畅,旱涝保收"的高产农田应运而生,实现配套齐全,农村经济发展呈现出生机勃勃的新景象。

龙头企业引领产业新潮

与往年不同的是,今年印江合水镇高寨村上寨连片的稻田里种的不是水稻,而是碧绿的芋荷。

"芋荷是短、平、快产业,我只管种好芋荷,管理好基地,销售这块是公司订单回收。"吴华南算了一笔账:芋荷秆 0.8 元一斤,每亩可产 5000 多斤;芋头 2.5 元一斤,每亩可产 2500 斤左右。公司统一收购,技术还有保障。

与吴华南签下订单的印江净山食品厂是贵州省农业产业化经营重点龙头企业,也是印江农业产业化经营中的"主角"之一。近年来,印江净山食品厂采取"公司 + 基地 + 农户"的运作模式,在合水、新寨等 6 个乡镇发展酸芋荷原材料示范基地近 3000 亩,带动周边 300 多户群众种植芋荷 1000 余亩。

一头连着市场,一头连着农户,龙头企业的发展是促进产品品牌打造、产品质量提升、增强市场竞争力的载体。

按照"扶持龙头企业就是扶持农业发展"的思路,印江采取优先立项、税收减免、资金扶持、项目带动等一系列强有力措施,不断培植壮大龙头企业,积极开发拳头产品,打造地方知名品牌,推进农业集约化经营,做活"品牌创建"和"连接农户"两大文章。

多年来,在印江农业产业发展中涌现出一批以净山食品、梵天菌业、绿野茶业等为代表的农业产业化龙头企业,并成为引领现代农业发展的骨干力量。同时,围绕"梵净山"这一生态王牌,推进农特产品品牌建设和 QS 认证申报,先后成功注册"梵净山翠峰茶""梵净蘑菇""黔芙蓉"土鸡等著名商标或名优特色产品。

截至目前,印江已发展专业合作社 369 家,省级龙头企业 5 家,市级龙头企业 63 家,发展茶叶 32 万亩、食用菌 5000 多万棒。

科技信息拓宽销售渠道

近年来,印江立足资源优势,大力发展茶叶、食用菌、绿壳蛋鸡等特色产业取得了较好成效。然而,优质的农特产品曾因大山阻隔,"待字闺中",远离市场。

转机就在 2013 年,印江在全省率先与阿里巴巴集团和淘宝网探讨电子商务合作,淘宝网"特色中国·印江馆"成为全国第三家、少数民族第一家、全省第一家特色中国县级馆正式开馆运营,大量土特产品通过电子商务销往全国各地。目前,通过平台发展个体网店76家,企业18家,累计销售农特产品总额520万元。

同时,该县采取"引进来"和"走出去"的方式,加强农产品宣传推荐,多次赴北京、上海、广州等城市参加农特产品展销,提高了印江农特产品知名度。通过自办"柑橘节""杜鹃花节""国茶文化节"等活动,把客商和游客引进来,让特色农产品走出去,不断拓展产品销售渠道。

(2014年12月16日《铜仁日报》3版头条刊载)

新目标 新作为 新气象

——印江项目建设加马力扫描

一年之计在于春。蛇年的春节气氛还没有散去,印江土家族苗族自治县工业园区建设如火如荼,投产企业开足马力加快生产、企业招工紧锣密鼓……节后的工业园区已迅速掀起新一轮建设、生产热潮,为实现今年的目标开好头、起好步。

快马加鞭建园区

2月16日,记者走进印江自治县小云工业园区,工地上吊塔林立、机器轰鸣,运输车来回穿梭,工人们铆足干劲,忙着焊接钢筋、浇灌混凝土……

龚玉军是建设园区二期标准厂房的一名混凝土带班工人。春节刚过,他就马不停蹄地从江口赶到建设工地,做好新年开工准备。龚玉军说:"园区建设工期催得紧,我初三上来就是为了初六能够顺利开工,做一些前期的机具保养。"

印江小云工业园区二期标准厂房及其附属工程,建筑占地面积45286平方米,总建筑面积16万平方米,建筑层数4层,钢筋砼框架结构。该项目建成后,至少可以容纳50家企业入驻标准厂房,可解决3.5万余人就业。

在项目建设中,该县实行"倒逼工期、限时完成"制度,做到了定人员、定任务、定工期、定期督查、定期通报。施工方在保证安全和质量的前提下抢晴天、战雨天、斗雾天、赶寒天,全速推进工业园区二期19栋标准厂房建设,确保标准厂房项目建设在5月30日前完工。

据厂房建设项目部负责人介绍,为了能够顺利完成工期,项目部安排了各班组从农历正月初六就正式开工。现在,组织了钢筋工、木工、泥工等几大班组,每天工作的人数有150人左右。

据了解,今年该县坚持以工业园区为主战场,加快园区建设,计划投资3亿元以上完善园区排水、供电、道路、排污等基础设施,建成第三期标准化厂房,力争落户园区工业项目40个以上。目前,二期19栋标准厂房已进入主体施工阶段。

紧锣密鼓抓招工

2月18日,记者在该县小云工业园区看到,一边是车间的生产线上新应聘的返乡农民工正忙于抓生产,另一边是大厅的服务台前,楷科、科音、蓁漉3家科技公司正在紧锣密鼓地"招兵买马"。

田蓉是印江中坝乡夫子坝村一名返乡民工。春节期间,得知县工业园区几家企业在大量招聘工人。春节后,他没有像往年那样匆忙地赶到广东打工,而是到附近的企业应聘上岗,选择留在家乡。

田蓉说:"今年回来的时候,听说家乡开了一些新厂,所以决定留下来发展,毕竟新厂发展前途广。"

返乡就业,对于青年田蓉来说相中的是刚刚运行的企业奔头大。然而,对于印江返乡人员徐国武夫妇来说,回乡就业,不仅挣钱,还能照顾家庭。

徐国武说:"以前,我们在外地打工,回家很不方便。现在,我们县这么多工厂招人,待遇还不错,既能挣钱,还可以照顾孩子。"

近年来,印江大力实施工业强县战略,入驻企业不断增加,企业用工需求不断增大。加之务工子女就近入学、免费吃住等一些优惠政策和宽松条件,吸引着越来越多的外出务工人员纷纷到用工企业应聘上岗。

据了解,今年该县经济开发区投产的20家企业需招工2000余人,其中楷科科技公司招工514人、科音科技公司招工330人、蓁漉科技公司招工300人。

开足马力忙生产

"霹雳啪啪,霹雳啪啪!"2月19日,伴随着喜庆的鞭炮声,小云工业园区楷科科技公司开工了。来自园区附近的近300名员工,告别以往长途跋涉到广东一带打工的辛酸史,高高兴兴到家门口的工厂里打工。

生产车间里,机声隆隆。刚刚领到开工红包的工人们一脸喜气,满怀激情地忙着剥线、上耳套、检验产品,节后企业生产呈现一派繁忙景象。

谭仁山是印江杨柳乡大兴村一名返乡民工。以前,他一直都是在广东东莞一家电子厂务工。去年10月,楷科科技电子有限公司投产运行后,他就赶回家乡成了楷科科技公司里的正式工人。

谈及回本地务工的感受,他深有感触地说:"往年过年后,我们就匆匆忙忙地收拾行李外出打工,现在不用了,在家门口就能找到一份很好的工作!"

楷科科技公司作为落户印江小云工业园区标准化厂房的首个招商引资重点企业,每天生产无线耳机、音响、无限扩音器等产品8万套,年产值可达1.56

亿元。

据公司负责人介绍,为确保"开门红",早日成为上市公司,去年年底,就开始谋划今年的生产和开始"招兵买马"。正月初十开工后,公司就迅速恢复生产,近300名员工到岗到位,投入生产当中,力争在新的一年里生产更好的产品,创造更好的经济效益。

(2013 年 2 月 28 日《铜仁日报》1 版刊载)

印江富民产业结幸福硕果

　　农业产业是最大限度覆盖贫困区域、贫困群体和促进农民最大限度增收、可持续增收的有效载体。近年来,印江土家族苗族自治县大力推进生态茶叶、食用菌、畜牧业产业发展,用产业的区域发展推进扶贫开发,用扶贫开发推进区域经济发展,自2006年以来,累计减少农村贫困人口37645人。

一片片生态茶:托起致富新希望

　　连日来,印江新业乡落坳村任翠桃一家人十分高兴:他家在幼龄茶园里套种的萝卜全部被当地蔬菜专业合作社按每斤4角钱收购,收入达1万多元。

　　"真没想到,在茶叶中栽上萝卜,不仅管理好了茶叶,还有了这份额外的收入!"任翠桃笑着说。

　　据村支书吴启荣介绍,落坳村共有幼龄茶园1002亩,和任翠桃家一样在幼龄茶园中套种蔬菜增加收入的还有186户。把好田好土种茶后,村里就积极引导群众在幼林茶园里套种蔬菜,稳定收入。

　　吴启荣向笔者算了一笔账,县财政对新建茶园每亩补助价值230元的肥料,用田、土种植茶园每亩分别给予两年粮食补400元和200元,幼龄茶园管护每亩补助150元。加上在幼龄茶园中套种蔬菜,一亩幼龄茶园实现收入就有2500多元。

　　近年来,按照农村人口人均一亩茶园的目标,印江坚持以"四个选好"和"四个转变"为抓手,强势推进茶叶基地建设,现已建成茶园24.6万亩,投产茶园8.5万亩,引进和培育茶叶加工企业、专业合作社125家。今年,实现茶叶总产量5600吨,产值达到6.16亿元。

　　下一步印江按照"三个万元"工程建设,在2013年新建茶园4万亩,千吨以上茶叶加工厂2座,100吨以上的茶叶初制加工厂20座;完成茶叶总产量5800吨,实现茶叶总产值6.8亿元;完成幼龄茶园间作6万亩;到2016年累计创建"三个万元"工程亩产值达万元山 5 万亩,实现农民人均纯收入达万元,建成中国高品质绿茶原料基地,有机茶的重要生产基地,成为全国著名的茶产业强县。

一朵朵食用菌:催生富民之花

初冬时节,天空夹着几分寒意,在永义乡食用菌基地却显得格外热闹,20 多名群众有说有笑忙于采摘黑木耳。

"这块稻田今年谷子收了,就租给菌厂老板种黑木耳,现在我就到这里打工,一个月挣 2000 多块钱。"村民田文英说,往年将稻谷收割完后,稻田是种上油菜、洋芋或其他农作物。今年不一样了,把稻田租出去后,除了得到一亩地 600 元的租金外,还到厂里打工,收入比往年多了近 10 倍。

到明春黑木耳采完,又可以种水稻。

2011 年印江已在洋溪镇、板溪镇成功试行"稻耳轮作"的发展模式,生产了香菇、黑木耳、竹荪、平菇等食用菌 1320 万棒,实现产值 5600 多万元,实现净利润 1500 多万元,并注册了"梵净蘑菇"商标。

印江食用菌产业发展从无到有,规模逐年扩大,如今成为群众的一大支柱产业,得益于特有的气候、海拔优势。正是有了这一自然条件,印江群众在积极发展的同时,也"招惹"了享有"中国香菇城""中国香菇之乡"等美誉的浙江庆元县的不少群众纷纷举家到印江发展食用菌。

方成宝就是其中一位。今年春来到印江后,他就加入永义乡食用菌专业合作社,与当地群众一起发展了 120 万棒食用菌,预计产值达 480 万元,纯收入达 200 万元。

截至目前,印江在永义、朗溪、杨柳等乡镇推广发展食用菌 2428 万棒,预计产量达 18260 吨,产值 11800 多万元。带动产业区农民人均增收 2800 元以上,参与种植农户户均增收 1 万元以上。

为了进一步提升"梵净蘑菇"品牌,印江投入资金近 90 万元在板溪镇启动 30 亩标准化食用菌生产基地建设。"我们在菇棚里面安装空调,根据市场的需要,我们想哪个时候出菇就哪个时候出菇。从而实现食用菌产业周期化生产。"

一枚枚绿壳蛋:孵出致富之路

初冬时节,走进梵净山西线新业乡锅厂村,鸡鸣声声。在"黔芙蓉"绿壳蛋鸡养殖专业合作社里,理事长吴强正组织社员们七手八脚忙于给鸡蛋分级、贴标签和装箱。

"近段时间,这个绿壳鸡蛋市场越来越火爆。今天,我们要按照特等品、一等品、优等品三级分类包装 1000 箱,这批鸡蛋是昨晚贵阳和遵义 3 家超市打电话订的单。"吴强笑着说,"黔芙蓉"绿壳鸡蛋品质好,深受广大消费者的青睐。今年合作社社员交售鸡蛋 280 万枚,销售金额已实现 620 万元。

2010 年以来,新业乡依托梵净山良好生态环境资源,采取"政府引导、政策扶持、技术服务、市场带动"的思路,推行"公司＋基地＋农户"的养殖模式,由公司提供鸡苗,统一防疫,分户饲养,以保底价统一回收,并交纳一定数量的保证金,打造了"黔芙蓉"绿壳鸡蛋品牌,实现产值 2340 万元。

新业乡"黔芙蓉"绿壳蛋鸡和"黔芙蓉"绿壳蛋,很快就叫响周边市场,找准位置。

今年,该乡在做大做强"黔芙蓉"绿壳蛋鸡养殖中,找到了党建工作和经济工作的结合点,在绿壳蛋鸡养殖产业上组建党支部、成立专业合作社,通过采取"支部＋合作社＋基地＋农户"的运行模式,带动了 600 多户群众发展绿壳蛋鸡养殖。

新业乡绿壳蛋鸡养殖的成功为印江绿壳蛋鸡养殖树立了标杆,一时吸引了不少养殖户参观学习,绿壳蛋鸡养殖在印江被全力推广。

今年,印江明确提出,全县 374 个行政村每个村要从"增收致富"工程项目资金中拿出 10 万元用于扶持绿壳蛋鸡养殖。同时,已获得国开行 2000 万元贷款用于扶持绿壳蛋鸡养殖。目前,印江已在 17 个乡镇成立绿壳蛋鸡专业协会,发展 42 万羽绿壳蛋鸡养殖。

如今,在印江 1969 平方公里的土地上,主导产业遍地开花、辅导产业铺天盖地,呈现出一派欣欣向荣的景象。同时,印江还编制总投资 955261 万元、涉及四大类 50 个子项目的《印江自治县产业扶贫整县推进试点规划》,力争在 4 年内把农业产业化的规模做得更大,档次做得更高。

(2012 年 11 月 24 日《铜仁日报》2 版头条刊载)

补齐医疗短板　实施医疗救助

印江积极破解百姓因病致贫返贫难题

　　破旧的瓦木房,没有像样的家什……这是印江土家族苗族自治县杉树镇黄土村王家组贫困户王顺贵的家。前些日子,王顺贵因患腰椎结核,让这个原本贫困的家庭雪上加霜。

　　"在医院接受治疗花了 10 万元,新农合大病保险报销近 8 万元,家庭负担一下子减轻了不少,感谢有这样的好政策!"说起医疗保险,王顺贵露出了久违的笑容。

　　这是印江切实解决老百姓因病致贫返贫的一个缩影。印江是全省贫困程度深、贫困面广的县份之一,因病返贫、因病致贫成为农村人口贫困的一个重要因素。2015 年底,全县因病致贫、因病返贫人口 3988 户 11735 万人,占贫困总人口的比例为 19.72%。如何有效遏制和减少"因病致贫、因病返贫",已成为印江推动精准扶贫急需解决的难题。

　　今年,印江自治县创新扶贫体制机制,全面开展医疗健康扶贫,通过补齐设施、人才、机制"三个短板",实施基本医疗保险、大病保险、民政医疗救助"三重医疗保障",大力提高医疗救助保障水平,切实解决农村贫困人口看病贵、费用高的问题,避免一人得病全家致贫,防止脱贫后一人得病全家返贫。

补齐三大医疗短板

　　"十三五"时期,是印江打造"健康印江"的攻坚阶段,也是实现人人享有基本医疗卫生服务目标的关键阶段。当前,看病贵看病难、医疗服务水平不高仍然是印江医疗卫生事业的突出问题。

　　"要解决这些问题,只有千方百计增加医疗卫生资源供给、加强医疗卫生人才队伍和体制机制建设。"在卫生计生工作会议上,印江自治县县委副书记、县长张浩然说。今年以来,印江加快推进县人民医院整体搬迁项目建设和洋溪、缠溪、沙子坡、朗溪、新寨等乡镇卫生院升级改造工程,着力打造一批示范性村级卫生室。按二级综合医院标准启动木黄卫生院整体搬迁工程,按一级甲等标准完成龙津街道社区卫生服务中心建设工程,按二级妇保院标准启动县妇计中心项目建设等。同时,深入推进"三医联动""三保合一"和卫生计生服务网上办事、远程医疗及智慧医疗建设,不断提升卫生计生服务信息化、智能化水平。

人才是医疗卫生资源的核心。该县加大医疗卫生人才培训力度,建立健全住院医师、专科医师和全科医生规范化培训制度;同时,加快推进县乡村一体化管理,做好县乡医生轮岗交流工作,建立起县级两家二级医院与17个乡镇(街道)卫生院对口支援工作机制,促进优质医疗资源向基层下沉。

为了补齐机制短板,印江在深化公立医院改革上下功夫,在构建多元办医格局上求突破,拓展社会办医空间,不断扩大医疗资源覆盖面。在完善基本医疗保险制度上出硬招,做好提标、扩面、城乡统筹、异地结算等重点工作,实现"医保托得住、患者付得起、医院有动力"。建立健全基本医疗保险、大病保险、医疗救助"三重医疗保障",切实减少和遏制"因病致贫、因病返贫"现象。

推进三大医疗行动

"县人民医院各位专家到乡镇来,让老百姓不走出家门就能免费看病、就诊,还能了解很多疾病预防和相关健康宣教方面的知识,这个服务真的很周到!"在印江沙子坡集镇送医送药义诊活动现场,65岁的何大伯因视物模糊现场得到五官科专家诊治后,由衷地说道。

送医送药义诊已成为印江医疗卫生部门的工作常态,受到广大群众的好评。今年以来,该县扎实开展健康教育、健康体检、健康帮扶三个行动,做好计生卫生健康政策、法律法规宣传教育和贫困人口健康体检及帮扶活动,让群众在家就可以享受到免费的基本公共卫生服务,做到无病早防、有病早治、病有所医、就近就医。

健康知识普及达100%。该县利用县、乡、村三级健康教育平台,对农村贫困人口进行健康教育,确保健康教育率达100%。开展健康教育讲座,健康教育知识进村、机关、学校、社区,健康知识普及率达100%。同时,县直医疗卫生单位每年到乡镇或社区开展宣传活动不低于4次,乡镇卫生院每年开展健康教育宣传活动不低于12次,村级卫生室每年开展健康教育宣传活动不低于6次。

健康体检覆盖达100%。该县以乡镇为单位,组织乡镇卫生院对医疗健康精准扶贫的11类救助保障对象每人每年免费开展一次健康体检;县直医疗卫生单位下乡开展义诊活动每年不低于4次,确保健康体检覆盖率达100%。全面加强公共卫生均等化服务,对高血压、糖尿病等慢性病患者开展健康体检,并建立个人健康档案规范管理,其电子健康档案建档率达到80%以上,乡村签约服务率达90%以上。

医疗帮扶行动达100%。该县按照县级领导干部包6户贫困户、正科级领导干部包4户贫困户、副科级领导干部包3户贫困户、股级干部包2户贫困户、一般干部包1户贫困户的"64321"结对帮扶机制,县、乡医疗系统干部职工积极参与到精准帮扶贫困户,深入村组、走进贫困户家中掌握贫困户信息、落实结对帮扶和政策宣传。

实施三大医疗救助

"十年努力奔小康,一场大病全泡汤。"印江卫计局相关负责人说,如果没有基本医疗补偿、大病救助保险和民政救助,很多家庭几乎一夜就成贫困户了。为此,印江切实做好基本医疗补偿、大病医疗补偿、民政医疗救助三大措施。今年1月至5月,该县门诊、住院新农合基金报销6510.01万元,大病保险报销31.86万元,民政医疗扶贫救助774.74万元。

在基本医疗补偿上,该县将贫困建档立卡的大病患者、特困供养人员等11类特殊困难群众需由个人缴纳的参合金,明确由民政部门予以全额代缴。并以新农合为载体,对重度残疾人、计生"两户"和"失独"家庭成员在常规报销的比例上提高10%,报销后个人负担部分的50%,由民政兜底再给予补助。

在重特大疾病补偿上,该县对患有指定的24种重大疾病患者不设起付线、不受药品限制,按照80%比例现场直补。从新农合基金中提取9%,上缴市重大疾病保险,对一次性住院治疗自付部分医疗费用超出5000元以上的,按50%比例再次报销……对经大病保险支付后仍有困难的,对其加大医疗救助、慈善救助等帮扶力度,使贫困人口大病得到兜底保障。

在民政医疗救助上,该县认真做好医疗救助制度与基本医疗保险、城乡居民大病保险、疾病应急救助、慈善救助等制度间的有效衔接。对农村五保对象、城市三无人员、60年代精减退职老职工等重特大疾病患者实行重特大疾病医疗救助和临时医疗救助,资助参加新型农村合作医疗和城镇居民基本医疗保险,切实帮助减轻医疗负担,防止因病致贫、因病返贫。

(2016年6月21日《铜仁日报》5版头条刊载)

书法为媒　唱响品牌
印江 2016 首届书法文化艺术节扫描

　　从北京中华世纪坛举行的新闻发布会到贵阳美术馆举行的"书香印江六百年"大型书法展,再到印江书法文化广场举行 2016 首届书法文化艺术节(中国·印江)开幕式,中国书法之乡印江土家族苗族自治县备受各界关注,"书法之乡·养生印江"成为独特的旅游符号。

　　印江因书法火了！印江因书法出名了！书法文化艺术节成功举行,不仅展示出印江书法文化魅力、提升了印江知名度和影响力,还检阅了广大干部职工的干事能力,留下了一批文化精品和景点景观,有力推进了经济社会快速健康发展。

改善基础促进文化共享

　　"我们印江人太有福气了,出门散散步都陶醉在书法文化中！"随着占地 10 万平方米的书法文化广场建成投用,市民心里满是获得感。

　　书法文化广场是 2016 首届书法文化艺术节(中国·印江)的主会场地。整个广场建设以书法文化为主基调,按照"国际视野,国内一流,贵州元素"的标准定位设计,广场分主题标示区、中国书法区、贵州书法区、世界书法区、书法体验区五个区域,主要内容为笔、墨、纸、砚、朱砂、印鉴等元素及各大书法流派、代表人物雕塑和书法长廊等,是全省首个单体书法文化广场,不仅成为市民休闲游玩的好去处,还充分展示了该县的书法文化魅力。

　　不仅如此,总建筑面积 2.46 万平方米的城市展览馆,集展览馆、图书馆、档案馆、陈列馆和会议中心于一体,更加展示书法文化艺术的文物作品和该县经济社会文化发展成果,成为启迪印江儿女放眼看世界的生动教材。

　　在书法馆开馆当天,中国书法家协会副主席毛国典与来自国内外的书法名家、书法爱好者走进书法馆,直观了解了印江书法文化发展历程,感受了印江书法文化 600 年的厚重历史。

毛国典欣慰地说:"我是第一次来印江,给我印象非常深刻。看了书法馆里的作品展览,我认为这个与全国大型的书法展水平不相上下,觉得意义很大,在全国起到了一个示范作用。"

以节促"建"是印江办好书法艺术节的一个初衷,书法文化艺术节的举办有效带动了全县文化旅游基础设施的快速建设。作为梵净山西线旅游标志性建筑的书法摩崖长廊的创建,更让人惊叹。

书法摩崖长廊面积3000平方米,"书法之乡"三个大字为印江籍国内著名书法家魏宇平生前书写,字宽18米、高28米,彰显了印江书法艺术的独特魅力,为"书法之乡·养生印江"文化旅游注入了新元素,强化了品牌效应。

书法联谊促进文化共荣

中国书法名城江苏省苏州市携手中国书法之乡印江联谊、书法名家梵净山论坛暨贵州省书协印江创作基地挂牌、向社会倡议传承书法文化等一系列活动,让书法名家和书法爱好者品鉴印江书法文化的独特魅力。

"我深深领会到印江书法文化的深厚底蕴,苏州和印江两地人民都有翰墨情结是我们牵手的原因,印江人民对书法有浓厚的热爱之情。"苏州市书协常务理事赵锟说,中国书法名城苏州携手中国书法之乡印江开展联谊活动,主要是为苏州书法名家和印江书法家及书法爱好者提供一个亲切的交流平台,促进两地书法文化大发展、大繁荣。

书法艺术节期间,来自国内外的百余名书画、摄影名家走进梵净山西线开展采风交流活动,以笔会友,用笔尖交流心得、切磋书法技艺、舒展心中的情怀。

中国书协隶书专业委员会副主席、苏州市书协名誉主任华人德说:"通过交流活动达成共识,大家共同携手继承、弘扬我们这一门中国的传统文化艺术,是我们责无旁贷的,也是大家共同努力的一个目标。"

激活资源促进文化共融

以节促"商"是印江举办书法文化艺术节的初心,书法艺术节的举办有效盘活了文化资源,变文化资源为经济资源,变文化优势为发展优势。

作为书法文化艺术节重头戏之一的旅游产业招商引资推介会受到了全国各地企业家的高度关注,印江的旅游资源得到更多投资商的知晓。

"印江不仅产业优势得天独厚,更重要的是县委、县政府和印江人民给企业营造了优良的投资环境、提供了优质的贴心服务。在这里投资,不仅感到安心、放心,更多的是享受到顺心和舒心。"广东省深圳市海云天投资控股集团创始人、总裁刘彦说。

推介会上，深圳市海云天投资控股集团现场与印江土家族苗族自治县人民政府签订贵州"梵净云天"健康养生基地建设项目投资合同，项目总投资 5 亿元人民币。

更为热烈的是"梵天佛地·大爱无疆"中国名家书画作品公益拍卖活动现场，一场用"众筹理念"助推脱贫攻坚的生动实践激励进行。

"5000 元 2 次""1 万 1 次"……来自各地的 200 余名客商代表、乡贤代表、企业家代表纷纷举牌报价，买下或收录全国书法名家精心创作的 47 件作品。

同时参加义拍的不少书法名家还现场泼墨，以每副作品 1888 元的价格竞拍，为脱贫攻坚出一份爱心。此次义拍共收到善款 400396 元，全部用于资助品学兼优的贫困学生。

书法文化艺术节活动办公室副主任黄继生说："举办书法文化艺术节不仅提升了'书法之乡·养生印江'的知名度和影响力、吸引外商到印江投资兴业，还弘扬了中国优秀传统文化、提升了脱贫攻坚士气。"

逐梦前行，印江书法文化发展信心百倍，按照"县城抓书法文化打造，梵净山西线抓长寿品牌建设，梵净山环线抓特色村寨打造，重要旅游节点抓连线连片成景"的思路，打造"书法之乡·养生印江"的文化品牌，继续营造传承书法文化的浓厚氛围，建设集文化体验、书法创作、产品展销、会议论坛为一体的书法文化产业，把书法文化、名茶文化、长寿文化、民族文化、红色文化、佛教文化等文化元素融入景区建设，提升景区景点文化内涵，努力打造环梵净山养生带，形成"生态养眼、文化养心、休闲养生"的旅游业态，推动印江文化旅游"井喷式"增长。

（2016 年 11 月 1 日《铜仁日报》3 版刊载）

正能量像空气一样无所不在

——印江"宣传干部上讲堂"侧记

"作为一名村干部,要吃得亏、能吃亏、能吃苦,办事要公道、讲正气,要把群众需要办理的事情当成自己的事情来做……"10月27日,印江土家族苗族自治县"干部上讲堂"展示大赛暨"宣传部长上讲堂"观摩会在该县沙子坡镇举行,62岁的马家庄村支书付信昌用朴实的语言,讲述自己担任村干部42年的感人事迹,让现场参与人员受到了一次心灵的洗礼,赢得了阵阵掌声。

目前,像这样以身边人讲身边事、身边人讲自己事、身边事教身边人的形式,让广大党员干部和群众将社会主义核心价值观内化于心、外化于行,在印江已经成为一种新常态。

去年来,印江以社会公德、职业道德、家庭美德和个人品德为重点,大力推进"道德讲堂"建设,通过宣传部长上讲堂、领导干部上讲堂、乡村干部上讲堂、德师乡贤上讲堂等形式,不断拓展宣讲的广度和深度,积极倡导仁、义、诚、敬、孝等传统美德和时代新风,形成了良好的社会风尚。

拓展"两个广度",接地气显活力

如何让正能量像空气一样无所不在?印江把"宣传部长上讲堂"活动作为党员干部密切联系群众的重要渠道,从道德宣讲的广度和深度发力,做到横到边、全覆盖,纵到底、接地气。

在人员参与广度上,该县积极创新活动载体,通过采取宣讲竞赛方式,从党政班子、各机关单位、中小学校、各个村层层选拔,不断拓展了道德宣讲的覆盖面,让活动更接地气、显活力。该县大力开展"流动道德讲堂"活动,把"道德讲堂"的触角延伸到各个角落,拓宽传播的广度,在润物无声中引导和教育广大群众。同时,积极拓展"道德讲堂"的内容和形式,扩大了"道德讲堂"的影响力及群众的知晓率和参与率。

在活动创新深度上,该县以县道德总堂建设为源点,不断创新形式,向机关、乡镇、村居、企事业单位、中小学校延伸,呈现出从"示范开展"到"有序扩展",再到"创新发展",最终达到"成效延展"的态势。

与此同时,该县还采取"请进来"的方式,先后邀请省文史馆馆长顾久、贵州师范学院博士石磊等专家教授,开展以"优秀传统文化与核心价值观""传统家庭美德与幸福人生"等为主题的专题讲座,引导大家从自己做起,从身边小事做起,自觉践行,弘扬中华优秀传统文化。

落实"三个抓手",强推进保效果

印江有着良好的宣讲氛围和效果,缘于县、乡镇(街道)、村三级的周密安排、精心组织和机制制度建立,认真抓好建设、抓好宣传、抓好督查,确保了道德讲堂有序开展。

在抓讲堂建设上,该县以社会公德、职业道德、家庭美德和个人品德为重点,结合"明礼知耻·崇德向善"主题活动,建立道德讲堂总堂 1 个,机关单位、乡镇、村和学校建立道德讲堂共 577 个,每个道德讲堂统一背景和用富有特色的名言警句书法装饰,并制定道德讲堂管理制度、宣讲员守则、学员管理制度等。

在抓道德宣讲上,该县以唱一首歌曲、看一部短片、诵一段经典、讲一个故事、做一番感悟"五个一"为基本流程,积极推进我听、我看、我讲、我议、我选、我行"六个我"的讲堂形式,让干部进机关、进乡镇、进社区、进村组讲述身边人身边事,开展"干部上讲堂"活动,切实做到领导干部带头讲、宣传委员示范讲、乡村干部敢于讲,真正使讲堂活动成为干部群众道德自省、自警、自觉、自立,净化心灵、健康身心、幸福生活的重要平台。

在抓宣讲督查上,该县宣传部、文明办经常对各乡镇(街道)道德讲堂建设、使用情况进行督导检查,进一步推动道德讲堂建设工作,加大曝光力度,对于安排布置的工作,出现不作为、慢作为的实行通报批评。同时,该县把道德讲堂工作作为每年宣传思想工作年终考核最重要的内容,促使常态化开展道德宣讲活动。

做到"四个结合",提正气促发展

为了让宣讲接地气、适应潮流,该县宣传部长上讲堂活动与培树先进典型相结合、与精神文明创建相结合、与争做"四个明白人"相结合、与经济社会发展相结合,进一步提振精气神、凝聚正能量,激励广大干部干事创业热情。

该县与培树先进典型相结合,充分利用微信、手机时讯等新兴媒体,发好声音、讲好故事,树立地方好形象,提升各地知名度和美誉度,用先进典型、美好形象驱散和占领负面的、甚至错误的思想意识,全县涌现出了罗运仙、李文志等100多位先进典型。

该县与精神文明创建相结合,各乡镇(街道)围绕社会公德、职业道德、家庭美德、个人品德"四德"重点,深入开展群众性精神文明活动,加大文明单位、文明村镇、文明窗口及好丈夫、好妻子、好婆婆、好媳妇等一系列创评活动,并对好做法、好经验进行广泛宣传。

该县与争做"四个明白人"相结合,先后组织开展了争做政策明白人、道德明白人、纪律明白人、法律明白人的"四个明白人"活动,积极弘扬社会主义核心价值观,教育和引导干部群众争做守纪律、讲规矩、有道德的人,促进广大干部群众自我学习、自我教育、自我提高。

该县与经济社会发展相结合,把道德讲堂作为净化干群心灵、激发干事热情的平台,以优良的党风促政风带民风,形成了干群之间、干部之间相互理解、相互支持、密切配合的良好氛围。今年前三季度,该县完成生产总值43.43亿元,同比增长13%;工业总产值26.71亿元,增长13.4%;城镇居民人均可支配收入达到16183元,同比增长11.8%;农村居民人均可支配收入实现4520元,增长12.2%。

(2015年11月3日《铜仁日报》6版头条刊载)

印江即知即改即办环保突出问题

环境更美丽　群众更满意

"以前晚上十点左右,从 KTV 传来的声音很大,影响我们休息;现在晚上都很清静,不影响居民睡觉了,整治得好!"印江土家族苗族自治县卡迪 KTV 噪音扰民举报件的有效办结,让附近的居民感到满意,竖起大拇指称赞。

在印江,不仅是群众关注的娱乐场所问题得到了有效整治,还有电解锰企业渣库、垃圾填埋场渗漏液隐患等问题的整改也正快速推进。

"养生印江,拒绝污染!"印江县委书记田艳说,要坚持问题导向,牢牢把握环境治理主动权,对存在的突出问题和潜在隐患高度重视,及时彻底整改整治,为人民群众创造良好的生活环境。

今年以来,印江对标上级要求,强化组织领导,压紧压实责任,全力推进环保问题整改。截至 5 月 10 日,涉及印江 29 个整改问题,已完成整改 19 个,整改率达65%。

强化领导全员行动

4 月 14 日,该县连夜召开迎接中央环保督察工作专题会;4 月 26 日再次对迎检工作进行再安排再部署;4 月 27 日县四家班子主要领导带队,对环保问题重点领域进行专项督导,现场办公……从传达省、市环保督察会议精神到研究部署问题整改工作,从深入查找问题、剖析原因到制定整改措施,从落实整改措施到问题整改有效,印江充分认识做好环保问题整改工作的重要性,各级各部门坚持问题导向,不断增强责任感和紧迫感,集中时间和精力全力打好问题整改攻坚战。

从成立书记、县长为组长的整改领导小组,到组建整改专门办公室,从建立问题整改日会商、日报告制度到督查督办问责机制建立,该县将问题整改工作作为头等大事,第一时间研究解决整改突出问题,第一时间办结中央督察组转办事项,第一时间回应社会群众关切,做到"一问一案""一案一班""一结一档"。同时,层层压紧压实责任,加强"党政同责、一岗双责"责任制考核办法,将生态文明建设、环境保护、网格化管理纳入乡镇(街道)、部门领导班子和干部考核的重要内容,增加环境保护年终绩效目标考核分值权重,形成有目标、有方案、有人员、有责任的整改落实体系。

该县主要领导现场督导污水处理问题,夜访城区噪声污染防治……全县党政领导干部对突出环保问题分片包案,亲自安排、调度、督促,做到情况清、思路清、目标清、措施清、成效清。

上街扫街道、下河捡垃圾……全县干部群众积极参与,形成了县乡村三级联动,全民共同努力让印江的山更绿、天更蓝、水更清、地更洁。

重拳整改举一反三

5月9日,走进印江县城垃圾填埋场下游,污水渗透液收集池里的抽水机轰轰作响,渗透液处理系统已正常运行,上级督办的"县城垃圾填埋场渗透液存在污水直排隐患"问题得到及时整治。

不论是信访件,还是环保督察组反馈的整改问题,印江照单全收、主动认领,并逐一研究,制定了整改落实方案和责任清单,召开了整改工作交办会,明确责任领导、责任单位、整改时限和整改标准,加快整改落实。

电解锰企业渣库隐患问题是省、市环保督察组反馈印江的重点问题之一。

接到反馈后,印江党政领导和相关部门深入实地,对县内两家处于停产状态的电解锰企业渣库进行全面排查整治。

目前,两座锰渣库渗漏液收集处理系统已维修完毕并正常运行;锰渣库拦水沟的沙石已被全面清理;铬渣堆放房修盖已完成,并与第三方专业机构签订了处置合同,近期完成铬渣处置;锰业尾矿库闭库工作已完成设计。

针对中央环保督察组转办"印江卡迪 KTV 噪声扰民"群众举报件,印江即知即改即办,迅速安排部署,经调查属实后,依法依规对卡迪 KTV 做出停业整顿 1 个月的处罚决定,并对相关监管部门、责任人进行了严肃问责。

印江以卡迪 KTV 问题整治为警示,迅速专项检查全县娱乐场所,排查整治城区噪声问题,对手续过期和不全的娱乐场所依法做出停业整改处理决定,对城区随意燃放烟花爆竹行为严厉打击。

与此同时,该县加大整改督促力度,针对违规项目整改进行专项检查,加大执法力度,对不在规定时限内完成整改的违规项目——立案查处。

健全制度标本兼治

印发《印江自治县环境保护"党政同责、一岗双责"责任制考核办法》,制定《印江自治县生态文明建设目标监督管理办法》,下发《印江自治县城区限制燃放烟花爆竹的暂行规定》……

"要建立健全治理长效机制,从根本上解决环保问题。"印江是这样认识,也是这样做的。该县以迎接中央环保督察工作为契机,坚持立足长远,标本兼治,深挖各类环保问题产生的根源,积极探索建立抓好生态环境保护工作的长效机制,建立完善环保工作管理运行常态化体制机制,从根本上堵塞漏洞、解决问题,确保环境保护治理工作部署有效执行、落地生根,让印江城乡环境更美丽,群众更满意。

该县建立了生态文明建设考核评价制度,将环境保护与生态建设纳入乡镇(街道)、部门领导班子和领导干部考核任用的重要内容;全部配齐乡镇环保工作分管领导和工作人员,引导沿河各行政村制定保护河流的"村规民约",配齐配强河流巡逻员、护林员等生态管护人员。

同时,该县抓好环境监管长效机制的落实,持续抓好环保督察问题整改落实、解决影响环境质量的突出问题,对环境违法违规问题紧盯不放、一查到底、坚决追责,坚决防止和杜绝新增环保项目违法现象,推动环保守法守规常态化。

(2017 年 5 月 12 日《铜仁日报》3 版头条刊载)

政策"组合拳"有力　"四大生态产业"壮大
生态文明引领印江加快转型发展

　　完成营造林6.76万亩,争取到新一轮退耕还林项目1万亩,以全省第一名的成绩入围全国生态保护与建设示范区……

　　翻开印江土家族苗族自治县生态文明建设成绩单,不难看出印江牢牢坚守发展和生态两条底线,走生产发展、生活富裕、生态良好的科学发展之路。

"三年建设行动"促生态美

　　2月25日,印江县、乡、村同步开展"绿色贵州"建设三年行动计划启动仪式后,全县掀起全民造林绿化的新热潮,提出以新一轮退耕还林和造林绿化为抓手,力争用三年时间全面完成2万余亩宜林荒山荒地绿化,让大地绿起来、环境美起来、山地经济强起来。

　　今年,印江以成功创建全国生态保护与建设示范区、全国生态示范县、全国生态文明示范工程试点县、全国生态功能核心区重点县4张"国字号"生态名片为契机,抓好洋溪省级自然保护区申创、深化印江河流域保护治理、巩固城周森林生态屏障建设"三大工程",围绕垃圾处理、污水处理、流域绿化、生态水保持、生态养殖"五大体系"扎实开展印江河流域保护治理工作。

　　印江坚持零容忍、下重拳、出实招管护好新植树苗,巩固城周森林生态屏障建设成果,实现森林覆盖率和林木蓄积量"双增",县城空气质量达标率96%以上,乡镇集中式饮用水源水质达标率100%。

"四大生态产业"助百姓富

　　如何把绿水青山变为金山银山,把生态环境转化为生产力?印江立足实际大力发展山地现代高效农业和以文化旅游业为重点的现代服务业,推进特色优势产业的生态化、规模化发展,加快推进茶叶、核桃、食用菌、经果林等生态产业。

"种植 1 亩茶园可以保水 20 吨,可有效防止水土流失,促进全县森林覆盖率提高 1.2 个百分点。"据印江茶业局相关人员介绍,因为茶叶的种植,昔日的荒山荒坡如今都已披上新绿,建起"绿色银行"。目前,全县 6.6 万多户茶农种植茶叶 33 万亩,投产茶园 17 万亩,获有机认证茶园 5000 亩,无公害认证茶园 13.48 万亩。

将食用菌产业发展与梵净山生态文化相结合,打造集生产、观光、休闲度假、农事体验和科普为一体的生态农业,目前印江食用菌产业涉及 8 个乡镇 58 个村 2.9 万群众,建成了西南地区最大的优质食用菌生产基地。

"春耕一大坡,秋收几小箩"曾是印江石漠化区群众生产生活的写照。近年,印江采取宜果则果、宜林则林、人工造林与封山育林相结合、生态林与经济林相结合的方式开展石漠化综合治理,加速推进印江药柑、红香柚等特色水果的规模化、产业化发展,采取订单农业模式,积极引进公司带动群众发展经果林。目前印江投产果园 8 万亩,产值在 2 亿元以上。

按规划,"十三五"期间印江将达到 40 万亩茶叶、2 亿棒食用菌、30 万亩核桃、10 万亩精品水果的产业规模,茶叶、食用菌、核桃、精品水果四大产业分别达到 10 亿元产值。

"六个严禁行动"撑保护伞

"被告人曹某犯滥伐林木罪,判处有期徒刑三年,并处罚金人民币 1 万元,没收被告人非法所得人民币 1.6 万余元,并上缴国库。"日前,印江自治县人民法院公开宣判曹某滥伐林木案,达到惩处一人、教育一片的目的。

自全省森林保护"六个严禁"执法专项行动启动以来,印江按照"纵向到底、横向到边,不遗漏,不留死角"的原则,将全县划分为南、北两个片区,组织执法人员对所有涉及破坏森林资源的违法行为进行了地毯式的排查。

同时,印江建立执法联席会议成员单位工作协调配合机制,共同开展非法侵占林地专项行动、清理整治非法经营加工运输木材专项行动、采石采砂取土场、非法占用林地和滥捕滥猎滥食野生动物整治工作,严厉打击破坏森林资源违法犯罪行为。

截至目前,印江共查结滥伐林木、非法经营加工木材、非法采集野生植物、违法使用林地等林业案件 79 起,收缴罚款 35.5 万元,没收木材 35.7 立方米,没收非法所得 2.14 万元,行政处罚 73 人,追究刑事责任 10 人。

"十件环保实事"保环境优

完成国家西部地区三级环境监测站达标建设,完成机动车综合检测中心建设,完成云发牧业、武峰农牧等规模化畜禽养殖场污染治理工程,完成小云工业园区污水处理工程……这些成绩的取得,缘于2014年印江在加快经济社会发展中,认真办好包括机动车尾气污染防治、县城区油烟扬尘专项整治、环境空气自动监测站建设、饮用水源地保护工程建设、噪声污染治理、环境监测能力建设、重点污染源在线监控设施建设、污水处理工程建设、规模化畜禽养殖场污染治理工程、倡导生态消费等"十件环保实事",进一步推进生态文明建设。

在推进"十件环保实事"中,印江加强对建设项目进行清理,对未验收或未验收合格的限期整改,积极参与项目选址,对环保规划等进行科学决策,从源头上预防、控制环境污染和生态破坏。

目前,印江环境监测站、汽车尾气监测站获得计量认证,17个乡镇集中饮用水源实行月监测,城区环境空气质量达到二级标准,印江河出境断面水质达三级标准。

(2015年4月9日《铜仁日报》2版头条刊载)

用脚丈量民情　用心化解民忧

——省纪委在印江开展"帮县联乡驻村"活动纪实

9月3日,印江土家族苗族自治县中坝乡小河村陈佳艺无比高兴:曾经双脚无法站立的她,在省纪委监察厅的帮助下得到有效治疗,如今弹跳自如的她和其他正常的小朋友一样,走进学校与同学们欢度快乐的学习时光。

"今天我领到新书了,心里非常高兴,感谢帮助我的叔叔伯伯们。"谈及上学的事,陈佳艺幼小的心里充满了感激。

今年4月,省纪委监察厅到印江开展帮扶活动,得知陈佳艺的情况后,积极搭桥牵线贵州黔元会计师事务所捐助陈佳艺1万元善款。随后,陈佳艺到重庆接受了一个月的治疗。如今,双脚完全能够行走。

陈佳艺站起来,是省纪委监察厅到印江开展帮扶活动为民办实事的一个缩影。今年按照省委、省政府"部门帮县、处长联乡、干部驻村"活动的总体安排部署,省纪委监察厅组成挂帮联系组,以"送政策、访民情、办实事、促发展"为主题,带着责任、带着感情,深入印江,进村入户听民声、访民苦、解民忧、结民情,谱写了一个个干群同心、鱼水情深的感人佳话。

体察民情　群众喜得实惠

9月2日,记者走进中坝乡小河村村委办公楼,只见省纪委常委文江等帮扶工作组一行的住所内锅碗瓢盆摆放井然有序,床上被褥叠得整整齐齐。为了不给基层添负担,工作组的生活家什一律由自己捎带。

随手翻开摆放在桌上的帮扶工作笔记,只见里面密密麻麻记录着坪楼村各家各户的详细情况。驻村帮扶半个月来,他们走访了全村180户人家,每一户都做了详尽记录。关于全村基础设施建设、产业发展规划等急需解决的问题逐条逐块,梳理入微。

村支书杨通文说:"防洪堤是村民目前十分关心的问题,帮扶队已经帮我们协调好建设资金修建好了,真的感谢他们。"

"尽管山势陡峭,道路难行,但为了帮助群众,他们那种不怕吃苦的精神,让我们感到惊讶!"提起刚刚与挂帮联系小河村的省纪委王叙民处长一起去全村海拔最高处查看水源点的幕幕经历,中坝乡小河村会计陈素江记忆犹新。

"顶着太阳,爬茅坡、钻刺笼,王处长动作比我们还快,一点也不像是省里来的干部。"陈素江说,徒步3公里到达水源点时,大家头上、身上全都沾满了茅针。看完水源点,王处长又走进安家坡、纪家坡两个组,逐户走访群众,与他们合计修自来水的事情。

目前,帮扶工作组已经协调解决了安装自来水所需的20万元资金。防洪堤、公路维修、产业发展等9大类需要加以解决的问题和困难,日前全部得到解决。

"帮扶我们一个村,就是在帮扶我们一个乡。"中坝乡党委书记姜仲强深有感触地说,帮扶工作组不仅带来政策、带来资金,更重要的是带来了一种帮助改变干部思想观念,真心实意为群众办实事,让群众得实惠的动力和信心。

与民交友 干群心心相连

初秋时节,细雨蒙蒙。在朗溪镇孟关村一块蔬菜地里,省监察厅副厅长申楚一边帮助结对帮扶户何兴翠除草,一边鼓励她发展壮大蔬菜产业。

"申厅长建议我用大棚种植蔬菜,我准备听取他的建议,今后用大棚种蔬菜!"何兴翠告诉记者,这些省里的干部,一点也没有官架子,他们不光一道劳动,还帮助找增收致富的路子。就像自家人一样,一点也没有生分的感觉。

"帮扶工作组住村4天,走遍了全村7个村民组,走进40多户群众家里,和他们拉家常,一点距离都没有。"村支书田洪江说。

"听得进群众的话,入得了群众的心,理得了群众的事,干群关系才能融洽;坐在同一条板凳上,才能缩短心与心的距离。住在农家的炕头上,收获的才不只是建议……"帮扶工作组干部牢记于心,落实于行,深入农家庭院,与群众交心谈心,争做群众的贴心人。

缠溪镇楠星村是该县今年实施的"增收致富"工程试点村,该村共有7个村民组,村民居住较为分散,土地广袤而贫瘠。省纪委尹新黔带领帮扶组来到该村后,与村支两委、党员及群众代表进行座谈,耐心细致听取群众心声。

"一个星期的时间,他们基本上都是和群众打交道。"村支书谭军说,帮扶工作组不辞辛劳,徒步走访了每家每户,鼓励群众调整结构,发展产业,还帮助每家每户制定了增收致富措施。

"三点起来摸一摸,六点起来热呵呵,早上起来煮一锅,大家吃得乐哈哈……"

这首打油诗,形象地描述了帮扶工作组与当地群众的密切关系。

智力帮扶 托起山村希望

教育是民生之本。帮扶工作组一直心系印江教育事业发展,竭尽所能帮助解决学校存在的困难。

今年5月,省委常委、纪委书记宋璇涛走进印江民族中学,与学校师生齐聚一起,参加河南省恒祥房地产开发有限公司印江捐资助学活动。

通过省纪委牵线搭桥河南省恒祥房地产开发有限公司,确定拿出1000万元连续十年每年100万元捐赠印江贫困学子,意在为印江的教育发展尽一份微薄之力。

在帮扶活动中,省纪委还结合中坝乡蔬菜大棚和畜牧业的发展,选派技术人员到黔南州、罗甸县进行农业实用技术培训,为当地发展培养了一批"土专家"。在新业乡,省纪委直接联系团省委组织专家组来开展为期2个月的农技培训,培训人员520人次,组织致富能人和党员到省地党校培训32人次、到重庆培训1人次、到华西村培训2人次、到湄潭、重庆的秀山、玉屏等地实地考察学习了茶叶、林下养鸡和乡村旅游。通过培训学习,开扩了群众视野,增强了素质,提高了农民的创造能力和自我发展能力。

印江县委、政府主要领导认为,省纪委监察厅机关帮扶印江的17个工作组扎扎实实帮群众的行动,为该县干部深入群众中去开展工作树立了榜样,也激发了该县广大党员干部为民办事的信心和热情。

作风看似无形,但它无处不在。省纪委监察厅机关帮扶印江的17个工作组每一个组员身上,始终洋溢着一种强烈的求真务实、为民服务的优良作风,他们心中时刻装着群众,踏踏实实为群众排忧解难,以身作则,保持和提升了党和政府的廉洁勤政形象,赢得了当地人民群众的信任与称赞。

(2012年9月21日《铜仁日报》1版刊载)

围绕旅游"转"出新气象

—— 印江推动文化旅游业实现井喷式增长观察

8月26日,组团到江西省萍乡市武功山风景名胜区考察旅游文化产业发展;8月27日,邀请旅游规划专家为全县领导干部上乡村旅游开发与规划专题讲座;8月29日,召开县委常委扩大会议,专题研究文化旅游发展工作……

走出去学典型、请进来传经验、坐下来谋发展、跑起来追赶超……逐梦前行,希望在旅游、出路在旅游已成为印江土家族苗族自治县的发展共识。

迎接全域旅游,既要追赶又要转型,如何走出一条有别于东部、不同于其他区县的旅游发展新路呢? 近年来,印江坚持"休闲避暑·度假养生"的总体定位,按照"交通围绕旅游上档次、城建围绕旅游树形象、农业围绕旅游出景观、文化围绕旅游创特色、宣传围绕旅游造声势"的要求,全力推动文化旅游业实现井喷式增长。

交通围绕旅游上档次

今年,印江明确提出以县城为中心,打造"一小时旅游圈",形成"快进慢游"的交通体系,完成苏家坡至护国寺水毁公路修复工程、县城至木黄二级公路提级改造工程、梵净山西线步道优化工程和杭瑞高速印江东匝道项目建设,启动印江境内旅游公路两侧的绿化美化,建设旅游通道"车窗风景"。

如今,从印江县城出发,西上梵净山明显感觉交通路况比一年前好:道路宽了、路面好了、弯道少了、一路风景多了! 千年紫薇、万米睡佛、木黄金豆腐……这些曾不为人熟知的美景、美食,走进了更多人的视野,倍受青睐。

可喜的是,印江人民期盼多年的印江至秀山高速、沿河经印江至松桃高速、印江至思南城市快速干道于今年5月16日集中开工,2018年建成后将极大改变印江的区位优势,实现印江北融成渝经济圈、东接长江经济带,形成更加开放的发展新格局。

与此同时,印江加快建设县城美女峰景区·朗溪·合水·紫薇·梵净山、县城美女峰景区·朗溪·合水·木黄·梵净山两条"旅游黄金通道",将两条旅游线路打造成贵州省知名的旅游自驾线路;重点宣传推介蘑菇石至棉絮岭·万米睡佛·护国寺·团龙景区·千年紫薇·美女峰景区精品旅游线路,加强与周边区县景区的衔接与合作,实现区域旅游资源互补。

城建围绕旅游树形象

精致、特色、宜居、宜业、宜游是印江推进特色城镇化一以贯之的发展路子,重视面子上的形象,也重视里子中的内涵。

该县按照建设山水园林城市的要求和《旅游休闲示范城市》标准,提升城市休闲功能,加快完善书法文化广场、农业公园、观音沟湿地公园等项目建设,依托严氏宗祠规划建设土家文化集聚区,开展特色饮食、旅游商品销售、文化体验活动,将县城打造成"梵净山的会客厅"。

该县依托"中国书法之乡"这一金字招牌,打造集文化体验、书法创作、展览展示、会议论坛为一体的书法文化产业园,同步将美女峰景区、朗溪石漠化治理农业公园打造成县城"后花园"。

在充分吸纳现代元素,延续县城历史文脉的基础上,认真抓好新区开发和旧城改造,加快历史文化街区、历史人文景点和民族文化村寨建设,认真保护景点、文物、古树和宗教场所,完善印江文昌阁、严寅亮故居、严氏宗祠等一批具有典型土家地域文化特色的公共文化景点,使城市呈现出浓郁的少数民族风格,努力建成有历史记忆、地域特色、民族特点的美丽城镇。

此外,该县按照"一年灭荒、三年见绿、十年见成效"的目标,大力实施城周森林屏障建设工程。按照"一街一景、四季分明"的要求,加快和完善县城武陵公园、城市湿地公园、城市农业公园和大圣墩体育公园的绿化工作,大力实施印江河治理工程,打造了印江河中洲段建设景观带,建设步道、绿化景观、栈道、景观亭等休闲娱乐设施。

目前,印江城区绿地覆盖率达 42.7%,绿地率达 37.7%,人均公共绿地 10.8平方米,初步实现了"城在绿中、人在景中"的宜居宜游环境。

农业围绕旅游出景观

每逢周末,不少游客走进梵净山西麓的紫薇镇大园子生态茶园、新寨状元茶叶园区,呼吸新鲜空气、观赏茶园风光、拍照留念。

印江依托"中国名茶之乡"国字号名片效应,深入推进"园区景区化、农旅一体化、茶旅一体化",发展成效明显。

走进木黄凤仪村,以"园区＋乡村＋旅游"模式打造的乡村旅游度假区正加紧推进。度假区建成后,山地空间、水景空间、林景空间、村寨空间和休憩空间将达到完美融合,实现园区发展、美丽乡村建设、旅游发展、群众增收共赢目标。

同时,该县立足农业生态景观、季节农事活动、农业文化习俗等农业生态及文化资源,实施农业与乡村旅游融合工程,重点打造杭瑞高速公路印江段、梵净山环线和洋溪省级自然保护区3条休闲观光体验农业产业带,建设一批以田园、茶园、园林花卉园、特色养殖园、现代农业科技示范园等为主的休闲观光体验农业景点,大力培育发展休闲观光体验农业经营主体,推进农旅一体化进程。

目前,印江状元茶景区被成功创建为四星级农旅园区,国茶园景区被成功创建为三星级农旅园区。

文化围绕旅游创特色

把书法文化融入宜游县城建设是印江"文化围绕旅游创特色"的一个缩影。

近年来,该县围绕"中国书法之乡""中国名茶之乡""中国长寿之乡"三张国字招牌,抢抓发展机遇,加速打造"墨韵茶香·福寿印江"文化品牌,着力推动文化旅游产业大发展,取得明显成效。

印江木黄是红二、六军团会师地,把红色文化融入城镇建设成为木黄打造景观型小城镇的一大特色和亮点,每年吸引数万人前往参观,红色旅游持续升温。

得天独厚的地理环境和气候环境,使得印江成为养生乐园、长寿福地。近年来,印江利用"中国长寿之乡"品牌,发展以游长寿谷、吃长寿宴、品长寿茶、拜长寿树、敬长寿老人、感长寿文化为主的"六个长寿"生态旅游产业。

此外,印江依托佛教资源优势,修缮护国禅寺及寺庙基础设施,绿化美化寺庙环境,建设梵净山佛教历史文化展厅,支持僧团依法开展佛事活动,大力弘扬佛教文化。同时,积极开展万米睡佛吉尼斯世界纪录申报工作,把万米睡佛作为西线重要旅游卖点。目前,该县已成功修建了2个天王寨、1个罗汉村。

宣传围绕旅游造声势

多形式开展宣传推介,是印江提升文化旅游影响力和知名度的有效举措。

该县按照"月月有活动、季季有主题、全年有声势"的思路和目标,策划并成功举办了土家族过赶年、祭风神、杜鹃花节、祭蔡伦先师、护国寺水陆大法会等节会活动,进一步展示印江文化魅力,提升印江知名度。

该县把"梵天净土·福寿印江"品牌作为外宣的重点,按照"高端展示·受众对外"的原则,通过线上线下整合的方式,实施政府主导、企业联盟、媒体跟进、活动展示"四位一体"营销策略,推动一个旅游口号、一首旅游歌曲、一个品牌节会、一套旅游丛书、一支旅游舞蹈、一本旅游画册的"五个一"工程,策划包装"六个长寿"品牌,积极申报创建有影响力的旅游品牌。

开展印江故事征集、导游词美文撰写、淘印江、拍印江等活动,组织旅游企业赴重庆、遵义等重点客源市场开展营销活动,实现旅游企业进社区、商场、广场、车站,直接面对客源地市民,扩大印江知名度和美誉度。

(2016 年 9 月 2 日《铜仁日报》5 版头条刊载)

山坳里的"明星"
印江木黄建设景观型小城镇

近年来,印江土家族苗族自治县围绕"小而精、小而美、小而特、小而富"的总体要求,坚持高起点规划、高标准建设、高速度推进木黄示范小城镇建设。如今,有着省级风景名胜区、省级绿色小城镇、省级历史文化名镇等"头衔"的黔东木黄古镇,正阔步迈入"精、美、富、特"的旅游景观型小城镇。

快速推进保工期

老寨生态移民小区从项目选址确定到全面动工仅用 4 天时间;会师柏景观点打造从方案落实到项目全面完工仅用 20 天时间;滨江路、会师广场、停车场、游客服务中心及老镇区的立面改造、街道整治超 2 亿元的工程施工时间仅 6 个月。

自 2012 年 11 月,木黄小城镇建设开工后,印江以"等不起"的紧迫感,"慢不得"的危机感,"坐不住"的责任感,全力以赴推进木黄小城镇建设。各项目建设工人三班倒 24 小时轮流作业。

"作为全省'5 个 100 工程'、全市第二届旅发大会的主会场,施工项目多、任务重、工期紧。当时,我们采取'倒排工期'的制度、挂图作战、全力加快项目建设。"该镇党委书记杨天贵说,木黄小城镇建设的项目均安排专人负责协调对接,确保了停车场、会师广场、滨江大道、绿化亮化等工程如期完工。

"三分建、七分管",坚持建管并重是木黄小城镇建设推进中的一个亮点,该县建立了规范、高效的管理机制,开展"两违"集中整治清理和老城区立面改造。同时投入资金 80 余万元新购垃圾运转车、垃圾集装箱、垃圾转运场,认真抓好环境治理,不断优化城区人居环境。

该县启动总投资 8.42 亿元的木黄小城镇 10 个"8 + X"项目,目前完成投资4.15 亿元,将军山公园景观、会师柏景观打造、生态防洪堤和观音山山体公园景观打造项目已全面完工。

产镇共建惠于民

从木黄镇出发,沿梵净山环线公路前行,一排排食用菌棚渐次映入眼帘。得益于得天独厚的地理和气候条件,木黄镇的食用菌产业发展迅速,成为该县食用菌产业核心区。

目前,该镇已培育发展小微企业 32 家,建成食用菌菌棒生产加工厂房 7 座,采取"公司+农户+合作社"的模式带动农户 287 户,种植生产春菇、夏菇、黑木耳等产品,远销成都、重庆等地,有效解决长期劳动就业 500 余人,解决临时务工就业可达 1345 人。

该镇实施山上种茶叶、核桃,坝上种香菇、黑木耳,环线公路发展农家乐,力促群众增收致富,实现"产业兴镇,产镇一体"的发展目标。

同时,该镇还做出了"一心、两带、三区"的产业发展规划:一心即中部商贸旅游服务核心,两带即沿 304 省道的农业产业带和沿环梵净山环线的旅游产业带,三区即东北部生态农业发展区、西北部特色种植养殖区和南部旅游、农业产业园区,着力打造集观光、旅游、休闲于一体的生态绿色产业。

特色文化显个性

长征路、会师路、将军山、会师广场、红军亭、红军浮雕……从木黄镇上的街道名称、建筑物,就可感受到这个小镇的长征印痕和浓厚的红色文化气息。

该县以"千年古木黄、红军首会师"为木黄城镇建设定位,把红色文化注入木黄城镇建设中,打造独具魅力的景观型小城镇。目前,该县已在木黄建成会师柏景点、红军浮雕、红军广场、贺龙钓鱼台等红色旅游景点,每年吸引数万人前往参观。

"既打红色文化牌,又做活绿色生态。"木黄风景名胜管理局局长任伟介绍,该县采取"以点为主、以线为次、以面为辅"的方式实施绿化,将形成以公共绿地为主,包括山体公园、滨水游园、广场绿地、沿街绿地及道路绿化、山头绿地在内的绿地网络系统建设,使镇区绿化覆盖率不低于 45%,镇域绿化覆盖率不低于 40%。

同时,该县还启动了以红色文化、生态文化、民俗文化为主题的国家 3A 级旅游景区创建工作,在凤仪、金厂等村布置人文艺术景点等,聚力打造独具魅力的景观型小城镇。

(2014 年 8 月 20 日《铜仁日报》3 版头条刊载)

休闲养生　度假避暑
印江精准定位建山水特色城市

2014 年 8 月,市委一届六次全会审议通过了《中共铜仁市委关于推进新型城镇化建设山水园林城市的决定》,明确了印江土家族苗族自治县"建休闲养生、度假避暑的山水特色城市"的精准形象定位。该县以此为目标和方向,坚持"生态优先、文化引领、景城融合、产城一体"的思路,沿着"三年大会战、四年大提升"的"两步走"目标,建设一座四周森林葱郁、山水相依、空气洁净、河水纯净、食品干净、环境幽静、心境宁静的"休闲养生、度假避暑"幸福之城。

生态优先绿色崛起

该县采取宜果则果、宜林则林、人工造林与封山育林相结合的方式开展石漠化综合治理,坚持谁造补谁、适地适树等原则,加大植树造林扶持力度。去年,全县完成营造林 6.76 万亩,争取到新一轮退耕还林项目 1 万亩,全县森林覆盖率达58.5%,全省排名第 16 位。同时,该县以全省第一名的成绩入围全国生态保护与建设示范区。

同时结合新农村建设,在印江河沿岸村寨新建乡镇垃圾处理场、整改圈舍,大力实施城镇污水管网完善工程、县城区雨水集水工程,积极实施循环经济、重点污染源治理等重点工程项目,全县城镇生活垃圾无害化处理率、污水处理率达 95%以上。

该县还坚持在生态旅游景区发展生态农业,在生态农业上打造生态旅游景观这一理念,把生态产业与生态旅游有机结合,实现了旅游与产业的双赢,并达到保护生态的目的。团龙、甘川入选中国少数民族特色村寨,木黄镇入选贵州省"十佳特色城镇旅游景区",新寨生态茶叶示范园区(曹状元景区)被成功创建为三星级农旅示范景区。

文化引领彰显魅力

立足文化、生态、品牌资源优势,该县围绕"中国书法之乡""中国名茶之乡""中国长寿之乡"三张国字招牌,抢抓发展机遇,加速打造"墨韵茶香·福寿印江"文化品牌,着力推动文化旅游产业大发展。

该县将生态文化、佛教文化、民族文化、红色文化有机融入教育、医疗、文化、体育、社会保障等公共服务体系建设中,启动建设博物馆、展览馆、图书馆、游泳馆等文化体育设施,继续抓好居民小区、单位办公楼土家风格建设,着力打造城市基础设施一处一特色,一街一景观,实现现代建设与生态文化、历史风貌相得益彰,现代城市与历史遗迹有机统一。在充分吸纳现代元素,延续县城历史文脉的基础上,认真抓好新区开发和旧城改造。

同时,加快历史文化街区、历史人文景点和民族文化村寨建设,认真保护景点、文物、古树和宗教场所,完善印江文昌阁、严寅亮故居、严氏宗祠等一批具有典型土家地域文化特色的公共文化景点,使城市呈现出浓郁的少数民族风格,努力建成有历史记忆、地域特色、民族特点的美丽城镇。

在文化宣传推介上,该县通过举办梵净山杜鹃花节和梵净山金橘节等梵净山西线系列文化旅游节庆活动,扩大梵净山西线旅游影响力。培育壮大贵阳、重庆客源市场,打造以梵净山为核心的武陵山区域旅游圈精品线路,构建大旅游格局。

景城融合精致宜居

该县按照"一年灭荒、三年见绿、十年见成效"的目标,大力实施城周森林屏障建设工程;按照"一街一景、四季分明"的要求,加快和完善县城武陵公园、城市湿地公园、城市农业公园和大圣墩体育公园的绿化工作。同时,该县加强城市重要饮用水源地梵净山及周边森林植被的保护,全县河流、水库等水岸绿化率到达了85%以上。

印江大力实施印江河治理工程,先后完成河道清障、开挖、治污、蓄水、增绿、造景建设,打造了印江河中洲段建设景观带,建设步道、绿化景观、栈道、景观亭等休闲娱乐设施。

为增强"绿肺"的"肺活量",印江先后在县城投入资金启动实施了城市农业公园、观音沟湿地公园、大圣墩体育公园、武陵公园,遍布的大小绿地都是百姓健身休闲的好去处。

目前,城区绿地覆盖率达42.7%,绿地率达37.7%,人均公共绿地10.8平方米,初步实现了"城在绿中、人在景中"的人口宜居环境。

产城一体人气聚集

家住印江县城的邓安秀,从去年乐琪服装厂开始投产运行就到厂里打工,从县城到经开区上班很不方便,更多时候是家人骑摩托车接送,冷不说,还很不安全。

"现在好了,每天早上七点半在县城西环车站上车来上班,五点半下班后还有'专车'从厂里到县城,来回都是三块钱,很方便,这也是政府考虑得周到。"邓安秀说。

如今,印江经开区厂房拔地而起、道路纵横交错,各项配套功能齐全,职工超市、篮球场、金融网点、医疗卫生服务点等附属设施样样齐全,良好的生活、工作条件,又吸引了数千名群众就业。

该县强化规划引领,完成游泳馆等20个城镇建设项目初步规划,收储土地1474亩,投入城镇基础设施建设资金12亿元,完成了龙津路、富康路等10条市政道路建设,城区路网骨架基本形成。

该县积极推进建筑业发展,先后启动14个大项房开项目,县城建成区面积扩大到6.96平方公里,全县城镇人口达16.54万人,城镇化率提高到37.45%,并成功申创全省建筑业发展示范县。

该县不断完善城市功能,扎实推进县城背街小巷环境整治,"多彩贵州·桃源铜仁"文明行动专项工作位居全市前列。如今的印江正以特色山水城市的面貌出现在铜仁的西部。

(2015年3月18日《铜仁日报》1版头条刊载)

文明花开幸福来

——印江自治县"五城同创"纪实

2004 年至 2008 年,印江土家族苗族自治县先后成功申创了省级卫生县城和省级文明县城;

2009 年至 2011 年,该县巩固全省文明县城、全省卫生县城成果,并开展国家卫生县城和中国优秀旅游目的地城市"两创"工作;

2012 年至 2014 年,该县继而向更高的目标攀登,新增全国卫生县城、省级园林城市、省级森林城市创建,"两城同创"提升为"五城同创"。

翻阅"五城"考评细则,上百项的测评指标,项目繁多、结构庞大,涵盖了城市的方方面面,每一项都与市民息息相关。达到"五城"考核的标准,成为一个目标;如何创建,成了一道全民考题。

尽管困难重重,但印江决定迎难而上,以"五城同创"工作为统揽,举全县之力,集全民之智,从基础设施、精细管理、优质服务、素质提升、制度保障等方面入手,加大投入,创新体制机制,一步一个脚印推进创建工作,交出一份满意的答卷。

抓建设,改善民生环境

每天清晨和傍晚,印江县城文昌广场上显得格外热闹,打太极、跳花灯、跳交际舞,男女老幼都露出幸福的笑脸。

"以前没有场地,现在这个条件好了,打太极让心静下来!"61 岁的田儒群老人说,她每天除了在广场跳舞,还要到体育场里走上几圈,也很少感冒。

如今,在印江像田儒群一样,通过跳舞、打球、散步等方式健身,已成为不少市民生活的一种时尚。

近三年来,累计投入资金近 5 亿元建设以场馆、市政、道路、公园广场、环卫等为重点的城市公共基础设施,基本形成了设施齐备、功能完善的城镇公共基础服务体系,不断改善了市民人居环境。

　　该县以拉大城镇骨架、完善城镇功能为重点,按照"绿化率高、容积率适中、建筑密度低"的要求,坚持高质量推进城镇建设。推进县城区 16 条市政道路、3 个星级酒店、3 个旧城改造、3 座人行天桥、普同大桥、县城供水二期等全面建设,以及城市农业公园、观音沟生态湿地公园、大圣墩体育公园项目建设,大力提升城市品位。

　　该县加大城市棚户区和旧城改造力度,先后启动 14 个大项房开项目,新建廉租房、公租房等保障性住房 5000 套,县城建成区面积扩大到 6.96 平方公里,全县城镇人口达 16.54 万人,城镇化率提高到 37.45%。

　　该县按照"一年灭荒、三年见绿、十年见成效"的目标,大力实施城周森林屏障建设工程,累计完成造林 5500 亩,全县森林覆盖率达 53%,城区绿地覆盖率达42.7%,绿地率达 37.7%,人均公共绿地 10.8 平方米,切实改善了城镇人居生活环境。

抓管理,展现城市新貌

　　俗话说"三分建,七分管"。城市管理是城市发展的保障,对城市的健康有序发展起着制约作用。

　　近年来,该县以卫生与秩序"网格化"管理为切入点,强化城市管理,深入开展"整脏治乱"专项行动和"多彩贵州·美丽印江"文明行动,不断提升城镇精细化管理水平。

　　该县扎实推进"美丽印江"文明行动,大力推行"网格式"城市管理模式,将县城区优化为 18 个板块、35 个网格,合理布局 5 个"城管便民服务岗亭",将环卫工人合理分配到各网格,每个网格由公园广场、建设工地、集贸市场、公共厕所、背街小巷、单位院落、居民小区等"点"和主干道、次干道、河道等"线"组成,基本形成了覆盖全城的网络体系,做到了无死角死面、连片无缝管理,城区主次干道全面实行环卫机械化作业,实现了全天候保洁,人居环境得到有效改善。

　　该县强化秩序管理,以城管为主体,交警、工商、环保等部门协助,重点加大对"门前"三包、占道经营、流动摊贩、交通秩序、行人秩序等进行综合整治,做到划行归市,人车秩序井然。卫生与秩序"网格化"管理已成为"印江模式"和"印江品牌",在铜仁市范围内得到广泛应用,平坝县、兴义市、重庆市璧山县等省内外市区曾到印江参观学习。2012 年印江在全省"整脏治乱"专项行动综合考核中排名第10 名,成为铜仁市唯一进入全省前十名的县,且连续两年荣获铜仁市第一名。

　　与此同时,该县切实加强城镇社会治安防控网络建设,先后投入近 2000 万元实施"天网工程",在县城区和乡镇所在地建设监控点 777 个、报警点 87 个、治安卡点 4 个、高清监控 8 个,建立了城区治安视频监控和电子抓拍系统,在主要路段和路口安装了监控摄像头,进一步改善了治安环境。

抓服务,树立文明新风

"您好,需要我帮忙吗?请随我来。""您好,请稍候!"走进印江行政服务中心,"好"字开头、"请"字优先的话语让人倍感亲切。各服务窗口规范有序,制度标牌整齐统一,工作人员热情的态度和快捷的办事效率让办事的群众赞口不绝。

该县行政服务中心是印江为民办事、服务联系群众亮点窗口和文明窗口。近年致力于政务服务规范化建设,全面启用了行政审批专用印章,有 42 个窗口单位 50 名窗口人员实行了 AB 岗替代,制定全程代办、预约办理服务、特别通道服务和上门办理服务等 30 多项工作制度,实行一站式审批、一次性告知、限时办结,群众满意度达 98% 以上。

然而,争做"文明窗口""文明单位"只是该县在服务行业长期开展优质服务活动的一个缩影。

近年来,该县还广泛开展志愿服务活动,不定期组织医疗、法律、科技、文艺等志愿服务队伍深入社区、农村和学校,开展关爱母亲河、关爱空巢老人、关爱农民工、关爱留守儿童等"十项关爱"活动。近三年累计登记志愿者 8600 余人,开展各类志愿服务活动近 355 场次。

该县开展行业专项整治,规范行业服务行为。在医疗系统开展"三好一满意"活动,在出租车、公交车系统开展"文明交通行动",在金融保险行业开展"服务他人、奉献社会"等主题活动,促进服务行业人员诚信守法,不断提高服务水平和质量。同时,保证各类便民服务热线 24 小时畅通,将"110""119""120"三台合一,提高服务效率。

抓素质,携手全民共建

夜幕降临,在印江新业乡平坝村的"道德讲堂"里座无虚席,一场生动的村级"道德讲堂"又拉开了序幕。村里 80 岁的优秀党员杨光凡用朴实的语言,为在场的 30 多名党员干部和群众讲述自己讲道德、尊道德、守道德的故事,使大家接受了一次心灵洗礼。

今年,该县积极搭建公民道德教育平台,建立道德讲堂总堂 1 个,机关单位、乡镇、村和学校建立道德讲堂共 186 个,开展讲堂活动 3900 余场次,参加人数 7.8 万人次。

与此同时,该县开展以"爱我印江城、人人讲文明"为主题的全民义务劳动,提高广大市民的社会公德、职业道德、家庭美德和个人品德。连续两年,该县精神文明创建工作名列铜仁市第一。

改变,前所未有;提升,来之不易。如何保持这样的成果和进一步推动"五城同创"继续深入,该县已建立长效机制,制定了创建文明县城中长期规划,每年均单独预算 80 万元的专项创建工作经费,将创建工作纳入全县年度目标考核,充分调动广大干部职工参与创建工作的主动性和积极性。

印江县委书记陈代军说:"'五城同创'不单单是创几块牌子,而是要通过集中创建活动,把广大干部群众的注意力、创造力吸引到共建美好家园上来;我们是通过创建改变、改善我们的工作生活条件,让我们有个更加美好的环境,让我们赢得更多的发展机遇,提供更大的发展空间。"

(2015 年 4 月 17 日《铜仁日报》1 版、2014 年 10 月 15 日《当代贵州》刊载)

基地合理布局　安检每天测试

印江"菜篮子"货足质优

近年来,印江土家族苗族自治县把发展蔬菜产业作为加快农业产业结构调整步伐、提高农民生活水平的重要产业来抓,认真做好基地布局规划和质量安全监管等工作,打造安全放心的"菜篮子"工程。

因地制宜抓布局

走进海拔在 1100 多米的印江缠溪镇湄沱村,村民李国富正忙于在菜地里管理绿油油的菜苗。看着长势喜人的蔬菜,心想又要卖个好价钱,李国富笑着说:"种蔬菜,我觉得抓住蔬菜市场季节时间差很关键,别人没有卖的,我这里有,这样就容易赚钱,好销售。"

2004 年,李国富利用湄坨村地处高寒气候及地理优势发展高山晚熟无公害蔬菜。经过多年的学习和实践,他摸索出一套适应本地气候的种植晚熟蔬菜的技术,并投入 2 万元建成了 2 个大棚,采取科学技术育苗,从当初的单一品种发展到今天的以西红柿、辣椒、四季豆、花菜等为主的 12 个品种。

近年来,他种植的蔬菜每年每亩获利均在 8000 元以上,一亩地的收益相当于原来大田种植玉米、红薯等收入的 3 倍以上。

在他的带领下,湄坨村晚熟蔬菜发展迅速,目前村里申报 2 户蔬菜微型企业,成立湄坨村高山冷凉蔬菜合作社,种植面积达到 400 亩。这也是印江立足自然条件优势,研究制定出适宜各区域海拔高度的蔬菜生产模式中的一个成效展现。

近年来,该县积极引导农民发挥传统种植优势,在低海拔 550 米以下区域的峨岭、中坝、朗溪等乡镇,以冬春早熟蔬菜、速生蔬菜、秋冬蔬菜的种植模式为主,种植小白菜、豇豆、四季豆、葱等常规蔬菜;在中海拔 550 米至 680 米区域的板溪、天堂、永义等乡镇,以次早果菜速生蔬菜、夏秋蔬菜、速生蔬菜的种植模式为主,种植小白菜、豇豆、四季豆、芹菜、莴苣等;在海拔 800 米以上区域的缠溪镇湄沱村、沙子坡天星等地,以速生蔬菜、特色瓜果、夏秋冷凉蔬菜的种植模式为主,种植特色瓜果、白菜、萝卜、豆类等。

整合项目建基地

时下,走进印江朗溪镇河西村蔬菜基地,绿油油的蔬菜苗长势良好,一张张杀虫的黄板整齐划一插在菜地上,茄子地里几名群众忙于除草。

让正在基地打工的村民龙忠英感到惊讶的是,昔日小块小块的田土,如今变成了成方成块的蔬菜产业基地,水泥硬化的产业路和水利沟渠错落有致。以前用耕牛都难以翻犁的田土,如今实现了机械化耕种。同时,自己家近三亩土地流转出来种菜后成了基地的一名上班族。

"以前我们是种稻谷、洋芋,除去种子费、农药、人工后,算下来没有搞头。现在土地租给公司来办蔬菜,我们来这里打工60块钱一天,工资按月发!"年近花甲的龙忠英笑得合不拢嘴。

而这一变化,得益于2013年我县整合省级农业土地开发项目补助资金和财政配套资金153.58万元在朗溪镇河西村实施的11.6公顷土地平整项目。为了高效利用整治后的土地,今年,该县朗溪镇成功引进了印江乔鹏农业科技开发有限公司,通过积极引导群众流转土地,并采取"公司 + 农户 + 基地"的模式发展无公害商品蔬菜500亩。同时还争取了市价格调节基金60万元扶持蔬菜发展。

该县朗溪镇副镇长张雄说,这种模式一是采取多品种种植蔬菜和一年三熟的模式,实现亩产值一万元以上;二是农户可以获得每亩800元的土地流转金,并在果蔬公司基地务工,实现人均每月1500元的收入,农户人均务工收入可以实现1万元以上。

近年来,该县积极整合项目资金,加大财政扶持,先后整合水利、农业资源开发、高效设施农业等各项资金8000多万元用于扶持"菜篮子"工程蔬菜基地建设。

该县加大资金扶持力度,以多渠道融资方式发展蔬菜产业,集中捆绑使用各类涉农资金投入蔬菜产业发展,采取向省、中央财政申请,地方财政匹配、部门整合、农户自筹多渠道融资,为蔬菜产业发展提供资金保障。积极推行畜—沼—菜生态循环发展模式,促进蔬菜产业向无公害和绿色产品方向发展。

同时,该县完善服务体系,加大新技术的推广,聘请知名专家指导蔬菜产业的建设;今年先后举办"阳光工程"果蔬技术培训18期,提高蔬菜基地建设水平。同时,该县通过金融贷款、项目争取来扶持蔬菜基地建设和加工企业运行,促进蔬菜向规模化、集约化、产业化方向发展,实现产业链条的延伸。

目前,已有以蔬菜为加工的企业8家,生产的加工产品印江酸芋荷系列、辣椒产品系列、腌菜系列、薯粉系列已远销省内外等大中城市。

监管质量保安全

一大早,印江中坝乡夫子坝无公害蔬菜基地负责人付学洪带着刚刚采摘的黄瓜、四季豆、莲花白、白萝卜等蔬菜样品到中坝乡农经站检测蔬菜指标。

经过逐样检测,全部都合格。付学洪告诉记者,所检测的蔬菜就是第二天要上市的蔬菜,每天上午检测合格后,下午采摘,第二天早上上市。

中坝乡农经站农产品质量安全检测员张文武告诉记者,实行蔬菜检测重点针对发展 50 亩以上的蔬菜基地,除了蔬菜种植户每天把样品带去检测外,每周检测组不定期地还要到基地上随机采样进行检测,严禁质量不合格的蔬菜进入市场。

“菜篮子”安全无小事。近年来,该县以创建省级农产品质量安全检测示范县为载体,整治农业投入品市场和规范农产品生产管理,设立了 365 个村级农产品质量安全报检点,聘请了 300 多名村级检测员。

同时,该县投入 300 万元建立了 1 个县级农产品质量检测中心和 17 个乡镇农产品质量检测站建设,配备相应设备和车辆,形成了一整套较为完善的农产品质量安全检验检测体系。

该县加强蔬菜市场流通管理,做好农超、农企、农餐、农市、农宅、农网对接,降低流通成本,促进产销衔接顺畅。每周不定期对各农贸市场、超市的蔬菜进行抽样检测,按区域对检测信息进行公布。

同时,今年该县还采取市场化运作方式,招标购买服务,择优选择配送企业承担全县中小学营养餐鲜品果蔬配送,并给果蔬产品建“档案”,确保产品质量安全,保证果蔬产品质量安全追溯和生产过程问题的追查。

(2014 年 6 月 19 日《贵州日报》9 版头条、2014 年 6 月 18 日《铜仁日报》5 版头条刊载)

印江:诚信计生谱新篇

一处守信,处处受益;一处失信,处处受制。

今年以来,印江土家族苗族自治县创新人口计生管理服务机制,积极探索人口计生"双诚信、双承诺"工作模式,整合资源优势,捆绑民生政策,实现行政管理与村民自治紧密结合,推进了人口计生工作"双降"目标实现。

强化宣传,营造良好氛围

"打竹板,走上台,欢欢喜喜乐开怀,计生事儿有万千,诚信计生说开来。诚信计生为民生,优质服务促和谐,以人为本走在先,提升服务要优先……"傍晚时分,该县杉树乡对马村计生"双诚信、双承诺"文艺表演队又在村里的文化广场上,用生动活泼的形式宣传计生政策、知识。

"以快板、腰鼓、广场舞等形式向群众宣传诚信计生只是一个方面,我们还结合新农村建设,用计生漫画和标语来装饰、美化村落和墙壁。"对马村村支书代秉豪说。

今年以来,该县依托公路主干线,建立"三线"示范带,着力实施"建设一个文化院落、印制一本应知应会手册、创建一个信息交流平台、建设一支宣教队伍、开展一次政策宣讲活动、算好一笔计生奖惩账"计生"六个一"工程建设。

在群众经常聚集和进行集体活动的地方,通过一幅幅诙谐幽默、形象生动的漫画,宣传人口计生政策、知识,使群众在潜移默化中受到启发和教育;通过印制宣传手册,对为什么要开展"双诚信、双承诺"工作、有什么好处等问题进行解答,消除群众疑问;县、乡设立计生手机信息宣教平台,及时向群众免费发布宣教信息。

同时,通过编排土家族或苗族群众喜闻乐见的花灯、小品等进行宣教;组织干部进村入户就群众提出的政策咨询进行解答,把群众参与"双诚信、双承诺"工作获得的好处一一列出来,让群众有一本"明白账"。

民主管理，抓实村级工作

"我们把计生工作写进村规民约，主要就是为了形成群众自我管理、自我教育、自我监督、共同维护的氛围。"合水镇坪楼村村支书介绍，今年，村里认真开好群众代表大会，把村民自治章程和村规民约、诚信协议书等一并讨论，通过把计生"双诚信、双承诺"工作写进村规民约，打破了以前开群众会出现"会荒"和群众不理解、不支持计生工作的状况。

如今，开好群众代表会、计生工作实行村民自治，已覆盖印江 374 个村（居）。在"双诚信、双承诺"工作中，该县通过契约的形式把计生管理者和被管理者的权利义务规范下来，互相监督，互相守信履诺，形成"你诚信、我履诺，我失信、你惩戒"的双向管理模式。

该县围绕群众的守信与失信行为，推行计生诚信星级评定，村成立民主评议小组，每月召开村级评议专题会议，评出特别诚信户、诚信户、基本诚信户、不诚信户，把诚信等次与民生优惠政策结合起来，让诚信家庭得到更多奖励优惠，对特别诚信户发放优惠证，对诚信户发放诚信证，为诚信家庭办理各项事务提供方便；对不诚信的计生家庭，实施会员帮带，从项目、资金、技术等方面入手，帮助他们解决实际困难，增强发家致富信心，督促其转化思想，履行计生义务，早日兑现奖励，并按季度对诚信等级发生变化的家庭进行调整。

整合资源，抓实社会工作

在"双诚信、双承诺"工作推进中，该县突出刚性制约，将计生工作与依法行政"村村动"相结合，进一步强化了以非诉讼案件执行为抓手，消化征收社抚费库存，增强村干部抓计生工作的信心和决心，实现人口计生工作重心下移。用刚性的惩戒机制让群众"不敢生"，用特惠加优惠普惠政策使群众"不愿生"，用综合治理的办法让群众"不能生"，达到"少生育多保障"。

该县巩固阵地建设，从组织建设好、制度建设好、村务公开好、宣传服务好、计生诚信好、文明建设好"六好"着手，明确"诚信计生"建设是村（居）两委的"责任地"，把敢不敢抓、会不会抓、能不能抓和抓诚信计生工作好不好作为评价村（居）组织和干部工作实绩的刚性指标，促使其加强基层基础阵地建设。

同时，把计生工作与计生家庭"率先小康"相结合，从"提高保障、项目帮扶、医疗救助、教育资助、住房保障、促进就业"入手，围绕"优生优育、生殖健康、生产致富、子女成才、抵御风险、养老保障"等民生问题，帮助计生家庭增强发家致富信心，探寻增收致富路子，更好改善民生。

　　该县建立起"党委领导、政府主导、政策扶持"的帮扶机制,为计生家庭实现"率先小康"创建良好环境,通过建立和完善少生、优生的民生扶持政策,从政策、制度上来改善和保障民生,通过人口计生"双诚信、双承诺"的推动,用利益导向机制实现"少生"。

　　诚信计生谱新篇。通过推进计生"双诚信、双承诺"工作,该县人口计生出生率同比下降0.11个千分点,符合政策生育率同比上升0.56个百分点,主动返家落实计划生育义务的102户,主动缴纳社抚费680万元,推迟二孩生育1138户;办理独生子女360户,新增"二女"户654户。

　　　　　　　　　　　　　(2013年12月6日《铜仁日报》1版头条刊载)

印江：崛起的"工业力量"

深秋时节,位于杭瑞高速公路印江匝道口的贵州印江经济开发区内,数十栋标准化厂房内机器轰鸣,一件件产品从流水线鱼贯而出,工人忙着装车外运……

作为不靠海、不靠江、欠开发、欠发达的山区农业县,如今已形成了以"一园三区"建设为载体,"园城共建、产城共体"的发展之路,一个特色鲜明、产业集聚、协调发展的新型工业园区正在加速崛起!

抢抓机遇"筑巢"

从一片荒地到厂房林立,再到企业入驻,印江经济开发区24栋多层标准厂房建设只花了两年多时间。

刷新"印江速度"的关键性因素在于,该县在项目建设中严格执行"倒逼工期、限时完成"和"按天督查、按周通报"制度。

而破解建设用地问题的"法宝"则是坚持"向山要地""向空中要地",开发闲置荒山、征收低效土地作为标准厂房和公共基础设施建设用地。

战略决定高度,思维决定出路。2011年以来,印江建成占地200亩24万平方米的多层标准厂房,园区节约土地50%,容积率达到1.75。

同时,该县按照"工业园区化、园区城镇化、产城一体化"的要求,在每年安排1000万元资金用于园区基础设施建设的基础上,创新融资模式,拓展融资渠道,为园区建设提供了各种要素保障。

目前,印江工业园区完成基础设施建设、产业项目投资21.8亿元,初步建成"一横三纵"主路网,核心区实现了"七通一平"。2012年,印江工业园区顺利升格为省级经济开发区。

创新机制"引凤"

走进印江海威特电子科技产业园凯琦实业有限公司,生产线上的工人们正紧张有序地生产键盘和鼠标等电脑配件产品。

"我们为了赶制订单产品,工人们还要加班,每天生产键盘5000只左右,鼠标5500只以上。"该公司负责人介绍说,公司今年4月投产以来,注塑车间、键盘车间、鼠标车间、线材加工车间都正常投入生产,月产值达到400万元以上。

如今,在印江小云工业园区内像凯琦实业科技有限公司这样的还有团力、汇美等5家电子企业,富鼎橡塑、伟仕达、盛源科技3家电子企业正在进行设备安装调试,年前试投产。这些电子企业聚集落户印江,缘于印江围绕电子加工业上下游产业,采取产业化集团式招商引资,解决"孤岛式"企业引进难题。

近年来,印江不断完善招商引资机制,组建了由县四家班子主要领导挂帅的招商小分队和以县政府分管副县长为责任人的产业化招商小分队,分区域、有目的地开展重点产业化专业招商,逐步从全员招商向领导干部带头招商、产业化专业化招商和驻点招商转变,致力打造引来一个、带来一批的"磁场"效应。

2012年以来,该县招商引资落地项目185个,累计招商引资到位资金133.67亿元。

多措并举"护巢"

"这里的投资环境很好,政府对我们企业的服务到位,帮助我们解决周转资金困难、用工难题,让我们在这里发展很有信心。"印江承明鞋业有限公司生产部经理张小群说。

印江承明实业年产100万双鞋子建设项目是该县2013年招商引进落户的首家出口加工型企业。从企业进驻园区开始,该县实行全程跟踪服务,帮助企业解决立项审批、工程建设、生产配套设施建设等方面遇到的困难,让企业在3天内完成了项目规划、立项等县内所有行政审批事项办理,一周内全程代办了企业进出口贸易资质办理,一个月内完成了厂房水电、消防和地面装修,40天内完成了首条进口设备生产线安装并投产运行……这只是该县服务企业的一个缩影。

近年来,该县采取"一个项目、一名领导、一套班子、一抓到底"的"四个一"工作机制,从项目立项、审批、开工建设到投产,实行"一条龙"服务。同时,对正在建设的项目实行"倒逼工期、限时完成"制度,做到定人员、定任务、定工期,定期督查、定期通报,确保入园项目早建成、早投产、早达产。

该县优化融资环境,成立了工业投资公司,帮助企业解决资金周转率低等问题;出台了招商引资项目并联审批制度,简化项目审批流程。今年6月开始实施《印江经济开发区劳动密集型企业物流运输补贴办法》,解决企业物流运输问题。

　　同时,该县整合各类就业培训资源和资金对企业工人进行技术培训,抽调精干人员入驻联系乡镇开展园区招工工作,加强企业所需的煤、电、油、水、运等要素调度和协调,确保企业健康运行。

　　今年,该县已发放100余万元物流运输补贴资金,实现新增城镇就业6394人。

　　　　　　　　　　　　(2014年11月16日《铜仁日报》1版头条刊载)

印江:春节七天乐成群众文化盛宴

过赶年、赠春联、舞龙灯、品美食……猴年春节前后,印江土家族苗族自治县群众文化系列活动好戏连台,营造了喜庆祥和、文明健康、欢快热烈的春节文化氛围,让广大群众过了一个幸福年、快乐年、文化年。

赶年活动代代传

农历春节来临之际,梵净山下的印江紫薇镇团龙村土家族同胞举行"拜世界千年紫薇　过土家神秘赶年"主题活动,当地土家族村民按照印江土家族过赶年习俗,杀年猪,磨豆腐,打糍粑,贴对联,祭祀,出征,载歌载舞,欢喜过赶年,不仅给土家后生提供了解民俗的平台,还让游客享受到了原生态的民俗文化大餐。

扬尘扫出门,对联贴上柱,磨子转起来。当天一大早,团龙民族文化村里到处洋溢着欢欢喜喜搞卫生、干干净净迎新春的欢乐气氛。杀年猪、酿米酒、推绿豆粉、风簸簸米、石碓舂米面、搓汤粑、打糍粑,一幅幅原汁原味的土家族过年生活场景,让游客感受到赶年浓厚的乡土文化。

在下午的活动中,土家族村民和游客一道走进长寿谷景区,观长寿树、对土家山歌,陶醉在大自然的美丽和高腔山歌中;走进农家,围坐在火堆旁喝土家"罐罐茶",体验团龙厚重的茶文化。在精彩纷呈的文艺表演活动上,长号唢呐迎宾曲拉开民俗表演序幕,身着民族服装的土家族村民唱起土家山歌,跳起土家摆手舞,打起金钱杆,古老而浓重,增添了节日的欢乐气氛。一个个土家绝技绝活表演,让台下掌声不断。

夜幕降临,在土家人的长桌宴上,客人在敬酒歌声中尽享土家特色的庖猪汤、面面肉、山蕨粑等长寿食品。席间,土家人向村中长寿老人唱祝寿歌,陪长寿老人,并送上真诚的祝福。丰盛的美食,热烈的气氛,道不完的话语,场面热闹喜庆。

"离家当兵苦中苦,满腹怨恨向谁诉;骨肉分离哪个愿,只恨'饿鬼'害人间。东南沿海'饿鬼'犯,害得我们不团圆;要想过年团圆聚,除非提前'过赶年'。"吃了年饭,土家村民再次展现出征土家人披蓑戴笠、肩挂弓弩、腰别弯刀、手执铁叉、轻哼

《辞行歌》与家人话别的画面,表达了土家人对邪恶势力的反抗,对美好生活的追求。

据了解,印江土家族过"赶年"起源于明代抗倭时期,朝廷调兵遣将,御倭受挫,特下旨组织士兵,限腊月三十登程,开赴前线抗击倭寇,保卫祖国海疆。为按期出发,土家族同胞过年的时间就比汉族提前了一天,土家后代子孙为继承和发扬先辈的爱国精神,约定成一种习俗,故叫作过"赶年"。

舞龙竞技闹新春

欢快的锣鼓敲起来,喜庆的鞭炮放起来,长长的龙灯舞起来……2 月 11 日,印江举行舞龙竞技比赛,来自该县各乡镇(街道)的 11 支参赛队亮相竞技赛场,以出神入化的技艺传达着龙的神韵,给猴年春节假期增添了浓浓的年味。

比赛现场,锣鼓声、鞭炮声和观众欢笑声交织在一起,一条条千姿百态的长龙踏着欢快的鼓乐,时而腾云驾雾,时而潜入谷底,时而追逐宝珠,时而盘旋嬉戏,时而飞腾跳跃,时而飞旋宛若长虹,一支支来自民间的舞龙队伍,以出神入化的技艺,传达着龙的神韵。

比赛中,由一群娘子军组成的舞龙队伍也不甘示弱,她们盛装表演,蜿蜒腾挪,随着龙头的动作,扭、挥、仰、俯、跑、跳,把一条长龙舞得神采飞扬,生机勃勃,时而还摆出一些极具造型的表演动作,观看者个个兴高采烈。

"舞龙灯是我们地方祖先传下来的习俗。每年舞龙的目的是为了把这个习俗传承下去,图个春节热闹,大家高兴。"印江峨岭村女子舞龙队队员严天凤说。

不管是女子舞龙队、青少年舞龙队,还是中年人舞龙队,他们都以最饱满的热情、最精彩的表演,呈现了一场集观赏性、竞技性和娱乐性于一体的舞龙盛宴,现场不时响起呐喊声和鼓掌声,观众也纷纷拿出手机、相机拍个不停,记下精彩瞬间。

家住印江中洲小区的徐清雄夫妇,听说有舞龙比赛很早就赶到文昌公园,找个好位置观看了舞龙比赛。徐清雄说:"今天这个龙灯,各有千秋,老、中、青、少几代人都上场舞龙,大家都表演得非常好,希望以后继续发展下去。"

经过一个下午的激烈角逐,印江峨岭村女子舞龙队揽得比赛一等奖牌,此次舞龙比赛还评选出了二等奖、三等奖和组织奖。

据了解,舞龙比赛已成为印江春节期间群众性文化体育活动的盛事,不仅展示了地方民俗文化,丰富了市民精神生活、营造了喜庆氛围,更进一步拓展延伸了舞龙文化内涵、保护传承了非物质文化遗产、塑造提升了城市形象。

义赠春联进万家

"写得好! 写得好!"1 月 25 日,印江木黄集镇上翰墨飘香。在"弘扬核心价

值观　家家户户贴春联"的活动现场,村民吴茂华一边拿着刚刚免费领到的春联,一边对春联的字迹赞不绝口。

印江是中国书法之乡。为弘扬书法文化,印江从 2002 年起,便在全县举办"代书春联赠万家"活动,每年春节前免费为群众书写春联成为印江的一个传统。

与往年不同的是,今年书写的是印江面向社会各界广泛征集的原创春联作品,内容紧扣社会主义核心价值观,围绕宣传党的十八届五中全会、省委十一届六次全会精神,旨在点燃干部群众干事创业的激情,凝聚扶贫攻坚的磅礴力量,弘扬中华优秀传统美德,营造"福、禄、寿、禧"的节庆祝福氛围。

宣传系统在县城义赠春联,国税局到帮扶村义赠春联,书法家到中医院义赠春联……寒冬腊月,虽然天气十分寒冷,但是每处活动现场,都是人头攒动,气氛热烈。书协会员及书法爱好者们激情高涨,挥毫泼墨,或对照新搜集的春联,或现场依照群众的祈愿编写春联,群众拿到写满祝福的春联,脸上写满了笑容。

今年 23 岁的陈钢是贵州省书法协会会员,参加春节前义赠春联活动已是第四个年头了。他说:"通过代书春联这个平台,老百姓能够得到对联,脸上的笑容,就是对我们的一种鼓励。同时,能参加这个代书春联活动,我很荣幸,也是一个锻炼自己的过程。"

据了解,猴年春节前印江共组织书法家 2000 余人次,服务群众覆盖 17 个乡镇(街道)、26 个行政村、3 个敬老院、5 家医院和 3 家企业,为老百姓义务书写春联共 3 万余副。

金钱杆舞展魅力

2 月 13 日,印江在县城文昌公园举行千人金钱杆民族广场舞展演活动,土家族苗族儿女身着漂亮的节日服装向城乡各族群众展示了金钱杆和民族广场舞的魅力,场面极为壮观,给猴年春节假期增添了欢乐祥和的文化氛围。

活动当天,来自该县城区、乡镇的 28 支表演队身着艳丽的服饰,兴高采烈地聚集在文昌公园,伴随着欢快的音乐节拍,表演队员舞动着手中的金钱杆,共同表演《打起钱杆扭连扭》,场面整齐壮观,让观众看得目不转睛,连连拍掌叫好。

现场用手机拍照的观众颜宗文激动地说:"办得一年比一年好。动作整齐,舞姿优美!"千人金钱杆舞展演之后,各表演队还相继登台,用饱满的热情,轮番带来《花灯健身操》《土家摆手舞》《金钱杆》等节目,展现了积极、健康、向上的精神风貌,为游客和市民送上了一台丰富的文化大餐。

"我非常喜欢金钱杆,节奏感强,打起来心情愉悦,我把内心的喜悦都表现在这个舞蹈中,非常开心。"表演队队员刘晓玲说。

舞台上,表演队员沉醉其中、乐在其中,而对于一旁观赏的市民和游客来说,更是一种视觉上的享受和心情上的愉悦。观众叶天明说:"整个表演非常好! 音乐也很欢快,舞姿也非常整齐,对我们老年人是一大享受啊,希望以后办得更好。"

据了解,活动当天表演的金钱杆广场舞是 2015 年该县在原有金钱杆舞步的基础上,结合民族民间的动作,接收现代舞蹈元素编排的,目前该县能打金钱杆舞的已超过万人。

美食文化慰乡愁

邛江处处年味浓,最是小吃慰乡愁。2 月 12 日,印江举办首届"舌尖上的印江"美食文化活动,巍家牛肉干、木黄米豆腐、豆浆绿豆粉等各种名优风味特色小吃集中亮相,为市民和游客奉上一场色香味俱全的美食文化盛宴。

活动当天,经过精心布置的活动现场陈列了各种特色风味小吃,参展商家除了展销提前准备好的小吃外,还现场展现手艺制作特色小吃,诱人香气扑鼻而来,吸引了大量市民和游客前来品尝、选购。

63 岁的陆庆芬,经营牛肉干小吃近 30 个年头,今年是头一回把自家用传统手艺加工制成的牛肉干在大型场面展销,刚到摊点开展就招来不少人。陆庆芬说:"两个小时都不到,就销了八九十斤,销量还可以,我十分高兴。"

这边的牛肉干被一抢而光,那边的木黄米豆腐让人吃了还念。当天上千碗木黄米豆腐不到 3 个小时就全部售罄,销售员罗翠嘴里还不停唠叨着展销的小吃准备少了,还有很多人没有品尝到。

麻糖、油糍粑粑、火草粑粑……参展的小吃不仅让市民和游客品尝到原汁原味的地方特色小吃,还尝到一段浓浓的乡愁,给猴年春节假期增添了浓浓的年味。

"好多年没有吃到火草粑粑了,以前生活困难,办火草粑粑时米太少了,没有现在的好吃。"75 岁的高成明老人一边尝着火草粑粑,一边感慨今天的幸福生活。

据了解,此次"舌尖上的印江"美食文化活动展销的特色风味小吃商家共 22 家,从全县 42 家特色风味小吃商家中筛选而定,让市民和游客品尝到具有印江特色的各种小吃,给猴年春节假期增添了浓浓的年味。

印江自治县老龄办主任莫成军介绍,通过"舌尖上的印江"活动的开展,丰富了"春节七天乐"活动,让更多人了解到印江名优小吃。同时通过"舌尖上的印江"美食文化活动的举办,逐渐提炼印江长寿食品,为将来的长寿食品打好的基础。

(2016 年 2 月 20 日《铜仁日报》3 版整版刊载)

完善基础设施　打造特色品牌

印江文化旅游产业提档升级

今年,南方多地遭受"烧烤"之苦,而梵净山西线的印江土家族苗族自治县永义、木黄、新业等地凭借凉爽气候和优美环境,农家乐里迎来了八方避暑游客。

"我家最火爆的时候一天有20多桌。"田茂雄介绍,随着梵净山环山路开通、旅游景观景点不断打造,今年他家的农家乐,靠着卖"金豆腐"特产,收入就有15万元。

游客慕名前来,得益于印江以承办铜仁市第二届旅游产业发展大会暨2013贵州梵净山文化旅游节为契机,不断完善旅游基础设施、打造特色旅游品牌、强化旅游宣传推介,着力打造文化旅游"升级版"。

完善基础设施

走进印江木黄,只见会师广场、滨江大道、农贸市场、公共停车场等旅游基础设施项目正在加紧建设,一派繁忙景象。

木黄镇是今年铜仁市第二届旅发大会的承办地,筹备组每天加强调度和督查力度,对各时间段的建设任务、工程形象进度等进行细化,并印制成工作手册发放到相关人员手中,确保基础设施建设项目在9月底前全部竣工并投入使用。

这只是印江加快完善旅游基础设施项目的缩影。今年该县投入109万元在梵净山环线选址建设了5座休闲景观亭,增加旅游看点和玩点,提升旅游品位。同时,争取到国家旅游扶贫专项资金300万元,集中打造新业乡坪所村旅游接待点。

在加快完善基础设施项目建设中,该县重点在城市道路、市政设施、园林绿化、文化旅游、生态环境、污水及垃圾无害化处理等基础设施建设方面加大投入,着力改善生态环境,提升城市品位。同时,抓好旅游产品、旅游市场、旅游管理三大体系开发,夯实旅游基础,提升旅游接待能力。

打造特色品牌

"作为一个少数民族地区,要真正发展文化旅游产业,必须打造具有民族和地域特色的知名文化旅游品牌。"印江自治县文旅局局长陈晓华介绍。

在推动文化与旅游结合发展的过程中,印江从国际国内消费者多层次、多样化的实际需求出发,重点围绕"中国书法之乡""中国名茶之乡""中国长寿之乡"三张国家级名片蕴含的人文历史、风土人情、山水景观、资源禀赋,打造既能突出反映区域文化形象,又能对文化旅游融合发展产生突出成效的典型品牌。

该县加大旅游商品品牌建设力度,着力开发紫袍玉带石、民族服饰、书法作品、竹木手工制品等特色旅游商品和梵净山翠峰茶、印江红香柚、梵净蘑菇、核桃、绿壳蛋、梵净韭菜等保健养生旅游商品。同时,出台乡村旅游扶持政策,依托打造的 10 个武陵名村,开展乡村旅游从业人员培训,重点发展 20 户有特色的农家乐乡村旅游示范户,发展 1000 张床位,培训 1000 名从业人员,着力打造"特色客栈"和"农家乐",促进乡村旅游快速发展。

强化宣传推介

该县重视旅游人才培养,先后邀请有关专家对 1000 余名旅游企业的管理人员、导游及相关服务人员进行素质、礼仪培训,进一步提高旅游接待素质,展示印江旅游新形象。

该县注重宣传节目包装,抓住国家民委开展"中华民族一家亲"送戏、送医、送书活动时机,从舞美设计、节目内容等方面,精心策划铜仁市第二届旅发大会暨2013 贵州梵净山文化旅游节文艺演出,最大限度展现印江茶文化、书法文化、长寿文化等地方特色文化,吸引更多游客。

该县立足西部市场,围绕小长假,积极推介印江旅游,吸引以西部市场为主的自驾游、自行车游等,助推印江旅游产业的快速发展。该县通过举办梵净山杜鹃花节、梵净山金秋柑橘节等节会活动,做好文化旅游宣传推介。坚持"走出去""请进来"相结合,先后组团到海南省、重庆市、香港特区等地宣传推介全县的旅游线路及旅游资源。

该县充分利用外宣载体,采取报刊、杂志、网络、电视等多种宣传方式,拓展市场宣传范围,做好旅游市场前期宣传和项目招商推介。同时,借助"淘宝网·印江馆"电子商务平台,充分挖掘开发农特资源和人文旅游资源,从农特产品的加工、包装、广告语等方面入手,将农特产品与旅游资源巧妙嫁接,逐步将农特资源优势、旅游资源优势向商品经济优势转化。

　　据统计,今年1月至8月共接待游客236.67万人次,同比增长81.86%;旅游总收入17.04亿元,同比增长92.54%。

（2013年9月9日《铜仁日报》1版刊载）

圈子在缩小　模式在升级　技术在提高

印江扶贫开发实现"三级跳"

　　从"整乡推进、连片开发"的"印江经验",到"整村脱贫"的"四五六工程",再到精准扶贫的"6431"新模式,印江土家族苗族自治县扶贫开发的圈子在缩小,模式在升级,技术在提高,实现了由漫灌到面灌再到滴灌的"三级跳"。十二五以来,该县累计减少农村贫困人口 9.96 万人,顺利完成 11 个贫困乡镇和整县"减贫摘帽",2014 年全面小康实现程度达到 85.6%。

整乡推进:探索实践"印江经验"

　　秋日的印江杉树镇何家梁子上满目苍翠,集中连片种植的 4000 多亩茶园让昔日的荒地披上绿装,成了当地群众的"绿色银行"。

　　"我在外做过工程、在家也种过烤烟,而真正让我致富的就是这棵茶叶,轿车、小康生活都缘于办茶叶。"谈及荒地种茶,杉树镇新宅村茶农冉光华脸上挂满了笑意。

　　从荒地变绿色银行、从贫困到脱贫致富,年满 46 岁的冉光华既是见证者、实践者,也是受益者。2007 年印江成为全省首个"县为单位、整合资金、整村推进、连片开发"的试点县。项目实施中,印江以杉树为单元,采取连片开发的模式,大力实施扶贫攻坚。

　　冉光华抓住政策机遇,在何家梁子上流转土地发展茶叶 120 亩,不到三年茶园见效。近四年,他还建起茶叶加工厂房,茶园面积越做越大,每年纯收入都在 30 余万元。如今,冉光华管理的 400 多亩茶园,每年带动当地 80 多名村民就近务工,人均增加八千到一万元收入。

　　产业化扶贫成为群众脱贫致富的主要手段。试点项目中,印江以改善基础设施条件为突破口,大力改善以交通、水利为主的基础设施,建立以茶叶、经果林、畜牧业为核心产业的生态农业循环发展模式,加快以文化、教育为主的社会事业的发展,共整合资金 6443.9 万元,实施各类项目 203 个。

"用一年半的时间,做了五至十年的事。"在短短的一年半时间里,人均纯收入从实施前的 1580 元,提高到 2018 元,贫困人口由实施前的 6685 人下降到 4636人,贫困发生率由 38.92% 下降到 26.99%。由此,印江以贫困乡为单元,连片开发决战贫困,探索出了一条贫困人口整体脱贫的"印江经验"。

致力脱贫,更要防返贫。在巩固提升扶贫成果中,杉树镇按照"生态立镇、产业强镇、旅游活镇"的思路,采取产业促脱贫、发展引脱贫、政策保脱贫的措施,规划实施山顶茶叶、山腰核桃、山脚畜牧产业园,到达人均半亩茶、人均一亩果、户均10 头猪。

杉树"整乡推进"试点取得成功经验,为全省扶贫开发提供了样本。近年来,印江在巩固提升"印江经验"的基础上,又在新寨、新业、板溪等乡镇实施"整乡推进"的项目,并扩展为"整县推进",让更多的贫困群众沐浴阳光。

整村脱贫:力推"四五六"工程

沿着一条水泥斜坡进入板溪镇凯塘村,青瓦白墙,典型土家风格民居映入眼帘。路旁、院前瓜果飘香,凉亭间隔而立,分不清这是个寨子还是公园。

"以前我们这里全是木房子,现在家家户户都修了小洋房,路灯也亮了,水泥路、自来水通到每家每户。"谈起凯塘村的变化,78 岁的邓明星老人一脸笑容。

2012 年,印江升华"整乡推进、连片开发"的"印江经验",提出实施"整村脱贫"的扶贫攻坚思路,重点推进"四五六"工程:实现户均有一项主导产业、掌握一门以上生产技能、年人均增收 1000 元以上、转移 1 名劳动力的"四个一"目标;实现广电通讯、通组连户路、安全饮水、养老保险、村办公室"五个全覆盖";实行低保与扶贫"两项制度"、基础设施与产业发展、基层组织建设与"五无村"创建、村容村貌与新农村建设、农民素质提升与技能培训、转变群众发展观念与提高群众法律意识"六个结合"。

在推进"整村脱贫"工作中,印江以贫困村为主战场,凯塘村也成了首批"整村脱贫"试点村。为此,该村制定了长远发展的规划,通过协调争取项目资金,改造基础设施,为产业发展打基础。

"从 2012 年实施整村推进项目以来,我们村获得了各类项目资金 1580 万元,实施了水、电、路基础设施建设,改善了人居环境,在外打工的纷纷回乡创业。"凯塘村支书吴忠昂说。

农村要致富,发展产业是出路。凯塘村抓住时机,以产业化扶贫为抓手,通过整合项目资金,引导贫困户发展了食用菌、茶叶、畜牧业等特色山地农业产业,成立专业合作社,带领群众发展产业增收致富。

"我一年有 10 多万的收入全得益于我们村实施整村推进项目,基础设施改善了,我们发展食用菌的生产成本就降低了。"食用菌产业大户周刚说。

目前,全村有种植、养殖产业户 35 户,每年带动群众就业 300 多人,人均增收 1000 多元。全村农民人均纯收入由 2012 年的 3240 元,提高到 7000 多元。

凯塘村的喜人巨变,是印江试点实施"整村脱贫"的成功范本。目前,该县明确了"试点先行、梯次推进"的"时间表"和"路线图",在全县贫困村逐年实施"整村脱贫"四五六工程,逐渐消除贫困村,用"整村脱贫"目标实现 2018 年"整县脱贫"目标。

精准扶贫,开启"6431"新模式

时下,又进入红心柚苗移栽时期。印江朗溪镇昔蒲村群众牛吉龙组织劳力栽下县里帮扶队为他免费送去的 1000 棵红心柚苗。

牛吉龙家属于因孩子上学致贫的典型贫苦户,按照印江贫困户挂帮机制,牛吉龙家成为该县接待办干部张晓蓉的帮扶对象。

通过实地了解其家庭情况、发展愿望后,张晓蓉按照印江"六型"农民划分,将牛吉龙家归为"合作发展型"农民,引导扶持牛吉龙一家通过加入村里水果专业合作社发展红心柚。

"没想到把自己想发展红心柚的想法与帮扶干部一讲,几天后就给了我回复,对我进行帮扶,只要我精心管理好这 1000 棵苗子,过上好日子就有希望。"牛吉龙一边按下手中的果苗,一边盘算着种植果苗的收益。

因人因地、因贫原因、因贫困类型施策,是印江结合实际对症下药、精准滴灌,扎实推进扶贫攻坚的一个缩影。

根据新一轮精准扶贫建档立卡识别,印江有贫困乡镇 13 个,贫困村 203 个,非贫困村 162 个,贫困人口 9.37 万人。摆脱贫困,仍然是印江的头号任务。穷则思变,变则通。今年,该县积极探索划分"六型"农民、采取"四项措施"、培育"三个主体"、实现"一个目标"的"6431"扶贫模式,助力贫困群众实现小康。

该县采取规模控制、分级负责的办法,由县分解到乡镇,乡镇分解到行政村,组织村委会、同步小康驻村工作队和帮扶责任人帮助分析贫困户致贫原因,将贫困人口合理分化为农业场主型、产业工人型、商业贸易型、合作发展型、外出务工型、政策帮扶型"六型"农民,根据"宜农则农、宜商则商、宜工则工"的原则,精准组织扶贫力量,抓实精准扶贫。

该县积极搭建帮扶工作新平台,采取精神帮扶、技术帮扶、设施帮扶、金融帮扶"四项"措施,建立领导干部结对帮扶、党建帮扶机制,增强群众脱贫致富信心;开展多科目技术培训,增强贫困农民就业创业本领,大力实施"四在农家·美丽乡村"六项行动计划,不断改善农业生产和群众生活基础设施;同时,该县积极探索金融支持产业扶贫的新路径,争取开发性金融扶贫项目,为支持全县茶叶、绿壳蛋鸡、食用菌、乡村旅游产业发展提供了资金扶持,成功探索出了"四台一会""两分三联合"金融扶贫"新模式"。

按照"6431"扶贫模式推进计划,该县力争在两年内培育 1000 个 50 万元以上新型经济组织和个体、100 个 100 万元以上规模的农业市场主体、10 个 1000 万元以上规模农业市场主体,到 2018 年实现全面小康目标。

(2015 年 10 月 17 日《贵州日报》8 版头条、2015 年 10 月 17 日《铜仁日报》2 版头条刊载)

第三辑 **03**

| 人物故事 |

高石砍护林员：一辈子一片林

初夏的梵净山西麓高石砍林场，苍翠欲滴。一大早，86 岁的罗运仙老人起床洗漱后，像往常一样和另外 4 名护林员又开始一天的巡山护林工作。44 年如一日，每天不到山上转一圈，罗运仙心里感到不踏实。

"这棵树就是我刚到林场栽的，开始像筷子那么大小，看着它长大能有用了，自己也就高兴。"每次走到林场的路口，罗运仙老人总是习惯性地停下来，用手量量或拍拍自己当年栽的树，深邃的目光顺着树干慢慢移到树梢，仿佛给自己儿女叮嘱什么，而后又去巡山了。

20 世纪七八十年代，印江木黄镇凤仪村群众生活极其贫困，不少群众靠山吃山，凭着上山偷砍盗伐林木来维持生计，一度时期高石坎林场树木遭到严重破坏。为了保护高石坎林场，当时 42 岁的罗运仙从印江木黄镇盘龙村到海拔 1000 多米的高石坎林场，成了林场上唯一的女性护林员。从此，她以场为家，守护一方青山。

"那个时候一斤菜油 28 个人要吃 10 多天，每餐吃的全是洋芋、红苕，锅里见不到一颗米，巡山饿了就摘山里的野果吃。"耳聪目明的罗运仙老人回忆起当年护林的艰辛。

护林工作是风里来、雨里去，在荆棘丛中穿行，一天下来要徒步走上 40 多里，一年下来要穿破十几双解放鞋。"晚上不许打亮，看山林不许出声，巡山的时候不许说话，要是遇到刮风下雨，就躲到山洞里避雨。"高石坎林场场长吴正春说，长期以来留在林场上的 6 名护林员都落下了风湿的病根，如今 66 岁的吴茂纯因风湿病严重卧床，不能参与巡山。

巡山护林不仅要忍受孤独与寂寞，还要面对盗伐者的抗衡和蛇虫蚂蚁的偷袭。吴正春刚到林场不久的一次巡山，发现有盗伐者，朝着伐木声来源方向悄悄走去，眼看盗伐者就要扛着树木溜走，吴正春直扑了上去，惊慌失措的盗伐者扔来的树干狠狠地把他砸倒在地，动弹不得。

对于高石坎林场的护林员来说，与盗伐者交锋的过程中可能是伤筋动骨，也可能是付出生命，一切很难断定……作为女护林员的罗运仙，当年也是非常勇敢能干，每次发现盗木者，她总是冲上去抢走伐木的斧头或者锯子。

"巡山只是其中一个事情，树木被盗伐后还要补上，还要开荒地栽树。"罗运仙老人回忆说，最初林场没有树苗，要到40多里外的林场挑树苗，后来是高石坎林场护林员自己采集树种进行育苗。一边是护林、一边是造林，渐渐地，高石坎林场面积已从1966年的3000亩，扩建为1.2万亩。

"那个时候在这里护林没有工资，吃全是一起吃，住是五六个人一起住。"护林员田儒强说，自1966年高石坎林场护林队成立后的30多年里，护林员没有领过工资，默默奉献。直到2002年留下来的护林员每月领到200元生活补贴，后来因护林人员精简，目前只有吴正春、吴正文两人每季度领1400元。他和罗运仙、田茂纯、方灯明只能靠低保金维持生活。

白天开荒植树，晚上巡山护林，加之生活条件极为艰苦，很多上山护林人员都不能坚持下来，被卷入南下的打工潮流，护林员由最多时的28人逐年减少到如今的6人。然而，罗运仙没有离开，在寂寞的大山上一守就是40多年。

日复一日、年复一年……护林员不断地重复着同样的工作，在崎岖的山路上来回行走，守卫着那一片一望无际的山林。脚的茧子厚了，鞋的底子薄了，人的欲望淡了，对山林的感情却深了。

"那些离开林场的人都比我们过得好。我觉得每个人都有自身的价值追求，我们保护了这里的生态，这是我们最大的收获。"19岁就到林场护林的吴正春说，自己在林场上结婚、生儿育女，40年来对那片林子结下深厚感情，还把儿子取名为"高林"。

2008年，印江全面启动林权制度改革，让林权下放到村到户。按说，罗运仙、吴正春、吴正文、田茂纯、方灯明、田儒强应该休息了。但他们无法割舍对林场树林的爱，决定留在山上继续护林。

"我们以前巡山主要是偷砍盗伐的人太多了，我们是白天夜晚不停地巡逻，现在社会好了，年轻人全部外出打工，偷伐的人很少了，现在重点就是森林防火为主。"罗运仙说，每到防火期，她和其他护林员还经常到附近的学校、人群集中的场所耐心地给群众讲防火知识，发放森林防火宣传单，张贴森林防火通告，积极搞好森林防火宣传。由于监管得力，工作责任心强，多年来高石坎林场没有发生过森林火灾。

年年岁岁花相似，岁岁年年人不同，那片林场绿意葱茏，然而护林的人却渐渐地老去。目前他们6位护林员平均年龄在63岁，默默坚守林场少则有24年，多则有 45 年。

　　尽管耳聪目明,罗运仙身体还是日渐多病,她的儿孙怕老人孤独,多次打电话催促她到山下去住,她却不愿意去。其他护林员和罗运仙老人一样,到林场多年了已经习惯了那种日子,每天天刚麻麻亮就去巡林,每天如若不到林地中去转一圈,总觉得空空的。

　　用他们的话说就是:选择了就要坚守一辈子!

(2015 年 4 月 15 日《铜仁日报》5 版刊载)

王德芬:400余名留守学生的"妈妈"

　　她山一样厚重与伟大,点亮山村"留守儿童"昏暗心灯;她水一样柔情与坚韧,滋润山村"留守儿童"稚嫩心灵——她就是印江土家族苗族自治县罗场乡"留守学生之家"的创办人王德芬,她用爱呵护着400多名留守孩子,让他们从顽皮捣蛋到立业成家,谱写了一个个动人的故事。

　　天刚破晓,王德芬和两名工人又如往常一样忙着给"留守学生之家"的孩子们做早餐。为了让孩子们吃好,她每天都要准备3种以上的臊子和面粉,满足孩子们不同的口味。

　　"哪个还没有起床?"开餐时,她都会清点一下人数。刚满6岁的罗敏南是"家"里最小的孩子,穿衣、洗脸、整理床铺都需帮忙。王德芬每天都是把早餐备好后,又忙于给小孩子穿衣、整理床铺。孩子们吃好早餐上学后,她才松口气。

　　吃完早餐又忙着准备午餐。王德芬把中午饭交代给两名工人去做后,又走进小孩子们的寝室整理床铺,找出脏衣物、破衣服,一一清洗和缝补。

　　"小孩子爱动、爱跳,衣服、裤子两下子就开口子了。看到这种破的都要帮他们补起来。"虽然可以拿到专业缝补的店铺去,她却说:"到外面缝补衣物,少则1元钱,多则5元。我抽空来给他们补补,节约点,小孩子就多点儿零花钱。"

　　50岁的王德芬,出生于一个贫寒的农村家庭,由于兄妹较多,父母又多病,家里很穷,经常吃上顿没下顿,常获周围邻居接济,这在她幼小的心灵中埋下了感恩的种子。

　　看着留守儿童因为缺少父母关爱而失去童年应有的幸福笑脸,她内心有一种说不出的痛。2006年9月,在家人和朋友的支持下,她利用自家空闲的房子办起了"留守儿童之家",为当地16名留守儿童撑起了一个温暖的家。

　　王德芬家庭经济并不宽裕,丈夫虽有工作,但工资并不高,儿子在部队服役需要用钱,女婿又身患绝症,接下了女儿托付的两个孩子,他们感受着心理和经济的双重压力。开办"留守学生之家"不到一年,因家庭经济十分艰难,受到了丈夫、公婆的反对。而王德芬总是说："这些孩子多可怜啊，我们伸手帮他们一把，他们也就渡过难关了。"王德芬的坚持，最终得到了家人的理解与支持，触动了社会各界人士。

16 人、88 人、103 人……渐渐地，加入"留守学生之家"的孩子越来越多。随之，教育局买床铺，妇联送温瓶、饮水机，关工委出炭火钱，乡计生办买炉子……每一个善举都为"留守学生之家"增添了爱的光芒。

七年来，王德芬克服常人难以想象的困难，每天和两名工人起早摸黑，除了让孩子们吃上好的菜饭、住上干净的环境，每星期还要组织一次"家庭会"，教孩子们为人处事的道理。在"留守儿童之家"雪白的墙面上，贴着 16 个红色醒目的大字：生活自理、学习自主、行为自尊、健康自强。王德芬告诉笔者，那 16 个大字就是她教育孩子的全部内容。

王德芬虽只有小学文化，但在教育管理孩子上很有一套。为了激励孩子刻苦拼搏、勤奋好学，她还设立了勤学奖励办法，孩子每学期期末考试总分荣获全乡第一、二、三名的分别奖励 300 元、200 元、100 元，初中升学考上重点高中的奖 1000元。有了奖励，孩子的学习自觉性越来越高。在她的精心照料和耐心辅导下，收留过的 450 名孩子不仅全部完成了九年义务教育，而且还有 100 余人先后进入高中学习。

"这么多年来，我是越做越高兴，越做越有成就。因为我看到孩子们从不懂事到懂事，这个打电话和我联系，那个和我打电话联系。读大学的，毕业后找到工作的，我觉得非常高兴！"看着一张张与留守学生的合影照，她倍感幸福。

授人玫瑰，手留余香。2008 年，王德芬分别获评地、县关工委"优秀工作者"称号；2011 年，再获地区妇联、教育局颁发的"留守儿童爱心妈妈"称号；2012 年，她获印江"助人为乐"道德模范称号；2013 年，她又成为"最美贵州妈妈"和"最美铜仁女性"评选候选人。

（2013 年 7 月 120 日《铜仁日报》1 版刊载）

杨昌茂:老有所为收获快乐

不论是山体崩塌现场、滑坡现场,还是泥石流现场,总能看到他忙碌的身影;不论是处于汛期的非常时刻,还是在平日的地质灾害监测和预防工作中,他总是兢兢业业、一丝不苟、任劳任怨地工作。

他,就是印江土家族苗族自治县国土资源局地质灾害检测员杨昌茂。杨昌茂始终这样认为:人皆有老,这是不可抗拒的自然规律,但人到老年,并非人生终生,其信仰在延续,事业在延续,人生价值增值的应属"老有所为"。

有一种精神在迸发

7月22日,雨后放晴,中午气温高达35度。

一大早,刚从病床上下来的杨昌茂又带着地质罗盘、钢卷尺、记录本,和地质监测队的同志从印江县城出发到木黄地质隐患点监测。

"请你加强监测次数,像这样的雨季要两个小时巡查一次。这里的滑坡点隐患大,不要到中间监测,要重点监测……"每走一个地方,杨昌茂都要给群众宣传地质灾害防治知识,再三叮嘱村组干部加强防范。

7月13日至17日,印江遭遇历史罕见的持续强降雨天气袭击,全县17个乡镇多处发生不同程度滑坡、崩塌、泥石流等地质灾害,让人揪心不已。

从7月14日开始,他就冒着危险深入受灾一线做好地灾巡查、监测,帮助群众转移物资。

"我就应该尽力去帮助群众,把损失降到最低限度,这是职责。"在抗洪抢险一线,杨昌茂是这样说的,也是这样做的。

7月19日杨昌茂因连日奋战在抗洪抢险一线,加上饮食简单,饱一顿饿一顿,他的肠炎老毛病又犯了,疼得剧烈,在同事的再三劝导下才肯住进医院治疗。

"住院哪能安心。"杨昌茂躺在病床上,心里却挂念着各个地质灾害隐患点,电话一个接一个打出去询问。

"一大早,老杨就打电话给我,说他要继续上班,加入工作组下到一线去巡查监测。"县国土资源局机关党委书记谭文松说,住院第二天,老杨就要出院工作,劝他再休息一天,他就是不肯。

到工作组后,杨昌茂白天和年轻同事奔波在各个灾害点做应急巡查、监测,晚上又对大家收集提供的数据进行分析、汇总,为全县抗洪救灾、灾后重建工作提供决策依据。今年62岁的生日都是在忙碌的工作中度过的,这也是他第10次在工作中过生日。

退休后的杨昌茂被返聘回原单位,工作干劲更足,似乎比在职时还忙。

"他身上最值得我们学习的地方就是对工作的认真态度,六十多岁了,每天还跟着我们一起爬坡上坎查看隐患,总结经验传授给年轻人。"县国土资源局地灾防控中心主任任鸿光说。

有一种信念在坚守

1975年7月,他从贵州工学院采矿系毕业后被分配到印江沙子坡镇煤厂,由于专业特征,先后被调到印江工贸局、乡镇企业局、国土资源局从事煤炭矿、黄金矿、砂石矿等矿产工作和地灾隐患监测工作。

2012年,已满60岁的杨昌茂被原单位返聘。

有人劝他:"上岁数了,别再拼命了。"他却说:"退休也好,不退休也好,干事要对得起组织,再苦再累都应该。"

"他非常关心我们年轻人,业务上毫不保留地把经验传授给大家,几十年的那些笔记、方法经验,他都全部提供给我们学习,为我们讲解。"谈及杨昌茂,与他一起工作的年轻干部任鸿光佩服不已。

杨昌茂除了做好地灾监测工作,还主动担当地质灾害防控知识宣传员,广泛宣传地质灾害相关知识,每年义务为干部、村民进行专题讲座。

"地质灾害隐患点无处不在,单靠专业人员力量有限,只有提高群众的防灾避险意识和能力,才能最大限度减轻地质灾害的损失程度。"杨昌茂说,虽然进村寨辛苦,但在工作中能找到乐趣。

无论是防灾、抗灾、救灾,还是有关灾害知识的宣讲,杨昌茂始终不忘记自己"守土有责"。支撑他的精神力量就缘于对工作的热爱和信念的坚守。他凭着自己对工作兢兢业业、敬业勤奋的态度,在平凡的岗位上做出了不平凡的事迹,深受同事、领导敬佩和群众赞许,先后获得了国家级、省级、市级、县级表彰若干。

(2014年8月9日《铜仁日报》5版头条刊载)

吴国华:山村里的"120"

他曾是一名战场上英勇的卫生员,数次立功,并火线入党;他曾毅然放弃当地政府安排的工作,选择扎根山村做一名乡村医生。因为医德好、医术高,处处发挥党员模范带头作用,深受群众的爱戴。他就是印江土家族苗族自治县新寨乡团山村全科医生———吴国华。

笔者见到吴国华的时候正是 3 月的一个雨天。那天蒙蒙的春雨给山村平添了几分寒意,在吴国华一步一步经营起来的卫生所里,七八个病人围坐在火炉旁输液或等待看病。"你的血压有点偏高,一定不要喝酒,不要抽烟,多吃清淡的食物。"

吴国华给病人看完病,就把给病人输液的事儿交给已经取得村医资格的妻子,他则背着药箱,打着雨伞去给村里的小孩打预防针。

25 个春秋,吴国华就是这样在忙碌中度过的。谈及从医的风雨往事,吴国华娓娓道出:1983 年 11 月,他入伍当兵。1984 年,连队将他推荐到卫生教导大队学医。毕业后被分配到某部队卫生大队工作,参加南疆作战,出色地完成了战区卫勤保障工作,荣立三等功,并光荣地加入中国共产党。

1987 年,吴国华退伍回乡,看到农村缺医少药,群众有病不能医治等现状,他毅然放弃当地政府安排的工作,心里暗暗盘算着:"一定要开设一家医疗诊所,解除群众的病痛之苦。"吴国华在家人的支持下,经过 4 年的努力,修建了一栋 400 多平方米的新房子,向亲戚朋友借钱开设了村里第一个卫生所。从此,吴国华成了村里第一个赤脚医生。

25 年来,不管白天黑夜、天晴下雨,吴国华始终能够做到随叫随到,视患者如亲人。2005 年 8 月 23 日晚,吴国华从小泽村出诊回家,人和摩托车不幸翻下公路,造成重伤,留下血肿后遗症。"选择当一名医生,我从来没有后悔过。能帮助群众排忧解难,解除痛苦,苦点、累点我都愿意。"吴国华不光这样说,也这样做到了。

在边远山村,村民有病不治、小病拖成大病是常有的事。对经济实在困难的群众,吴国华经常是只收药费,不收手续费,或者就先治病后收费。在吴国华的账本上,至今有200余人赊欠药费4万多元,为患者减免各种医药费用达7万元。

2010年,罗场乡花园村年仅20岁的宋启刚脚患骨髓炎已三年,由于无钱医治,无奈中向吴国华求助。

宋启刚到吴国华的诊所住院,一住就是两个多月,药费全部是赊账。一天,宋启刚的父亲光着脚板步行20多里的山路来看望儿子,细心的吴国华发现老人没有穿鞋,便拿了50元钱让老人买鞋穿。

"要真正学通弄懂这些博大精深的医疗知识是不容易的。"行医中,吴国华多方拜师求解,深研苦读。在名师的指点和自身努力下,他的理论素养和医术一天天提高,成了当地很有名气的全科医生。加上,他收费都是在村民能承受的范围内,方圆几十公里的群众都慕名找他看病。

吴国华医治的病人不计其数,每年出诊要步行约万里山路,也骑坏了3辆摩托车。为了更好地方便群众就医,2009年,吴国华借钱买了辆面包车当作"救护车",每当有重病患者他都亲自开车去接病人,有时病人病情特别严重时,他还义务开车送病人到十多公里外的县医院就诊。

近年来,吴国华向困难群众捐款和送农资达4万多元,为村里修建公路捐资1.1万元。由于防疫工作做得好,村里没有发生过传染病。

看病之余,他还积极带头种茶、养猪。村党支部书记吴华理说:"吴国华医生是一名优秀的共产党员。他乐善好施,除了热心医疗事业,还积极带头发展产业,热心支持村里的公益事业和福利事业。"一分耕耘一分收获,吴国华多次被县、乡表彰为"优秀共产党员"和"先进工作者",2008年荣膺"贵州省农村拔尖乡土人才"的殊荣。

2011年,当选为铜仁市第一次党代会代表,2012年当选为贵州省第十一次党代会代表。

（2012年4月6日《铜仁日报》1版刊载）

"美德少年"田密

田密,印江自治县朗溪中学七(3)班学生。自强不息,热爱书法,学习勤奋,懂得感恩,于 2013 年获评由省委宣传部、省文明办、省教育厅等 7 部门联合评选的贵州省"美德少年"荣誉称号。

她活泼开朗、聪明伶俐。2 岁半时,她能认识和书写"人、口、田、土、上、中、下"等笔画简单的汉子;6 岁时,她能背诵《春晓》《春居》《静夜思》等唐诗 80 余首。

特殊家庭倍感同情

田密出生在朗溪镇孟关村,和同龄的其他孩子相比,她的童年时光忧伤而暗淡:不满 3 岁,爸爸遭遇车祸,为了抢救爸爸,家里花光所有积蓄,还欠了不少的债,但是仍没能留住爸爸的生命。原本富裕的家庭一下子变得一贫如洗。

福无双至,祸不单行。才过两个月,疼爱她的奶奶又突发疾病去世。从此就靠妈妈外出打工挣钱来养家糊口,家中就剩下她和年老的爷爷田秋林相依为命。别人家的孩子都能玩爸妈买的玩具,而田密却更多地是和爷爷一起写字、读字、背古诗……"当时,我就把全部的希望都寄托在田密身上,去书店买了字帖和古诗,教她写教她背。"田密的爷爷说,为了节省纸张又能练好字,他就让田密用毛笔蘸水在一张玻璃上写画。

"孩子从小就勤快、细心,爱写、爱读,刚刚教她读写'人'字后,有天看到报纸上有个'入'字,就说我纸纸上的字写错了。"田秋林老人回忆说。

"她两三岁时,背着到事务场中去帮忙,人们喊她写字、背诗,常常得到夸奖,我心里也非常高兴。"老人笑着说。

成长背后藏着大爱

2007 年秋,不满 6 岁的田密"破格"成为朗溪小学一年级年龄最小个子最矮的学生。由于年龄偏小,表达、想象、创新等方面能力都相对较弱,语文成绩还可以,数学就没有及格;写的铅笔字却在全年级最棒,受到了老师和同学的称赞。比她大一两岁的哥哥姐姐们不认识的不少汉字,她都能读会写,因此被称为"识字大王"。

"一年级时她数学成绩最差,因当时不准留级,如果在一年级都没学好,上二年级会更糟。那年假期,我就把她接到家里免费给她补一段时间,数学成绩二年级就跟上了。"自从认识了解田密后,朗溪小学梁勇老师就把她当作自己的女儿看待,学习上、生活上各方面都想法帮她。

"田密很适合练软笔书法,有书法天赋。当时,我就想到找县里的书法名家给她指点,问到一个书法培训中心,却每月要交200元学费,她家里根本无法承受。"梁勇介绍说,当时,田密妈妈每月挣的钱大都要用于还欠债,剩下的钱仅够爷孙俩生活。爷爷腰椎间盘突出住院的费用都是田密的三个姑姑凑的。因她家庭的特殊性,当时朗溪小学每学期还免除了她的书本费、学杂费……为让田密能够受到一种正规的培训,梁勇老师毅然决定,每月奖励她200元,让她通过专业培训来提高书法水平。随之,田密也得到了新加坡善爱慈善公司和身边好心人士的帮助。

勤学好问的田密不负众望,平时认真完成功课,一到周末就去城里培训中心学习书法。她一丝不苟的学习态度和天生的悟性,深得培训中心老师喜爱,书法得到明显提高。

2013年,在印江自治县中小学生书法竞赛中,她的一幅"人间大隐在朝市,身后文章报国家"获得一等奖。

求学路上常怀感恩

没有见过田密的人,或许还认为她性格内向、沉默寡言。而现实生活中的田密,却乐观向上,活泼可爱。

2012年农历腊月,县里决定在即将来临的春节期间举办中小学学生书法竞赛,田密用一天半时间写的一幅长十米、宽一米的楷体《千字文》获小学组一等奖。

"当时,写到一半的时候,我的手脚都乏力,快支撑不了了,只是一想到梁老师和爷爷,我还是坚持写完了。"田密说,她最感激的人是梁勇老师和爷爷。每次遇到困难和挫折,梁勇老师和爷爷的爱就成了她前进的精神动力。

进入初中后,学习课程较多,田密学习更加勤奋了。除了扎实学好每门课程外,一如既往地练习书法。学校给她免除了全部生活费,还给她提供专门练习书法的活动室,让她安心练习,有更多的时间学习功课。

"每天她都在早晨五点半起床读英语、背课文,晚上做完作业,再拿起笔认真写上几篇后才睡觉。这个娃娃就是有恒心,每天都坚持。"田密的爷爷说。

"每当学习上遇到难题,认真思考后仍然解答不了,她总是主动问我们,直到找到正确的答案。"田密的老师说,在学校,田密勤学好问、乐于助人,与同学相处融洽。每天,她坚持课前预习,上课认真听讲、积极回答问题,课后认真完成作业并复习好功课。

"田密既是我的好伙伴,又是我的小老师,跟她一起学书法,我的写字进步很大。"与田密形影不离的卢水晶同学说。

在家中,她是孝敬老人、勤快懂事的好孩子,主动做一些力所能及的家务活,为年迈的爷爷分忧。在社会上,她争做热爱公益、自强不息的好少年,每年主动参与"代书春联赠万家"活动,一手好字总是赢得众人的连连称赞。

田密练书法时最爱写"厚德载物""天道酬勤""自强不息",它们也深深铭刻在她稚嫩的心间,激励着她的成长。

(2014 年 3 月 29 日《铜仁日报·梵净山周末》1 版头条刊载)

"水火英雄"卢方武

洪水当前,他挺身而出,背出 28 人;烈火炙烤,他奋不顾身,抢出他人无数财产……他叫卢方武,26 年前是一名军人,如今是印江土家族苗族自治县洋溪镇司法所一名协勤。不管是服役期间,还是退伍回乡,哪里有困难就走到哪里,好事就做到哪里,被称为"水火英雄",多次被评为"见义勇为先进个人",今年 3 月登上"中国好人榜"。

1970 年 5 月出生在印江洋溪镇柏杨村一个贫寒家庭的卢方武,父亲去世较早,家里孩子与母亲相依为命。

"小时候母亲就经常教育我们要学会感恩,多做好事,多帮助别人。"对于别人的帮助和母亲的教导,卢方武看在眼里、记在心上。

1987 年 10 月,卢方武参军入伍。在部队,他磨砺出不怕苦、不怕累的优良品质。他说:"遇到困难,就要冲锋在前。"

一天早晨,卢方武与战友晨跑中看见路边一百货大楼浓烟弥漫,便毫不犹豫地破窗而入救火。此次救火中,卢方武因表现突出,被记三等功。洋溪镇的干部在鞭炮声中把荣誉证书送到他家时,母亲以为儿子在部队上牺牲了,号啕大哭,后来一听是儿子在部队上立功了,激动地落下泪花儿。

1990 年 12 月,卢方武退伍回乡后加入打工潮。不论是在上海、广东,还是回家务农谋生,卢方武走到哪里,好事就做到哪里。

2014 年 6 月 3 日晚上 8 时左右,洋溪镇突遭大雨,洋溪村下街组数十家农户房屋进水,水深 1 米多,多名群众被困家中。

卢方武迅速跑出家门救灾。此时洪水正顺街而流,对面黄兵家里的留守老人和两个小孩吓得惊慌失措。卢方武不顾自身安危,趟过齐腰深的洪水,把老人和小孩背到自家座势偏高的房子里,随后挨家挨户把入睡的村民叫醒,有序进行转移。

"那天晚上洪水把一楼全部淹没,我站在窗台上已经撑不住了,多亏卢方武及时赶到把我背出去,再迟几分钟我就被洪水冲走了。"回想起那场洪灾,84 岁的宋永泉老人既后怕又充满了感激。

把最后一名被困人员安全背到自己家中时,卢方武用了两个小时。休息片刻,他又出去查看水情,直到天亮。洪水退去后,卢方武仍然奋战在一线,与村民一道清理淤泥。

"他救人时体力透支,回到家就倒下了,四五天里,连拿筷子吃饭的力气都没有。"卢方武的妻子姚祖琴说。

在此次洪灾中,卢方武共安全转移遇险群众 47 人,背救出 28 人,被洋溪镇表彰为"见义勇为先进个人"。

2015 年 6 月被聘为洋溪镇司法协勤后,卢方武主要负责矛盾纠纷调解和社区矫正工作。他学习法律法规方面的书籍,虚心向同事学习工作经验。目前,负责调解纠纷 40 起,成功率 100%。

"每次调解成功,都有一种成就感。"卢方武说。

从军人到打工者,再到协勤,卢方武为人民做好事的情怀一直没有改变,行动一直没有停止。他始终做到退伍不褪色,领取每月 1400 元的工资,任劳任怨,默默奉献。

(2016 年 3 月 31 日《贵州日报》9 版、2016 年 4 月 6 日《铜仁日报》3 版刊载)

"爱心妈妈"代泽容

48 岁的印江土家族苗族自治县缠溪镇梨坪村罗木组村民代泽容,自己家境贫困,却收养了同村的两名孤儿,其感人事迹在当地被传为佳话。

2007 年 3 月和次年 2 月,同村的田茂林、代方红夫妇因病相继去世,其一对女儿 7 岁的田海琴和 4 岁的田涛峰只能与 81 岁高龄的爷爷田如恒相依为命,老人体弱多病,田海琴还患有先天性胸椎病,这个本就清贫的家庭几乎陷入绝境。

代泽容与村民代表、村干部、党员协商,为爷孙三人争取了低保,还经常为两个孩子购买学习和生活用品,向老师询问她们的学习情况,平时自家有什么好吃的东西,都会给爷孙三人送去。逢年过节,还专门精心准备一桌丰盛的饭菜,请爷孙三人到自己家里吃。

2012 年 3 月,两姐妹的爷爷也离开了人世。连唯一的亲人都不在了,两姐妹跪在爷爷的床前不知所措。"当时我觉得她们两姐妹太可怜了,没有伯伯叔叔,没有哥哥姐姐。平时两姐妹爱来我家玩,和我也很亲近,今后我就是她们的亲人了。"代译客这样说。

忙完田如恒的后事后,代泽容毅然收养了这对姐妹,并得到了家人的理解和支持。田海琴两姐妹的加入,让代泽容本不宽裕的家庭更是困难。一直犯有脚病的代泽容,每天除了忙于家务,照顾孩子们外,她还任村委会会计,时常忙起来就不见人影。

为了给两姐妹提供更好的成长环境,代泽容还去附近打零工贴补家用,长期脚痛的毛病让她有时候走路都困难,她的儿子看着母亲操劳的身影,毅然随父亲外出打工缓解家庭负担。

2013 年 8 月,田海琴的先天性胸椎病严重了,代泽容一家多方筹资 12 万元给她治疗。如今,田海琴已和正常人一样,小小的腰板挺得直直的。

经历过艰辛与磨难的两姐妹,十分珍惜眼前的温暖与幸福,总是抢着干一些力所能及的家务活,学习上也非常刻苦。

该村驻村干部田文华由衷赞美道:"代泽容收养两个孤儿,无微不至地照顾她们,比对自己的子女还要尽心尽力,令人敬佩。"

(2014 年 9 月 5 日《铜仁日报》10 版刊载)

胡传芳：孤寡老人的"小棉袄"

每天扶老人起床、洗衣做饭、端茶倒水，这些又脏又累的活很多人不愿意做，但她一直做；给老人送终、穿衣、守灵，这些又惧又怕的活很多人不敢去做，但她一直做。

她十六年如一日，悉心照顾孤寡老人，给老人筑起了一个温馨的家园，用实际行动诠释了中华民族的传统美德，演绎了世间大爱。敬老院里孤寡老人视她为亲闺女，说她是贴心"小棉袄"。

她就是印江土家族苗族自治县缠溪镇敬老院护工胡传芳。

她把心安在养老院

今年44岁的胡传芳，自1999年6月到缠溪镇敬老院做护工以来，让这些孤寡老人开心住在敬老院是她对自己的要求。

胡传芳认为要让老人吃饱、吃好是关键。敬老院23位老人牙口都不好，胡传芳每天要准备软和的饭菜。"我和胡启明老人有胃病，小胡特意为我们做饭菜，通过饮食调养和药物治疗，现在我们能和大家吃一样的饭菜了。"杨文法老人说道。

胡传芳说，敬老院的老人都有自己的小脾气、会闹小矛盾。

与老人们谈心、劝导他们和睦相处，成为她每天的"功课"。因说话太多，她患上声带息肉。

"老人们心里有疙瘩会跟我说，通过我做思想工作，他们和睦团结，像一家人一样生活。"胡传芳尽管声带息肉但很开心。

胡传芳把敬老院的每一位老人当作父母去孝敬。为老人洗脚、剪指甲，老人病了，请医生上门医治。五保老人杨茂德去世前的两年时间里，吃喝拉撒都在床上，胡传芳每天给老人喂饭喂水，定时为老人擦洗、翻身、接大小便。

16年来，胡传芳只请过一次假，那次她病得说不出话，被迫到铜仁去医治声带。

"虽然老人有人照顾，自己还是觉得不踏实。"从手术台下来不久，胡传芳要求提前出院，遭到医生拒绝。她勉强住了7天就提前出院，带着药罐回到老人身边才安心。

2014年7月18日深夜，大雨不停。胡传芳怕发生灾情，一夜未眠。当发现离敬老院不到20米的远处有滑坡时，她立即叫醒老人，组织老人转移，把双脚残疾的王月洪背出敬老院。待镇里干部赶到现场时，她已把所有老人转移到安全地带。

她记得每位"寿星"的生日

胡传芳记得每位老人的生日，每逢有老人过生日，她一大早就给"寿星"煮上一碗鸡蛋面并送上祝福的话。"我在家的时候，从来没有哪个记得我的生日。"70多岁的李光和老人生日那天流下了幸福的泪水。

最让人感到害怕不愿做的，是为老人送终。2003年的一个秋天早晨，戴秀娥老人辞世。胡传芳为其擦洗身子、梳头、穿衣。白天，她忙于买物品、找劳动力、协调安葬的土地；晚上，她独自坐守灵前，为老人守孝。经过两天两夜的操劳，胡传芳按照当地风俗，热热闹闹地安葬了戴秀娥老人。

16年来，在缠溪镇敬老院去世的老人有16人，后事都是胡传芳操办的。

她舍小家顾大家

关爱老人，胡传芳无微不至。对待家庭，胡传芳却很愧疚。

1999年6月，胡传芳到缠溪镇敬老院当护工。原以为到敬老院只是做饭，却没有想到多数老人生活不能自理，需要有人在身边。

"当时有些后悔，但考虑到老人们无儿无女，需要人照顾，所以就坚持下来。"胡传芳说，当时每月工资仅120元。

她老公嫌收入低，多次劝胡传芳一起外出打工，但她舍不得离开老人。

"我把心思都花在敬老院上，没有照顾好家庭，也没有时间陪伴两个孩子和老公。"胡传芳愧疚地说，由于夫妻间聚少离多，最终离婚。

虽说离婚，但胡传芳对公婆的孝敬一如既往。婆婆吴承仙说，胡传芳比女儿还好，一起生活的17年没有吵过架，现在照样买衣物、买水果去看望。

胡传芳的孝老爱亲美德在当地被传为佳话。

（2015年10月30日《铜仁日报》12版整版、2015年9月23日《贵州日报》2版刊载）

周继芬：帮助别人就是帮助自己

她是一位普通的农家妇女，过着普通人的普通日子。但她却没有像"普通人"那样循环于"常规"的生活。她乐于助人，是邻里友爱的典范……她，就是印江土家族苗族自治县缠溪镇湄沱村的周继芬。

4 月 18 日，天气晴朗。在低矮的瓦房前，身着红色上衣的周继芬正忙于给留守老人陈绍安洗衣服。每天给留守老人、孤寡老人挑水、洗衣已成为周继芬的一个习惯。

一件、两件……洗一遍、洗两遍……周继芬一边忙于清洗衣服，一边与我们交谈着。她一点不嫌累，还哼起一曲小调惹得在场人眉开眼笑。

"周继芬像亲女儿一样待我，我们这些老年人做不到的事，她就帮我们办，挑水、洗衣服、种菜样样都做。"已过古稀之年的陈少安老人激动地说。

"这还不算什么，2008 年的那场雪凝灾害中，她所做的感人事迹还被写进了书里、得了好多个红本本。"村主任李文科抢着说道。

2008 年初春，一场特大雪凝灾害降临铜仁，地处高坡的湄沱村凝冻极为严重，路面结冰厚度高达 9 厘米以上，交通受阻、停电停水，给群众生产生活带来了极大的困难。周继芬家住公路边，每天目睹行人在雪地里艰难跋涉，她看在眼里，急在心里。于是，周继芬便积极投入抗灾救灾的行动中，为过往行人提供用餐、烤火、饮水等家庭式无偿服务。当周继芬得知镇政府要在湄沱设立便民服务站时，她主动要求把服务站设在自己家。

"老乡，有什么困难吗?""里面有火、热水、热粥，全是免费的。"周继芬每天都向过往人员无数次地重复着类似的话语。有好几次，已是凌晨两点，正准备休息的周继芬知道，刚到的滞留人员没吃饭，她又二话没说，拿起餐具，点燃灶火，为行人热饭热菜。当有人要住宿时，她和丈夫挨家挨户去问，哪怕是深夜，他们也会热忱地把滞留人员安顿好，才安心回家。

在长达 32 天的时间里，周继芬一直热情地为过往群众提供服务，想方设法解决服务站点的一些实际困难。因为日夜操劳,她患了重感冒,但她仍然坚持每天为群众提供免费服务。每天接待人数少则几百人,多则四五千人,递茶、端水、煮粥、生火,从清晨到深夜,她就这样一直不停地服务。每天煮粥 7 至 8 锅,最多的时候达到 30 锅,服务站点接待人数达 3 万多人次。

2008 年,周继芬被贵州省委、政府授予"贵州省'抗凝冻、保民生'工作先进个人",被印江自治县委政府评为抗灾救灾"先进个人",被铜仁市委、市政府评为抗灾救灾"先进个人",被贵州省妇联评为"贵州省三八红旗手"荣誉称号。同时,她的先进事迹被写进了《不屈的贵州精神》一书。

"凝冻期间,水管都冻坏了,没有水,就到这口水井来挑水,一天要挑 20 多挑水,拿去煮稀饭。"在一口小水井前周继芬讲述着当年救助滞留人员的往事,脸上堆满了笑容。

"有这样一位党员同志,我们村感到自豪!周继芬对村里的工作相当支持,发展产业她大力支持,村里开展各项工作的时候,她都主动帮助村里献计献策,还帮助村支两委调解民事纠纷,主动宣传党的各项政策。"村主任李文科说,周继芬是个热心肠,十分乐于帮助别人。

"帮助别人就是帮助自己。"周继芬处处为别人着想,受到了各级党委、政府的称赞,赢得了村民的敬佩。她曾多次被评为"优秀共产党员""乐于助人模范"等荣誉称号。2011 年,她还光荣当选为印江自治县第十二次党代会代表。

(2012 年 4 月 24 日《铜仁日报》8 版头条刊载)

杨江艳：乐做"村淘"合伙人带头致富

　　成功贷出贵州省第一笔"旺农贷"，我市农村淘宝网络销售第一单汽车，印江第一个获得农村淘宝讲师资格，农村淘宝销售量居印江第一……谈及2016年农村淘宝经营情况，印江土家族苗族自治县紫薇镇农村淘宝合伙人杨江艳道出满满的获得感。

　　年轻能干的杨江艳结缘农村淘宝是在2015年。那年6月，杨江艳和丈夫还在山西打工。一天，"微印江"上一则招募农村淘宝合伙人的消息引起夫妻俩的特别关注。通过电话详细了解情况后，夫妻俩毅然决定回家创办自己的网店。杨江艳通过报名参加农村淘宝合伙人培训和考试后，当年9月在紫薇镇上开设了第一家农村淘宝服务站。

　　忙时，杨江艳不光耐心帮助他人通过农村淘宝购买商品，还和家人走家串户宣传网购、送货到户；闲时，杨江艳就坐在电脑前熟悉业务知识、了解网购行情。

　　不多时，杨江艳凭着自己的勤劳和智慧，熟练掌握淘宝店业务，并取得"蚂蚁金服'旺农贷'"放贷资格。加之人脉广、家人支持，网店线上线下生意都十分火热。杨江艳说："平均每个月都有10万元以上的销量，收的佣金有三四千元。""选择了，就要认真去做！"一路前行，杨江艳不忘初心，精心经营着自家的村淘服务店。2016年，杨江艳"淘"出了"四个第一"，成功贷出贵州省第一笔"旺农贷"。2016年3月，杨江艳得知当地养殖户韦刚正在为生猪补栏缺少资金而发愁，便上门了解情况，利用自己已取得的"蚂蚁金服'旺农贷'"放贷资格，帮助韦刚通过农村淘宝申请"旺农贷"，并成功贷出阿里巴巴集团落户贵州省以来第一笔"旺农贷"2万元，解决养殖户资金周转燃眉之急。

　　成功交易铜仁市农村淘宝网络销售第一单汽车。2016年6月1日，杨江艳帮助村民汤先生在农村淘宝铜仁君华汽车店铺下单一台吉利博瑞并现场提车。汤先生说："我跑车行很多次了，感觉购车是一件挺麻烦的事，经朋友介绍，农村淘宝可以直接在网上买车，比实体店还便宜2000多元。经过仔细比较之后，就决定在村淘买了。"

印江第一个获得农村淘宝讲师资格。2016 年 4 月，杨江艳与全省 59 名优秀村淘合伙人齐聚贵阳，参加农村淘宝"造星计划"合伙人讲师培训。经过为期 3 天的培训和考核，杨江艳通过了农村淘宝合伙人讲师认证，成为印江第一个获得农村淘宝讲师资格的人。

回来后，杨江艳把自己的所学所长分享给村淘合伙人和青年创业者，帮助他们更好发展农村电子商务。

农村淘宝销售量居印江第一。随着网店销售经验的不断丰富，杨江艳对农村电商市场有了更多的想法和路子，不仅对前来选购的村民耐心代购商品，还做起农产品"上行"，在网上销售茶叶、生姜、食用菌等本地的特色农产品，抓住"双十一"、年货节等时间节点，加大网购宣传和产品包装，使得村淘服务站的销售量在全县村淘点中居于第一位。

"精英合伙人县域三强""县域服务之星"……如今，杨江艳的身上有不少村淘合伙人的"光环"。新的一年里，杨江艳把做好上行产品网售作为突破口，力争在农村淘宝网店销售方面取得更好的业绩。

（2017 年 2 月 16 日《铜仁日报》2 版头条刊载）

杨启雄:真心真意办实事

　　"当村干部不是摆架子的,而是真心实意多为群众办实事的。"从 2001 年当选村主任到村支部书记,印江土家族苗族自治县缠溪镇驷马村支书杨启雄是这样想,也是这样做的。

　　15 年来,杨启雄带领村民奋战在脱贫攻坚最前线,想群众之所想,急群众之所急,用实际行动践行着入党誓言,成为群众心目中的好支书。

　　记者见到杨启雄时,他正忙着在通村水泥路硬化项目施工现场查看路基开挖情况。

　　今年 6 月,随着缠溪秀木关至杨柳凯坪水泥硬化路项目的启动,缠溪镇驷马村易地扶贫搬迁点与缠洋公路的连接路也得到了改善。

　　眼看项目快速有序推进,曾多次到镇、县跑项目的杨启雄心里踏实了:"这个路坑坑洼洼,车辆难以通行,我们一直都在争取项目来改善。现在好了,年底水泥硬化路就能完工投用。"缠溪镇驷马村山高坡陡、沟壑纵横、交通不便、居住分散,修通公路是当地群众祖祖辈辈的愿望。"要想富,先修路。"2001 年 1 月,杨启雄当选为驷马村村主任后,第一件事就是号召全村群众行动起来,投工投劳挖通通组公路。没有物资,杨启雄就四处去争取,5 年时间全村 7 个村民组均修通了通组路。

　　没有路就带领村民动手修,饮水困难就跑腿争取项目解决,杨启雄为民办实事赢得了全村群众的拥护和爱戴。2011 年缠溪镇撤大村建小村,杨启雄担任驷马村党支部书记,而后更是一股劲地把心思放在带领群众增收致富上,经常走进群众家中宣传党的路线、方针、政策,让农民发展产业少走弯路、多得实惠。深入各村民组了解民情民意、经济发展状况和生活中存在的困难,并及时帮助群众解决。

　　驷马村有贫困人口 91 户 338 人,贫困发生率 47.27%,是典型的贫困村寨。为了改变贫穷面貌,2014 年杨启雄带领村干部着手易地扶贫搬迁项目。利用天堂坝集体荒山分期集中建房,目前建房点全部实现了"六通八有"的建设要求,搬迁入住 56 户 207 人,让居住在深山区、石山区的贫困户陆续搬进新家,过上新的幸福生活。

"让贫困户搬得出,集中住,只是针对居住在深山区、石山区贫困人口脱贫攻坚的第一步,关键还要让群众稳得住、能致富。"杨启雄说,目前村里已经集中规划发展蓝莓 50 亩、油茶 300 亩、红心柚 300 亩,以及生态畜牧业、冷水鱼养殖等产业。同时,依托地理优势发展乡村旅游,帮助群众增收致富。

看到村民家庭的变化,全村离小康水平越来越近,杨启雄感到十分欣喜:"要让群众信任你、支持你,我们就要说到做到,把群众的困难切实解决好,争取项目也好,发展产业也好,都是我们村干部应该做的。"十多年来,杨启雄曾多次被县、镇表彰为"优秀共产党员""先进个人""优秀党务工作者",2015 年被铜仁市委、市政府表彰为"基层先进工作者"。

（2016 年 7 月 5 日《铜仁日报》8 版头条刊载）

吴亚松：戏曲人生任重道远

　　年过花甲的吴亚松是印江太阳山人。18 岁开始音乐创作,40 多年来,一直钟情于花灯小戏编剧和配乐的他,创作无数,获奖无数,一跃成了印江土家族苗族自治县音乐创作的领军人物。

　　吴亚松最初是原印江师范学校的一名音乐老师,1982 年调到印江文化馆工作。他一个人带着一支笔、一个笔记本和一台录音机走乡入村收集花灯戏脚本和音乐。通过一年多的努力,整理编印了《印江花灯音乐集成》一书,为印江花灯剧和音乐的创作提供了宝贵的材料。

　　"那段日子,虽然十分辛苦,但也更加激励了我搞创作。"吴亚松告诉笔者,他在收集资料的时候深深感触到印江花灯文化底蕴丰厚,要把印江传统的花灯剧继承和发扬下去,无疑是任重而道远。在重任面前,吴亚松坦然面对。连戏曲音乐基本构成都不懂的吴亚松,开始试着戏曲音乐创作。连续数月的研究和谱曲,吴亚松因疲劳过度,生病住院。

　　"那个时候,不像现在学习的资料多、平台多,唯一的做法就是对照我收集整理的花灯戏曲进行,但又找不到门路,收到的效果很不好。"从那以后,吴亚松发现自己在创作方法上存在问题。于是他走出家门,向好友邓成群借书学习戏曲音乐创作。通过努力,1983 年他编剧并配曲的花灯剧《打夯的号子》获贵州省农村歌曲征歌"一等奖"。同年,吴亚松被吸收进贵州省音乐家协会,1987 年加入中国少数民族音乐学会。

　　作品是人品的结晶,人品是作品的灵魂。为人正直、性情豪爽的吴亚松,在成绩面前,不骄不躁,十分淡定。创作中,他吃得苦,除了与朋友一起交流学习外,更多的时间他常下乡收集乡村原汁原味的生活素材,在充分吸收民族民间花灯戏曲丰富营养成分的基础上,运用自己的学识和才华,投入艰辛的戏剧创作和谱曲中,陆续创作了《将军情》《跟着贺龙去当兵》《茶树王的传说》等歌曲 120 余首、舞蹈曲 50 余首、花灯戏剧 30 余个,在省、市获奖 20 余个。

　　"我最高兴、最幸福的事就是每当听到别人演自己创作的剧、唱自己谱的曲，还有就是年轻人的创作跟上了。"吴亚松的戏曲创作感染了身边一个又一个老年人和年轻人，像杨志勇、徐中华等青年还创作了大量花灯戏剧和戏曲。在创作之余，吴亚松还免费为印江培养后继人才，为爱好花灯戏创作和配乐的青年上课、改稿。

　　2011 年吴亚松光荣退休了，虽然年过花甲，但精神矍铄，心里总是充满谱写音乐的激情，一直坚持创作和为戏剧配乐，不断培养后备力量。谈及今后的打算，他唯一想法就是把自己的艺术生涯进行总结，编成一本集子。

（2012 年 8 月 20 日《铜仁日报》6 版刊载）

付学洪:勤种蔬菜快致富

　　家住印江土家族苗族自治县峨岭镇甲山村的付学洪夫妇,十多年来,在通过流转农户土地种植蔬菜中,不断创新种植模式,引进优良品种,巧打品质生态牌,依靠蔬菜种植闯出了一片致富天地。

　　夏日,走进中坝乡夫子坝蔬菜基地可以看到,一畦畦新鲜时令蔬菜尤为喜人。蔬菜种植户付学洪夫妇和几名工人正在忙于采摘新鲜蔬菜。

　　"最近我们的基地每天出蔬菜在 1000 斤左右,目前还有 10 多个品种的蔬菜没有上市,接下来将有越来越多的蔬菜品种上市。预计蔬菜基地的蔬菜全部上市后每天至少可达 2000 余斤。"付学洪一脸喜悦。

　　年满 44 岁的付学洪是印江自治县蔬菜种植大户,也是返乡创业致富的一个典型。1996 年,在外地当过多年建筑工的付学洪和妻子杨红回到家乡,他们利用自家的几亩土地种植不同品种的蔬菜。几年下来,付学洪尝到种菜的甜头,逐渐扩大了自己的蔬菜种植规模。

　　"在外地打工,我们两口子每年的收入与种菜收入悬殊不大,但回家种菜可以照看家里的老人和小孩。现在正常情况下我们一年收入在十一二万左右。"谈及打工和回乡创业,付学洪感慨最多的就是回家创业自由,有成就感。

　　"人无我有、人有我优、人优我特",这是付学洪种植蔬菜的一个秘诀。为了满足市场需求,付学洪每年都种植十多个品种的蔬菜,一年四季都有蔬菜上市。十多年来,他一边不断调整种植模式、试验新品种,一边认真与市场衔接,按照市场需求种植优质特色蔬菜,从而占领了一定市场。

　　付学洪说,种蔬菜要每年引进一些新品种,才能适应市场发展。因此,他每年都要试种一些新品种,今年他种植的紫甘蓝在印江还没有人种,品种一上市就深受消费者喜爱。

　　为了提高蔬菜经济效益,付学洪还买了货车,除了种菜外,还做起了蔬菜基地经纪人,直接把蔬菜卖到市场上。同时,坚持无害化除草、防虫和施肥,病虫害防治以黄板杀虫、灭蛾灯杀虫为主,肥料以农家肥为主,打造无公害蔬菜基地。

　　"我们的绿色蔬菜每天在进入市场前,都要经过农经站检测。蔬菜种植方面我始终遵循'种自己放心吃、别人放心吃的蔬菜'。"付学洪认为,种菜就是种良心,宁愿少赚钱,也不让一棵问题蔬菜流入市场。

　　2013 年,付学洪凭着自己的蔬菜种植理念和诚信经营被中坝乡作为致富带头人引进加以扶持,原本只是小本经营的他,一下子向农户集中连片流转土地 80 余亩,建设了无公害蔬菜基地。同时,他还组建蔬菜专业合作社、成立了蔬菜配送公司,带领当地 3 家蔬菜大户发展蔬菜 180 多亩。

(2014 年 6 月 6 日《铜仁日报》5 版刊载)

谭恩贵：平凡岗位上的感动

简朴而富有朝气的衣着，睿智而谦和的目光，质朴而深刻的见解……初次见到九三学社铜仁市委印江支社委员、印江三中副校长谭恩贵，印象深刻。

1988年师范毕业后，谭恩贵与教育工作就结下了解不开的情缘。25年来，他先后在村小、管理区中学、乡镇中学、县城中学工作，在平凡的岗位上用爱关心学生、用心钻研业务，塑造了一个优秀教师的崇高形象。

"三寸粉笔是他手中的钢枪，三尺讲台是他坚守的阵地，他满腔的爱心赋予了学生。"25年来，谭恩贵对学生倾注全部的热情，要求学生做到的，他首先以身作则，做学生的良师益友。当学生们产生厌学情绪，犯了错误，他总是动之以情，晓之以理。在教学过程中，谭恩贵总是循循善诱，用多种方法来引导、启发学生。

"谭老师是一位好老师。他在课堂上幽默大方，循循善诱；课后我们遇到难题问他的时候，他总是耐心地给我们讲解，和蔼可亲，不仅像一位仁慈的长辈，还像一位亲和的朋友。"印江三中八（七）班学生冷阳说。

在班级管理中，谭恩贵相信每一位学生都具有潜能，没有好生差生之分。"对待暂时落后的学生，要有耐心，要关心鼓励他们，让他们有上进心。后进生转化是一个系统工程，需要我们教师的满腔热忱。"谭恩贵说。

谭恩贵认为，如今的课堂不是带着知识走向学生，而是带着学生走向知识，课堂上他总是用一些巧法子、妙点子让学生爱上学习，把重点、要点突出，利用讨论、研究、写政治小论文等形式，从理解入手，帮助学生们轻松理解课堂内容。

认真钻教材、简单搞设计、本分为学生、扎实抓训练是谭恩贵在教改和教学工作中的亮点。每上一堂课，谭恩贵都选取符合学生认知规律的教学方法，既注重学生的知识培养，又尽力拓展学生的创新思维能力，培养学生的学习兴趣，努力营造亲其师信其道的教学氛围。近几年他所带班级的升学率均走在全县前列。

"谭恩贵老师身上值得我们学习的东西很多，作为教师，他认真钻研教材，工作任劳任怨，深得学生欢迎、家长信任。作为领导，他来得最早，走得最晚，是全体师生学习的榜样。"谭恩贵的同事吕老师说。

在学校管理工作的岗位上,谭恩贵推进依法治校和民主管校进程,激发全体教职工的工作激情和投身教育事业的热情。通过召开职代会讨论和通过各项管理制度,调动教职工的主人翁责任感,充分发挥每一位教职工的作用,形成了齐抓共管的良好局面。目前,谭恩贵所在的学校已经成为印江初中学校的窗口和示范学校。

"和许许多多老师一样,每一天我都做着平凡的工作,始终以平常的心态、高兴的情绪做平平凡凡、实实在在的事情。把班集体变成学生的乐园。"谭恩贵说。

作为九三学社铜仁市委印江支社委员,谭恩贵也是认真履职,积极为当地教育事业建言献策。在九三学社印江支社智力帮扶活动中,充分发挥自己教育教学的资源,先后多次到杨柳、杉树、新业、新寨等乡镇开展教学示范课和学术讲座。在教育教学之余,还认真研究教育教学艺术,归纳总结教育教学经验,撰写论文在省级以上刊物发表30余篇,中文核心期刊就有5篇,出版个人专著两部50多万字。

一分耕耘,一分收获。谭恩贵曾多次被省、市、县评为"优秀教师",2009年被教育部授予"全国优秀教师"称号;2010年被评为"全国十一五教育科研先进工作者";2013年先后获得"'十二五'市级骨干教师""2013感动铜仁教育年度人物""铜仁市第二批市管专家"等殊荣。

(2013年12月23日《铜仁日报》2版刊载)

田应强：深山育人 39 年

时下的印江土家族苗族自治县缠溪镇水塘小学，在红花绿叶的映衬下显得格外漂亮。一年级的教室里，头发花白、两鬓染霜的田应强老师正在给孩子们上拼音课，从发音嘴形到字母书写，田应强老师不厌其烦地给孩子们一遍一遍纠正，直到每个孩子都会读、会写。

年满 60 岁的田应强 1976 年 9 月走上讲台。当时，缠溪镇牛郎关民办小学紧缺教师，作为当地为数不多的初中毕业生，田应强主动申请到学校当老师。从此，田应强就把他的心血倾注到了学生们身上。

多年来，田应强耐心负责的态度和良好的教学方法深受孩子们喜欢，所任学科每次考试成绩都超过其他学校同年级学生成绩，并多次被原缠溪区委表彰为"先进教师"。

1984 年 9 月，田应强被安排到缠溪水塘小学任教。此学校师资力量薄弱，教学设备紧缺，村民思想和经济条件均相对落后，入学适龄孩子辍学不少，在校学生人数不到 40 人。田应强暗下决心：要让该入学的孩子一个都不能少！白天，田应强在学校做好报名工作；晚上，他和学校教师走村串寨、挨家挨户动员学生入学、做家长思想工作，希望孩子进校读书。

"由于居住分散，经常要走一两个小时的山路，深夜两三点钟还在和家长交谈。"田应强回忆，经过三天动员，学校学生人数增加到 130 多人。由于不少家庭难以交上学费，田应强还为不少孩子垫付书本费、学费和买学习用具。

从教 39 年来，田应强对山村里的孩子倾注了全部热情，他要求学生做到的自己首先做到；当孩子们产生厌学情绪、犯了错误，他总是动之以情、晓之以理，循循善诱，因人制宜去引导、启发学生。

作为学校里唯一的一名共产党员，田应强除了干好自己的本职工作外，还常常帮助年轻教师，主动做好传帮带工作。他的学历在学校是最低的，但他每个学期所任教科目成绩都排在全县同类学校前列，这些成绩的背后，田应强付出了太多不为人知的努力。

今年 11 月,田应强达到退休年龄。开学之初,学校领导本想减轻他的工作,但他主动要求承担一年级班主任和语文、数学教学重任,坚持站好最后一班岗。

想到自己即将离开讲台,田应强眼眶湿润了,他说,舍不得孩子们,舍不得校园,也舍不得如亲人般的同事们。

从风华正茂到两鬓染霜,田应强老师挥鞭执教的 39 个春秋,多次被县、镇表彰为"优秀教师"。而荣誉背后,让他感到欣慰的是,看到一批又一批的孩子走出了大山,成为建设祖国的有用之材。

(2015 年 10 月 11 日《铜仁日报》5 版刊载)

王时中：发展健康产业带民致富

新年刚过，在印江土家族苗族自治县板溪镇岑塘村岩上，昔日的荒山野岭如今已建起绿色茶园和成片的党参基地。

"你看！这就是我最初种植的党参，这土质也非常适合中药材种植。"王时中轻轻用手刨开泥土，一根根细长的党参像粗大的经脉，让人欣喜。

49岁的王时中是板溪镇王家村村民。2012年底，王时中与邻近的岑塘村、王家村村民协商，成功流转了撂荒地500多亩，先后投入110余万元，集中连片发展中药材530亩，茶园260亩，核桃500亩。2013年王时中与威宁县利民生态中药材种植专业合作社签订回收合同，中药材发展在技术和销售市场方面相对有了保障。

产业发展不仅让王时中本人富了，也让当地群众得了实惠。"我们这些老年人在外面打工不吃香，帮王老板管理茶叶和药材，是手上活，比较轻松。每天有60块钱，觉得还可以。"73岁的板溪镇岑塘村观音组村民任本碧说，她去年在基地做工收入近1.2万元，是过去几年收入的总和。

"我们把荒地租出来，一年就在这里打工。"和任本碧一样，得益于产业的发展，古稀之年的王贵桃老人也成了产业基地上的长期工人，一年下来收入也是1万多元。土地收租金、务工挣薪金，如今一年的收入是过去几年收入的总和，板溪镇岑塘村、王家村等地群众得到的实惠缘于当地兴起的中药材产业。

像任本碧、王贵桃一样常年在基地上务工的有30多人，繁忙时节多则上百人。年龄在45岁至73岁之间，九成都是留守老人和妇女。两年来，王时中已支付劳务费45万元。

为了提高土地附加值，王时中采取"果药共生""茶药共生"和"茶蔬间作"等模式，综合利用土地，实现以短养长、以收促管。

但是，板溪镇岑塘村岩上海拔在1100米左右。交通不便是制约其产业发展的主要因素。通往王时中产业基地的有两条山路，都是晴通雨阻，坑坑凹凹。远的那条有 9 公里,近的那条也有 4 公里。

"每次运肥料上山,都要选天色。要晴上两三天后,才勉强可以通行。"去年,王时中在幼龄茶园里套种的 10 亩蔬菜,因运输困难,大部分都没卖到市场上去。

"尽管目前比较困难,但我还是想大干,因为这里有足够的土地资源。"谈及最近的心愿,王时中说,他希望政府能够帮助改善水、电、路等基础设施,一来可发展壮大自己的中药材产业,二来可帮助当地群众开辟更多的增收渠道。

(2015 年 3 月 24 日《铜仁日报》5 版刊载)

杨志文:循环菌棒"一支三用"

　　印江土家族苗族自治县木黄镇老寨村村民杨志文,利用食用菌种植中的废菌棒,做种植榆黄菇、平菇的原材料,既降低菇农生产成本,又节约资源、保护了环境,开辟了废菌棒生态循环利用的良好模式。

　　今年39岁的杨志文,以前是在湖南娄底一家食用菌厂打工。期间,他一边挣钱维持家庭生计,一边学习食用菌种植技术。2008年,杨志文返乡后成功试种金针菇和平菇,年收入5万多元。

　　2011年,印江出台政策,扶持、引导包括木黄镇在内的8个乡镇大力发展食用菌,杨志文借着政策的东风,一度扩大食用菌的种植规模和拓宽种植品种。当年杨志文种植的7万棒食用菌获得了丰收。

　　在生产过程中,杨志文发现香菇菌棒采摘完后,菌棒里还有一大部分营养没被吸收,觉得丢了既可惜又污染环境。看着成堆的废弃菌棒,他四处求教、翻阅书籍,不断探究废菌棒循环利用的办法。通过粉碎、装袋、灭菌、接种、培育等实验后,当年,试种的300袋平菇和榆黄菇,出菇非常好,建立了可行的废菌棒生态循环利用的良好模式。

　　2012年,杨志文把前一年生产的7万棒废菌棒加工成培育平菇、榆黄菇、灵芝的原材料,改变了以往用稻草做原材料来生产平菇和黄丝菌的方式,在产量和品质上得到大幅提升,收入颇丰。

　　"这就是我们把废菌棒再生循环利用,生产的黄丝菌(榆黄菇)。这个菌色鲜味美,营养价值丰富……"进入生产场地,杨志文自豪地介绍起他的产品。他说,通过废菌棒再生利用后,他种植的黄丝菌一斤的价格比普通鲜菇高出两元多,同时,生产的成本大大降低了,每棒节约成本接近两元钱。

　　尝到甜头的杨志文,不肯放弃已经经过两轮利用的废菌棒,再次研究、实验,他发现通过加入适量的微生物腐秆剂发酵分解,摇身一变又成为高效的生态有机肥,种植出来的蔬菜品相好、口味佳,受到消费者的青睐。

过去不知如何处理的废菌棒如今得到循环利用,既解决了污染问题,又提高了资源利用率和经济效益。

2013 年,杨志文组建了木黄蘑菇云绿色食用菌厂和红塔食用菌种植专业合作社、成立了木黄农村青年创业者协会,带动 17 户社员发展 30 多万棒食用菌,实现年产值 185 万元;其基地被授予"贵州省百万青年创业就业行动创业就业示范基地"称号。

(2014 年 7 月 18 日《铜仁日报》5 版刊载)

田冲:高山上勤种烤烟

一大早,印江土家族苗族自治县朗溪镇朗溪村椿木坪组烤烟种植大户田冲,就组织 11 位群众到烟地精心打理他的烤烟,除草、施肥、喷药,整个烟地里一片繁忙的景象。"发展烤烟关键在于科学管理,要是管理跟不上,就会影响烟叶质量。"田冲一边忙于给烤烟追肥,一边向笔者谈起他的种烟"经"。

而立之年的田冲,自 1986 年就开始跟着父母种烟,早已成了"铁杆烟农"。然而,早些年种烤烟可不像现在这么如意。"八九十年代,我们家只栽了四五亩烤烟,吃苦受累不说,到头来还只能是保本。"说起过去,田冲连连摇头。

田冲居住的椿木坪组是一个海拔在 1200 多米的自然村民组,原来住有二十多户、上百村民。几年前,因为交通不便,水电不通,村民纷纷搬下山,最后只剩下10 户人家、36 口人。

面对恶劣的条件,田冲也曾经想过外出打工,但自小在高山上长大的他,因为对这片土地有了感情,他最终选择留下来发展烤烟。

"由于椿木坪组过去水、电、路'三不通',每年的烤烟煤、肥料我都要到 8 里外的打铁坳肩挑背驮搬回家,卖烟也是一个大麻烦。白天顶着太阳打烟,晚上守着月亮或煤油灯绑烟。"谈到过去种烟的艰辛,田冲露出一丝苦笑。

近年来,随着该县民生工程的强势推进,先后在椿木坪组实施了"烟水"配套工程、"烟电"配套工程、"烟路"配套工程。

"以前,那么差的条件都坚持下来了,现在条件好了,有了机器设备,有了政策的扶持,种烤烟终于有了赚头。"随着基础设施的改善,田冲对发展烤烟充满了信心。他先后花了 23 万元买了一辆三轮车和一辆货车,花了 2 万余元购进了 3 台旋耕机、1 台培土机、1 台割草机、4 个电动喷雾器。

2011 年,田冲在当地流转了 65 亩土地全部发展地膜烤烟。即便是遭受持续干旱天气影响,他的烤烟损失也不大,实现产值 21 万元,除去支付工人工资 10 余万元外,纯收入 8 万多元。

今年,他进一步把种植规模扩大到 90 亩,在往年实施地膜烟的基础上,推广实施了小苗膜下井窖式移栽,不但减少了劳动力,还提高了烤烟种植的成活率。

"如果没有极端自然天气,今年种烟的收入将实现翻番,相信又是一个丰收年。"望着长势喜人、丰收在望的烤烟地,田冲喜上眉梢。

(2012 年 6 月 15 日《铜仁日报》3 版刊载)

李国富：蔬菜种植一年更比一年好

"这个芬葱与我们当地芬葱有区别,这个要栽厚点、栽密点,才押得起来,才有产量和经济效益。"正在给大家讲解分葱种植技术的男子名叫李国富。年满52岁的他,种植蔬菜已有13个年头,由自家小敲小打到与村民抱团发展,蔬菜产业发展一年更比一年新。

李国富家住印江自治县缠溪镇湄坨村,当地地势高寒,往年都是农历三月才大规模种植蔬菜,今年却大不同:春节刚过,他就抢抓晴好天气,组织劳力整地、移栽分葱。

"武汉老板和我们订了收购合同,今年要发展100亩分葱、300亩番茄。根据这个气候要抓紧栽下去。"李国富所说的"武汉老板"是指武汉众菜网的蔬菜销售员。去年,李国富在铜仁农贸市场销售番茄时,优质的番茄被武汉众菜网的蔬菜销售员相中。

武汉众菜网相关人员到缠溪镇湄坨村了解情况后,与湄坨村菜农建立合作关系,并上门把湄坨村菜农当年种植的番茄全部收购,不仅价格比往年高,还让菜农在家门口销售番茄,看到了种植蔬菜的希望。

"种植蔬菜这么多年来,还是第一回遇到这样的好事!"李国富边说边拿出记账本盘算去年全村30户菜农的收入情况:"全村300余亩蔬菜,将近收入100万元,我自己差不多有20万元。"

今年,李国富以专业合作社的名义与武汉众菜网签订种植收购合同,由武汉众菜网统一提供秧苗和种子,然后以合同协议价全部回收。

虽然每天起早贪黑,但李国富的心里却乐滋滋的,种植蔬菜也是干劲十足,充满信心。种植规模越做越大,他种植的蔬菜已取得国家无公害认证,并且还在县城开了湄坨蔬菜直销门面,由女儿和女婿经营,自己在家专心种菜。

李国富多品种种植,多渠道销售,不仅让自己富起来了,还通过成立专业合作社,带动村里30多户人家发展蔬菜,长期解决6人就近务工增加收入。

新的一年,新的愿望。李国富在忙于种植蔬菜的同时,还着手在蔬菜包装上进行改进,他也盼望政府和有关部门在资金上进一步加大对蔬菜产业的扶持,不断壮大自己的种植规模,带动更多群众参与蔬菜种植,实现增收致富。

李国富说:"今年的愿望就是带动村民按照合同订单种植好蔬菜,努力实现湄坨村蔬菜产值达到 300 万元。"

(2016 年 4 月 24 日《铜仁日报》6 版刊载)

邓明亮：林下养鸡辟富路

　　仲秋时节，来到印江土家族苗族自治县缠溪镇楠星村的一个小山沟，放眼望去，见到灌木丛里到处是金黄色的土鸡，正在觅食。年轻小伙子邓明亮不时走进鸡群里，一群土鸡亲昵地向他聚拢。

　　年满 22 岁的邓明亮，高中毕业后与好友一道到上海打工，当过酒店管理员。2010 年，邓明亮回家过春节，得知村里正规划发展林下养殖，还有一定的政策扶持，邓明亮看中这条致富路子，决定留在家乡创业。

　　他把养鸡的想法告诉家人，得到了支持。经过多方打听和实地考察学习技术后，邓明亮利用家门口的那片灌木丛地搭盖了 3 间简易的鸡舍，把方圆 1 公里的林地用塑料网围起来，发展林下养鸡。

　　"在林子里散养的鸡特别好卖，今年上半年出栏 1530 只土鸡，收入达 11 万元。第二批养殖 1650 只土鸡也即将出栏，预计收入 12 万元。"邓明亮乐滋滋地告诉记者，在成片林地里长大的土鸡采食林地的杂草、昆虫，辅以适量的玉米和稻谷，不仅节约饲料，而且禽粪可肥林地，减少了投资，保护了环境。最关键的是林地里长大的土鸡味道鲜美，特别有营养，虽然市场价格相对较高，但很受消费者的青睐。

　　为了带动更多的群众发展林下养鸡，2011 年 3 月，在当地政府的帮助下，邓明亮筹集资金 4.6 万元，从湖南购买了 3 台孵化机（同批孵化种蛋 8800 枚），在自家的空闲房子里办起孵化厂。去年，他共向周边群众提供鸡苗 4 万多只，收入 20 万元。在邓明亮的影响和带动下，楠星村 103 户群众发展林下养鸡，去年全村出栏土鸡 2.5 万只，全村收入净增 28 万元。

　　经过一年的发展，当地群众从土鸡养殖中尝到了甜头，养殖积极性也高了。今年，邓明亮组织当地养殖户成立了养鸡协会，将养殖散户捆绑起来共同发展，由他统一提供鸡苗、统一技术指导、统一回收销售。同时，他还成功申请注册了明诺土鸡养殖公司，上半年共孵化 3 批鸡苗，向当地群众提供鸡苗 2.3 万只，带动当地 120 户群众发展林下养鸡。目前,邓明亮正紧锣密鼓做第四批鸡苗孵化工作。

谈及下一步的打算,邓明亮充满了信心:"逐渐扩大规模,力争年出栏 1 万只以上。以'公司＋协会＋农户'的发展模式,带动更多群众发展土鸡养殖,达到共同致富。"

(2012 年 9 月 28 日《铜仁日报》3 版头条刊载)

任明芳：柔女子的钢铁情怀

返乡创业的第一年，印江土家族苗族自治县朗溪镇上坝村村民任明芳做钢材生意就纯赚了 8 万多元，对于当初选择返乡创业，她一点都不后悔。

第一次见到任明芳时，她正在自己的门面前忙于给顾客切割钢条，和顾客一道把一根根钢条抬上车。她中等的个头，不胖不瘦的身材，渗透细密汗珠的面庞上，不时流露出浅浅笑容。

2006 年，年过 30 岁的任明芳，把刚满一岁的小儿子托付给父母照顾后，便和丈夫田超刚到广东一家眼镜厂打工。在广东打工的那些日子，勤劳朴实的夫妻俩辛辛苦苦干一年下来，收入将近 6 万元。

"收入还可以，关键是照顾不到家里的老小，心里很不踏实。何况是给别人做工，厂里生意好时就有活干，生意差时就是耍。"任明芳的话语透露出外出务工的许多无奈。

2011 年底，任明芳夫妇回家过春节在走亲访友时，得知一家亲戚通过在集镇上做钢材生意赚了不少钱。

早已不想外出打工的任明芳，当时就动了回家创业的念头：外出打工不如自己开一家门面卖钢材，毕竟在朗溪集镇上暂时还没有人做这样的生意！任明芳的想法得到家人的同意后，夫妻俩就利用外出务工积攒下来的钱，在朗溪集镇上租了门面，从湖南怀化购进第一批钢材和一台弯铁机、圈铁机、轧钢机，并办理了营业许可证。从此，夫妻俩走上了自主创业路。

"我爱人负责外面的生意联络，我负责门面和看管家里。"任明芳夫妻俩分工协作、里应外合，生意也正如任明芳当初所想，是集镇上第一家做钢材生意的，生意做起来十分顺利。一年下来,钢材收入20余万元,除去本金也有8万多元。

任明芳上有年过花甲的父母,下有步入学堂的小孩子,创业虽然苦点、累点,和小孩、父母在一起生活,她觉得踏实、放心。

"在家创业,不说别的,就是从料理家庭来说都很好了,何况自己还能找钱。"任明芳笑着说。

(2013 年 3 月 27 日《铜仁日报》8 版刊载)

田仁志:特色养殖"俏"乡村

炎炎夏日,走进梵净山脚下的印江土家族苗族自治县新业乡边山村倍觉清凉。环山线公路旁新开业的田园农庄里洋溢着喜气。

休闲长廊上,不少客人享受着惬意时光。厨房里,师傅正忙于给客人做豪猪肉这道特色菜。而这一场景,在去年的夏天还是一个梦想,如今却变成了现实。

田园农庄的主人田仁志甜滋滋地说:"去年养豪猪赚到钱了,效益很好,差不多赚了20万元。今年我在养殖豪猪的同时,发展农家乐,让游客来到此地游玩,又可吃到原汁原味的豪猪肉。"

2011年梵净山环线开通之后,来新业乡旅游的游客络绎不绝,田仁志萌生了发展特色养殖和开办农家乐的念头。去年5月,田仁志在新业乡党委、政府的支持和鼓励下,投资80多万元,在当地租借了一幢闲置的养殖场进行改造后,以每头5000多元的价格,从湖南引进了108头种猪,发展起了豪猪养殖。

"你看!现在安装这个电子监控器后多方便。我每天坐在家里就可以观察养殖场里的全部情况。"田仁志介绍说,养殖豪猪比较轻松,每天一头只花6角钱,而且豪猪抗病力强,易于养殖。他每天除了料理豪猪养殖的事情,还继续养鱼。虽然鱼塘与猪场之间相隔30多公里,田仁志每天跑上跑下心里还是乐滋滋的。

今年,田仁志又筹集资金13万元开起了田园农庄,产销一体化。"豪猪肉以前没吃过,今天终于吃到了正宗的,确实鲜美,让我们大饱口福。"游客周书余说。

自7月初开业来,田仁志的农家乐生意红火,每天都有10余桌客人。一批批食客慕名而来,豪猪肉、有机鱼成为食客必点的招牌菜。

如今,田仁志的豪猪养殖存栏216头,并带动当地边山、坪坝两个村30户群众饲养豪猪。农家乐稳定的客源为养殖业带来了更多的客户,豪猪肉的销路更畅了。

(2012年8月13日《铜仁日报》3版刊载)

田茂易:增收"算盘"越拨越响

过去的一年,对于年近六旬的印江土家族苗族自治县木黄镇燕子岩村食用菌种植户田茂易来说,是一个丰获之年、幸福之年。

正月里的木黄镇燕子岩村寒气袭人,在田茂易的食用菌加工房里,两名群众正忙于接种。田茂易说,种植食用菌最关键的是接种,冬季气温低,是食用菌接种的最佳时机。目前,他计划在 2014 年发展的夏菇菌棒已基本接种完毕。

田茂易是木黄镇燕子村多年种植食用菌的群众。谈及食用菌产业的发展,他向记者娓娓道出了几年来的收入情况:2011 年发展了 30 亩食用菌,当年因洪涝灾害,投入 20 多万元的食用菌基地被洪水全部冲毁。2012 年发展了 20 亩食用菌,收入 140 多万元,花费 26 万元,购买了一辆帕萨特轿车。2013 年种植的 50 亩食用菌,在旱灾之年也实现产值 200 余万元。

"一人富不算富,去年我组织成立燕子岩村食用菌专业合作社的目的就是带动周边群众发展食用菌来增加收入。"田茂易说,自己种菇有点经验,平时就负责给群众做技术指导,帮助群众解决销路问题。目前通过土地、资金入股加入合作社的社员已有 17 人,解决周边 15 人务工。

"发展食用菌产业,我感到特别高兴的事情就是当前的政策支持和我们这里的气候非常适宜。"田茂易说,去年他的食用菌基地在政策的扶持下建起了 133 个钢架棚,同时还获得了 180 万元的国开行贷款支持。

由于当地生态好、气候好,田茂易种出的鲜菇品质优良,吸引了不少外地客商蹲点进行收购,最高的销售价格每斤 7 元,最低的销售价格也在每斤 4 元以上。

田茂易说,食用菌见效快、周期短。今年他计划发展 50 万棒夏菇,同时,采取由合作社集中生产菌棒、菇农分户培育的方式,带动 17 户社员发展 50 万棒。

(2014 年 2 月 25 日《铜仁日报》7 版刊载)

柴宏武：在洪峰浪尖上响起应急喇叭

7月19日23时许，印江土家族苗族自治县紫薇镇团龙村暴雨如注、山洪暴发。56岁的老党员柴宏武忐忑不安，不敢上床睡觉，时刻观察着家门口河里的水情，担心洪水漫上河堤，威胁到河两岸的生命财产安全。

正如所料，次日凌晨2时许，险情发生了。凶猛的洪水翻滚过团龙河堤坎两岸，道路上的积水迅速上升。柴宏武见势不妙，立即上了自家的面包车，拼命地按响车喇叭，并高声呼喊："洪水来了，大家赶快退！洪水来了，大家赶快退！"

随后，柴宏武迅速将面包车调头，沿着团龙村的公路一边往前开，一边拼命地按响车喇叭，并大声呼喊："涨洪水了，大家快点起床，先不要顾及财产，赶快往高处走。现在不能出屋的就爬到房子二楼、三楼去！"

一时间，急切的喇叭声、密匝匝的雨脚声和翻滚的洪水声混杂在一起，被惊醒的居民迅速起床探个究竟并快速撤离，部分村民却仍呼呼大睡，不见动静。

柴宏武回忆说："那时洪水不停地往上涨，我特别担心！就用脚狠狠地乱踢村民的门，用手使劲敲打板壁。随即又赶快跑到下一家去叫醒村民。"

"柴宏武从那边开车按着喇叭过来，我在屋里睡觉就醒了，我也起来帮着叫村民起床。"村民柴昌武被柴宏武急切的喇叭声和呼喊惊醒，把家人也叫醒后，他与柴宏武分头挨家挨户去敲门、叫醒村民，快点撤到高处。

此时此刻，得知紧急情况的团龙村干部、乡贤会成员也在不停地打着电话通知村民，快速往高处撤离。"没多久，停电了，手机也没信号了。"

暴雨还在猛烈地下，洪水还在不停地涨，漆黑的夜里不停地闪着车灯、响着急切的喇叭声。

柴宏武开车一段路后，下车冒着大雨，借助微弱的电筒光，走家串户、敲门呼喊，逐家叫醒村民。

"长这么大，还是第一次看到村里遭这种洪灾。"村委会主任柴恩青坦言，如果不是柴宏武最先警惕到这场洪灾，并到处叫醒大家，村里的伤亡情况真不得了。

柴宏武开车从村头到村尾来回高声喊了一遍,叫醒的村民们一喊十、十喊百,团龙河两岸 300 多名村民快速往高处撤离,避让洪灾。

回到自家房屋楼下,柴宏武才想到楼上还住着小孩和老人,便迅速把车子停下,登上屋檐砍。而此时,团龙村的道路上的洪水已有半米多深,突然一个洪浪打过来将柴宏武的面包车撞到房屋的墙壁上,车子瞬间全部进水,人险些被撞着。

柴宏武一股劲地从一楼楼梯口大步跃上二楼房间,紧急转移住在家里的老人和小孩。"我去背第一个下来的时候水淹到腰杆,背第二个下来时就淹到颈部了。当去转移老人时,洪水已经涨到一人高。"柴宏武一边指着自家墙壁上洪水留下的痕迹,一边描述着当时转移人员的情景。

家里人员转移到安全地方后,柴宏武又与村民一道转移其他群众,根本没有顾及到自家的茶叶和机器设备。"虽然损失 100 多万元,但村民们避让了洪水,人在比什么都好,自己内心觉得付出很值得。"柴宏武说,如果不开车去提醒大家、敲门喊人,茶叶完全有时间转移到高处。

对柴宏武的做法,柴恩清连连称赞:"柴宏武不顾个人利益,首先考虑到村民的生命安全,不愧为一名共产党员,其精神值得我们学习。"

那晚,柴宏武一夜没有睡,第二天又投入紧张的抗洪抢险中……

(2016 年 7 月 25 日《贵州日报》2 版头条、2016 年 8 月 2 日《铜仁日报》6 版刊载)

代传锋:搬进新家过新年

2013 年,印江土家族苗族自治县永义乡坝峨村青杠湾组代传锋一家五口人最幸福的事情,莫过于从基础条件滞后的山坡上搬进了永义乡集镇上的扶贫生态移民区,住上了新房,过上了热闹年。

"现在搬到这里来,不说别的,就是喝水都比老家上面方便!"代传锋说,原来居住的永义乡坝峨村青杠湾,虽然通组路修到了家门口,但是地势高,饮水是最大问题。全家依靠种植烤烟和加工红薯粉来维持生计。

穷则思变的代传锋和家人经过几番心思后,于 2009 年在永义乡集镇租门面做起了钢材和农资买卖。"租房子做生意心里很不踏实,租期一过房东就不再租了,难得租门面。"代传锋说。

2012 年全省启动扶贫生态移民工程项目建设,永义乡获得 150 户、750 人的扶贫生态移民实施项目,并采取群众自建和政府统建相结合,统筹推进扶贫生态移民项目。

"听到我们乡有这个政策,确实很高兴!"代传锋在政府详细了解相关补助政策和实施要求后,提出了在移民区自建的申请,并通过了乡里的审核。当年 11 月,代传锋一家人一边经营门面,一边筹资在规划区修筑新楼房。

"当时忙这忙那,压力大,还得感谢扶贫生态移民项目和农村危房改造项目每户补助 38300 元,给予了一定帮助。"代传锋说。

2013 年 8 月,代传锋家占地 88 平方米的 4 层楼房主体竣工。经过 1 个多月的装修一家人搬进了新房,并分好每层楼的用途。

有了自己的门面,代传锋打出了"诚信钢材经营部"的招牌。"现在搬到新家,有了自己的门面做生意,感觉心里踏实多了!"谈到新年的打算,代传锋说,将利用多年积累的经营信誉和人脉关系,扩大"诚信钢材经营部"的经营规模,把钢材生意做大做强。

(2014 年 1 月 31 日《铜仁日报》8 版刊载)

冉光飞:追着花香酿甜蜜

　　四月,草长莺飞、花香四溢。在远离城市喧嚣的印江土家族苗族自治县中坝乡堰塘村,漫山遍野金灿灿的油菜花与刚刚披上新色绿装的田野相映成趣。

　　公路旁,100 余个蜂箱一字排开,成群的蜜蜂"嗡嗡"地飞来飞去。在蜂箱前,一个头戴蜂帽、手提蜂框的养蜂人正忙于提取蜂王浆,他就是冉光飞。

　　谈起养蜂的经历,今年 49 岁的冉光飞回忆说,2003 年的一天,他在外做木工时无意间看到中央电视台《致富经》栏目播出一名群众通过养蜂走上致富的事迹,产生了养殖蜜蜂的念头。他放下那份木工活,向亲戚朋友借了 2 万元钱,引进 30 箱母蜂养起了蜜蜂。

　　"哪里开花就到哪里去"是冉光飞养蜂生活最真实的写照。10 年来,冉光飞居无定所,辛苦酿得蜂蜜甜。

　　为了收获到优质的蜂蜜,冉光飞一年四季搬着 100 多箱蜜蜂,追着花香漂泊在外放养蜜蜂。由于各种花的花期不一,有时冉光飞一个月就要搬一次家,一年至少要搬七八次。他经常白天忙着搬运蜂箱、起蜂巢、打蜂蜜、取蜂王浆;晚上就给蜂箱保温去湿。无聊时,他就守着蜂箱,用手机播放音乐,这样的生活,简单而甜蜜。

　　经过近 10 年的打拼,冉光飞的养蜂事业越做越大,如今已发展到 130 多箱。他的蜂蜜已经远销广东、上海等地。

　　冉光飞说:"一般情况下,每年的收入在 20 万元左右,如果天气稍微好的年景,就能收入 30 万元以上。"他的蜂箱也变成了钱柜,甜了别人,也富了自己。

　　致富不忘众乡邻。今年,在冉光飞的组织下,杉树、沙子坡、峨岭等乡镇的 37 户蜜蜂养殖户联合起来,成立了梵净山锐飞专业合作社,进一步把这份"甜蜜的事业"做大做强。

(2012 年 4 月 6 日《铜仁日报》8 版刊载)

陆安学:穷山深处的牧歌者

　　家住印江土家族苗族自治县缠溪镇水塘村赵家湾组的陆安学放弃多年的运输职业,在政策的扶持下,利用当地自然条件发展生态畜牧养殖。如今,尝到养殖甜头的他,把养殖规模也越做越大。

　　第一次见到陆安学是在一个炎热的午后,他正在自家的羊圈里忙于给羊群添加食料。陆安学告诉记者,由于中午气温高、草地炎热,羊群都要回到圈舍"纳凉",而他并没有减少对羊群的喂养。

　　2011 年,陆安学放弃干了五六年的运输业,利用家里的积蓄,在自家的山林地里建立简易的圈舍,并一次性购进 100 多只母羊和种羊,发展起生态畜牧业养殖。

　　"虽然是第一次养羊,因得到镇畜牧站技术员的帮忙,我养的羊几乎没有损失。"陆安学说,当年出栏 48 只羊,收入 3 万多元,共存栏 120 只。

　　发展养殖第一年尝到甜头的陆安学,2012 年就更舍得资金投入,向亲戚朋友借来了 10 多万元,用于圈舍的改扩建和种羊引进。养殖场扩大到 250 余平方米,养殖规模也达到了 180 多只,当年出栏了 68 只,收入 5 万多元。更让陆安学高兴的是,2012 年他的养殖场成功注册了微型企业,当年获 5 万元补助;同时,他按照县里统一标准建设的圈舍和购进的种羊也获得县里补助共计 12.8 万元。

　　"有政策的扶持,我们发展的信心更足了。但发展养殖不是图政策的补助,要靠自己的勤劳。"陆安学得到政府补助后,信心十足,抓住机遇扩大规模。目前,陆安学的养殖场扩建到 10 间,存栏羊近 200 只,商品肉牛 20 头。

　　陆安学说:"在我们这些山沟沟里,生态条件就是本钱,养羊比开车强。"

（2013 年 7 月 3 日《铜仁日报》8 版刊载）

崔绍刚:返乡炼"黑金"走致富路

"世上本无垃圾,只有放错位置的财富。"这句话在印江土家族苗族自治县杨柳乡崔山村崔绍刚的环保炭加工厂里,表现得淋漓尽致。往昔,在人们眼里只是垃圾的锯末、废菌棒……而今在崔绍刚的手里却变成了"黑金"。

过去在广东一家环保炭加工厂里打工的崔绍刚,2011年8月,他带着妻儿回家后,筹集资金25万余元引进各种机器设备,在公路旁建起了一个机制环保炭加工厂。生产中,他有效地利用当地废弃的锯末、废菌棒、干树枝……把"垃圾"加工成一根根环保炭。

"我们的炭供不应求,在本地方就销完了,我要赶快把炉子里的炭取出来,有客户马上来买。"崔绍刚一边向记者说,一边从炭化炉里取出炼好的"黑金"装进纸箱。

由于机制环保炭具有容易点火、燃烧时间长、火力旺、不爆裂、无烟、无味、无飞灰等优点,且质量又稳定,各项指标均优于传统木炭,机制环保炭在当地受到青睐,走进了寻常百姓家。

锯末、树枝、稻草、玉米秸秆等废弃材料都是机制环保炭加工的原材料,这些原材料在崔绍刚的家乡不需要花一分钱就能得到,大大降低了崔绍刚的创业成本。2012年,他的加工厂成功注册了微型企业,并实现收入30余万元,自己也买上了新车,一家人的日子过得越来越滋润。

"我不担心销路问题,只愁生产不快。除了农户上门零售,手里还有几张订单呢!"眼看机制环保炭加工厂的生意越来越红火,崔绍刚的脸上也流露出了自信的笑容。

(2013年2月16日《铜仁日报》2版刊载)

从任江成的致富故事看印江精准扶贫

　　未见其人,先闻其"声"。采访任江成前,就听说了他们家的致富故事:在精准扶贫机制推动下,省、县、乡领导干部与他家"一对一"结成帮扶对子,扶持引导他们通过产业发展走出贫困,一家人过上了幸福生活。

　　走进印江锅厂村,青瓦、白墙、雕花窗装饰的土家民居错落在山间,一条条水泥硬化的通组路连接着每家每户。见到任江成时已是下午四点半钟,他开着一辆白色面包车把几十箱鸡蛋送到周边几个学校食堂后高兴而归,进屋喝了杯水,还来不及坐下来歇一会儿,又到后山上的养鸡场喂鸡。

　　公路边、翠林中,用篱笆围起来的阵地就是任江成的绿壳蛋鸡天然养殖场,获得 QS 认证的绿壳鸡蛋就产自这些吃中草药、住森林公园、喝矿泉水的金黄土鸡身上。

　　一进鸡场,砍青菜、和饲料、给鸡添加食物,任江成忙得满头大汗。事多,任江成劲头更足,脸上时常带着笑意。"以前我们家庭的开支都是靠外出打工,还有就是种田土,这几年县里对养殖这块大力扶持,我们回来发展养殖,也还算轻松,家庭也有了稳定的收入。"任江成说。

　　2010 年 6 月,省纪委监察厅、信访局、警官职业技术学院和中国华融资产管理公司贵阳办事处等单位组成的省党建扶贫工作队到印江新业乡实施"集团帮扶、整乡推进"党建扶贫项目,那时在外打工多年的任江成和妻子张贵完得知乡里要大力扶持发展生态茶、核桃、乌骨鸡等特色种养业,夫妻俩毅然回到家乡,当起了乌骨鸡养殖专业户。

　　项目实施中,省委常委、省纪委书记宋璇涛亲自带队,多次深入印江新业锅厂村困难群众家中了解群众疾苦,并与任江成结为帮扶对子,为其解难事、办实事,为任江成产业发展鼓足信心。

　　"最初虽然每只鸡自己只出 3 元本金,政府扶持 10 元,没有养过鸡,技术上还是有些担心。全得乡里的技术干部帮助。"任江成说,缘于自己多次参加乡里组队外出参观学习和请进专家现场培训,加之畜牧站干部隔三差五上门指导,给他在养殖技术上提供了保障,第一次喂养的 850 羽乌骨鸡没有散失,当年养殖收入达5.7 万元。

初战告捷,任江成养殖的信心更足了。爱学习、善于琢磨的他,在养殖过程中也不断扩大养殖规模和改良品种。2011 年,任江成在县帮扶干部 5 万元担保贷款的帮助下,发展绿壳蛋鸡 1500 羽。2012 年,任江成在国开行 10 万元的贷款金帮助下基地扩大到 3000 羽规模,当年通过用鸡蛋入股方式加入村里的"黔芙蓉"绿壳蛋鸡养殖专业合作社,解决了技术、销售等难题。

任江成说,在产业发展当中,感到最高兴、最荣幸的是得到了省领导、县领导和乡干部一对一的关心和支持,为他鼓足信心,排忧解难,使他的产业发展顺利,家庭环境得到极大改变。每年的养殖纯收入都在 5 万元以上,不比在外打工差。

如今,车子沿着水泥硬化通组路直通到任江成家院坝,破旧的瓦木房经过一番改造已焕然一新,水龙头用手一拧流出白花花的自来水,家里已买了不少家电和一辆面包车,一家五口的日子过得有滋有味。

2013 年,在锅厂村第九届村居换届选举中,任江成还当选上村主任。谈及下一步的打算,任江成说,除了扩大自己的养殖规模外,通过他的引导和带动希望更多村民都发展产业走上致富路。

【新闻链接】

从 2010 年 6 月至 2012 年 8 月,印江新业乡实施"集团帮扶、整乡推进"扶贫开发项目,瞄准最贫困的乡村、最困难的群体、最可发展的事,对扶贫对象实行动态监测管理,做到户有卡、村有册、乡镇有簿有档、县有信息平台,逐村逐户制定帮扶措施和脱贫目标。

与此同时,该县完善"工作到村、扶持到户"的扶贫攻坚管理体制,切实做到结对帮扶干部到户到人、产业发展扶持到户到人、教育培训安排到户到人、农村危房改造到户到人、扶贫生态移民到户到人,针对贫困农民,县、乡干部"一对一""一对多"结对帮扶,做到"一村一帮扶责任单位、一村一帮扶工作队、一户一帮扶责任人",改"漫灌"为"滴灌",实现对贫困户的精准扶持。2013 年该县农村贫困人口减少 2.82 万人。

(2014 年 11 月 26 日《铜仁日报》5 版刊载)

郭永英:用梭子编织人生

低矮的屋檐下,古老的纺花车转动着悠悠岁月;昏暗的堂屋里,木质的织布机跳跃着动听旋律。眼前,那位身穿土家排子衣、一脸慈爱可亲的老人,正是印江土家族苗族自治县天堂镇民丰村纺花织布代表人郭永英。

古稀之年的郭永英,自幼出身在一个贫寒家庭,10岁跟着母亲学手艺,17岁单独完成纺花织布。"学织布时,梭子不是扔到地上,就是扔到线的中间,总是要费好大劲儿才能拿出来。"郭永英说,后来技术熟练了,一天能织两条子布,而且她还掌握了布经线、浆染等织布的各道工序。

"在上世纪七十年代,纺花车在农村很普遍,几乎每家都有一架,别小看这种纺花车,以前穿衣盖被全靠它。"虽说织布机很普遍,但由于家庭贫寒,郭永英21岁出嫁那年父母却陪嫁不起一台加工好的织布机,给她的只是一棵活生生站着的大树。郭永英嫁到婆家后,便请来木匠砍下树木加工成织布机。

"那个时候怎么请得起木匠,一家人的生活都老火。"郭永英说,以前生活的主要用品凭票计划供应,棉织品供应紧张,想到大人小孩要穿衣盖被,加上当地出棉花,她就用省吃下来的10斤米从村民家中换来了一台织布机。

从此,郭永英白天织布、晚上纺花,为了一家人的生计,她经常通宵达旦地辛勤纺花织布。她回忆说:"以前生活困难,又要修建房屋,没有钱只有织好布了拿到街上去卖,当时8角钱一平方。"

"搓棉条、纺线、耙线、倒线……从棉花织成布匹工序多,号称'七十二道工,除开嘴喝风。'"谈及制作过程,郭永英一边介绍,一边娴熟地拿起一根长梃子、扯一绺棉花放在一个平板上开始搓棉条,然后把棉条缠在纺花车的锭子上,搅动纺车让锭子高速旋转后,左手陆续松动棉条,就纺出线来,拉出一定的长度后缠到锭子上,依次循环往复,把锭子缠满后卸下来,一个线穗就纺成了。

郭永英说,线纺好了还要经过拐线、浆线、络筒、拉头、掏综、掏杼、装机等工序,一些做活细致的人家还会把线分别染成红、蓝、黄等不同颜色,织出花方格的布匹。

日复一日、年复一年，梭子有多油光锃亮，郭永英就有多淳朴；丝线有多细长，郭永英就有多执着。纺车"嗡嗡"的不停转动，郭永英已由青丝变成暮雪。

"从我记事的时候起，母亲一直没有停止过，她一生都和棉花打交道，有时是给自家儿女做，更多时候帮邻居纺花织布和拿到市场去卖，才使全家有穿有戴有铺有盖。"郭永英的女儿张晓回忆。

随着时代的变化，人们的经济状况和生活质量也有了极大地改善，机器织布取代了家庭织布，人们的衣被等用品都在商店购买，纺花织布的人越来越少了，纺花织布在乡村几乎绝迹，纺花车、织布机逐渐淡出人们的视野，退出社会生活的舞台。

在时光隧道里，纺花织布成为郭永英那代人挥之不去的记忆，也让她一直在平静的小山村里坚持着，依旧吟唱着那古老的音符。

"我总觉得纺花织布这种传统手工艺，一旦丢失了怪可惜的。"郭永英说，村子里很多人家都把织布机给卖了，去年有人出价8000元想买走她的织布机，她却坚持不卖，还要把织布机好好保护好。

"一旦我不能织了，就让女儿传承下去。"郭永英的女儿张晓自幼受到潜移默化，如今也学会并传承着纺花织布手艺。

张晓自豪地说："一直跟着母亲纺花织布，从小穿的衣物都是母亲一脚一手缝的，吃穿都是靠这个织布来维持。对纺花织布有深厚感情，不要让老一辈的手艺在自己身上失传，要把母亲的手艺传承下去。"

渐行渐远的纺花织布，寄托着无尽的乡愁和亲情。郭永英感到高兴的是，2014年10月印江举办第五届民族民间文艺调研绝技绝活比赛，她还把纺花车和织布机搬进县城进行手艺表演并获得金奖。

"纺花难，纺花难，纺花不胜买布穿，这思想，那思想，买布不胜买衣裳……"如今，能够吟唱纺花歌谣的人已经很少了。由于现在不像以前穿衣盖被全靠自己纺花织布，郭永英纺花织布也不用那么紧张忙碌，每天织上一两个小时就停了下来。

郭永英说，现在纺花织布主要是用来消磨时间，同时通过织布还可以获得一定的经济收入，每年给人织布能赚四五千元的零用钱。

（2015年5月25日《铜仁日报》第8版图文整版）

后记

不忘初心，追梦前行

转眼间，从事新闻工作已有8年。

8年来，我从一名小学教师改行成为一名新闻记者，不光是一种角色的改变，更是一种工作的挑战。说是挑战，更多在于自己是数学专业，担心文字功底不牢，自己干不了。入行后，恰得益于领导的关心、同事的帮助、家人的支持，渐渐地，我在新闻路上也就有了几分信心和勇气。

"当你没看见我的时候，我在路上；当你看见我的时候，我在纸上。"或许这就是新闻的魅力，或许这就是新闻人的价值。

8年来，"行走"是我工作的姿态。伴着阳光、伴着风雨行走在采访路上，随着思路、随着光标行走在字里行间。很多时候，朋友、家人打电话来告诉我，在电视或报纸上看到我采访报道的新闻了，这让我倍感高兴的同时，也让我感到自己肩上沉重的责任。

8年来，"思考"是我工作的状态。在生活中，我是一个很挑食的人；在采访中，我也是一很挑食的人。面对老题材或常规题材报道，不喜欢走寻常路，一直努力寻求其新法，但苦于功力不深，往往是思考了半天终不得其解，又回到原点，倒是把工作给拖沓了。

有人说："你太爱自己了，也至于没有时间去爱你的家人"。这我一点都不否认。陪伴家人少，但他们没有埋怨我；与朋友联系少，但他们也没有疏远我，更多的是支持我、理解我——也正是这些无形的力量默默助我安心工作。

有人说："你中了新闻的'毒'，而且不浅！"这我一点不后悔。有时一个人守着电脑写稿，有时与同事逐字逐句改稿，欣喜的是一条条新闻稿件被媒体采用，以及采访对象一句句真诚道谢的话语——也正是这些精神食粮一直激励着我努力前行。

细数8年点滴，在《人民日报》《经济日报》《光明日报》等中央级主流媒体发表新闻稿件20余条，在《贵州日报》发表280余条，《当代贵州》1000字以上文章11篇，《铜仁日报》发表810余条。获铜仁日报社优秀通讯员"一等奖"3次，获贵州日报社优秀通讯员"一等奖"2次,获多彩贵州网"优秀通讯员一等奖"3次,贵州新闻摄影学会表彰为"先进个人"3次,新闻作品《工业兴起"雁"归来》获2013年度铜仁市广播电视奖广播类"一等奖"、《山村小学的平安路队》获2013年度贵州广播电视奖广播类"三等奖"。《印江桅杆村:端好生态碗 吃上绿色饭》获得2016年全国公共机构生态文明宣传作品征集活动新闻作品"一等奖"。

新闻路漫漫,吾将上下而求索。沿着新闻路,追梦前行,不管走得多艰辛,我都始终不会忘记我最初的选择;不管走得多远,我都始终不会忘记一直关心我、鼓励我、帮助我、支持我的领导、老师、同事、朋友和家人,真诚地向你们道一声:"谢谢!感谢一路上有你们!"

"在路上,心里才有时代;在基层,心里才有群众;在现场,心里才有感动。"在今后的工作中,我将牢记习近平总书记对新闻工作者的嘱托,不断增强脚力、眼力、脑力、笔力,采写出更多有思想、有温度、有品质的新闻稿件,努力做一名政治坚定、引领时代、业务精湛、作风优良的新闻工作者,为讲述印江故事、传播印江声音、展示印江形象奉献自己的力量。

左禹华

2019 年 3 月 28 日于邛江河畔